MEMORY HOUSE
记忆坊文化

季无云 著

You are my Muse

恋爱限定

江苏凤凰文艺出版社
JIANGSU PHOENIX LITERATURE AND
ART PUBLISHING, LTD

目录
contents

第一章
命运送礼

It's ok to have a bad day.

有一些坏日子也没关系。

　　"舒曼说过一句话，照亮人们内心的黑暗，是艺术家的任务。我虽然不是艺术家，却有一双发现美的眼睛。我将那些令人惊艳的设计买下来，生产制作，再放到品牌店让顾客怦然心动。"

　　镜头下，年轻的女人坐在沙发上，黑发红唇，妆容精致，一身男士西装打扮显得分外干练。她微微一笑，继续说道："Buyer，时尚买手，这是我的职责。"

　　台下掌声阵阵，粉丝举着她的名牌为她加油，牌子上无一例外都写着"谢朝夕"三个字。

　　女主持笑容甜美地说："谢小姐不愧是曾以一己之力扭转了公司劣势的传奇买手，认识深刻，激励人心。经过今天的访谈，相信不少观众都会对这个新兴职业产生好奇。感谢收看，我们下期节目再见。"

　　演播厅里的人陆续散去，女主持刚转过身就冷了脸，正要说什么，谢朝夕似笑非笑地睨了她一眼，大步离开了。

　　大门外，助理梨子迎上来，把羽绒服递给了谢朝夕，谢朝夕忍不住抱怨：

"下次这种作秀的访谈不要替我接了，你听听刚刚问的什么问题？用得着这么哗众取宠吗？还有那些粉丝团……太假了。"

梨子笑眯眯地说："夕姐你忘记了？公司替你开了个微博，时不时发一些照片、穿搭，以及心灵鸡汤……还是有几十万粉的。"

"时尚买手拿数据说话，总感觉……"谢朝夕觉得有些别扭，"这种事情是贺东诚那种不务正业的人干的。"

梨子低低咳嗽了一声，谢朝夕一抬眼，就见自己的上司兼恩师吴映蓉走了过来。

吴映蓉笑着说："以贺总裁的身家，就算不务正业又算什么？比不得。"

大学刚毕业，她就遇到了吴映蓉，那时候她还在品牌店实习，连店长都没混上去。几次相遇之后，吴映蓉对她表示赏识，把她挖角到了禾田，一手把她带了起来，如今也是她的顶头上司。

可以说，没有吴映蓉就没有现在的她。

谢朝夕礼貌问候："蓉姐。"

吴映蓉笑容温和，挑了挑眉："不想来？你师父我想来还来不了。"

"我只是不太适应这种场合。"

"发布会你不都游刃有余吗？"

"专业相关就还好，但刚才问的那些问题实在让我……有些无话可说。模特的私生活，模特的恋情真假……他们到底想要采访什么？"

谢朝夕觉得挺憋闷的，她来的目的是希望让更多人了解这个行业，却不是让人满怀憧憬入行，发现与想象截然不同。

谢朝夕不想把负面情绪带给恩师，转移了话题："蓉姐怎么来了？"

两人一道往外走，梨子自觉慢了几步，跟在后面。

"刚刚你的访谈我也看了，朝夕啊，你可以接地气一点，那么一本正经做什么？"吴映蓉笑道，"你想想，别人对时尚买手的印象是什么？旅游各国，寻找时尚，衣着光鲜，并且可以在SHOW（秀）场和女神男神进行亲密接触。"

谢朝夕笑了一声："听起来非常洋气。"

"如果你刚刚多讲一些，比如，模特的八卦，还有设计师的怪癖，这期节目就更好看了，只诉苦，观众可不爱听。"

谢朝夕明白吴映蓉的意思，吴映蓉想让她借机会蹭点热度。但她哪里在诉苦？实事求是而已。你羡慕某个职业，也许只是不了解，因为当你了解之后就会明白，这个世界上没有容易的工作。

"这个行业只是表面的光鲜而已。"

吴映蓉摇摇头，有些无奈道："这么说吧，公司也非常需要这个曝光的机会，让更多的人知道禾田这个品牌。你啊，下次不要这么钻牛角尖。"

白色的劳斯莱斯停在门口，奢侈华丽，夺人眼球。

车窗降下来，俊美无俦的男人坐在后座，唇边勾着轻微的弧度，那双直直朝几人看过来的眼睛里却没有什么温度，就像是夜色下平静冷寂的海。

吴映蓉眼中的惊讶一闪而过，笑着问候："江总，上次你借了模特给我们秀场应急，没来得及谢你呢。今天是为了谈代言来的吗？"

"谢朝夕。"江烨目光掠过前面两人，落在角落里某人的身上，"上车。"

"我没时间。"谢朝夕举步就要走，被吴映蓉给拦下了，她推脱道，"我还有一份策划没写，急着要呢。"

吴映蓉使了个眼色，低声道："别的事先放着，趁机谈谈代言，拿到一个合适的价格。"

提起公事，谢朝夕只好暂且放下私人恩怨。

"好吧，我尽力。"

吴映蓉见她还拎得清，温和一笑，拍拍她的后背说："刚刚还有一句话没说。这不管做什么事情呢，都讲究一个天时地利人和，天时地利你都有了，人和却差太多了。再这样下去，以后得吃亏。"

吴映蓉似乎意有所指，但谢朝夕没有多想。

"谢小姐，请。"司机打开车门恭候。

谢朝夕坐进车里，对上江烨侧头看过来的目光，心里有些烦躁。她躲了他那么久，他应该明白的吧？为什么还要找上门来，还专门找了个她没办法拒绝的场合。

他注视着她，唇角慢慢弯起，笑了笑："真是难请啊。"

劳斯莱斯扬长而去。

吴映蓉站在原地，脸上的笑容渐渐消失。

梨子察言观色，问道："总监，有什么不妥吗？"

"妥不妥，过段时间才知道。"

"啊？"

梨子满脸疑惑，吴映蓉已经转身走了。

冬季天暗得早，下午六点天空已经一片漆黑，两侧景物快速倒退，灯火霓虹被拉成一道道残影。谢朝夕望着窗外，恨不得立刻打开车门跳下去，理智让她按捺住了暴躁，就连音响里放着的纯音乐，她听着都心烦。

"十分钟了，你打算今晚一句话都不跟我说？"江烨慢悠悠地看了下腕表，"半年了，还在生气吗？不要跟我闹脾气了。"

谢朝夕都快被气笑了。

她早就跟他划清界限了，桥归桥路归路，他竟然以为她是闹脾气？

江烨观察着她的表情："我哪里说得不对，你可以提出来。"

"你觉得我是喜欢闹脾气的人？"

"不是。"

"那结了。"

"但是你很有可能，对我的认识出现错误，我可以帮你纠正。"

谢朝夕不想跟他谈论私事，把话题岔了过去，直接问："盛世影业旗下的一个女星，正在和我们公司谈合作，代言费少三成，你看怎样？"

"如果我说不呢？"

"那就停车，放我下去。"

江烨垂眸低笑："跟你吃一顿饭的代价？"

谢朝夕弯起眼睛："对呀，江总，你看怎么样啊？"

谢朝夕有一双细长清冷的眼睛，笑着的时候还算友好，不笑的时候冷若冰霜。当她开始嘲讽人时，这双眼睛更是加分，以至仇恨拉得尤为稳当。下属们偷偷编派她，还给她送了一个外号：冰雪女魔头。

有时候她怀疑，江烨有受虐倾向，明明她不冷不热，他却还能淡然自处，一点都不觉得尴尬。

她试图挑战他的底线，挑衅的笑容里刻意流露出一些不屑，江烨沉默地看了她好一会儿，就在她以为自己要挑衅成功的时候，他慢悠悠地说道："三成不能表现我的诚意，五成吧。"

她意外："这么慷慨？"

"对你，我一向慷慨。"

"……"

轿车停下，前面是一家有名的日本料理店，环境安静，料理美味，还有标准的跪式服务。一进门，就有穿着和服的女人向你鞠躬，轻言细语，每一个都像传统温慧的大和抚子。

木质结构，竹编卷帘，恰到好处的灯光，映照出院内的一片淡粉樱花。

江烨和谢朝夕落座，中间隔了个案几，跪坐在软垫上。

服务员安安静静地上菜，江烨慢条斯理地吃着，其间谢朝夕一直没动筷子，只是面无表情地喝着茶水。

江烨嘴角一勾：“没有喜欢的菜？”

谢朝夕淡淡地“嗯”了一声。

“哦，你不喜欢日料。”他想起了什么似的，漫不经心地说，“那你凑合一下吧，反正不是我的女朋友，我也没必要花心思照顾。”

谢朝夕懒懒地掀了下眼皮，说：“你不觉得自己很幼稚？”

“网上说，这叫萌。”

“呵呵。”

谢朝夕不是讨厌日料，只是讨厌所有的生食而已。在很多方面，她都敢于尝试，就算要说不喜欢，也要试过之后再下定论。然而食物方面，谢朝夕打定主意只吃熟食。江烨比她想象中更了解她，偏偏只点生的。

这位江总的绅士风度，都是做给别人看的，骨子里就是个没长大的幼稚鬼，阴晴不定，还是有些缺爱的那种。如果你不给他宠爱，不给他关怀，他就要跟你作对。但你要是给了他一分颜色，他的染坊下一秒就会开张。

不过江烨没有禽兽到底，晾了她半个小时后，熟食就陆续上了，谢朝夕没有跟自己的胃过不去，拿起筷子吃了一些。

江烨喝了一口茶，给了一句评价：“不发小脾气的女孩子，不太可爱。”

“脾气只对亲近的人发，在外面还是要礼貌客气，尤其是对像江总这样跟我们有合作的人。”

这样明明白白划清界限，成功地让江烨冷了脸。

后面江烨送她回家，路上没有再搭理她，她也落了个清净。

到了小区门口，她刚要下车，他这才侧过身来看，深邃的双眼里似乎压抑着一些负面情绪，他说：“朝夕，其实你看人的眼光不怎么样。”

“你想说，我拒绝你是个错误吗？”

“有些人给你点小恩小惠，你感激不尽，连她的真面目都看不清楚。有的人真心对你好，你却躲得远远的。”

江烨意有所指，她有些隐隐的感觉，不由得问道：“你在暗指什么？”

“你以为那个吴什么，真对你好？”

“为什么这么说？”

江烨笑了一声，笑意却不达眼底：“有些话说得太直白就没意思了。不过你以后要是没办法收拾烂摊子，可以来找我。”

江烨把她明明有所怀疑却又故作淡定的神色看得一清二楚，他突然觉得有意思起来，轻笑了一声：“你要是转了行，可以去演喜剧片，反差萌，能火。”

“再见，江总。”

谢朝夕面无表情地说完，关上车门就走。

谢朝夕还没想明白，无形的硝烟就在网络上先蔓延开了。

第二天，谢朝夕来到公司，从窃窃私语的职工口中才听到了一二。

论坛上一个帖子火了，该博主用一种知情者的口吻，将时尚圈的人物扒了一遍，着墨最多的非谢朝夕莫属。

该博主声称自己是某时尚公司的离职员工，长期处于谢朝夕的压迫下，对她印象无比深刻——

"此人就是传说中的蛇蝎女，冷血苛刻、目中无人。公司里早就怨声滔滔了，她还自我感觉良好，笑死我了。"

小柔看着电脑屏幕，笑得花枝乱颤，好一会儿，才迟钝地发觉不对。她抬起头一看，吓得脸色都白了，乱点的鼠标没能关上网页，又啪地撞翻了一杯水。

谢朝夕抱臂靠在桌边，淡淡道："往下翻。"

小柔手抖着照做。

博主又说："蛇蝎女在后台也是颐指气使的，这女人一定是内分泌失调了。"还附带上了一张谢朝夕的照片。

底下立刻有人附和："漂亮是漂亮，就是这样子咄咄逼人，一看就不是个好人。"

也有人说："攻气十足啊。"

"继续翻。"

帖子继续下拉，一个视频显示了出来，标签是：实锤在此，速速围观。

"点开。"

"经理……"

谢朝夕淡淡道："这么怕我知道，难道这个神秘博主是你？"

小柔吓得面如土色，慌忙摇头："不，不，怎、怎么可能是我……"

办公室里一片悄无声息，其他人垂下了脑袋，只敢拿眼角余光偷瞄，心里默默为小柔点了根蜡。

小柔被逼无奈，只能硬着头皮点开了视频。

视频很短，画面也不太清晰。视频里两个女人相对而立，一个惶恐不已，眼眶通红，是个模特。另一个侧身站在阴影中，虽说只有一个模糊轮廓，但气势逼人，熟悉的人都能认出是谢朝夕。

"你知道怎么样才不会摔倒吗？"

模特懵懂地摇了下头。

"这场SHOW我们花了300万,而你摔的这一跤让这场SHOW直接贬值到3万。"谢朝夕冷道,"你只要想到,你一摔是几百万,是你的模特生涯,你就不会摔倒了。"

"可是这些都是意外,也有一些模特走秀摔倒,站起来继续走……"

谢朝夕打断了她,不留情面道:"我不一样,我会封杀你。"

视频到此结束。

吃瓜的群众愤怒不已,随即有人认出来,那个可怜巴巴的模特,不就是最近在综艺里小火了一把的代熏吗?

网友1:"她以为她是谁啊?那么嚣张!"

网友2:"求信息,我要寄刀片!"

代熏的粉丝团陆续到达现场,掀起了一场正义之战,回帖怒骂。场面呈现出一面倒的状况,几乎没有人帮谢朝夕说话。

小柔胆战心惊地瞄了谢朝夕一眼,谢朝夕却只是嗤笑一声,不以为意。

"谁这么无聊把后台拍了下来,还流传了出去?"谢朝夕的目光扫过整个办公室,"最好不要被我发现。"

众人战战兢兢,在她的注视之下纷纷摇头表示不清楚。

小柔小声说:"也许是离职员工,这件事已经过去半年了……"

"投诉各大版面,要求他们删帖。其他人该做什么做什么,少看这些有的没的。"谢朝夕直接说道,"你们可以对我有所怨言,但工作不要带情绪。只要做好本职工作,你们就会发现其实我很随和。"

谢朝夕不太在意这些琐事,工作才是她的重心。她翻看着备忘录,开始交代工作:"小柔,你把季度分析报告发我邮箱。面料商开发的新产品我看过了,各方面虽然不错,但成本太高。小周,补充款的样衣做好了没?"

小周嗖地从座位上站起来,连忙把情况汇报了一番。

"送我办公室。"谢朝夕大步往办公室走,随手接过送上来的《潮流手册》一边翻看了一下,一边说道,"秋冬季度开始的2个月,平均销售告罄率只有53%,这绝对是一个低水准的数字。"

"没低于50%,应该还有些后劲……"

"所以不着急吗?在我眼里,80%以下都是低水准,线上线下的商店促销活动立刻开始做策划。"

"是,我尽快交上来。"

"慕大小姐呢?"谢朝夕突然抬眸问道,双眼里浮出了一些嘲讽,"我很想知道她有什么看法,还要不要继续任性下去?"

慕青青是公司的首席设计师，因为人漂亮、会炒作，向来受到媒体的青睐。只是在谢朝夕看来，她太过由着自己的喜好，并且不听从任何"外行"的建议，设计出的产品并不是客户群想要的，偏偏决策层都被慕青青灌了一碗迷魂汤。

呵，这数据真难看。

到了办公室，谢朝夕习惯性打开记事本，按照上面列的待办事项，条理清晰地开始工作。过了一会儿，手机来了短信，消息浮在屏幕上，她随意瞥了一眼，火气就腾腾往上冒。

发件人是一长串号码，她没有存，但她知道是哪个讨厌鬼——那个不务正业的贺总裁。

贺东诚是禾田对手公司的掌权人，两边公司业务上较着劲，面子上都还过得去，但是她跟他结的是私怨。说起来，气场不和互不搭理就行了，她一开始也是这么想的，但他显然没什么度量，以至她身边有点什么风吹草动，他都要发短信来祝贺。

第一条："采访一下，网络黑人谢小姐，此时此刻心情如何？"

真是隔了屏幕也能感受到他的幸灾乐祸。

谢朝夕不想搭理。

没过几秒钟，第二条消息又来了："终于有人发现你变态的真面目了，呵呵，真是喜闻乐见。"

第三条："低调点做人，还能当一朵纯洁无瑕的小白莲，懂？"

谢朝夕懒得搭理他，将手机反扣在桌上，眼不见为净。

网上的事情，其实她不太在意，正如她昨天跟梨子说的那样，她这个幕后工作者既不当网红，也不需要粉丝，为什么要在意他人的看法呢？

谢朝夕最近忙疯了，禾田的春季新款赶着上市，她不仅要把关设计和营销计划，还要前往各地的订货会。慕青青交不出合格的作品，她只能多买进一些款式。

忙完手上的工作，她看了眼电子时钟，13:27。

谢朝夕迟钝地感觉到饿，点了一份外卖后，稍做休息，拿着文件去找吴映蓉，办公室里只有她的助理刘月在。

"吴总请了几天病假。"

"没什么问题吧？"

"这倒没有。"

刘月摇摇头，这时桌上的电话铃响了，刘月接完电话，转头叫住她："对了，谢经理，这里有一份合同需要签字。还有，许总让你准备一下，晚上去参加一个酒会，三道集团的CEO（首席执行官）、盛世影业的江总都会去。"

"嗯，送到我办公室。"

外卖正好到了，谢朝夕一边吃东西，一边翻看合同，密密麻麻的汉字映入眼帘，就令人头疼不已，而在这短短的时间内，又来了几个电话。她处理完事情，快餐也凉了，只好拿去微波炉重新加热。

刘月见她顾不上吃饭，就说："这份文件法务先看过了，没什么问题。"

"那就好。"谢朝夕放了心，拿起笔唰唰签了名字，合上文件，眼皮子突然跳了几下，她揉了揉眼角，"有句话叫左眼跳财，右眼跳什么来着？"

刘月不由得笑道："这些都不准的，我有一次右眼皮跳得厉害，打麻将还赢了一千多呢。经理这几天很累吧？"

"习惯了。我去睡一会儿，让助理帮我做杯咖啡，二十分钟后送来。"

"好的。"

刘月想要拿走合同，又听谢朝夕说："先放在那儿。"

谢朝夕在沙发上躺了一会儿，脑袋一直嗡嗡的，精神已经很倦怠了却无法入睡。过了会儿，她坐起身来，拿起合同重新翻看，找出了一处不起眼的纰漏，她脸色一沉，打电话把刘月叫了过来。

谢朝夕啪地将合同扔在桌面上，冷冷地说："你们真的把心思放在工作上了吗？这批原料不是个小数目，出了问题谁来负责？你吗？"

合同上，钢笔勾出一行条款，"定金"两个字被打成了"订金"。从法律上来说，如果甲乙双方产生纠纷，对方将返还双倍定金，但一字之差，就不具备这个法律效应了。

刘月低眉顺目地说："法务看过合同，我以为没有问题了。"

"不要推卸责任，送到你手上你一眼都不看？那为什么法务不直接来找我和蓉姐签字？这是你的职责，希望你不要辜负蓉姐的信任。"谢朝夕见她还想辩驳，皱了下眉，"合同拿去重做，出去吧。"

"我会尽快的。"

刘月关上门离开，转身的瞬间，眼中浮出一些晦暗来。

谢朝夕洗了个冷水脸，重新化了一个妆。镜中的女人五官精致，白肤红唇，又是一个神采奕奕的职场女性，哪里能看出半分疲倦呢？她牵了牵唇角，露出一个笑来。

一杯咖啡后，工作也处理得差不多了，CEO许总打来电话。

"我一个人去吗？"谢朝夕听着电话，觉得不太合适，"如果要跟三道集团接触的话，我的身份可能还不够。"

三道集团是做地产起家的，后来逐渐形成商业地产、高级酒店、文化旅游和连锁百货四大核心产业。他们即将在国内几座一线城市同步开发特色的巨型城市综合体，若是禾田能够取得合作机会，不管是品牌形象还是业界地位，都会得到很大的提升。

许总笑着说："没关系，今天不是正式的，不过重心先放在盛世影业那边，江烨口头答应了不算，尽快落实到合同。其他的事情你就看着办吧。"

"我知道了。"

夜幕将至，天空像是漫延的墨迹，逐渐漆黑下去。车水马龙，万千霓虹重新赋予了城市生命力，即使在严寒冬夜，也散发出勃勃生机。

波光粼粼的长河穿城而过，汇入浩瀚大海，港湾的西边，矗立着一片复古优雅的哥特式建筑群。它们的线条华丽，构造独特，浪漫主义气息扑面而来。璀璨的灯光交相辉映，喷泉、雕塑、穿拱，每一处细节都精致得令人惊叹。这座不夜城，是全国著名的会所之一，号称"东方翡冷翠"。

轿车驶入广场，在广场停了下来，谢朝夕大步走进大厅。

电梯上行，叮的一声后，如梦似幻的世界映入眼帘。

数十盏施华洛世奇水晶灯悬挂，大理石地板光滑如镜，长桌上铺着洁白的桌布，银质餐具、巴卡拉水晶酒具和烛台呈放其上，火红玫瑰点缀其间。这个夜晚好似张扬的红蔷薇，散发出诱人芬芳，无数时尚圈知名人士会集于此，谈笑间成交千万合约和订单，决定着即将引领潮流的风尚。

衣香鬓影，觥筹交错。

谢朝夕拿了一杯果汁，与同行微笑致意，刚要上前跟一个合作方交谈，腰侧就被人扶了一下，她怒视过去，就见江烨以一种挑剔的眼光打量着她。

谢朝夕露出一个冷淡的笑容："这么长时间，江总没被自家艺人告上法庭，真是不容易啊。"

江烨似笑非笑："哪能啊，谁吃亏还不一定呢。"

谢朝夕无语。

"你竟然就这么来了，我应该说你敬业呢，还是说你不修边幅呢？"

"我怎么不修边幅了？"

旁边是光可鉴人的廊柱，上面映照出高挑清丽的女人，裸色小礼服，同色细高跟，搭配腕表和手包，江烨从哪里看出她随便了？

江烨眼中的笑意深了一些："你想为自家公司打广告，但这风格真的不适合你，颜值至少被拉低了70%。明明是高冷范儿女王，偏偏要穿成楚楚可怜的白雪公主。"

"不要这么嘴贱，我们还能好好说话。"

"抱歉，对非女朋友的态度，好不起来。"

谢朝夕控制住翻白眼的冲动，端着酒杯离开。江烨笑了笑，刚要追过去，两个盛装的女人就迎了上去，阻拦了他的脚步。江烨彬彬有礼，唇边的笑意却有些凉薄，只有熟悉他的人才会知道，他有些不耐烦。

两个盛装的女人显然没看出来，还把他的笑容当成了对自己的好感，不，也许就算看出来了，她们也不愿轻易离开。

不管是身份、地位，还是外貌，江烨都是一流的。哪个女人不爱他亿万的身家？而且在时尚圈，品牌代言、走秀模特，少不得要和娱乐公司打交道，他身后的盛世影业就是国内首屈一指的。

谢朝夕也曾经陷入迷惑，暧昧之间，一切发展都令人怦然心动，哪个女人心中没有一个迷幻美丽的梦呢？只可惜她还是太理智了一些，察觉到他的性格有某些缺陷后，立刻冷静地抽了身。

她这辈子都不可能做依靠大树的菟丝花。

谢朝夕跟几个合作商聊了一会儿，终于等到了三道集团CEO周文瑞出现，他正在跟宴会的主办人说话，不过旁边还有一个碍事又多余的年轻男人。

他站在落地窗边，单手插袋，一身银灰色西装，挺括衣料上的每一道折痕都透出优雅感，侧脸清俊如画，唇边噙着一丝恰到好处的笑意，既不生疏也不热络。

毕竟是老冤家了，就算只有一个侧影，她都能认出来——贺东诚。

单就外表和谈吐上看，贺东诚像一个风度翩翩的贵公子，但她一直认为他很有暴发户的气质，什么赚钱就做什么，不讲半点情怀。

谢朝夕不动声色地观察了一会儿，心里有些疑惑。不管是宴会主办人还是周文瑞，都是一副笑容可掬的样子，反而"身份最低"的贺东诚神色最冷淡，就像那两人在求他办事一样。

她很想跟周文瑞聊一会儿，但现在不是最佳时机，只要有贺东诚在，她做什么都事倍功半。她很有耐心，等到周文瑞一个人时，才含笑迎了上去，简单做了个自我介绍。

周文瑞一笑道："早就听说过谢小姐的大名，不过恕我直言，方才我还以为是哪个明星或者模特呢。"

谢朝夕外形上很有优势，她也愿意利用自己的优势为公司做点贡献，只要穿着公司的设计出门，就是个活广告。她的微博营销，也是基于这一点来做的。

谢朝夕跟他聊了一会儿，周文瑞对她的印象不错，主动递了名片过来。

好巧不巧，贺东诚跟人从走廊过来，恰好看到了这一幕，那好看的剑眉顿时一挑。

谢朝夕暗道不好，他已经转过头，似笑非笑地跟宴会主办人说："先说了啊，我跟谢小姐有一些过节，下次有她的场合，不要请我。"

宴会主办人惊讶："哦？还有这回事吗？"

谁说贺东诚这人极为绅士的？

谢朝夕抑制住翻白眼的冲动，面上却大大方方一笑道："如果就年度销售收入来说的话，禾田跟贺总确实有点过节，不过商场上此消彼长也是常态。贺总要这么算的话，只怕以后不想见的人会更多。"这一番话，不仅化解了尴尬，还狠狠噎了他一句。

贺东诚显然没有放过她的打算，漂亮的眼睛里浮出了些顽劣之色，突然冒出了一句："你知道我说的不是公事。"

周文瑞来回打量了一下两人，再联想到贺东诚平日的作风，忽地笑了："窈窕淑女，君子好逑，东诚，难道你是被拒绝了才恼羞成怒？"

贺东诚的私生活，可以说是传说级别的，他完全活成了男人们向往的样子。身边来往的女伴不是超模就是明星，偶尔也有网红，三天两头一换，人家对他还恋恋不舍。这些女人都拥有一个共同点，外形漂亮，身材完美。

跟这种人的私生活牵扯上，那就有口说不清了，谢朝夕刚要撇清，就听贺东诚不太矜持地点点头："可以这么说吧。"

"……"

谢朝夕擅长解决公事，却不擅长在这些方面斗嘴，一时间有点嘴拙。

晚了短短几秒钟，周文瑞和宴会主办人已经"识趣"地离开，她掐死贺东诚的心都有了。

"我警告你，不要败坏我的名誉。"

"谢小姐一身正气，刀枪不入，我想败坏都不行啊。"

"……"

谢朝夕跟贺东诚对视了一眼，纷纷从对方眼中看出了"冷漠、嫌弃、江湖不见"几个字眼，两人同时转身往不同的方向走去，脸上露出完美到虚假的笑容，与别的人亲切交谈。

有时候谢朝夕觉得很可惜，江烨的私生活严谨刻板，偏偏长了一张花花公子的脸，令很多人都对他有所误会；贺东诚这个花花公子的外表却有点性冷感，尤其是他眼角的那一点泪痣，让他沉默时又多了一些忧郁气质。

一个小时后，谢朝夕裹着羽绒服到了停车场，刚打开车门，白色的劳斯莱斯就横了过来，把她的出口挡得严严实实。

车窗降了下来，露出江烨轮廓好看的脸，他挑剔地看了她一眼，不太认可地皱起眉头："你这技术也敢自己开车来？我送你回去。"

"谢谢，不用。"谢朝夕坐进车里，等他离开。

江烨挡的不仅是她的路，一些车辆也被堵着出不去，司机下了车，笑容可掬地挨个道歉。来这个会所的人大多都是熟面孔，知道是江烨后，连句怨言都没有，直接倒车走别的路。

谢朝夕看他那个架势，不敢不搭理，下车去跟他说话。

她问："你什么时候派人来签合同？"

江烨笑着反问："你这种态度，不怕搞不定合同吗？"

"合作方不是只有盛世影业一家，这块本来就不归我管，搞不定也怪不到我头上，除非你故意搞破坏，让公司把这笔账算到我头上。"

江烨饶有兴趣地提醒她："我可以这么做。"

"但是你不会。"

"心情不好的话，也有可能。"

谢朝夕认识他不是一天两天了，对他还算了解，他生性傲慢，这种事情还不屑做。

江烨也了解谢朝夕，她有时候是真的刻板执拗，认准的事情八头牛都拉不回来，再僵持下去她真的会生气。

江烨轻轻叹了一口气："真拿你没办法，你自己开车小心。如果改变主意的话……算了。"他本来想说，如果改变主意他可以给她派个司机帮忙，但她就连在谈恋爱时，都很少接受他的赠予和恩惠，分了手又怎么可能给他贿赂的机会呢？

他又看了她一眼，白色羽绒服里裹着裸色的长裙，幽幽地说："下次要cos（扮演）白雪公主，记得由内到外，傻白甜一点，可能更招人喜欢。"

"……"

他对司机说："走。"

汽车启动，转弯时江烨往后视镜瞥了一眼，就见谢朝夕的小轿车往前一冲，猝然熄火。

他皱了皱眉。

年底是谢朝夕最忙碌的时刻，忙着做年度总结，制定下一个年度的策略和方向，把关春季新品等，她像个不停转动的陀螺，一直到年前才有时间歇息下来。

年会时，她抽中了一等奖——汽车，年会结束后她便带着表妹一路自驾游回家。

老家在三线城市的镇子上，有个古色古香的名字"青云"，有些冷清，但边边角角都透着一股子亲近感。

走在大街小巷上，常常都能遇到熟人，悠悠闲闲、喜气洋洋地准备过年。一大清早，古色古香的茶馆外挂上了鸟笼，公园里的老人家精神抖擞地打着太极拳，个个都像世外高人……

谢朝夕是闲不下来的人，放下所有工作，心里反而空落落的。

她没有看电视剧的习惯。有句老话说，连续剧就是连续锯掉你的时间，动辄六七十集的长度实在太浪费光阴。她随便调了个综艺台，同时用手机刷着国内外的时尚新闻。

谢母和外婆在一旁唠家常，没说几句就明里暗里催起婚来。他们这个小家庭的人，都喜欢懒懒散散地过日子。在老一辈看来，事业再好也不如结个婚，这样他们才能放下心来。

她有些无奈："妈，你们急什么啊？我才二十五，三十五再操心好不好？"

谢母一听这话，立刻嘴硬道："人生是自己的，你想怎样就怎样吧。不过我建议你呢，以后结婚最好不要小孩。"

"为什么？"

"免得你落得跟我一样的下场。"

"哦？"

谢母冷哼道："操碎了心不说，还被埋怨。"

谢母最擅长的，就是用冷笑话来埋汰人。谢朝夕连忙放下手机，亲热地给她捏了捏肩膀，讨好地说："我哪敢埋怨你啊？母后，来，我给您捏捏。"也只有在家人和好友面前，她才会露出柔软活泼的一面。

谢母懒得搭理她，嫌弃地挥手："又不是小孩子了，不要缠着我，忙着呢。"

谢朝夕哭笑不得。

小镇上并不禁烟火，大年三十从傍晚到凌晨，都有爆竹的声音，热闹极了。

她走到阳台上，抬头凝望夜空绽开的绚烂烟火，突然想起了江烨。

当时，她跟随MODA时尚买手学院的导师，去法国参加了MBA国际游学与实践。空闲的时候，她一个人溜达到了战神广场。那天天气阴冷，细碎的雪花不断飘落，她转悠了一会儿就打算回去，但她留意到一个沉默地坐在长椅上的年轻男人，没有打伞，也没有穿暖和点的棉衣，一身单薄的长款大衣，大概坐在那里很久了，他的头发和肩膀上都积了浅浅的一层雪霜。

出了国门，难得看到一个同样肤色发色的人，心肠也会比平时更热。

她在他旁边坐下，静静陪他坐了会儿，然后状似不经意地问道："心情不好吗？"

他沉默不语。

她还说了一些话，具体是什么已经忘了，但他一直没有任何反应，连眼角余光都没朝她这边瞥过来。过了会儿，她去旁边的商店买了杯热咖啡，连同伞一起留在椅子上，准备离开时，又多嘴了一句："其实，没什么过不去的坎。"

他突然抬起眼睛，在漫天风雪里朝她看来，目光淡漠，甚至可以说冰冷，嘴角慢慢勾了下，似乎在嘲笑她多管闲事。

本来以为不会再有交集，回国半年后，谢朝夕却在一次酒会上看到了他。

他被众星拱月地围在中间，正说着话，看到她微笑颔首，光风霁月的脸上完全看不出巴黎风雪里一丝一毫的阴霾。

两人这才正式认识，后面的发展也都顺理成章。

只可惜，交往不到两个月，她就发现江烨有很强的控制欲。她的个人生活、工作和朋友，他都想要掌控。在很多女性眼里，这也许不算什么大问题。毕竟有个可以依赖的人什么都给你安排好，让你没有后顾之忧，难道不会更舒心吗？但谢朝夕不这么想，江烨也不觉得自己有错，两人无法达成共识，就只能快刀斩乱麻。

没什么对错，只是不适合而已。

时间匆匆，谢朝夕本来想再休几天年假，带着家里人出去短途旅行，谁知道中途就出了点差错，一个电话结束了平静悠闲的生活，她火速回到了公司。

一月下旬刚上的春季新品，被举报到了消费者协会，本来以为事情不大，但接下来的一段时间内，消费者的举报数量直线上升，甚至惊动了国家质监部门。经过检测，发现禾田服装的大量面料甲醛指数超标，舆论哗然，禾田也被推上了风口浪尖。

微博、贴吧、论坛激烈地讨论了起来，网友们纷纷表示失望、愤怒，将禾田视作无良吸血商。一些受害者甚至晒出了购买服装的单据和医院病例，他们因为这些不合格面料出现了呼吸道炎、皮肤炎、结膜炎等疾病。其中一位王小姐更是晒出了自己布满血丝的双眼，触目惊心！

会议室内鸦雀无声，公司高层俱在，许总面色阴沉，将一份文件摔在了桌上："质监部门的整改令，都看见了吗？我们是做服装的，设计、潮流抓得再好，质量不合格，一切都白搭。当时谁联系的面料商，又是谁去看的货？我很好奇的是，这批服装是怎么通过质检的？！"

梨子跟小周对视了一眼，胆战心惊地举了手，说："我跟小周去看的货，抽样质检每一项参数都是达标的。"

许总问："厂商是哪一家？"

谢朝夕心中疑惑重重，开口说："面料商是恒容，是一家几十年老厂商，他们的价格和质量相对其他几家，比较有优势。之前公司跟恒容合作过两回，订货前我也去厂子里看过，但这次……他们以次充好的行为，我们一定要追究到底。"

许总没想到老牌厂商这样坑他们，一巴掌拍在桌上，杯子里的水震落一摊："这件事我们不能背锅，准备一下材料，立刻起诉他们，我们法庭上见真章！"

吴映蓉迟疑了下："从面料采购到成衣制作，三次质检不太可能出这种问题。"

"你的意思是？"

"公司内部也有纰漏。"

会议室的人纷纷点头，很有可能有人为了利益在面料上动了心思。

刘月抱着文件匆匆走来，刚好听到了这句话，脚步僵了一下。

谢朝夕的目光从她身上掠过，眼角突然跳了一下："这件事必须查清楚，但现在最重要的是公关，怎样给消费者一个交代，平息他们的怒火。"

许总略一颔首："你怎么看？"

谢朝夕言简意赅道："我跟许总的意见相同，首先要召开记者会表明态度，其次是起诉面料商，在微博、论坛、报纸上公布进度，并且将庭审进行网络直播。另一方面，召回市面上所有的春季新品，在原有款式的基础上进行调整，更换健康安全的面料，重新制作上市。"

"公司的损失不小啊。"

"这次闹得太大了，不给一个交代，品牌形象就毁了。"吴映蓉见许总还在迟疑，"不过这样损失太大，时间差太长。我建议将库存里的旧款拿出来，小幅度修改，直接上货。"

谢朝夕不太赞同："虽然修改旧款是默认做法，但从未出现过整个季度都以旧改新的事情，这对公司形象不利，消费者会怎么说我们？"

吴映蓉语重心长道："朝夕，哪能什么都完美呢？如果按照你的处理方法，别说第一个季度的损失，连第二个季度也会受到影响，我们要及时止损。"

谢朝夕还想要说什么，许总已经拍板定论了。

"就按照这个方法来。另外我再补充一点，联系那些受害者，我们将给予赔偿和补偿，庭审直播也不必了，公司的内部资料会被透露出去，再说我们也是受害者，没必要这么公开透明。"顿了顿，他又道，"还有记者会，映蓉你负责发言。"

"朝夕不久前刚上了一个访谈节目，公众形象很好，她去最适合。"

许总恍然一笑："对，差些忘了，那朝夕就你去吧。"

"好。"

第二天，记者会召开，无数镁光灯闪动，话筒气势汹汹地塞到面前，谢朝夕向众人九十度鞠躬，诚恳发言后，面对那些苛刻的提问，一一耐心作答。

记者A道："所以，谢小姐的意思是面料商为了利益以次充好，跟禾田完全无关吗？"

"不能说无关，我们必须承认，禾田的质检存在漏洞。所以从今往后，禾田的所有服装，都从抽检转为普查。至于不诚信的面料商，我们深感痛心，也将立刻采取法律手段追究到底。"

记者B道："你们打算怎么赔偿消费者？"

谢朝夕沉默了一下，按照她的想法，应该直接赔钱，但吴映蓉和许总跟她的想法不同。她只能按照商讨结果，回答："每一个消费者我们都将报销医疗费，并且一年内，禾田都会赠送代金券作为补偿。"

代金券？有些记者的脸上就差直接写上"抠门"两个字。

谢朝夕补充了一句："我们不想损失这些顾客，而且希望能够加强双方的黏性，令他们看到焕然一新的禾田。"

记者C道："那请问……"

半个小时后，记者会结束。

谢朝夕走出大厅，露出了一个轻松的笑容来。

公司里，一些员工在低声讨论着什么，义愤填膺，但是一见到谢朝夕走进来，他们立刻四散开来，若无其事地埋头工作。谢朝夕察觉气氛不对，还以为是他们太紧张了，开口安抚激励了几句。

刘月走过来，笑容有些古怪："经理，许总让你过去一下。"

"嗯。"

谢朝夕正好要去汇报记者会的情况，略一点头就朝CEO办公室大步走去。

许总坐在沙发上看文件，他的旁边还有个妖媚漂亮的女人，她见谢朝夕来了就露出甜美的笑容，此人正是公司的首席设计师——慕青青。

慕青青挺有手腕的，尤其善于处理复杂的人际关系，在公司里拥有一定人气。她刚出道时，许多设计都令人眼前一亮，后来就渐渐沉寂了。她到了禾田后，交出的设计也还不错，但坏就坏在，风格跟禾田不太契合。

最让谢朝夕无法忍受的是，慕青青交不出好稿子后，就想走捷径。

"那么许总，我先走了。"慕青青拿起手袋，娉娉婷婷地离开了。

"去吧，夏季新品好好做。"

门关上，偌大的办公室只剩下两个人，谢朝夕忍不住说："慕小姐的这两批设计都卖得不好，或许她应该看看告罄率和存销比，去年还出过跟别的公司主打款撞设计的事情。"

许总没说话，把桌上的文件拿起来。

谢朝夕见他没反应，就说起了记者会："今天的记者会已经……"

但这句话才开了个头，呼啦一声，许总手里的那一沓文件就砸在了她的脸上，纸页纷纷扬扬落了满地。

谢朝夕脑海中短暂空白了一秒，这一秒既短暂又漫长，事情来得突然、毫无头绪。她第一个想法是，许总是不是恍惚，认错人了。

但显然没有，许总看起来很冷静，思维清晰。

他冷冷地说道："法国商科学院毕业，精通中英法三国语言，曾在法国著名品牌公司里工作过很长时间……你就是用这份造假的简历，欺骗了公司整整三年。你还有什么想说的吗？"

谢朝夕很快就冷静了下来，诚恳地说："这件事我非常抱歉，我不会辩驳什么，错了就是错了。但在公司的这三年，我的工作能力大家有目共睹，我没有辜负过许总的信任，就这个职位而言，我相信自己交出了令人满意的答卷。"

"不错。工作能力远比文凭重要，但一个人的品行又高于前两者。"

许总紧紧盯着谢朝夕，双眼中燃着熊熊怒火："你应该把地上的文件捡起来看一下。不查不知道，这份问题面料的订单是你签的字！"

"这件事我有连带责任，许总要追究我也没话说，但大部分原因是面料商不诚信，让公司蒙受损失。"谢朝夕弯腰将纸页一张张捡起来，在瞥见某一页时，她猝然睁大眼睛，手指颤抖，"这……"

这份订单合同，就是刘月曾经拿给她看的那一份，她还发现了一两处小细节的问题，让法务重走了一遍才签的字。但现在，几条不合理的条款凭空冒了出来。一眼望去，她只觉得每个字都认识，合起来却像是一把无形的巨锤，狠狠砸在她的心上。

她脑袋嗡的一声，好几秒钟都没听清许总在说什么。

"我有多信任你就有多痛心，看到这份文件的时候，我真觉得自己瞎了眼！"许总的声音从齿缝中挤出来，"恒容的负责人打了电话过来，他们根本没有和我们签过什么合同，我真想问，你从哪里找了这么家皮包公司来顶替的？你想钱想疯了，还是公司亏待你了？"

谢朝夕的目光落到最后一页，签订的乙方哪里是什么"恒容"，而是"桓容"，一个偏旁部首之差，根本就是另一家公司了。

她慌忙翻了几页，是了，如果有人要做手脚，他们大可以在盖章之前偷换其中几页，这份合同盖的也不是骑缝章。

谁这样陷害她？

脑海中浮现出慕青青的笑容、刘月古怪的眼神，甚至还有……她不敢往下想，整个人如坠冰窖。

"你还有什么话可说？"许总嗤笑了一声。

死寂。

许总疲倦地揉了揉太阳穴："五百万，只要你补上这笔赔款，公司不会追究你的刑事责任。看在过往的情面上，我已经对你十分宽容了。"

她不敢去看许总的眼睛，抓着合同的双手不停颤抖，指甲几乎戳穿了纸页。

一个小时前，她还因为妥善处理了这次公关危机感到庆幸；一个小时后，她就成了这件事的罪魁祸首。刚刚那场记者会，也会成为一个笑话。

"许总。"谢朝夕的声音微颤，解释的话连她自己都觉得苍白无力，"不管你信不信，这件事真的跟我无关。"

许总懒得再看她一眼，不耐烦地说："你走吧。"

门在背后合拢的瞬间，谢朝夕闭上了眼睛，沉沉地叹了一口气。

窗外的天空万里无云，璀璨的阳光洒落进来，将空气中的浮尘染成金色，缓缓旋转。这样明媚的天气，本该有一副轻松的心情，她却以这样屈辱的方式离开公司。

她失魂落魄地往外走去，高跟鞋的声音不再利落干脆，但是到了办公室前，她立刻整理好了情绪，戴上漠然的面具，好似战士一样挺直了自己的背脊。就算处于如此狼狈的境况，她也不允许自己露出弱者的表情。

部门职员向谢朝夕投去复杂的目光，冷漠、愕然、幸灾乐祸，显然这件事已经不是秘密。时至此时，谢朝夕才发现自己的人缘真的不怎样。

刘月语气体贴、温和地说："夕姐，你的东西我帮你简单收了一下，东西有点多，不太好拿，要替你叫一辆车吗？"

谢朝夕冷笑了一声，突然朝刘月走过去，也不说话，就是不带一丝表情，居高临下地盯着刘月。谢朝夕将近一米七，又穿着高跟鞋，非常有压迫性。

刘月往后退了两步，眼神有些躲闪。

"谁让你动我的东西？"

刘月轻声道："我也是一番好意啊。"

"刘月，那份合同怎么回事，你比我更清楚。"谢朝夕直直盯着刘月的眼睛，一字一句地说，"不就是想往上爬嘛，这没什么，但是用了龌龊手段，就算有一天你们走到这行的顶端，也别想抬起头来。"

谢朝夕用的是"你们"，难道她都知道了？

刘月下意识地避开了她的目光："我不知道你在说什么？"

"不用手段，只配在我之下。你们自己承认的。"

谢朝夕轻蔑地笑了一声，去办公室收拾东西。

"冰雪女魔头"横行霸道已久，大家还有点顾忌，就算她离职了也不想引起仇视。谢朝夕还在的时候，那些个同事只敢默默围观，不敢发言，看她走远了，才敢出个声。

有人走到了刘月旁边，冷嘲热讽道："她以为她是谁呢？已经被扫地出门了还这么嚣张。月月姐，也就你还这么忍着她。"

"受虐习惯了呗。"

"怕什么，这件事一出，她就是行业黑名单了，还有公司会要她吗？"

刘月心里一下子舒坦了，笑了笑："应该没有吧。"

梨子红了眼眶，欲言又止很久，又默默垂下了脑袋。

谢朝夕收拾好东西出来，同事们又闭了嘴，她笑了一声，大步走了。她现在才知道，部门里的人是真怕她，落井下石也不敢当着她的面。

到了楼下，她回头看了一眼。

二楼的咖啡厅里，吴映蓉端着咖啡杯，静静伫立在落地窗前，脸上有淡淡笑意。她似乎没注意楼下是谁，只是随意瞥了一眼就收回了目光，跟旁边的人说话去了。

谢朝夕抓着手中的纸箱，手指甲用力掐了进去。

她的心脏像是被一只无形的手攥紧，痛得难以呼吸。

过了一会儿，她收回视线，努力保持平静，谁料下台阶的时候脚下突然一滑，整个人就收势不住地往后仰去，狠狠摔在地上，纸箱也骨碌碌滚下来。她飞快地爬起来，捡了东西就走，直到拐了弯到了那栋楼的视觉死角，她才扶着花坛坐了下来。

火辣辣的痛感迟钝地传来，鞋跟也断成了两截，她烦躁地抓了抓头发，突然就颓丧了起来。

第二章
坠入谷底

我拒绝可爱，我就是傲慢的，我绝不低头。

—— Coco Chanel（可可·香奈儿）

从前光芒万丈的传奇买手，一朝跌入谷底，成为人人喊打的落水狗。

自从禾田在微博公布了消息，微博上就骂声一片。有人把禾田微博的内容和谢朝夕在记者会上义正词严的发言做了个对比，这个事情还上了个"表里不一"的热搜。

谢朝夕的名誉彻底毁了，接连三个月，她都没有找到新工作，以前千方百计想挖角她的猎头态度一百八十度大转弯。这样一个道德有亏的人，哪家公司敢用？

回想起吴映蓉那次访谈说的话，她当时只以为是吴映蓉关心她的社交，完全没看出吴映蓉对她的不满。

刘月是吴映蓉的助理，她都被牵扯进去了，谢朝夕不会天真地以为吴映蓉不知情。就算不知情，三个月来一个短信都没有，也能说明态度了。

谢朝夕想起这件事，心里就发寒。

江烨第一时间就打了电话过来，她没有接。

大概人到了一定年纪，就丧失了倾诉的欲望，就算委屈、愤怒和不甘，都一个人默默消化了，因为明白哭诉解决不了问题，还会把软弱暴露给别人。

江烨可以帮她，但凭什么帮她呢？两人从前有关系，现在也断了，她不想示弱。

但在三个月后，谢朝夕被现实打败了，她约江烨在一家旋转餐厅见面。

这家餐厅位于秦市最恢宏的大厦顶层，四面玻璃墙，天花板和地板都采用了先进技术，洒落漫天星光，就像是坐在星河里用餐一样。

江烨选了一个很好的观景位置，看她来了就起身，送了一束紫色郁金香给她，又给她拉来座椅。

他穿了一身黑色西装，温莎领结，这么刻板沉闷的颜色被他穿得很好看，沉稳又风度翩翩。

谢朝夕没什么朋友，出事后也没有跟任何人交流过，看到他唇边的笑容，心情突然好了一些，嘴角往上扬了扬。

"前女友，你真不好约啊。"江烨笑了笑，打趣她，"以前日理万机就算了，现在空了也不肯出来。"

一开口就戳她的痛处，谢朝夕没好气地说："没句好话吗？"

江烨不以为意："这点事情，值得颓废这么久吗？看你现在，都没什么斗志了，像个落水的小鹌鹑。"

谢朝夕的嘴角抽搐了一下，她觉得天都快塌了，但对江烨来说，只是个微不足道的小事。

"说说看吧，怎么回事？"江烨见她不吭声，微微一挑眉，"你看起来也不像利欲熏心的人。"

这人丝毫不理解她的心情，一脸看戏的表情，刚刚被他噎了一下，谢朝夕本来不知道怎么开口，听了这句话，心里突地一热，几个月来压抑的负面情绪找到了出口。

"我被陷害了。"她简单地把事情讲了一下，叹了一口气，"我什么证据都没有，吃定了哑巴亏。"

她想找私家侦探去调查那家皮包公司，但是一个现实的问题摆在眼前，她没钱。

今天应约，她心里又羞耻又期盼，希望他可以帮她一把，把她从深渊里拽出来。但是，她又怕他提要求。

她迟疑了一会儿，问他："你有什么看法吗？"

"这个简单，我找人帮你查一下。"江烨笑了起来，好整以暇地说，"不过没必要在这个圈子死磕吧？可以考虑下其他更轻松的行业。"

"比如呢？"

"比如娱乐圈，以你的条件，可以轻松入行。或者到盛世影业做管理，有我看着，你做什么不是顺风顺水？"

江烨没有掩饰他的目的，漆黑深邃的双眼望着她，等她的答案。

就算谢朝夕来之前就有心理准备，心里还是咯噔了一下，不过这三个月磨去了她的一些棱角，她没有立刻拒绝。

她开了句玩笑："我考虑一下吧，要是你成了我的老板，在你面前我是不是就要忍气吞声了？"

江烨微微一笑，建议她："那你可以考虑让我潜规则一下，我不对你好对谁好呢？"

她沉默了一下，问："这是条件吗？"

江烨又把问题抛了回去："你觉得呢？"

她想了想，摇头："如果不是走投无路，不考虑换行。"

如果她是一个喜欢聚光灯的人，当初的访谈就应该很愉快，她会竭尽全力获得观众的好感。她的微博应该更热闹，好好经营打造一下人设。

江烨非常惋惜："你知道我在想什么吗？"

江烨长了一双多情的桃花眼，含笑望着人的时候，总会让人产生一种被温柔对待的错觉。大概这也是那些女人前赴后继的原因之一，那些女人通常不去深思，花花公子的外表只是他的表象，不是他的做事风格。

他笑了笑，意有所指："我在想，要是真的走投无路呢？"

谢朝夕的笑容有些僵。

"你可以说是条件，或者你更愿意欠我的人情。"江烨笑了笑，"不过，我的人情你想怎么还？"

谢朝夕用力握着红酒杯，脸上在发热，心里在发冷。

记忆倒退回几年前的法国，她因为缺钱打黑工，被注销了学生签证，那时候她真的走投无路了，只能退学。

回国之前，她参加了学校最后一次圣诞舞会，穿着一身中国风礼服亮相，吸引了所有人的目光，很多人都想跟她跳舞。

她那天晚上心情不错，一改平时的淡漠，接受了一些邀请。最后一支舞是跟一个追求过她的富二代跳的，她已经忘记他叫什么了，但他说了一句让她印象深刻的话。

"做我的女朋友，签证的事我帮你搞定。考虑一下吧，我真的很喜欢你。"

"如果不呢？"

他摊了摊手："不要那样，谢，你不能让我白费力气。"

那时的情景和现在，多么相似啊。

谢朝夕晃了晃杯中的红酒，笑了笑，凑到唇边慢慢喝了一口。

江烨知道她不愿意，态度软了一些，叹了一口气："你知道江总的时间有多宝贵吗？跟我在一起，你竟然发呆？"

"抱歉，我只是想到了一些事情。"

谢朝夕早知道江烨会有要求，但她还是来了。

如果是别人，她可能拒绝了就走了，但是江烨的话……坏就坏在，她对他有所期待。

谢朝夕心里狠狠地抽痛了一下，只觉得难堪。

也是，江烨就等着她被现实打压，向他低头，然后顺理成章地待在他身边，成为一个解闷的宠物。他会控制她的生活，掌控她的人生轨迹，让她一辈子离不开他。

这不就是江烨要的吗？

但如果她愿意，当时就不会跟他分手。

丁零。手机屏幕亮了，谢朝夕翻看了一下，仓促地提起手提包，维持着笑容："表妹忘记带钥匙，我回去了，看来只能放你鸽子了。"

她起身离开。

江烨垂眸一笑，挽留她："我开玩笑的，你别当真。"

他拉住她的手腕，有些冰凉的手接触到她的皮肤，谢朝夕却像是被烫了一下，立刻甩开。他的胳膊撞在桌上，带落了一个酒杯，啪的一声，周围好几个人看过来。

谢朝夕的反应太大了，她也愣了愣，连忙提着包走了，不一会儿就消失在了走廊尽头。

这姿态，有些狼狈。

江烨若有所思，他瞥见了她手机上的内容，就是条垃圾信息而已。

他希望她待在他随时能看到的地方，让他为她保驾护航，遮风挡雨，她就这么不愿意吗？

女侍者礼貌地上前询问："江先生，菜还上吗？"

"嗯，不过我现在少了个女伴。"江烨微微一笑，做了个请的手势，"你愿意坐下来陪我吗？"

女侍者涨红了脸。

夜幕降临，清风徐徐，灯光下的老城区一片昏黄。

出租车在路口停下，谢朝夕走进悠长的巷道中，突然接到谢母打来的电话，她眉心一跳，用轻快的语气道："妈，我在佛罗伦萨呢。你知道，这里是艺术之都，无数的时尚、创意，还有灵感都在这里。"

烧烤摊上，一些客人抬起眼睛。

高挑的长发美女从远处走来，一身简洁利落的男士西装，Jimmy Choo的银色尖头高跟鞋优雅而冷感，殷红口红，气场十足，再一听她通话的内容……

大庭广众之下胡说还能这么泰然自若，也是少见。

谢朝夕旁若无人地继续打电话："这里有我很欣赏的一个设计师，他的设计很符合我们公司的理念，所以我亲自来看看货。好啦，你就放心吧，我工作生活一切顺利，一会儿我还要去菲拉格慕酒店吃大餐。接我的车来了，先挂了哦，拜。"

挂上电话的刹那，笑容就从她脸上退干净了。

谢朝夕面无表情地走进小摊里，在塑料板凳上坐下。劣质的木桌上满是油腻，她嫌弃地蹙眉，拿纸巾擦了又擦，将手提包搁在腿上。

胖胖的老板穿着围裙背对着众人，正往烤串上刷着辣椒油，黑烟袅袅，油滴落在烧红的炭上，发出嗞嗞的响声，烤串的香味混着炭的味道弥漫。

"老板，二十串烤羊肉，一瓶冰啤酒，谢谢。"

老板笑呵呵地道："好嘞，美女稍等。"

只隔两条街的地方，就是这座国际大都市的购物中心，高楼林立，霓虹拥簇下的玻璃幕墙熠熠生辉，上面是巨大的LED屏幕。下午去的时候，她站在广场上凝望了很久。

那是一则华丽的时装广告。

如梦似幻的灯光，鲜花拥簇的场景，伴随着轻盈的曲调，一个个美丽的精灵优雅而来，轻薄的裙裾随着步伐轻轻飘荡，修长的双腿若隐若现。

这则广告是她看着做出来的，只要有一点瑕疵她就驳回，广告公司前前后后做了有二十多个版本，她才拍了板。从某些方面来说，她应该是广告公司最唾弃的那种甲方。

"喂，这个姐姐……"

谢朝夕的思绪被打断，出声的是旁边桌的一个少女。

烟熏妆，吊带和牛仔裤，耳朵上五六个耳钉并列，少女瞅了谢朝夕许久，终于按捺不住地凑了上来，小声问她："姐姐，你这高跟鞋和包包是在网店买的啊？看起来可真了，能不能把地址发给我？"

谢朝夕说："专卖店。"

"别装啦，姐姐。真的假的，我还看不出来吗？"少女被她冷淡的态度和言语激怒，阴阳怪气地说，"别开玩笑了，OK？大家都懂。"

买得起正版，还来这种路边小摊？

"是真的。"

谢朝夕抽出了一次性筷子，啪地掰成两根，有些漫不经心。

少女的同伴见她碰了一鼻子灰，冷哼一声，嘲讽谢朝夕："好吧，你在佛罗伦萨的事情也是真的，哈哈。"

少女乐得不行，冲谢朝夕做了一个鬼脸，坐回去了。她与两个同伴说说笑笑，时不时就瞥谢朝夕一眼，嘲讽的话语一句接着一句，也不压低声音，故意要让谢朝夕听见。

谢朝夕望着远方夜色，充耳不闻，也懒得计较。

这段时间以来，身心俱疲，至于在佛罗伦萨的事情，本来也应该是真的。

"好巧啊。"

一辆白色的BMW在巷口停了下来，车窗缓缓降下，精致漂亮的女人勾起了红唇。

慕青青将车门打开了一半，又重新关上，扑哧一声笑了："不好意思啊，我就不下车了，下来不知道坐哪儿好呢……有些脏。"

站在云端上，被追着捧着的时候，就算是敌人也都会戴上一张友善的面具。落到泥里后，那些人的面具应声而裂，露出底下的狰狞面孔，比如慕青青、刘月。

谢朝夕喝了一口冰啤酒："想说什么就说吧，慕大小姐，你这样很没意思。"

"不要误会啊，我没有别的意思，只是看到你在这里有些惊讶而已。"慕青青嫌弃地看了看周围，"没有想到你会在这种地方坐着。"

"那又怎么样？"

"我原本以为，你会永远带着冷冰冰的笑容，对所有人颐指气使，或者穿着漂亮的礼服，端着红酒杯，游走在各种高级酒会上。又或者，坐在各大SHOW场的第一排，挑剔那些时装和设计师。"慕青青呵呵一笑，幸灾乐祸地耸了耸肩膀，"不过这些，呵，以后都没有了。"

谢朝夕神色淡淡地反问："那又怎样？"

不是不在意，也不是不愤怒。

她知道慕青青想要看到什么，但她怎么会让慕青青得逞呢？

谢朝夕若有所指地说："依靠自己能力得到过的东西，我能得到第一次，就会得到第二次。这个道理可能你不太明白吧。"

"你！少在那里胡说八道！"慕青青被戳中了痛处，情绪顿时激动起来，怒道，"你还是担心自己吧，大概没有公司会要一个有污点的人！"

谢朝夕的脸色骤冷。

慕青青冷笑一声，就要发动汽车离开，谢朝夕突然开口叫住了她："等等！"

谢朝夕接过胖老板递过来的快餐盒，大步走到了轿车旁边，在慕青青还没有反应过来时，一把将快餐盒砸进车里，油腻的烧烤散落在座椅各处。

"来都来了，我就做个东。共事一场，不用跟我客气。"

谢朝夕冷笑了一声，转身就走。

嘀嘀嘀！

慕青青愤怒地拍着方向盘，刺耳的鸣笛声响起，她把脑袋探出了车门，大声说："谢朝夕，你现在再怎样也不过让我多花几十块钱洗车，你还能够对我的设计指手画脚吗？你找了三个月的工作，有地方肯要你吗？你完了！你彻底完了！！"

烧烤摊上的人看了一场大戏，交头接耳，慕青青气急败坏地开车离开。

没一会儿，谢朝夕又重新走了回来，周围小小安静了一瞬。

"老板，二十串烤肉，一瓶冰啤酒，打包带走。"

"好嘞。"

胖老板对谢朝夕的印象深刻，这样的大美人生活中很少见，看她的衣着打扮也不像是会出现在这里的人。她来过几次，大多买了就走，偶尔也会安静地坐在角落，浑身都散发着生人勿近的气息。

胖老板方才听到了一些，一边刷着调料，一边忍不住多嘴说了一句："这就对了嘛，美女，心情再不好，总得填饱肚子不是？"

谢朝夕笑了笑："是啊，所以我又回来了。"

十几分钟后，谢朝夕提着烧烤回了小区。

楼道中的灯光昏黄，灯丝发出刺啦响声，让人为它的寿命担忧。小区老旧，但治安管理还不错。谢朝夕租的房子是一室一厅，上一任租客把房子弄得乱七八糟，她足足花了三天时间才彻底清理干净房间。

客厅里放了很多东西，入目就是一排排落地晾衣架，上面挂满了罩着防尘袋的靓丽的时装，旁边还堆着很多纸箱，里面装着她收藏的包与鞋子，沙发则被挤在了一边。

唐一元盘腿坐在沙发上，开着一盏小灯写作业，听到开门声连忙收起手机，摆出专心写作业的样子，最后才抬起头朝她看来。

谢朝夕的嘴角抽了一下。

唐一元是她的表妹，从小关系亲密，也是她的忠实拥趸者，喜欢她喜欢的食物，听她喜欢的歌曲，在唐一元面前，唐母的话都没她的管用。记得有一次聚餐，唐一元拿着菜单唰唰一点，全是谢朝夕喜欢的菜，唐母在旁边酸溜溜的。

"姐姐，你带了烧烤呢？好香啊！"唐一元吸了吸鼻子，迫不及待地打开了快餐盒，"正好加个餐，再继续战斗。"

"十一点之前能写完作业吗？"

"应该能吧。"

"快中考了，做作业用心点。我知道你成绩好，但态度也要放端正。"

谢朝夕打开Macbook（苹果笔记本电脑），一边看了看时尚圈的新闻，一边继续投递简历，犹豫了一下，她把条件往下调了一些。

之前的简历投递基本上石沉大海，好不容易有了一家公司对她有兴趣，后来大概听说了什么，在她面试之后再无下文。

唐一元一边吃东西，一边问道："姐姐，我们为什么要住在这里啊？"

"不是说过了吗？让你体验一下生活。"

"已经体验了很久了，差不多了吧。"唐一元撇了撇嘴，有点郁闷，"这里真的不好，整个小区都灰扑扑的，又老又旧，像20世纪90年代的房子一样，外面也没什么好逛的地方。"

"让你感受下同一座城市的不同生活圈，免得你花钱总是大手大脚，以为一切都很容易办到。"

"楼上的夫妻还总吵架，大半夜的吓死人了……"

仿佛要印证唐一元说的话，男女的怒骂声从窗外传来，伴随着咚咚咚的捶桌声。唐一元缩了缩脖子，拿手指了指楼上，表情一言难尽："又开始了。"

谢朝夕皱了眉头，心里烦躁起来。

她关好门窗，抱着手臂等了五分钟，怒骂声完全没有停下来的意思，过了会儿，女声弱了下来，男的怒吼却越来越大，同时伴随着拳打脚踢声和孩子的哭闹声。

她直接报了警，霍然起身道："我出去一下。"

唐一元"哦"了一声，下意识地摸了摸后脖子，凉飕飕的。

谢朝夕上了四楼，用力地拍门，过了会儿，男人的怒吼声清晰地传出来："谁啊，大晚上没完没了地敲门要干吗？"

门唰地开了，男人满眼红血丝，酒气扑面而来，额角一道刀疤，一看就不是什么善茬儿。他身后是抱着孩子不断流泪的女人，那女人头发凌乱，脸上和胳膊上都是乌青的痕迹。

男人双眼充满戾气，几乎喷出火来："又是你！"

谢朝夕说："我报警了。"

女人的目光跟谢朝夕对上，有些难堪地低下头，随即又抬起眼睛，湿漉漉的双眼里面都是恳求。

"这是我的家事。"刀疤男打着赤膊，恶狠狠地瞪着这个多管闲事的女人，嘴巴里喷出唾沫星子，"我就是把她打死在这里，都不关你的事！"

谢朝夕嫌恶地往后退了半步，声音平静："跟我吼什么，打女人了不起？"

刀疤男骂了句脏话，指着楼道对谢朝夕说："滚！不然连你一起打！"

两个警察刚走上楼，就听见这么嚣张的一句话，怒喝道："打谁呢？你要打谁？这么嚣张是不是还想袭警啊？"

刀疤男顿时就怂了，好声好气地说："家务事，只是一点家务事。"

警察往里面一瞧，还有什么不明白的。

"不然你问我老婆，我们就吵个架而已，是这女人多管闲事！"刀疤男转头狠狠瞪了女人一眼。

女人缩了缩脖子，抱着怀里的孩子，低眉顺目："我们自家的事，不用外人管。"

谢朝夕皱眉，非常讶异，刀疤男得意地冷哼一声，她突然明白过来，刚刚女人恳求的眼神，不是求她帮助自己，而是求她不要多管闲事。

警察早就见怪不怪了，他们对这家人熟悉得很，也不是第一次出警了，更严重的时候都有。等男的醒了酒，哭着跪下来认个错，老婆被打骨折了都要原谅他。

今天嘛，一点皮外伤，之后的发展警察都能想到。

谢朝夕冷着脸说："我不是多管闲事，他们吵架打架严重影响到我休息，我可以告他们扰民吗？"

警察立刻表示："这必须要好好教育。"

回到家里，唐一元已经睡着了，小孩沾床即睡的本事让每一个成人都羡慕不已。

楼上彻底安静了，谢朝夕坐在沙发上发了会儿呆，回过神来的一瞬间，看着陌生的四周差点忘记自己在哪儿。

由俭入奢易，由奢入俭难，从宽敞的公寓搬到这里，谁都不会习惯。只是她现在的财务状况堪忧，就连住在这里，都要省吃俭用，至于她的前途……

她对慕青青大放厥词，其实心里完全没底。

五百万的赔款对她来说不是小数额，她卖了公寓和车，还赔上了所有存款，现在看着银行卡上的数字，整夜整夜睡不好觉，粉底都快遮不住她的黑眼圈了。

房间里，假人模特穿着一件令人惊艳的中国风礼服，鲜艳大气的中国红，优雅古典的裙裾，华丽细致的纹绣，复古的盘扣——她钟爱的设计师的作品。

"委屈你了。"

谢朝夕轻轻地摸了摸裙裾，嘴角往上一扬，心情稍微好了一些，耳边突然响起一些嘈杂的声音：

"对不起，谢小姐，我们老板听说了一些事情，所以……"

"抱歉，公司已经有了更好的人选……"

"我们真的很抱歉……"

谢朝夕心里又沉重了一些，她拍了拍脑袋，洗了澡，卸了妆，镜中映照出女人憔悴的面容。

谢朝夕望着镜中女人的眼睛，轻声告诉她："It's ok to have a bad day.睡个好觉，只要不放弃，事情一定会有转机的！"

叮咚一声，一封邮件提示。

谢朝夕稍稍一愣，扑到床上将邮件点开，有公司发来了一封面试邀请。她满是晦暗的双眸骤然被狂喜点亮，却在看到公司名字时浑身一僵。

Grace格瑞斯，国内有名的轻奢品牌。

贺东诚的独资公司。

犹豫了一会儿，她删除了这封邮件。

江烨以前说过她性格奇怪，明明她能吃苦能拉下面子，骨子里有时候却又透着让人费解的坚持和天真。

其实她的工作完全没有别人看到的那么顺利，只是她肯拼而已。她一步一步走来不容易，原以为哪怕落魄到谷底，也不过是再重来一次，但现实跟想象存在很大的距离，从头再来并没有她想象中那么简单。

所以第二天，当她在维亚购物中心等待某个晚到两个小时的白富美时，心情还是有一些崩溃。

白富美叫白昕，是个刚上大学的学生。由此可见人与人之间的起点是不同的，同样的年纪，有的人为了学费兼职赚钱，有的人艰难创业，还有白昕这样的，开的是玛莎拉蒂新款，提的是CHANEL限量，整天没心没肺，只用考虑吃什么穿什么。

"嘿，谢朝夕！"酷炫的轿跑在街口停了下来，白昕从车厢侧窗朝她看来，扬了扬手中的墨镜，"还以为你等不及会直接走人，最近耐心可以啊。"

"谢谢，记得按时间付钱就行。"

"果然，穷是一切的源动力，我以为像我这么讨厌……不，像我这么让你讨厌的人，你应该懒得应付才是。"

谢朝夕笑了："所以大小姐，你应该庆幸你还有点钱。"

白昕被嘲讽了也不生气，不以为意地耸了耸肩膀。

泊好车后，白昕下了车，同来的还有两个女孩子，她们偷偷打量着谢朝夕，有些好奇。

不管是外形还是气质，谢朝夕都足够吸引人。

她有一张精致的瓜子脸，雪肤乌发，细腰长腿。她身材高挑，踩了一双高跟鞋，再加上那一双细长清冷的眼睛，不仅气场十足，也冷气十足。

公司有人偷偷议论过谢朝夕，夸张地表示："谢经理一来，办公室不用开空调，都像在北极吹冷风。还有那句古话说得太对了，冰冻三尺，非一日之寒啊。"

白昕看到两个同学的神色，有些得意，按捺下了这种情绪，然后才用淡定的语气提道："忘了介绍，谢朝夕是一个很厉害的时尚买手，公司一年度的服装设计都需要她去把关呢。噢对了，我们是在巴黎的高定秀上认识的，说来也是有缘，我好几次看SHOW都遇到了她。"

"哇，这么厉害？"

两个同学惊讶又向往，满足了白昕的虚荣心。

白昕嘻嘻一笑："是呢，不然我为什么让她来陪我逛街呢？她的时尚品位很好，一会儿让她也给你们搭配一下。"

几个人逛了没多久，白昕没买到什么，两个同学手上已经拎了几个纸袋了，两人满脸喜悦，每到一个品牌店前，她们都会好奇地看向谢朝夕。

谢朝夕对服装品牌如数家珍，从品牌理念、品牌一贯的风格，到品牌的设计师，都非常了解，偶尔还会说起几个有趣的小插曲。

三人听得有意思，冷不丁没了声音，她们顺着谢朝夕的目光看过去，就看见店长从店里急匆匆走来，脸上堆满了笑容。

"经理，你来巡店吗？"

谢朝夕抬眼一瞥，招牌上是：HeTian禾田。

谢朝夕还没有说话，一个傲慢的声音就从几人身后响起："你难道不知道，她已经被公司开除了吗？"

店长愕然。

慕青青走过来，助理提着一大堆东西跟在后面。慕青青存了心要让谢朝夕难堪，不等几个人说话，她就勾起红唇，指桑骂槐地说：“作为店长，你平日都不看看公司的消息吗？随随便便让人进去指手画脚，再带走店里的东西，你来负责？”

店长尴尬不已，连忙说：“哪会这样？我们没在公司群……”

他们就是普通销售，消息哪有这么灵通？就算有个公司群，也只是销售部的小群，内部群岂会让他们进？她之所以认识谢朝夕，还是因为谢朝夕经常到店里来，其他人哪有这个闲心？

白昕挑了挑眉毛，看戏。

谢朝夕就跟没听到这句话似的，继续往前走，然后状似不经意地提道：“方才忘记说了，这个品牌的首席设计师，喜欢走捷径，尤其喜欢把国内外各大品牌的亮点元素东拼西凑，粗略一看还不错，细看之下就……哈哈，可别穿了，让人笑话啊。”

“这不就是抄袭吗？”白昕顺口就来了一句，声音又清又亮，“好意思吗那个设计师？”

慕青青气得脸色都青了，提高声音：“你站住，谢朝夕你什么意思？”

谢朝夕不搭理她，云淡风轻地对白昕三人说：“我的意思很直白了吧？以后看见这个牌子就不用进了，浪费时间。”

白昕笑嘻嘻：“那当然，我小学语文及格了。”

慕青青脸色一阵青一阵白，狠狠瞪了那几人一眼，转身就走，同时拿出手机拨号，对面很快就接通了，平静冷漠的女声从听筒传来：“找我做什么？没事我挂了。”

“我遇到谢朝夕了。”

“然后？”

“我就直说了，看到她好好的，我很不爽，我要让她彻底滚出这个圈子！”慕青青说完等了几秒，见那边没反应，讥讽了一句，“你现在想收手，已经晚了。”

对方沉默了一瞬，说：“还不够吗？”

“你觉得她死心了吗？”

当然没有。

如果谢朝夕死心了，就该离开这座城市，离开这个圈子，从她们的视线中彻底消失。但现在看来，就算长达三个月没有任何工作，谢朝夕依然坚持着。

呵呵，何必呢？她们不会允许她重新爬起来！

慕青青紧紧握着手机："我要让她知道，有些事情，不是努力和坚持就可以的！她就应该被生活打压，就应该在她眼中的小人面前哭着求饶！"

谢朝夕陪着三人继续逛街，一路上侃侃而谈，完全没有被影响到心情的样子，白昕的两个同学时不时朝她看去，对她佩服又好奇。

行业内，时尚买手和设计师很少能心平气和地相处，越大牌的时尚买手越强势，越大牌的设计师越难伺候。不过公是公私是私，慕青青偏要把两者混为一谈，以至和谢朝夕共事不过半年，就结下这么深的仇怨。

谢朝夕觉得是公事，没放在心上，直到现实一巴掌把她打醒。

不过，她到底职场历练了几年，被当面嘲讽，还不至于表现到脸上。

逛完一层楼后，一行人到咖啡厅休息。

服务员端着托盘送来了几杯咖啡，醇香的气味弥漫开来，纾解疲乏的神经。

谢朝夕端起美式咖啡，手机叮咚一声，收到一条短信：

"今天看了一场不错的戏，所以我决定给你加钱！"

白昕放下手机，冲谢朝夕抛了个媚眼。

谢朝夕笑了笑，有些无奈。

一个身材修长的男人推门走了进来，在旁桌坐下。白昕的两个同学眼睛一亮，窃窃私语起来，又用手肘撞了一下白昕，示意她往那边看。

男人坐在单人沙发上，专注地看着笔记本电脑，侧脸线条坚毅而优美。修长的手指在键盘上敲击，弯曲起优雅的弧度。咖啡厅里的人频频侧目，就连来送咖啡的服务员，笑容都格外温柔。

"谢谢。"他抬起眼眸，微笑颔首。

白昕调整了一下坐姿，忍不住赞美道："真是极品啊！"

两个同学深以为然。

"你不觉得吗？咳。"白昕想要听到谢朝夕的点评，在她心目中，谢朝夕的高水准审美代表权威。

谢朝夕顺着他们的视线看了一眼，嘴角一抽，冤家路窄的熟人——贺东诚。

她委婉地说："没机会了，他一定是在等人。"

白昕刚要辩驳几句，就见一个戴着鸭舌帽的高挑女人走过去，在男人对面坐了下来，两人开始交谈。

这个女人谢朝夕也认识，是那个刁难视频的女主角：代熏。

白昕有些失望，转过头来跟谢朝夕打听："那个……谢姐姐啊，你是不是认识男神啊？"

"……"

这大小姐还真是，有事谢姐姐，没事谢朝夕。

"认识，是个同行。"

这货就是个祸害的长相，偏偏还不走冷漠总裁的路线，待人处事就像春风一样和煦。当然，在谢朝夕看来，这都只是虚假的表象而已——不懂时尚、追逐利益、人面兽心才是贺东诚真实的代名词。

谢朝夕向来公事公办，很少针对什么人，但是她愿意给贺东诚特殊待遇，送上一个360度的全方位点评："这人作风有问题，隔三岔五就换女朋友，对你说了什么话，过几天又原封不动地对另外一个女人说。"

"不是吧？"

"商人逐利嘛，他追求利益最大化，同样的话说几遍可以少费点脑细胞。简而言之，花花公子的外表，肮脏的商人内心。"

白昕冲谢朝夕挤了挤眼睛，非常八卦地压低声音，暧昧地说："你怎么知道啊？难道……你也是他的前女友之一？"

"我只是看不惯他而已。"谢朝夕看了看腕表，"去逛第二层吧。"

白昕叹了一口气，又留恋地看了几眼美色。

几个人正要离开，服务员礼貌地递过来一张纸条，打了个手势，示意了一下旁边的贺东诚。白昕抢先看了纸条上的话，没忍住噗的一声笑了。

纸条上面写了一句话——

"本人就算再饥渴，也不会有谢小姐这种冷血、刻薄、不近人情的前女友。"

贺东诚往椅背上一靠，没有转过头来。倒是代熏，对几个人露出了一个微笑。

背后说人被抓了个正着，这人是什么耳朵？谢朝夕笑容不变，手上慢慢把纸条揉成了一团，用力压了又压，路过垃圾桶时一把扔了进去，如同她扔的就是贺东诚这个垃圾本人。

贺东诚："……"

白昕急急忙忙追上去，挽了谢朝夕的胳膊，扬起甜美的笑容，甜腻腻地喊了一声："谢姐姐。"

"你到底想干什么？"

大小姐一低头，就是有事相求。

"那什么，谢姐姐，看你们挺熟的，你有他的手机号或微信吗？"

"……"

谢朝夕怀疑地瞥了白昕一眼，这货眼睛有问题？

白昕亲亲热热地说："不熟的话，他对你的点评能那么到位吗？"

谢朝夕无语了一瞬，又听白昕问道："刚那个女人看起来有点眼熟，你也认识吗？"

"是个模特。"

"怪不得身材那么好，不过脸应该一般吧？模特都是什么高级脸，一般都没法看，我感觉还是我略胜一筹。"白昕自我感觉良好，笑嘻嘻地说了自己的计划，"等她被甩了，我就上。"

果然眼睛有问题！谢朝夕矜持地说："那祝你好运吧。"

面前的门店装修明亮华丽，这是澳大利亚的品牌"Leya莱亚"，去年刚入驻中国，眼前的这家店是他们的第一家店铺，因为宣传到位，外加神秘的外国血统，挺受消费者的欢迎。

商场今天做活动，莱亚也不例外，部分商品的折扣低到50%，很少见。白昕的两个同学喜上眉梢，迫不及待地选了几件就跑去试衣间。

白昕看到一件心动的衣服，不动声色地瞥了一眼谢朝夕，没有立刻伸手拿。

"你买单？"谢朝夕突然问道。

"你陪我逛街，我付钱；她们陪我，我送点小礼物。"白昕扬了扬下巴，傲然道，"本大小姐，有钱、任性。你看不惯啊？"

"最近你可以多约我。"

白昕拉长了声音"哦"了一声，刚想要发表点什么看法，就见谢朝夕去了打折区，马上就跟了过去。

白昕兴致勃勃："你看上哪一件了？"

谢朝夕提着衣架，仔细端详了一会儿，又拿起了另外一件。

导购小姐跟在旁边，笑着说："小姐真有眼光，这件衣服在我们家卖得非常好，是今年的流行款。"

白昕瞅了一眼谢朝夕，手上已经接过了衣服，脚下还是没动。

"这件衣服的款式不错，面料也很舒服，它的组合性很高，可以跟任何配件搭配。通俗说就是，百搭、实穿。但是很可惜，袖口上两朵立体花饰是个累赘。"谢朝夕的目光看向另一条裙子，继续点评，"这条裙子也不错，但腰带破坏了整体美感。"

白昕不动声色地又把两个衣架挂了回去。

导购有些不高兴，努力找语句反驳："这两个款式都很好啊，可能只是不符合小姐你的品位而已，我们莱亚的设计师很有名气的。"

"你不觉得这款，跟去年的款式很相似吗？"谢朝夕重新把裙子拿了起来，"如果我没记错的话，这两件都是去年的夏季款，一个加了立体花朵，另一个加了腰带——舍不得拿新款打折，就拿了这些旧款充数。"

落地玻璃窗外，几个人从走道走过，为首的人西装革履，派头十足，旁边跟了两个助手，拿着笔记本快速记录着什么，那人路过莱亚时，恰好听到了这句话，立刻停下脚步。

导购的脸色僵硬，有些手足无措，店长留意到这边的气氛走了过来。

白昕惊讶："你怎么知道？"

"作为时尚买手，留意竞争对手的基本信息，不是很正常吗？"

店长心里一个咯噔，一见购物中心的经理蒋成立在门口，立刻压低声音道："这位小姐，请你不要来找碴儿，这是行内心照不宣的事情，你又何必说破？我们店不欢迎同行，请你离开。"

"心照不宣？你是第一天来上班吗？"谢朝夕笑了一声，"既然进驻了维亚购物中心，就要遵守这里的规则，为了自身的利益欺骗消费者，被发现了谁都面上无光，我说错了？"

"原来是谢小姐，说得很不错。"蒋成走了进来，对谢朝夕伸出了手，"希望有时间，可以和谢小姐好好聊聊。"

谢朝夕与他握手，微笑道："我很荣幸。"

她等这个机会，已经很久了。

两个同学在旁边看得目瞪口呆，白昕也有些愕然，明白过来之后，偷偷给谢朝夕竖了一个大拇指。

蒋成巡完购物中心，回了办公室，就跟助手吩咐说："莱亚违反了购物中心的条约，你打电话，让他们品牌的负责人过来一下。"

"好的。"

"我记得之前收到了谢小姐的简历，你跟她约一个时间。"

助手迟疑了一下说："可是经理，我听说了一些谢小姐的事情，她不太适合吧？"

蒋成在办公皮椅上坐下，一边拿出签字笔写了一些什么，一边说："我知道，不过这件事情……"

办公桌上的手机猝然振动起来。

蒋成接起电话："喂，你好。"

第三章
山重水复

人的一切痛苦，本质上都是对自己的无能的愤怒。

——王小波

三天过去，没有任何电话。

谢朝夕坐在沙发上，看着黑屏的手机发呆。

蒋成的口头约见还没有下文，她眼皮子跳了几下，有种不好的预感。她翻了翻通讯录，找到了蒋成的电话。在圈内这么久，通过人脉关系拿到蒋成的电话号码不是难事。

她轻轻叹了一口气，坐直身体，主动打电话过去，蒋成很快就接通了。

谢朝夕礼貌地询问："之前蒋经理说想要和我聊一聊，不知道您什么时候有时间？"

"谢小姐约蒋某，蒋某当然每天都有时间，不过我想同谢小姐聊的话题与工作无关。"蒋成笑了笑，"既然谢小姐打了这个电话，我就直说了，那个岗位，有人给我推荐了更合适的人选，所以很抱歉，没办法和谢小姐共事了。"

因为那些负面消息，谢朝夕不得不把目光转移到下游行业，从时尚买手到商场管理，已经跨行了……她拿到这个机会不容易，没想到失去得也这么快。

片刻沉默，谢朝夕问："可以问一下，是谁给你推荐的吗？"

蒋成短暂思索了一两秒，心里还是有点过意不去，干脆卖了她这个面子，回答说："这个人你应该很熟，禾田的吴总，听说她曾经对你有所提拔。"顿了顿，他笑着说，"很巧吧？不过吴总推荐的人真的很合适。"

谢朝夕道："多谢告知。"

"不用客气。"

电话挂断。

谢朝夕扔了手机，仰躺在沙发上，脚不小心踢倒了一堆盒子，哗啦啦的声音让她整个人暴躁起来，狠狠捶了沙发几下。

当然不是误会。

她不想往那个方向去想，连打一个电话给吴映蓉的勇气都没有。

谢朝夕一直很敬重这位恩师，努力工作，一步一步往上走。到现在她才发现，她的发展太迅猛，走的位置也太往上，一个不小心就成了恩师的绊脚石。拦了人家的路，当然就要被一脚踢开，这是很现实的结果，但是从感情上来说，她难以接受。

谢朝夕把脸埋进抱枕里，慢慢地蜷缩起身体。

啪，MacBook从高处跌下砸在她的身上，她伸手拿开，明亮的屏幕上是她的邮箱。她思考了一两秒，猛地翻身坐起，从垃圾箱里把格瑞斯的面试邀请翻了出来。

她盯着屏幕，灼灼的目光似乎要在上面烧出一个洞。

恰好这时，谢朝夕又收到了一条新短信，她看了一眼就咬牙下了决心，一边把邮件里的面试时间、联系电话都记了下来，一边喃喃地说："这也太戏剧化了吧？"

下午她才说了贺东诚的坏话，还被贺东诚抓了个正着，现在却要准备去他的公司面试，实在是戏剧化。

谢朝夕理了理头发，起身去洗脸清醒思维，手机孤零零地躺在沙发上，屏幕上是来自慕青青的新短信："听说你的工作黄了？不要灰心，一定要加油哦！"

人生很多时候都充满了戏剧性，苦中作乐无疑是一个强大的技能。

第二天早上八点，谢朝夕到了秦市CBD（中央商务区）的摩天大厦。约定时间是九点，谢朝夕慢条斯理地吃了个早餐，等时间差不多才乘坐电梯上楼，迎面几个大字撞入眼帘：GRACE格瑞斯。

"谢小姐，请问你……"

前台小姐非常惊讶，立刻站起身来。

格瑞斯跟禾田是竞争关系，两家公司关系不怎么和谐，况且谢朝夕跟贺东诚势同水火的关系，大家也都知道，以至前台小姐见着谢朝夕，还以为自己出现了幻觉，第一个反应就是——冰雪女魔头打上门来了！

谢朝夕镇定自若地说："我来面试。"

"……"

前台小姐的笑容扭曲了两秒。

谢朝夕想补充一句"不开玩笑"，忍住了。

够了，已经够尴尬了！

两句话的工夫，公司职工不断往这边打量。前台小姐按捺住八卦的心情，飞快地打了个电话询问后，把谢朝夕带到了一个小型会议室，又送上茶水和公司宣传物料。

"谢小姐请稍等。"

投影仪开着，散发出幽幽的蓝光，影像投射在白色的玻珠幕上，轮番播放着公司宣传片、作品，还有设计师。

另一边，总裁特助宋铭刚推开办公室的门，就对上了贺东诚似笑非笑的目光。

"谁让你叫谢朝夕来面试的？"

贺总裁靠坐着黑色皮椅，神色淡漠，修长白皙的手指把玩着细长的钢笔。

办公室简洁单调，几乎只有黑白两色，书柜里整齐地放着书，大部分都是古典著作，墙面上挂着几幅墨宝，龙飞凤舞的毛笔字透着狂放。

然而贺东诚还是和油画、女人、豪车和红酒……那些色彩鲜明的东西更相配，再不济财经杂志也行。现在办公室里的这些东西难免让人觉得附庸风雅，反而俗了。

茶盘上的水壶沸腾起来，朦胧的水雾散开，发出咕噜噜的声音。贺东诚的目光才一转，宋铭就三步并作两步过去，关上了电源。

"贺总，之前你不是说过吗？谢朝夕这人你虽然不喜欢，但她的做事风格你很欣赏。她不仅有敏锐的时尚嗅觉，而且对数据也非常敏感……"

"我有说过吗？她已经是行业黑名单了，谁敢用她？她做的那件事情，你不知道？"

一连几个问题砸出来，已经有了噼里啪啦的火药味。

宋铭不明所以："贺总，你之前不是说，这件事不一定是看到的那样吗？"

贺东诚冷冷一瞥，宋铭马上闭嘴，有苦说不出。

"她来了多久了？"

"在办公室看了快两小时的宣传片了。"宋铭看着手表说，"我刚跟她聊了几句，她非常……"

门猝然打开，咔嗒一声脆响。

两人看向门口，高挑纤细的身影撞入视线，几个职员显然没能拦住这个闯入者，反而像是拥簇着她走进来的。

"谢小姐，你不能进去！请在会议室等待！"

"谢小姐你……"

谢朝夕大步走进了办公室，这个架势，不像来面试的，倒像个气势汹汹来找碴儿的甲方。

"呃，既然来了，谢小姐就跟贺总聊吧。"

总裁的戏不是谁都能看的！宋铭给几个职员使了个眼色，就迫不及待地离开了炮火中心，还体贴地带上了门。

办公室里转眼空旷，陷入寂静。

贺东诚和谢朝夕两人的目光在半空碰撞，火花噼里啪啦的，不用成为微表情专家，也能从对方眼中看出相同的挑剔、嫌弃和不耻。

谢朝夕面无表情："我今天犯的最大的错误，就是走进了格瑞斯。"

"我倒是很高兴见到你。"

贺东诚彬彬有礼地做了一个请坐的手势。

他拥有一双色泽极为浅淡的眼珠，不笑的时候，让人觉得冷冰冰的。但只要一笑，原本冷漠清俊的脸，就会生动起来，整个人瞬间有了一种令人心生旖旎的风度。圈内人都说，贺大总裁不像商人，反而像个做什么都漫不经心的贵公子，有钱任性的那种。

"我以为格瑞斯给我发面试邀请，就是摒弃前嫌，当然我们之间也没什么前嫌，毕竟工作中只谈公不谈私，不是吗？"

"难道现在不是面试？"贺东诚双手交握，"自我介绍就不必了，不如先说说宣传片的观后感，还有，你感受到我们格瑞斯的魅力了吗？"

贺东诚面带微笑，语气很温和，要是来个不知情的外人，都要被他那装模作样的姿态骗过去了。

"呵呵。"

谢朝夕笑了一声，看了两小时宣传片，再来这儿听贺东诚的冷嘲热讽，真是够了。这个死对头当然高兴她能站在这里了，这代表她低头了，他能不高兴吗？

"贵公司的这个宣传片，气质和贺总有点像呢。"谢朝夕微笑指出，"矫情、造作、浮夸。"

"呵呵。"贺东诚也笑了，凤眼微微眯起，"谢小姐的想法向来与众不同。

那么，坦然、实在、朴实的谢小姐，你为什么要来格瑞斯面试呢？该不是无路可走了吧？"

"落井下石的人，不差你一个。"

"你把事情想得太复杂了。我现在就告诉你，面试通过了，但你的职位不是公司的Buyer，而是总裁秘书，为我端茶送水的那种。你看怎样？"贺东诚无比真诚，"只要你答应，我亲自帮你搬一把椅子过来，你立刻就能走马上任。"

"我考虑一下……"

"哦？"

谢朝夕微微一笑，走向办公桌。

贺东诚玩味地挑了挑眉梢，下一刻，就被水泼了个满脸，鼻尖钻入丝丝茶香，水滴顺着下颌滴落下来，胸口的衣服全部湿透。

他盯着被摔在桌上的茶杯，噢，那是他的茶——哪个不长眼的端到这里的？

"我刚刚在考虑，究竟要揍你一顿，还是把你从楼上扔下去，思索了好半天，就想到这个折中的办法。"谢朝夕瞥了他一眼，细长清冷的双眸仿佛凝结成冰，"我只是暂时离开，你以为我永远出局了？大白天的，少做点梦！"

谢朝夕打开门走出去，正在偷听的宋铭一个趔趄，差点摔倒，他在贺东诚嫌弃的目光中，尴尬地咳嗽了一声。然而待他对上贺东诚的目光，脸色一变，急急忙忙地把门一关，以百米冲刺的速度冲过去给贺总裁递纸巾，非常狗腿。

贺东诚脱下外套，一颗颗解着衬衣的扣子，浑身低气压："那谢朝夕……"

宋铭嘴巴动了一下。

"你看看我，再看看地上那堆衣服。"贺东诚注意到他的小表情，皮笑肉不笑地说，"你有什么意见？说来听听吧。"

宋铭立刻否认道："没有。"

"不扣工资。"

宋铭从善如流："大家都觉得，谢小姐的气势很女王。"

"女王？"贺东诚随口问了句，"那我呢？"

"挥金如土的败家子。"

"呵呵。"

贺东诚神色冷漠地脱下衬衣，往地上一扔，向里面的休息室走去，留了一个落寞的背影给宋铭回味。但宋铭还没回味多久，就听里面传来一句话："你今晚留下来加班，明天早上我要是看不到季度策划，就请你去楼下守大门。"

宋铭一个激灵，连忙补救："那说的是形象气质。在我心目中，boss（老板）您的智慧和内涵，无法用语言形容。您的每一个英明决策，公司员工都发自内心地景仰、钦佩。"

"我改变主意了，你还是去扫厕所吧。"

晴空万里，日光灿烂。

电视剧中，每逢主角落寞的时刻总会伴随倾盆大雨，实际上老天爷哪里有那个闲工夫照顾人的心情？人来人往，车水马龙，个人情绪再怎么翻江倒海，地球都照转不误。该灿烂的阳光继续灿烂，该欢乐的人们脸上依然堆满笑容。

年少时我们总觉得自己特别，进入社会后，才认清现实：其实，你没那么特别，也不具有影响他人的能量——你太渺小了。

谢朝夕不喜欢把狼狈展示给他人看，从走出大厦，再到赶车回家，她的脸上始终一片平静。但是当打开门，满客厅的防尘袋直直撞入视线时，她的眼眶突然红了。

那些都是她珍贵的收藏，令她怦然心动的设计，就算不出现在耀眼的地方，至少也应该体面。

她匆匆收回视线，扑到床上，把湿润的双眼埋进枕头里。

"I am gonna be fine,everything gonna be ok."（"我会好的，一切都会好的。"）

她不断地告诉自己。

迷迷糊糊之间，她回到了那个流光溢彩的世界。

如梦似幻的灯光照亮整个现场，华丽的欧式殿堂之下，伴随着浪漫迷人的弦乐，一个个优雅的模特从T台尽头走来，一步一步，踩着节奏，也踩着所有人的心跳。

后台是另一个世界，忙碌、杂乱，匆匆来往的人，以及胡乱撒落在地上的衣服、鞋子。

"快快快！"

"那双裸色的高跟鞋呢？快点拿过来！"

"别针？别针呢？"

"等等，妆花了！化妆师过来一下！"

模特快速地换完衣服，化妆师连忙上前补妆，几乎踩着点弄完，模特就踩着阶梯往台上走了，脸上已然换了一副表情。

后面的代熏正要跟上，十厘米的细高跟突然一滑，整个人就往旁边栽去。众人惊呼，一个人及时冲上去将模特扶住。

"小心些。"

"谢谢经理。"

"你知道怎么样才不会摔倒吗？"

代熏懵懂地摇了下头。

"这场SHOW我们花了500万，你这一跤能让这场SHOW直接贬值到5万。"谢朝夕那双细长清冷的双眼中，流露出逼人的锐利，"你只要想到，你一摔是几百万，是你的模特生涯，你就不会摔倒了。"

"可是这些都是意外，也有一些模特走秀摔倒，站起来继续走……"

谢朝夕打断了她，声音冰冷："我不一样，我会封杀你。"

代熏的眼睛一下子就红了。

但很快场景一变，代熏的双眼变得凌厉起来，站在台上居高临下，而失魂落魄、狼狈不堪的人变成了谢朝夕。

代熏冷冷地说："你完了，谢朝夕。"

慕青青不知道从哪里走了过来，幸灾乐祸地大笑："没错！我们会封杀你，把你彻底赶出这个圈子！你知不知道你倒霉有多少人高兴？谢朝夕，赶紧滚吧！"

过了会儿，面前的人又变成了吴映蓉，她温和地宽慰她："朝夕啊，其实想继续做这行还有别的办法。你去夜市周围开一家小店，货物全凭自己的喜好来选，也是一家小型的买手店不是吗？"

"谢朝夕……"

谢朝夕猛地睁开眼睛，胸口起伏，惊魂未定。过了几秒，涣散的目光才慢慢聚焦。假人模特身上的中国风礼服映入眼帘，她的目光变得平和，急促的呼吸也渐渐平息。

"是梦。"谢朝夕松了一口气，仰躺在床上，盯着天花板发呆。

傍晚，唐一元放学回来了。

小女孩都精力旺盛，一个人就能折腾出大动静。唐一元咚咚咚地上楼，哼着歌，刚把门打开就大喊了一声："姐姐，我回来了！"

她一边换鞋一边嗷嗷痛呼："上完体育课，我的腿已经送给老师，不是自己的了，呜呜呜。"

卧室里传来一阵笑声，唐一元扔下书包，推开门。

谢朝夕坐在椅子上笑得花枝乱颤，唐一元还以为她在看什么搞笑的综艺节目，结果又是跟时装有关的。

"哎，姐姐？你搭理我一下啊。"

"你老师不会想要你的腿。"

唐一元嘿嘿一笑，反应了过来说："这个比喻好像有点可怕。"

她坐在谢朝夕旁边，陪着看了几分钟时尚真人秀，无聊得打着哈欠问："姐姐，既然你这么喜欢服装设计，为什么要当买手，不当设计师呢？"

"为了让一些好的设计师不被埋没。"

"为什么会被埋没呢？"

"因为缺少机会，我想做给他们这个机会的人。"谢朝夕拍了拍唐一元的脑袋，意有所指道，"好好学习天天向上，不然以后人家跟你开个玩笑，你都找不到笑点在哪儿。"

"哦，好吧。"

唐一元乖乖出去写作业了，谢朝夕把节目看完就去做饭了，不经意间看到唐一元散落在地上的书包，书本笔盒散落一地。

她把东西捡起来，摊开的画本上，用彩色铅笔勾勒出一件夺人眼球的中国风礼服——房间里的那件。

她愣了一下，继续往下翻，唐一元画了不少服装，有一些临摹的，有一些则有自己的想法。

唐一元瞄到了她的动作，立刻兴致勃勃，说自己的打算："我以后要当一个设计师，比那个谁更厉害的那种！"

"哪个谁啊？"

"那个中国风的设计师，好像叫周诚。姐姐不是最崇拜他吗？以后我比他厉害了，姐姐是不是就崇拜我了？"

唐一元嗓门大，声音明亮，穿透力十足，平时让谢朝夕感到头疼，现在却让她湿了眼眶。

谢朝夕不动声色地侧过身去，让落在脸侧的头发挡住她的眼睛，她凝视着画纸，忍俊不禁地说："想得美，那可是周诚。"

"我迟早要超过他，他都过气了……"

"你说什么？！"

唐一元知道那是雷区，生硬地改口大呼："唉，作业太多了！老师一定在学生时代被压迫得太狠，现在在我们身上找回场子呢，呜呜，冤冤相报何时了。"

谢朝夕没好气地帮她收好书包，转身回了卧室。

关上门，她拨了一个号码出去，直接说："我最近都挺有空的，你什么时候想逛街，还是做别的什么，都可以给我打电话。"

白昕脑袋灵光，一听这话就开始哀号，委屈哭诉："谢姐姐啊，我失恋了，对什么都提不起兴趣。"

"是吗，那我挂了。"

"等等，等等！你要是能帮我追下男神的话……"

谢朝夕想起那张讨厌的脸，突然觉得心里有点苦，一方面又觉得贺东诚这个渣渣可以再回收利用一下。她轻咳了一声，矜持地说："我尽力。"

白昕的声音立刻亢奋了："名模秦漪最近有一场秀，我搞到了两张邀请函，一起去吧！"

"是莱亚吗？"

"对啊。"

莱亚Leya，就是在购物中心被谢朝夕找过碴儿的那个牌子，它们的设计都不错，就是旧货新卖的作风让人看不顺眼。虽然那个店长也没说错，这样做的服装品牌并不在少数。

谢朝夕以前经常收到这类邀请函，但离职后，主办方纷纷从她身边销声匿迹。

白昕对时装秀有着非比寻常的热爱，国内外的大牌发布会，只要她能弄到邀请函，就绝对不会缺席。俗话说缺什么补什么，白昕少了点审美细胞，多了些暴发户的气质，这不就找补去了吗？

"我打听到了，男神也会到场。到时候偶遇一下，就是金风玉露一相逢。"白昕陷入了美好的憧憬中，嘿嘿一笑，"你可要当好我的僚机啊。"

"没问题，我负责衬托出你的美好品质。"

谢朝夕一口答应，心里却想，贺东诚不知道多看不惯她呢，上次咖啡厅她被当面嫌弃，白昕竟然还觉得她可以胜任，真是眼睛不行。

看来智商欠费，就得多交学费。

周三，下午两点。

从大厅到秀场，白昕每隔几秒就要瞟谢朝夕一眼，既好奇，又担心被嘲笑没见识，憋了好一会儿，她拿手肘撞了撞旁边的人："谢姐姐，你这身中国风，真好看啊。"

如水流泻的裙摆，晕染黑白水墨，样式虽然并不复杂，整体看起来却古典大气。而且，不管是外貌还是气质，谢朝夕都很契合这条裙子，尤其是那双细长清冷的眼睛，映衬之下有一种难以言喻的韵味。

但现在流行大眼睛、锥子脸，谢朝夕这种古典美人的长相，并不符合主流审美。

"这是周诚的旧作。"谢朝夕想到了一些事,不由得叹息道,"不过这几年他都在走下坡路,偶尔灵光一闪,也没激起什么水花,有兴趣可以去看看他早期的作品。"

周诚是中国风设计师,对谢朝夕意义非凡。

没有人知道,周诚是她入行的理由之一,她想慢慢累积,等有足够的能力后去帮助周诚。周诚这几年都很晦暗,早年的名气快被消磨干净,她一直担心他崩溃放弃,但还好,就算被一些老粉丝嘲笑,他也一直在出作品。

中国风小众,市场占有率非常低,愿意专门做这个的人不是满腔热血,就是满腹天真,最后都会在销量的压力下屈从现实。

但在谢朝夕看来,这一点同样意味着,广阔的发展空间。

"这么说,现在买不到了?"

"你可以去逛逛D.C,周诚的个人品牌,看看有没有喜欢的。"

两人在秀场落座,不少人都朝这边看过来,窃窃私语。

不管是以前还是现在,谢朝夕都是个名人,差别只在于,以前站在云上,现在摔落泥里。

白昕左顾右盼了一会儿,郁闷地说:"怎么还不见男神啊?真让我望眼欲穿啊。"

谢朝夕神色淡淡,一点都不在意那些打量过来的目光,她观察了一下秀场,大概就知道莱亚这次会推出什么风格的时装秀了。

流行是可以预测的。每个季度的时装应该怎么制作,不是设计师一个人说了算,其中牵扯到了许多个部门的配合。这一点跟大众想象的不太一样。

比如走在最前沿的流行预测机构,他们会对未来六到二十四个月,甚至更长时间的流行趋势做出报告,然后做成期刊、电子杂志给品牌公司订购。公司再根据这些资料,结合环境、人文等因素,决定一个方向,再交给设计师。

这就是谢朝夕的工作之一。

白昕用手肘碰了碰谢朝夕道:"哎,谢姐姐,你搭理我一下?"

"可能你的消息有误?"

"不可能啦,我听说秦漪的秀,贺东诚场场都到。"

"……"

这一点,圈内的人都有所耳闻,名模秦漪也是贺东诚的绯闻对象之一。但据说,秦漪从来不搭理贺东诚,都是他一厢情愿。

不过,白昕这反应是怎么回事?她得多粗神经啊!

白昕还在一旁长吁短叹地叨叨:"话说,要是我有一颗你这样强大的心脏就好了，面对心目中的男神，可能我紧张得连话都不会说。"

"那样心动的感觉也会变少。"

"那还是算了。"

第一排视野最佳的位置，一直空着，那就是贺东诚的位置。

一直到大秀开始，贺东诚都不见人影。

室内陷入黑暗，伴随着音乐，幽幽的灯光重新亮起，身材高挑的模特穿过一片迷雾向他们走来。美衣，美人，美轮美奂。

秦漪作为压轴，在踏上T台的一刹那，就夺去了所有人的呼吸。她的美艳咄咄逼人，眼神却像水一般柔美多情，*VOGUE*[1]曾称赞她是最擅长表达时装的模特，莱亚的首席设计师也将她视作灵感缪斯。

白昕倾倒在了秦漪的美色之下，啧啧赞叹，回过头就见谢朝夕拿着一支笔在表格上写写画画。

"你在写什么？"

"记录一下刚刚的衣服，特点、亮点，哪一些值得订购，订购多少……"

"你不是已经离职了吗？"

"只要一坐到这个位置上，我脑海里就会浮现出一大堆数据，自动计算着采购成本和销售预期。"谢朝夕耸耸肩，"算是一种职业病吧，我就随便写写。"

"咦，这条裙子挺惊艳的啊，为什么你写的数量这么少？"

"东方人的皮肤偏黄，这个色系对东方人来说挑战度比较高，不好驾驭。"

白昕又指着另一条裙子："这条呢？看起来没什么毛病，为什么被你画掉了？"

"时尚买手的意思是购买时尚，这条裙子不符合今年的流行趋势，卖不好。"

白昕听得津津有味，把男神都抛之脑后。谢朝夕早看出来了她是三分钟热度，要换个性别的话，一个比贺东诚还花心的渣男就要横空出世了。

谢朝夕拿着笔继续记录，眼角余光却瞥见一个伸头偷看的脑袋，那人见被发现了，马上装过头假装跟同伴说话，做派十分僵硬。

谢朝夕收起钢笔和表格，继续说："不过具体怎样，还要去Showroom（展销厅）看了才能做决定，这里摸不了面料。"

秀跟秀之间也不一样，有些秀的是当季时装，有些秀的就是概念，前些年一些概念秀还会上电视，消费者看了就非常嫌弃。

1　*VOGUE*：美国康泰纳仕集团出版发行的时尚杂志。

"这种衣服怎么可能穿出去？"

"疯了吧？什么鬼时装秀，看不懂！"

"送给我我都不要！"

但是他们不清楚，概念秀上的设计，根本不会拿到市面上去卖。这些就是给行内人看的，概念秀一结束，所有人呼啦啦去了Showroom，模特换上衣服全方位展示，买手拍板订购，这些才是最后放到店里展示给消费者的产品。

一场秀最多半小时，幕后工作者准备的时间却相当漫长。最后一个模特转身走回，紧跟着，灯光亮起，所有模特依次走出，众星拱月中，设计师和品牌负责人上台谢场。

谢朝夕这才瞥见了贺东诚，他没有在座位上，独自站在角落里，安静地望着台上，明明暗暗的灯光在他身上闪动，这个一贯风流的男人看起来竟然有些落寞。

贺东诚有所察觉，往她这边瞥了一眼，很快又收回了目光，过了几分钟，他就转身离开了。

走秀结束后是酒会，这是圈内人都不会错过的场合，时尚人士、媒体、品牌、设计师都会参加。只要你能把握好时机，订单、机会、人脉……这里应有尽有。

这也是谢朝夕的机会，只不过，她刚去外面接了个电话，返回的时候就被门口的保安拦住了。

"谢小姐，您不能进去，主办方没有邀请您。"

"我有邀请函。"

"那就请您出示一下邀请函。"

谢朝夕只带了个手机就出来了，身上哪还有别的东西？她也没想到，那些打压她的人会做到这种地步。

防微杜渐？谢朝夕的唇角嘲讽地一挑，这一点足以说明他们有多怕她爬起来，这也是对她能力的一种认同。

这时，三个人从一边的走廊走过来，注意到了这里的动静后，她们顿住了脚步。为首的那个正是吴映蓉，利落的短发、黑色小礼服，还有一双温和的眼睛，她望着谢朝夕微微一笑："朝夕啊，我还以为自己看错了，你在这里做什么呢？"

语气寻常如初，像是什么都没发生过一般。

"透气。"谢朝夕非常冷淡，慢慢地补充下一句，"不管做什么，都不关你的事吧？"

有才华的人多少都有脾气，谢朝夕也不例外。她讨厌谁很少藏着掖着，不然跟贺东诚的关系也不会恶劣到尽人皆知。但她心里也有一把尺子，比如在合作方面前，适当地退让一两步不是什么大不了的事。

至于吴映蓉，以后不可能再和她牵扯上什么关系，既如此，又何必摆出相安无事的姿态？

吴映蓉就是了解她，故意来恶心她的。

吴映蓉笑容依然温和，像个容忍小辈胡闹的长辈，摇了摇头说："怎么现在看到我像看到仇人一样，新工作怎么样了呢？"

谢朝夕充耳不闻，换了个方向走了。

她又不傻，被堵在这里，或者跟吴映蓉吵起来，最后丢脸的都是她。

吴映蓉一行人进了大厅，谢朝夕坐在拐角长椅上打了几个电话给白昕，都没有接通。

门口的保安站得笔挺，眼角余光不由得朝她怜悯一瞥。

过了几分钟，一个清俊的男人迎面走来，谢朝夕愣了愣。

贺东诚西装革履，气质清冷，挺拔的身材好似远山松柏。有时候谢朝夕觉得造物主太不公平了，令这个花花公子得天独厚。他拥有的太多了，那些平常人可能努力一辈子都得不到的——财富、英俊的外表，还有让人难以抗拒的风度。

两人目光相撞。

贺东诚也愣了下，随后就有了一种不好的预感。

谢朝夕大步迎上去，不由分说地挽住了他的手臂，温柔道："亲爱的，你终于来了。"

贺东诚被雷了一下，还以为自己幻听了："你叫我什么？"

他抽了几下手臂都没成功，被她死死箍住。谢朝夕面带微笑，压低声音说："别以为我不知道是你做的手脚。"就算不是，贺东诚也是嫌疑人之一，不妨碍她把这件事算在他头上。

"什么……我？"

"我被拦在外面，不是因为你吗？"

"不是。"

贺东诚的眼神像在看神经病。

"那就带我进去，不然你会上报纸的，看到那边的媒体记者了吗？"谢朝夕的手威胁地放在他的腰上，准确地说是皮带上，"人被逼到了某个份儿上，什么事情都做得出来。"

贺东诚斜着眼睛看了裤子一眼，又看了她一眼，不敢置信。他既不想跟这个女流氓上报纸，也不想带她进去，偏偏挣脱不开。

"亲爱的，慎重考虑一下。"谢朝夕从容淡定地说，"散打荣誉九段，全国业余赛冠军，谢谢。"

贺东诚："……"

贺东诚被逼无奈，只能照做，保安也是看人下菜，看贺东诚带上她立马就放行了。

进了宴会厅，谢朝夕本着利用完就扔的品质，立刻就要溜。贺东诚被她作弄一阵，怎么可能让她轻易离开？他亲密地拥着她，一只手死死地扣着她的腰，同时侧头在她耳边轻声说："谢朝夕，你真够无耻的。"

"感谢赞美，我的风格就是不择手段，你不是很清楚？放手！"

贺东诚笑了一声，不经意间凝住目光，她白皙的颈脖和耳郭，不知道什么时候染了淡淡的红晕。

她咬牙切齿，重复道："放手！"

"呵呵。"贺东诚随手拿了一支高脚杯，威胁地晃了晃里面的红色液体。谢朝夕脸色一僵，这个酒会对她很重要，她不想因为一件脏衣服而被迫离场。

在谢朝夕的怒视下，贺东诚缓缓弯起了唇角，笑得像个斯文败类。

贺东诚道："走吧，亲爱的！"

贺东诚大步往前走，穿着细高跟的谢朝夕被拽得一个踉跄，她立刻还以颜色，狠狠掐他的手臂。

贺东诚含笑跟人打招呼，如果不是手臂上肌肉紧绷，她还以为他感受不到痛呢。遇到熟面孔，谢朝夕被迫露出了虚假的笑容，贺东诚转头就揶揄她："要是不跟我在一起，你猜他们会搭理你吗？"

谢朝夕皮笑肉不笑，掐得更用力了："你就不怕他们以为禾田的那件事是你干的？"

"呵呵，无所畏惧。"

就算是真的，那些人也会一个接一个找他。他有钱，有人脉，有眼光，就算有一些龌龊的交易——那也只是一种商业手段而已。

贺东诚跟她杠上了，拽着她在宴会厅里溜达了一整圈，败光了她为数不多的名誉，这才作罢。

贺东诚唇角一勾，似笑非笑："对了，你那声'亲爱的'叫得很好听。要是你再叫一声，你想认识谁，我都给你引荐。"

"……"

两个人互相恶心了一把，这一局，打平。

"还有，不要喝酒，喝了酒也别来找我。"

"什么意思？"

贺东诚见她一脸迷茫，笑容有些古怪，不过没有多说什么。

谢朝夕狠狠瞪了他一眼，转身走了。

随后的遭遇，让谢朝夕不得不承认贺东诚说的是事实，她离开贺东诚后主动打招呼的每个人，虽然都没有忽视她，偶尔也会跟她聊天，但只是保持礼节性的微笑和寒暄，话语中都透着冷冰冰的拒绝。

谢朝夕心里拔凉拔凉的，还好她的目标不是秦市的那些老面孔，而是出现在酒会里的外来品牌商和投资人。

她很快就寻找到了目标，微笑迎上去，简单地自我介绍后，就跟这位朱总搭起了话来，从莱亚这一次的品牌发布，聊到了下一季的流行预测，继而又说起了买手这个职业。

谢朝夕笑着说："这个职业在国内刚起步，跟欧美圈不太一样，国内业态复杂，买手分工不明确，而且大多人都身兼数职。有时候我觉得自己是个超人，明明忙得团团转，但就算在大街上看到一件不错的衣服，大脑还是会不由自主地做出一连串的考虑。"

朱总饶有兴趣："比如呢？"

"比如，它的个别设计有没有更好的组合方式；特性复杂的面料投入制作是否能轻易收回成本；好看的款式，消费者是否会嫌弃保养面料的复杂流程……这些都是要考虑的因素。"

"我以前以为，买手只用考虑设计和款式，谢小姐是学设计的吗？"

"我读的是商科。"谢朝夕含笑说，"虽然时尚买手从表面上，给人一种时尚、感性的印象，实际上我们扮演的是理性的商人。换句话说，销售收入和毛利率，才是我最在乎的东西。"

朱总深以为然，颔首问道："这个观点倒是跟我很合得来，能留一张名片吗？"

谢朝夕求之不得，立刻把名片递了出去。

过后，她又跟另外几个人聊了起来，都是相谈甚欢。只不过，她胸口压的那块石头还没来得及放下，转头就见慕青青和吴映蓉端着酒杯去跟那几个人寒暄。

对上谢朝夕的目光，慕青青勾起娇艳红唇，唇角一动，口型分明是两个字：滚吧。

谢朝夕紧紧捏着红酒杯，指关节用力到泛白凸起，笑容几乎挂不住。

她恨不得把酒泼到她们身上，但——今时不同往日，她满身污名，不再是那个被捧上云端的买手经理，要是在这里跟她们翻脸，最后被保安请出去的一定是自己。

谢朝夕仰着脖子把红酒一饮而尽，把空杯子重重搁在长桌上，刚打算去阳台冷静一下，抬眼就跟一个男人的目光相撞。

他梳着复古的油头，露出了饱满白皙的额头，一双眼睛寂静漆黑，透露着冷漠，只是那复古宫廷衬衫、西裤和精工黑皮鞋，让他由内而外透出一种令人难以抗拒的风度，将那种严谨刻板的感觉冲散不少。

他似乎观察了谢朝夕很久，被发现了也不尴尬，只是微微颔首。

谢朝夕点头致意，去了阳台。

夜静如水，徐徐清风拂面，弥漫出幽幽的草木香，她深吸了两口气，烦躁的心绪渐渐沉静。她半趴在栏杆上，侧过头，就能看见一旁的落地窗，慕青青正站在那里跟人笑谈。

怎么哪儿都是她？谢朝夕没好气地翻了个白眼，正要转过头，不经意间看到一张纸片从垃圾桶边缘滑落到地上。

谢朝夕瞳孔蓦地紧缩。

那是，她的名片。

才压抑下去的情绪，立刻触底反弹，谢朝夕的胸口像是燃起了一把熊熊大火，灼得她没办法呼吸，眼前阵阵发黑。她紧紧抓握住栏杆，平息了几秒，从旁边的阶梯下去，去了宴会厅后面的花园。

水声叮咚，喷泉婉转动人，在悠扬的华尔兹里摇摆跳跃。

谈话的声音从灌木丛后传来，谢朝夕很快听出声音的主人是谁，透过枝叶间的缝隙，隐隐看到贺东诚跟一个高挑的女人对峙着。

贺东诚的声音冷淡："纠缠你？我没有这种爱好。"

女人沉默，似乎被他气得说不出话来。

"我来秀场、酒会，都是莱亚的主动邀请，李氏注资格瑞斯，也是正常的商业行为，跟秦小姐有什么关系？不能因为李氏的董事长是秦小姐的舅舅，就认定我非要跟你牵扯不清吧？劝秦小姐一句，不要自作多情。"

秦小姐？

电光石火之间，谢朝夕猜到是谁了，红遍全国的超模秦漪！

她对贺东诚的评价果然犀利透彻，就算长了一张禁欲的脸，也掩盖不住这货肚子里的花花心肠。

"多花点心思在公司上吧，你就不怕因为对赌赔个倾家荡产吗？"

"承蒙关心，只要秦小姐不给对家代言，就谢天谢地。"

这是相爱不成反成仇吗？两个人说话都很不客气。

谢朝夕没有继续听下去，转身往回走。

过了没多久，秦漪先走了出来，看见她愣了一下。谢朝夕注意到，秦漪的目光在她的裙子上多停留了几秒。

秦漪露出笑容，先开了口："这条裙子很特别，我记得是……设计师周诚早期的作品，你也欣赏他吗？"

"周诚是我最钟爱的设计师，没想到秦小姐也在关注。"

谢朝夕没想到，秦漪不仅认识她，还知道周诚。周诚虽然有不少出众的中国风作品，但在时尚圈这个领域的受众群非常狭小，不怎么被这个圈子关注。准确地说，周诚是个冷门设计师。

贺东诚从另一边走来，看也没看两人，径直向大厅走去。

秦漪似笑非笑地瞥了贺东诚一眼，摇头叹息："不过很可惜，他江郎才尽了。"

"周诚二十一岁就获得了中国十佳设计师称号，被意大利授予'翡冷翠之匙'的荣誉，我相信他只是遇到了瓶颈，只要迈过这个坎，就能够大放异彩。"

"那这个瓶颈也太长了，好几年了。"

两人就周诚开启了话题，聊了好一会儿，发现非常投缘。

秦漪不经意地提道："这几年，格瑞斯、禾田、莱亚……这些品牌之间的竞争，用你死我活来形容也不夸张，市场的蛋糕只有这么大……哦，最近又有一个买手店要入驻过来，以后竞争只会更激烈。"

"买手店？"

"FairyLand菲尔蓝，港岛的一个百货式买手品牌。"秦漪笑意盈盈，扬起下巴示意了下宴会厅，"他们华东区的执行总裁宋尧今天也过来了，我还以为你知道呢。"

"他们要入驻秦市的消息，我是真不知道。"

秦漪漂亮的眼睛朝她眨了眨："最近刚定的。"

谢朝夕还想问点什么，秦漪的助理就急匆匆跑来，低声说了什么，秦漪听了后，向谢朝夕抱歉地一笑："我还有些事情，看来今天不能为你引荐了，下次吧，有空联系。"她摇了摇手机。

谢朝夕笑了笑："没关系，你忙去吧。"

秦漪跟传闻中一样，是个高情商的女人，她可以让跟她相处的任何人感到舒适，不动声色地化解尴尬。秦漪对她的黑料应该知道一些，也知道她在找工作，否则刚刚不会无缘无故地提起菲尔蓝。

回到大厅，消失已久的白昕出现了，她站在长桌边，发泄似的一杯接着一杯灌酒，一看到谢朝夕就迫不及待地迎了上来，张口就是一大堆抱怨："哎，你刚刚去哪儿了？我到处找你呢！"

不等谢朝夕说话，她就开始抱怨："我刚刚遇到个讨厌的男人，我发誓我这辈子没见过这么没风度的人！我就是想随便搭讪一下，还没开口，他扭头就走，就像我是瘟疫一样。过了会儿，我在一旁跟别人聊天，他从旁边路过听见，特别没礼貌地贬低了我的品位……"

谢朝夕的嘴角抽了一下，问她："你不是为了贺东诚来的吗？"

"呃……"白昕卡壳了一瞬，立刻自圆其说，"我就是来看场秀而已，不是为了谁。"

"你谈论的是设计吗？"

白昕点头。

谢朝夕耸了耸肩："这里设计师很多，也许你谈论的正好是他的设计，被他听到了。"

"好吧。"白昕胡乱点了个头，心思却不知飞到了哪儿去，纠结道，"你说他是不是为了引起我的注意？"

谢朝夕险些呛到。

"说实话，那么没风度的男人，要不是有点颜值，我早就让他好看了！"

"……"

白昕完美诠释了为什么一见钟情又叫见色起意。

谢朝夕慢慢喝了一口红酒，用目光搜寻着周围的陌生面孔，没有找到想找的人，倒是又看见了招人嫌的贺东诚，他旁边还站着一个人，赫然是之前跟她有过一面之缘、盯着她看的那个男人。

吴映蓉从一边走了过来，笑着问："在看什么？"

谢朝夕笑容凉薄地说："吴总很关心？"

吴映蓉听到这个称呼，莞尔一笑，看向二楼，非常自然地说："原来是贺总裁。"顿了顿又道，"贺总旁边的那个，是菲尔蓝的宋总，你想找他？"

他就是宋尧！

谢朝夕有些懊恼，刚才要不是被慕青青气得脑袋发晕，她可能就顺势跟那人聊几句了。但是现在，吴映蓉知道了她的打算，贺东诚也很有可能搞破坏……她心里蓦地沉下去，身上一时间有些脱力。

谢朝夕心里翻江倒海，面上却不显，淡淡地说："吴总有什么好的建议？"

"你想过去别的地方发展吗？以你的能力，去哪儿都是海阔天空。"

"我信奉，在哪里跌倒就在哪里爬起来。"

"我最欣赏的，就是你身上这股子不服输的狠劲。"

吴映蓉笑了一声，转身离开了。

白昕盯着吴映蓉的背影看了看，又瞄了一眼谢朝夕的神色，忍不住小声嘀咕："是我的错觉吗？气氛好像有些奇怪，刚刚那个女人是谁？"

"曾经的恩人，现在的仇人。"

"那你还那么好脾气跟她说话？"白昕扬了扬拳头，"要是我，立刻要她好看！"

"小孩子脾气。成年人的世界有很多不得已，等你长大就会明白，如果自身不够强大，只能不断向命运低头，被迫走你不想走的路。"谢朝夕无奈地叹息了一声，"走吧。"

"哦。"白昕胡乱点了点头，反应过来之后瞪大眼睛，气呼呼地追了上去，"你刚刚说什么？谢朝夕，什么小孩子成年人，你少占我便宜！我上个月就十八了！"

"……"

两人渐渐走远了。

落地窗边，贺东诚拿着红酒杯遥望，似乎在看那两个远去的人，又似乎只是在看如水夜色。宋尧在一旁跟人说话，寒暄完后转过头，就看见贺东诚从垃圾桶边捡起一张名片，宋尧挑了挑眉，问："这是？"

贺东诚顺手把名片递给他说："给你推荐个人。"

"哦，这是……"宋尧恍然想起了什么，"她好像不太受人待见。"

"人不行，能力还凑合。"

"难得你夸人，还以为你谁都看不上眼。"宋尧是个人精，观察了贺东诚一下，唇角微微一动，笑容可掬地说，"嗯？有故事？"

贺东诚凉凉地瞥了他一眼。

酒会后，谢朝夕再跟那几个人联系，结果都是被他们婉拒了，虽然和预想中差不多，但她的心里还是非常憋闷。不过有一个好消息，在她抱着最后一丝希望联系菲尔蓝后，对方邀请了她过去面试。

菲尔蓝是港岛的高档百货，又一个连卡佛，虽然起步晚了点，但发展势头非常迅猛，成为港岛中产乃至更高阶层的消费新选择，进驻秦市就是它们打开市场的第一步。最重要的是，菲尔蓝的运作模式跟欧美很相似，比其他任何一个品牌都更合适她。

谢朝夕隐隐有一种预感，如果这里成了，将会成为她的新起点。

谢朝夕坐在会客室里等待，一边胡思乱想，一边把玩着手指上的血珀戒指，剔透的深红和白皙如玉的手指，相得益彰。过了一会儿，她停下动作，有些失笑，很久没这么紧张过了。

门被推开，清瘦修长的男人走了进来。

面试的前几天，谢朝夕特意把菲尔蓝的发展历史、关键人物了解了一遍，也就在那个时候，她才知道宋尧的履历究竟有多光鲜。他毕业于伦敦财经，曾在英国某奢侈品牌身居要职，创造过菲尔蓝的销量神话，开拓疆土可以用"快狠准"三个字形容。

谢朝夕没想到来的是他，连忙起身道："宋总。"

之前看到他跟贺东诚在一起，还以为贺东诚会破坏她的机会，没想到……好吧，贺东诚不是那种嚼舌根的人，这次可以盖棺定论了。

宋尧跟她握了手，直切主题："谢小姐为什么想来菲尔蓝？"

谢朝夕最欣赏的就是这种直截了当的风格，心里又踏实了几分。

"菲尔蓝的运作模式跟欧美相似，给予买手的自由和权限比较高。我曾经在法国品牌César做过一段时间，参加过两次时尚买手的MBA国际游学课程，对欧美的这种买手形式非常熟悉。"谢朝夕说，"如果菲尔蓝早几年入驻秦市，应该是我的第一选择。"

宋尧说："这个确实，国外有很多独立零售商，他们经销、代理多种外部品牌，买手做的就是选择合适的品牌和商品，把它们集中在自己的店里售卖。但是国内一般只经销代理一种品牌，给买手发挥的空间实在不多，就连百货公司跟各个品牌之间，也只是房东和租客的关系。"

国内外业态相差巨大，目前国内很少有公司单独开辟这个职位。

比如谈价，老板和高层就能兼职；比如设计，设计部全权搞定；比如数据，市场部也可以做分析……而在国外，这些都是买手的工作内容。

"是啊，港岛和这边的环境不同，我也刚好有一些本土的经验，所以毫不谦虚地说，菲尔蓝适合我，我也适合菲尔蓝。"

宋尧把玩着手里的钢笔，戏谑地说："很高兴看到你信心满满的样子，比前几天好很多。"

谢朝夕尴尬地轻咳。

看来她的黑料并不是秘密，不过话说回来，既然到了秦市，又怎么会对她这个大名鼎鼎的行业黑名单一无所知呢？

"我这里暂时不能给你很高的职位，你要先从普通买手做起，试用期是一个季度。"宋尧礼貌地询问，"可以吗？"

"没有问题。"

她有那种黑历史，宋尧都敢用她，她还有什么不满意？

"好，那你尽快过来上班，筹备期间公司的事情还有很多。"宋尧笑容清淡，但非常诚恳，"希望第一个季度，你能做出让人信服的成绩，而不是让别人以为，除了那些黑的白的传言你一文不值。"

几个月以来，压在心头的那块石头终于消失。

谢朝夕眼中盈满光芒，坚定地说："当然。"

诽谤来自嫉妒，嫉妒源自不甘，这个世界向来都是弱者怨天尤人，强者高歌猛进。

所以对她来说，那些饱受非议的黑历史，那些落井下石的人，那些莫须有的诋毁，终将成为一条救命的绳索，助她爬出谷底，登上更高峰。

第四章
新的起点

时装和电影都是那种观众感受不到或者看不到光鲜表面背后的工作的行业。

—— Tom Ford（汤姆·福特）

两天后，谢朝夕去公司报到。

公司团队大多数人都是从港岛本部过来的，没几个熟面孔，这让谢朝夕自在了很多。

谢朝夕一来就全身心投入工作，她的适应能力很强，短短几天就熟悉了业务。公司上下跟宋尧的风格差不多，公事公办、雷厉风行，刚好她也擅长这一点。

菲尔蓝设有中央买手机构，近百个买手在全球范围内为公司寻找合适的设计，保证40%以上的商品在当地门店是独家销售。买手对市场的洞悉，直接关系到各种数据，以及运转的灵活度。

谢朝夕目前的工作，就是从买回来的那些设计中，为秦市即将开业的新店挑选出合适的商品，不过在这个过程中，她跟另一个买手在看法上有一些分歧。

会议桌上，吴婷婷直接反驳："我们有自己的风格，如果到了秦市就改变的话，菲尔蓝这个名字就只是一个名字，不是一个品牌。"

"港岛的风格偏向欧美，粗中带细，休闲不失时尚，消费者关注的是创意和设计感，但秦市这边整体风格还是偏向日韩。我的意思是，我们不要走极端，但风格款式可以向日韩倾斜。"

"我们完全可以做潮流的引领者，而不是跟随者，菲尔蓝有足够的底气。"

宋尧坐在主位上，西装革履，眉眼沉静而深邃，修长的手指漫不经心地转动着钢笔，听到这里眉心微动。

谢朝夕心平气和地说道："每个地区的气候、人文、消费者习惯都不同。举个例子来说，欧美人体型高大，在它们的店铺里根本找不到XS甚至S码，而国内女性对这两个码数的需求量就很大。之前一些西方品牌在进入中国初期，直接拿了欧美尺码标准来制作成衣，结果可想而知。

"再比如，现在市面上风靡的一种项链，在脖子上系一条黑色丝带，坠上吊坠。这种饰品在韩国和中国都很受欢迎，但在法国就遭到冷遇，因为在过去某一段时期，这个行为代表女性要出卖自己的意思。"

"可是……"

吴婷婷还要说什么，宋尧打断了她："你们俩各自出一套方案，我再折中进行挑选。菲尔拉的所有款式风格，都有着大致的框架，所以也不用担心跑偏到哪儿去。第一个季度就算不能一炮而红，也一定要探好风向，后续才能做出相应的调整。"

菲尔蓝在港岛做得好，但不能盲目乐观，宋尧最担心的就是在秦市水土不服，弄个灰头土脸，这种先例不是没有。

宋尧的言下之意，已经偏向了谢朝夕。

吴婷婷不认同地蹙眉，但没有再说什么。

回到办公室，谢朝夕立刻打开了本部发来的资料，快速选款，一边计算着销售预期，一边对其他数据进行评估。

新店需要筹备的事情非常多，调研、选址、铺面装修、人员培训……到了选款已经接近尾声，时间在忙碌中过去，一转眼就到了七月份。

生活终于回到了正轨，回想起前面灰头土脸的几个月，竟然有种恍然如梦的感觉。

两个小时后，谢朝夕关上文档，靠椅背上揉了揉胀痛的太阳穴，端起杯子要喝水，才发现已经空了，便起身去茶水间。

门没有合拢，露了一条缝，里面传来了交谈的声音。

一人说："她太自以为是了，我都听说了，她的学历、经历都是伪造的，还利用职位谋取私利……真不知道宋总为什么要招她进来。而且她比吴姐低一级，都不知道老实点，想出头想疯了吧？"

吴婷婷削了个苹果，放进破壁机，随口问："你听谁说的？"

另一个人笑着说："她这些黑历史已经传遍了，秦市这边的圈子谁不知道呢？也就是吴姐你们从港岛过来，还不太了解而已。"

先前那个人被激起了兴趣，问道："原来你是本地人，看来这事情没差了。"

"表面人模狗样，内里劣迹斑斑，我还听说她跟几个男人都不清不楚的，但一出了事，那几个人都撇得干干净净，呵呵，人家就只是随便玩玩。"

谢朝夕听到这里，直接推门走了进去。那两个人立刻噤声，十分尴尬，本来以为谢朝夕会反驳回来，谁知道她旁若无人、慢悠悠地在一旁做起了咖啡。

谢朝夕性子本来就冷，眉眼间没有一丝急躁，跟平时没什么差别，那两个人以为她没有听见刚才的对话，偷偷松了一口气。

咖啡机和破壁机的声音交织到一起，转眼间，茶水间只剩下谢朝夕和吴婷婷两人。

吴婷婷突然问："你听见了吗？"

"听见了。"

"但你一点都不在意。"

"只要不是当着我的面说的，就当没听见吧，这种事情，谁理亏不是一目了然吗？"

谢朝夕一进来，那两个人就非常不自在，掩饰一般聊了几句就飞快离开了。

"聪明人能明辨是非，这种别人说什么就信什么的人……时间宝贵，我为什么要跟她们废话？你怎么看呢？"

"公是公，私是私，各自做好分内的事情，不就够了？我跟了宋总不短时间，他的眼光不会差。"吴婷婷微微一笑，唇角有浅浅酒窝，令人不由得心生好感。与在工作上的雷厉风行不同，吴婷婷的外表相当软萌，声音透着一些吴侬软语的味道。

"你是江南人？"

"嗯，不过五岁后就去港岛了。"

吴婷婷把果汁倒进杯里，擦洗机身，然后把破壁机放回原位后，又笑了笑："既然如此，我等着看之后的数据。"

过了两天，商品送到公司，请了模特挨个穿上身展示，谢朝夕一一摸过面料后，对方案做出了一些调整。她和吴婷婷的速度都很快，没过几天，新店的商品方案就定了下来，宋尧取了中间数，不偏不倚，以稳求胜。

开业前几天，宋尧带了谢朝夕几人前去门店视察。

站在门口，扑面而来的时尚气息便令人目眩神迷。超过两千平方米的奢华空间，知名建筑设计师打造的现代画廊式风格，光滑如镜的大理石地板映衬着明亮的灯光，阶梯海浪一般铺散开来，在上面排列着不同设计师的作品，还有鞋类、珠宝和配饰等。

菲尔蓝的创始人说过一句话："我们提供的不只是商品，还有通往艺术的道路。"

不论多少次踏足店里，谢朝夕都有这种感受，尤其是一眼望去，见到不少自己精心挑选的款式，满足感就油然而生。当然，说得接地气一些，这也是一种视觉营销。

谢朝夕和吴婷婷分头行动，对商品摆放的位置做了一些调整，导购们跟在两人身边听着叮嘱，认真记在心里。

谢朝夕走过一个货架，说："这个货架，都是法国设计师安丽雅的作品，她曾经拿过国际大奖，数次登上时尚权威杂志VOGUE，可以作为信息介绍给顾客。我们主打的是体验式购物，各方面都要尽善尽美，你们最好对每一件商品的设计师、创意、乃至面料、特性都要有所了解。

"这条素绸缎的裙子，面料主要成分是真丝，它的优点是抗皱、光滑、柔软，但是保养起来不容易，最好是翻到反面手洗，水温30℃以下，如果在水里滴几滴香醋稍微浸泡，洗出来后会更柔软光滑……顾客购买后，记得叮嘱。"

导购果果说："公司印了面料保养小册子，会放在提袋里面，谢姐放心。"

"这个区域的商品，它们单看虽然普通，但很有设计感，被拆分开来可以跟任何东西搭配，组合性非常高。如果顾客来到这里，试着推荐一些搭配给他们。"

"记住了。"

众人点了点头，记下她说的要点。

不知不觉，一个上午过去了。

导购们各自散去，谢朝夕站在原地，垂眸翻看了一下本子，旁边递过来一瓶矿泉水，她顺手接过，才发现是宋尧，吴婷婷也站在旁边。

宋尧略一颔首："辛苦了。"

"谢谢。"

谢朝夕迟钝地感到口渴，拧开盖子大灌了几口。

吴婷婷看着她忍俊不禁，笑着说："我在想，外行总以为买手很轻松，衣着光鲜，只需要一边旅游一边为公司买买买就行了。他们哪里知道呀，大多数时候我们都被时间逼得灰头土脸的，面料商、设计师、工厂，还要跟数据打交道……"

谢朝夕笑着说:"你是学商科的,还是服装设计的?"

"服装设计。"

"懂设计的话,跟设计师比较好沟通,不像我……有一回就沟通成仇了。"

谢朝夕耸了耸肩,不由得想起慕青青,她承认自己在这方面强势了一点,但慕青青也是油盐不进。这都快成为她的心理阴影了,好在菲尔蓝没有设计部,也不用跟工厂沟通,买手直接挑款式就行。

"看不出你这么暴脾气。"吴婷婷莞尔一笑,"我反而羡慕你,我看着数据就头疼。"

宋尧见两人你来我往,以拳抵唇咳嗽了一声,笑了笑:"时间不早了,我让助理订了餐厅,一起过去吧。"

三天后,秦市新店正式开业。

除了销售部,其他人终于喘口气了,公司气氛都轻松了不少。但对谢朝夕来说,她跟吴婷婷的擂台才刚开始打。谢朝夕每天都在跟销售日报表做伴,往后还有销售周报表、月报表。

目前来看,吴婷婷那一份方案的告罄率逐步上升,她这边却停滞不前,之前那几个捧高踩低的职员,脸上的幸灾乐祸都快掩饰不住了。

最让谢朝夕焦虑烦心的是,她比较看好的部分商品,到货率太低了,相比之下,吴婷婷那里是顺风顺水,开业一周内商品就全入了库。

谢朝夕打电话去跟总部沟通,那边的人答复说:"……这几个货号,是设计师品牌的商品,它们那边会直接发成品过来,我查了一下物流,最多再三天就能到货。"

谢朝夕按捺着急躁问:"另外的几个呢?"

"稍等。"对方保留通话,大概过了十分钟,才重新接通,客客气气道,"这几个是工厂那边耽搁了,我已经催过了,其中有一种提花面料非常稀少,库存不多,工厂重新去采购后才能制作,中间就耽搁了一些时间……"

"我知道了,劳烦盯紧一点,非常感谢。"

挂了电话,谢朝夕稍微松了一口气。

如果都能在一周内到货,她有信心追上吴婷婷的告罄率,反而言之,如果拖延时间超过一周,对她而言将是一场致命的打击。

高层的露天小花园,凉风轻拂,草木清幽,绯红、淡黄的月季婀娜地点缀其间,舒展着娇嫩花瓣。谢朝夕捧着一杯咖啡,靠坐在长椅上吹风,心里的烦躁一点点平静了。

手机连续叮咚了两声，有信息发送了进来。

江烨："最近忙吗？"

江烨："我给你赔罪好不好？"

谢朝夕看到这个名字，眼前就浮现出西餐厅里那一幕，顿时心烦意乱，刚要把手机反扣住，又一条微信发了过来。

江烨："五十六天！你还不搭理我？你这是用得着朝前，用不着朝后啊。"

他还指责她！谢朝夕都快被气笑了，没忍住，回了一句："前男友，需要我提醒你的身份？"

江烨大概正在看手机，立刻噼里啪啦一通回了过来，他积极地推销自己："你不觉得我很有利用价值吗？"

江烨："只要你殷勤一点，我随便你怎么用。"

谢朝夕没忍住，扑哧笑出了声，正要回复过去，一条新闻推送跳了出来，占据了她所有的视线，她愣住了，《两次对赌即将输掉整个格瑞斯，"打脸总裁"贺东诚放言：我的世界只有赢没有输》。

谢朝夕有点好奇，浏览了一遍新闻，双眼愕然睁大，喃喃说："这种条款也敢签！贺东诚疯了吗？"

"疯没疯只有他自己知道，也许他自信呢？"

几盆吊兰花卉相隔，蜿蜒下细细的枝叶和不知名的淡紫色花朵。

谢朝夕这才发现旁边还有一个人，俊美的男人斜靠在椅子上，懒洋洋地架着长腿，大概因为放松，那张平日冷峻严肃的脸看起来温柔了许多，他修长的手指间夹了一根香烟，没有点燃。

"宋总，你什么时候来的？"

"一直都在，你在想什么这么出神？"

"也没什么，跟朋友聊了会儿天，就看到了这个新闻。"谢朝夕忍不住摇头，"贺东诚签的这个对赌，订单量太难完成了。我以前就职禾田，订单量一直高于格瑞斯，这种条件就连禾田都不敢打包票，他……"

这根本是一场豪赌。

"不自量力？眼高手低？"

"差不多吧。"

她说得含糊，反正意思也就那个。

一声轻响，宋尧点了烟，凑到唇边吸了一口，这才慢悠悠地说："很少有人知道，东诚是伦敦政经毕业的精英，我的学弟。从我来秦市，好像所有人印象里的他就是个烧钱砸起品牌的富二代。朝夕，你回想一下，格瑞斯从建立发展到今天的规模，其实只有一两年。"

伦敦政经LSE的学生，都是精英中的精英，这所最高学府一向都是政客和经济学家的摇篮，出过18位诺贝尔经济学奖获奖人，还有几位国家首脑。

光是提起这个名字，就令人肃然起敬。

谢朝夕轻咳了一声："这个我真的不知道。"还不是因为贺总裁作风浪荡，跟那些不务正业的富二代没什么差别，不怪她误会。

"这样的形象有距离感，接地气也没什么不好。"

怪不得贺东诚的微博那么一言难尽，满满的段子、自拍、炫富……评论区的活跃度甚至超过一些明星。不像她的男神周诚，除了发布一些设计作品，个人方面的心情一概没有，矜持得像一朵高岭之花，只可远观不可亵玩的那种。

"宋总你的意思是，他还能翻盘？"

如果是别的行业，谢朝夕不敢肯定，但是时装行业她太熟悉了，她想破脑袋都想不出他还能使出什么手段去飙升销售额。

"不是还有两个多月？再看看吧，他应该还有后手。"宋尧眼底有笑意，开了句玩笑，"希望学弟不要打我的脸。"

谢朝夕忍俊不禁，忍不住嘀咕一句："说不准吧，反正在我印象里，他很不靠谱。"

就算有宋尧力挺，她对贺东诚的意见也根深蒂固，还有上次格瑞斯面试的事情……两个人是新仇加旧恨，说真的，要是贺东诚倒霉了，她立马拍手称快，大宴宾客。

宋尧笑了笑，看了她一眼。

这一眼意味深长，可惜谢朝夕沉浸在自己的思绪里没有留意到。

这一周，是最焦灼的一周。

谢朝夕急得嘴角长泡，就连宋尧见了她，也没忍住安慰了一句"放心，就算你惨败我也不会辞退你，顶多就是延长试用期"。谢朝夕只好笑着点头，转过身又垮了脸，陷入新的焦灼里。

谢朝夕的目标不仅是完成预期，还要超额完成。如果这个季度做不出像样的成绩，她的位置尴尬先不提，宋尧也会被质疑。所以他的这句安慰的效果，跟火上浇油的效果差不多。

报表数字不好看，随着时间过去，跟吴婷婷的差距拉得更大了。谢朝夕每天都是家、公司、门店三点一线，但是没想到，她外出的举动被人视为偷懒、没脸待在办公室里。

转眼又过了一周，商品仍然没有到货，谢朝夕按捺着烦躁去外面打电话催促，她催了太多次，那边的语气也有些不耐烦。

今天是第八天。

挂了电话后，谢朝夕望着窗外残阳叹息，缓了会儿，她揉着酸痛的眼睛回办公室，结果刚到门口就听到两个人在那里含沙射影，很不凑巧，又是上次那两个人。

"其实这数字还成吧，但是没办法，吴姐珠玉在前。"

"我就不懂了，她怎么还有脸坐在办公室，怎么不干脆走人？"

这两人已经不满足私下嘀咕了，在偌大的办公室里畅所欲言，其他的人要么面露认同，要么事不关己，但让谢朝夕意外的是，吴婷婷开口打了个岔。

吴婷婷从文件中抬起头来问："你们说的是告罄率吗？"

"是啊，跟吴姐学了也有两个月，我太知道这个数据的重要性了，卖得好不好，全看销售数量和进货数量的比率了。"

吴婷婷像是被逗笑了，眼中盈满了笑意说："对，我们做买手的，时尚敏锐度和数据敏感度同样重要。"

那两人被鼓励，目光更晶亮了。

"不过学习可不能半吊子哦，我问你们，要是A商品到货100件，售出100件，B商品售出多一点，180件，但是到货有500件，难道B商品就比A商品更畅销吗？"

两个人顿时不吱声了。

"虽然到货率和告罄率不是这样算的，但你们也应该知道……"

"只有到货率相差不多的情况下，比较两种商品的告罄率才有意义。"谢朝夕走进办公室，一眼睨了过去，对那两人微微一笑，"两个月不短了，说实话你们的进度有点慢，这些书上的知识，我只花了一天。"

两人闹了个灰头土脸，垂着头回了座位，浑身上下都写满了羞愧。

吴婷婷还安慰谢朝夕："宋总知道这一点，你就别焦虑了。你到了货的商品，不都卖得挺好？"

谢朝夕心里流过一阵暖流："谢谢。"

"没什么，就事论事。"

这时，一个高亢的声音响起。

"啊——YES！！！"

众人朝声音发出的方向看去，就见小谷摆出了双手握拳打气的姿势，兴奋地跟众人说："到货了，终于到货了！"

谢朝夕猛地抬起头，想要问到的是哪些商品。

小谷双眼热烈满溢，声音洪亮道："不是哪一件商品，是之前耽搁的十七件商品，全部送过来了！谢姐，今晚入库，最迟后天就能上架销售！"

"太好了！"谢朝夕沉寂清冷的双眸被狂喜点亮，嘴角不由自主地向上翘起。下一刻，她往椅背上重重一靠，一下卸了全身力气，松下了紧绷半个多月的神经。

"朝……"吴婷婷本来想叫她，看到她的样子，又把话咽了下去。

谢朝夕迟钝地发觉自己双眼湿润，一滴泪顺着眼角滑落下来，她连忙用手指擦掉，露出了一抹仓促却灿烂的笑容："我之前压力太大了。"

吴婷婷见她不在意，就冲她眨了下眼睛，开玩笑："也不用高兴得太早吧？"

谢朝夕微微一笑："我有信心。"

夜色将暮，霓虹灯渐渐亮起，如同千树万树银花绽放，开遍天际。

好事总是多磨，消息确定了，货却被堵在了通往秦市的高速路上。菲尔蓝这层楼的日光灯一盏盏熄灭，只剩下买手部亮着，谢朝夕拿了外卖回来，在休息区一边吃一边等。

有人说："九点了，估计等不到了，明天再来吧。"

"我再等等。"

"现在车还堵在高速路上，仓库那边也下班了，就算货到了也来不及入库，只能等明天。"

"你们先走吧，没事。"谢朝夕笑了笑，"我跟仓库联系过了，还有两个人在值班，就算只能提前几个小时上架，我也愿意等。"

"那我们先走了。"

小谷跟其他同事结伴离开了，显然不太认可谢朝夕的坚持。

提前一天能有多大差别？

空旷的办公室只剩下谢朝夕一个人，她关了几盏灯，靠在椅子上看新出的时尚纪录片，一面拿着笔记本写写画画，不知不觉竟睡了过去。不知道过了多久，嘀嘀声将她从梦里唤醒。

吴婷婷刷卡进门，提着几盒寿司和小吃对她说："刚刚去外面逛了逛，要不要吃点？"

"还以为你回家了。"

"时间就是金钱，就是告罄率，就是销售收入。"吴婷婷耸了耸肩膀，"我回来是为了销售预期，可不是为了你。"

吴婷婷不是小家子气的人，她的眼界不一样，她在乎的从来都不是跟谢朝夕的输赢，而是秦市这家新店的销售额——他们的单店同比，不能比港岛店差。

谢朝夕一本正经地回道："那我把感动收回去。"

"我发现某些地方，你跟宋总真的有些像。执着到近乎刻板，理性得像机器，还有……"吴婷婷扑哧一笑，笑骂了一句，"都是吝啬鬼。"

"彼此彼此。"

凌晨两点，货车终于来了。两人立刻前往仓库，跟哈欠连天的工作人员一起帮忙卸货，无数个大箱子堆积到一起，需要两个人抬才能抬得动。

仓库没有空调，不一会儿几人就汗流浃背。中途谢朝夕抬起眼帘，杂乱而密密麻麻的箱子让她头晕目眩，她擦了擦额角的汗水。吴婷婷靠在一旁，也累得喘气。

到底什么时候才能搬完？过后还要依次整理、运送店铺、熨烫……

两个工人都满身是汗，黝黑手臂上的肌肉鼓起，一靠近都是热气，脸上也透着不耐。谢朝夕心生歉意，不由自主地说："大家辛苦了，今天给大家添麻烦了。"

"这有什么？早搬晚搬都是搬啊，你们不来，我们也得卸货啊，差不多。"工人都很耿直，他们也不是跟谢朝夕生气，大半夜人的体力精力本来就比不上白天，不耐烦是很正常的事情。

但谢朝夕不来，估计会拖到白天再卸货。

"我来帮忙。"谢朝夕喝了几口矿泉水，挽起袖子继续帮忙。

正在忙碌，几个身影陆续出现在了仓库门口，先映入眼帘的是小谷的娃娃脸，他进来后把包包一放，跑过去帮忙，还有几个也是买手部的熟面孔，谢朝夕连名字都没记住。

多了几个人，仓库立刻热闹了起来，也更有干劲。

"你们怎么来了？"

"算了下时间，能赶在开店前弄完，就都过来了。"

小谷抓了下后脑勺，嘿嘿一笑："睡不着，干脆提前一些上班。"

"那就拜托大家了，忙完请大家吃饭。"

谢朝夕双眼泛酸，骤然涌起的酸胀情绪几乎满溢出来，那是在过去没有过的感动。她飞快地眨了两下眼睛，转过头就继续忙碌了起来。

只有吴婷婷留意到了她的神情，忍不住一笑，没想到谢朝夕冷漠的外表下，很感性嘛！

小谷立刻捧场："我们要吃陈记私房菜！"

"没问题，陈记就陈记！"

吴婷婷说："小子，不要过分了啊。"陈记的餐标人均三百呢！

日出东方，从云层中洒落的灿金好似缓慢拉开的帷幕，逐渐显露出底下钢筋铁骨的城市，经过一夜的努力，终于拨云见日，赶在开店之前做好了所有工作。

从这一天起，谢朝夕的方案告罄率开始增加，但是速度不快，远远落下吴婷婷一长截。没有期盼中的爆裂式增长，买手部的众人有些灰心丧气，只是反观谢朝夕，自从商品到货后，她就彻底淡定了下来。

一周后，告罄率开始加快。

半月后，告罄率逐步缩小差距。

公司里对谢朝夕的质疑声越来越小，买手部再也坐不住，陆续分析起了方案和数据，比如店铺中货架的平均月产出销售、平均每人次成交和成交单价等，再计算出畅销款和滞销款，逐步把握住顾客的喜好。

5%、2%、1%……谢朝夕每天都盯着数据变化。

一个月后，告罄率终于超过了吴婷婷，出人意料的是，数据半点不见颓势，还在以不慢的速度持续上升。公司趁热打铁，网络营销铺天盖地，到了这时，菲尔蓝这个品牌才彻底造起了势，以一种骄傲而强势的姿态进入消费者的视线中。

本该清闲的买手部，陷入了新的忙碌。

"A0287，A24616……库存快没有了，赶紧调货过来！"

"天啊，简直不敢置信！就这十几个款，我们的销售额竟然超过港岛×区的分店了！"

"前十种畅销款，总部那边还订购了一些类似款式，可以作为补充款上市。"吴婷婷挂了电话，"正好填补空缺，又在原有基础上有一些变化，总部高兴坏了，恰好这些款在港岛滞销……"

谢朝夕从文件中抬起头，松了一口气说："真是太好了。"

"我输了。"

"这有什么？有时候时尚就是这样，自己喜欢的不一定畅销，很多时候，我们都不能遵从自己的喜好，设计师也不得不向市场做一些妥协，除了站在时尚顶端、开创潮流的那些人。"

但就算他们，也不是每次都能成功。

为了不断创新，牺牲在所难免。

谢朝夕见吴婷婷神色失落，刚想安慰几句，就见吴婷婷弯起眼睛一笑，明亮的目光灵动轻盈："不过公司赢了，这就够了。"

谢朝夕也笑了："是啊。"

第一个季度还没结束，业绩已经超额完成了，公司上下喜气洋洋。谢朝夕的心情虽然没有表露在脸上，却接连请了部门好几天的下午茶，又带着大家去陈记大吃了一顿。

要是让以前的同事们见了，不知道要跌碎多少眼镜。

这天清晨，谢朝夕买了早餐，脚步轻快地去上班。

广场上喷泉倾洒，白鸽在行人的脚步中扑着翅膀飞起，回想起持续数月的低谷期，有一种恍然如梦的感觉。走过斑马线，穿过广场，谢朝夕脚步突地顿住，街角处一家店铺正在装修，硕大的招牌隐隐可见D.C两个字母。

这就是设计师周诚创立的品牌，主打中国风精品时装，以前谢朝夕一有空就会去逛几圈。只是这两年，越来越难买到心仪款式，她的男神也当了甩手掌柜，就像是灵感枯竭后的放任自流，出的设计也少了。

谢朝夕定睛一看。

不对，不是在装修，而是在拆除。

她往那边快速走了几步又顿住，快到上班时间了，眼角余光无意间瞥见了一个清瘦的人影。

贺东诚坐在草坪旁的长椅上，苍白的脸色透着掩盖不住的疲倦，没有了一向的风度翩翩，银灰的西装皱巴巴的，领带也斜斜歪歪，从来紧扣的领口半敞，露出一截冷白的颈脖和锁骨。

谢朝夕从没见过这么落魄狼狈的贺东诚，她这几天心情愉悦，看谁都无比顺眼，于是主动上前关心了一句："你怎么在这儿？"

贺东诚迟钝地掀了掀眼皮，有些呆愣，他的双眼布满了红血丝，透着熬夜后的红肿，衬着眼角的那一滴泪痣更加忧郁颓靡。

"你……"谢朝夕张了张唇。

算算时间，格瑞斯的对赌应该刚好结束。

难道结果真被她说中了？他赔掉了格瑞斯？

"你来做什么？"贺东诚的声音粗粝暗哑，眼神也很不善。

谢朝夕后悔来搭理他了，本来互看不惯的两人，就算出于好心也会被认为在看笑话。

"没什么，我要去上班了。"谢朝夕不想问了，把手里的一盒牛奶递给他，他不接，她就放在长椅上。

贺东诚嗤地笑了一声，嘲讽又轻蔑，她被他看得一阵火大，不冷不热道："贺总裁想继续看风景就看吧，不过说实话，您这副样子有碍市容。"

贺东诚一副"不出所料"的样子，继而闷笑出声，肩头耸动。

"莫名其妙，我真是疯了才搭理你！"

谢朝夕没好气地白了他一眼，转身就走。

但就在她转身的刹那，贺东诚就收起嘲讽，静静地目送她远去，很久很久都没有收回目光。

谢朝夕猜得没错，贺东诚赔掉了整个格瑞斯。

到了公司，她把圈内新闻找出来看了一遍。

她一直知道贺东诚的商业作风比较疯狂，没想到比她想象中还吓人，也不知道他哪里来的胆子。

贺东诚跟李氏签订了两个阶段的对赌，在第一个阶段，他就没有完成对赌条件，按照合同约定转让了部分股份给李氏，同时失去了对公司的控股权。

按道理说，已经赔了这么多股份进去，贺东诚应该及时收手了，但他的表现就像一个丧失理智的赌徒，竟然又签署了另一个更为夸张、更为苛刻的新对赌……也就是这一次，让他一无所有。

项目推进中，李氏继续出资，要求格瑞斯的年度营业收入，必须比上一个年度增长30%，如果达不到就要双倍赔款。

谢朝夕之前听说时，就觉得是个天方夜谭，但宋尧对贺东诚信心十足，她也想看看他怎么扭转败局，结果他输得干净利落，宋尧的脸是啪啪被打肿了。

谢朝夕不由得想起贺东诚早晨的颓丧样子，再也没有以往的意气风发，一时有些怅然。

不过，她总觉得这件事透着古怪，但究竟古怪在哪里，她又说不出来。

两天后，公司开了庆功会，结束后又一起到酒吧继续嗨。

彩色灯光下推杯换盏，身体随着强而激烈的节奏摆动，大家都很亢奋。谢朝夕今晚的笑容格外多，跟平时完全不一样，公司的职员纷纷过来打趣她，强烈建议她保持这个"和蔼可亲"的人设。

谢朝夕不怎么擅长处理工作外的人际交往，没一会儿就借口溜了。

水流涓涓，往燥热中注入一缕凉意，谢朝夕捧着凉水扑在脸上，水珠顺着秀挺的鼻梁和下颌滴落下来，她看了眼镜子，才发现自己一直笑着，双眼弯弯。

回卡座的路上，谢朝夕总觉得有人盯着自己，但每当她回过头去，只能看到沉溺躁动的人群。她坐在角落里玩了一会儿手机，结束后本来想跟公司的人一起离开，但冷不丁就看见了在吧台喝闷酒的贺东诚。

贺东诚似乎早就注意到了她，喝酒时偶尔朝她的方向看来，被她发现后，他又面无表情地收回了目光，就好像是她自作多情。

谢朝夕一阵烦躁，突然想起第一次见面时，他就这样看着她。

那是在一个知名品牌的酒会上，她无意间发现了贺东诚望来的目光，就像在打量一件赏心悦目的商品，眼神中流露出赞赏和迷恋。

贺东诚在私生活上的作风，她早有耳闻，没当回事，但自己成为目标，她就不高兴了。

对初见的人露出这种迷醉神情，不是轻浮是什么？

谢朝夕怒从心头起，所以在贺东诚主动过来搭讪后，她小小地报复了一下，嘴上各种忽悠好说话，还给了他一种好上手的暗示。那天过后，他约过她很多次，每次她都一口答应下来，但是到了约定时间，她要么找借口爽约，要么直接玩失踪……

事后贺东诚来质问，她态度又超软，让他生不起气来。但几次三番，三番几次，就算再迟钝的人也能发现不对了，恰好有一次，她在咖啡厅跟人聊天，贺东诚打来了电话，她直接挂断后开了静音，结果转过头就看见他站在落地窗外。

贺东诚推门进来，冷冰冰地说：“你耍我？”

她的眼睫、唇角都弯了起来，笑着说：“你才发现？”

贺东诚的脸一下子沉了下来。

这个男人平时风度翩翩，唇边总是噙着笑意，像这样冷脸的时候很少，也就在这时她才发现，他长了一双非常冷漠的脸，只是这样冷冷睨着她，她的底气就没那么足了。

意识到这一点后，谢朝夕刻意地扬起下巴，目光挑衅。

“原来有些人，拥有美丽的脸蛋的同时，不一定有美丽的内心。”

“你怎么不说，原来有些人，斯文俊秀的外表下，可能是个浪荡子呢？”

他冷冷挑了一下唇角，似是嘲讽，又似是失望，很快就转身离开了。

从那天起，贺东诚和谢朝夕的仇就结下来了。

偏偏秦市的圈子就那么些人，他们两个时不时就要碰上一面，见面不是冷嘲热讽就是当面挖坑，后来谢朝夕都有些后悔了，实在是两人胜负次数不平均，她吃了不少暗亏。归根结底，都是因为贺东诚更小气，也更无耻。

此时此刻，酒吧的灯光、气氛正好，谢朝夕也有些酒意上头，在发现贺东诚后，连半秒钟都没有犹豫，她直接去了吧台。

贺东诚并不是单独一人，旁边还坐了两个身材火辣的美人，眼妆妩媚，长腿黑丝。两个女人明眸顾盼，主动跟他搭话，他偶尔回一两句，就惹得两个女人娇笑不已。就算没有了千万资产，他的皮相也足够迷惑人。

谢朝夕走到旁边坐下，调酒师看到她眼睛一亮，挑了挑眉毛，问道：“想喝点什么，或者我给你推荐？”

“你推荐吧。”

"Dry Martini（马丁尼）的色泽淡薄，口感锐利、辛辣，十足的冷美人，但又带了一丝丝甜，你觉得怎么样？"

"那就这个吧。"

谢朝夕神色冷淡，把目光转向了贺东诚。

这人刚才还在看她，她来了就目不斜视，真是装模作样。

谢朝夕淡定地拿出了手机，似是不经意地喃喃自语："唉，没想到贺总裁也有借酒浇愁的一天呢，不过也是呢，两次对赌让你一无所有，没达到的收益部分，他们会要求你用股份市值补上去吗？"

贺东诚充耳不闻，自顾自地喝酒。

两个美女意识到她说的是谁，有些讶异，还有些尴尬。

谢朝夕的手指在屏幕上滑了一下，又是一条新的新闻，她恍然大悟一般继续说："原来你已经被踢出公司了。天啊，他们竟然还要起诉你，冷血无情啊！"

贺东诚的股份全部赔了出去，但离约定收益还差了8000万，李氏不仅要求他以个人资产补足，还要起诉他违规经营，造成公司重大损失，这个搞不好要坐牢，完全是把他往绝路上逼。

把这条新闻看完后，谢朝夕都有些不忍了。

不知什么时候，两个美女悄无声息地离开了，贺东诚依然当她是空气。

谢朝夕偏头一笑："你身边的那些莺莺燕燕呢？比如，代熏什么的。"

贺东诚总是和不同的女人约会，每一个持续的时间几天到十几天不等，还没有超过一个月的。幸好她慧眼如炬，第一次就看穿了这个衣冠禽兽。

"哦，她们啊……走了不是很正常吗？"

"也是呢，像你这样金玉其外败絮其中的男人，只要落魄了，就算拥有再好的皮相，对女人也没有吸引力了吧？"

"不是，也有例外啊。"

贺东诚支着胳膊，撑着额头，终于转过头来看她。他的眼睛非常漂亮，眼尾微微往上蔓延，有股子缠绵多情的感觉，他的瞳仁颜色很淡薄，冷冰冰的，又被明明灭灭的灯光染了一抹暧昧。

他这么凝望人时，大概没几个女人招架得住。

谢朝夕也愣了两秒，回过神来连忙掩饰，问他："例外是什么？"

他勾起嘴角，笑得痞痞的："你不还陪着我吗？"

谢朝夕又愣了一下，被气笑了："你还要不要脸？谁都知道，我最看不惯你，我留在这里是为了嘲讽你、奚落你，在你惨兮兮的时候踩一脚，不是为了陪你！"

贺东诚撑着额头笑出声来，一声声低笑像是水中散开的涟漪，又像是拂面而来的阵阵热风，让谢朝夕一分比一分更不自在。

谢朝夕付了钱，拿着手包就走，到了门口，那种不自在才慢慢消失。

月光淡淡，笼罩袅袅烟雾，天空晕染开最浓稠的水墨，底下的城市中盛放霓虹流光。

出了酒吧街，一切喧嚣繁华消散，重归宁静。冰冷夜风吹拂，她烦躁的思绪稍微平息，忍不住扯了扯唇角。

她被谁传染了？刚刚那么幼稚！

手机突然振动，屏幕上是个陌生号码，她直接挂了，但只过了两分钟，陌生号码再次打来。

谢朝夕怕错过了工作上的电话，这才接起，听筒里一片吵闹音乐，半晌传来一个仓促的声音："贺、贺先生的女朋友吗？"

"你打错了。"她说完就要挂电话。

对方急了，连忙说："别别别，贺先生喝醉了，他手机里就只有三个号码，现在只能联系到小姐你……"

"你打错了。"谢朝夕又要挂电话，电光石火间，脑海中闪过了一个人的脸庞，"贺东诚？"

"总之小姐你赶紧过来吧，酒吧名字是Midnight（午夜）。"

看来还真是贺东诚，但怎么找上她？服务生还咬定她是他的女朋友。

那家伙……胡说八道了些什么？

谢朝夕刚平息的怒火又噌噌往上冒，压抑着怒气说："不好意思啊，这件事爱莫能助，我跟这位贺先生没有关系，找不到别人就让他死在那里吧！"

"等等，小姐……"

电话才挂了没多久，手机再次疯狂振动。

谢朝夕烦躁不已，刚要掐断电话，无意间瞥见来电人的名字，连忙接了起来："宋总，这么晚了有什么事吗？"

宋尧说："朝夕，可能有件事情需要麻烦你。"

难不成工作出了什么问题，要加班？

十五分钟后，谢朝夕面无表情地回到了Midnight门口，想起宋尧的话就很头大。

宋尧歉意地告诉她："我学弟在酒吧醉得不省人事，我有个视频会议暂时走不开，只能麻烦你去帮我接一下。哦对了，这人你也熟，就是贺东诚。"

第五章

因缘际会

红色是悲伤的终极良药。

—— Bill Blass（比尔·布拉斯）

宋尧的电话不可能这么巧，一定是贺东诚故意的，也不知道他跟宋尧说了什么。

宋尧对她很关照，她就算再讨厌贺东诚，也不会拂了宋尧的面子。

谢朝夕做了一个深呼吸，穿过一片灯红酒绿，直奔吧台。

清瘦的男人斜靠在吧台上，灰色风衣随意地披在身上，里面只穿了一件单薄的衬衣，他半仰头，下颌到颈脖的线条十分优美，半敞开的襟口露出精致的锁骨，又隐没入阴影中。

服务生尴尬地拿着手机说："贺先生，这样是不是有点不好？"

"好，很好……"贺东诚喝了一口酒，笑声里有种奸计得逞的得意，"看，她来了。"

他说着话，往吧台一靠，撞倒了背后的几个空酒瓶，服务生连忙去收拾。

调酒师抬头看了一眼，认出了来人是先前让他惊艳的女人——她又漂亮又高挑，不是那种随波逐流的漂亮，而是那种具有辨识度的高级脸，气质也很独特，让人过目难忘。

服务生继续尴尬地说："那位小姐看起来很生气。"

谢朝夕大步走了过来，带着一身怒气和寒凉，居高临下地睨着他："贺东诚，你故意的是不是？"

贺东诚的唇角微微勾着，一副心情很好的样子，半眯着眼看了她好几秒，忽地伸出一只手："扶我回去。"

谢朝夕："……"他以为自己是皇帝啊。

见她呆站在那里不动，他还嫌弃："呆头鹅。"

谢朝夕被气笑了，盯着他认真打量了几秒。他的眼神迷离而涣散，望着她的目光却难以聚焦，难得他在这种情况下还认得出她是谁，还知道指挥人打电话戏耍她。

"说错了，你没那么可爱。"贺东诚思索了一下，漂亮的薄唇动了动，换了个更合适的词语，"蠢货。"

谢朝夕："……"

"锱铢必较，睚眦必报，冷血无情。"贺东诚嘴巴一动，不满的话如同连珠炮仗，说完还觉得不够，又补充了一句，"看到你我就头疼。"

谢朝夕："……"

调酒师默默瞟了贺东诚一眼，又瞟了一眼黑着脸的谢朝夕，脑补出了一个跌宕起伏的故事，默默惋惜——千方百计骗来了生气的女朋友，结果人来了他就开始作死，这种毫无求生欲的男人不踹掉还留着过年吗？

贺东诚皱起眉头："还愣着做什么？扶我回去。"

"我看您是活在梦中吧？好好好，我这就来扶您。"谢朝夕呵呵一笑，努力让自己的表情看起来不太狰狞，走上前就握着他的手臂，"您想去哪儿呢？送您去垃圾桶回收一下，好不好？"

"不好。"

"哪里不好，那里很适合你呀！"

"不要胡说八道。"

贺东诚非常嫌弃地皱眉，瞳眸似是沁着蒙蒙水色，定定地望着她。

谢朝夕这才确定，他真的醉了。

旁边的人十分尴尬，看不下去的调酒师咳嗽了一声，小声劝解道："贺先生今天喝了不少，就不要跟他计较了吧。"

谢朝夕提高声音："我也喝醉了！什么废话都不要跟我说，我现在没有理智！"她转头就瞪了贺东诚一眼："你给我等着！"

两人立刻闭嘴。

服务生这会儿想起了正事，连忙拿出账单："小姐，这些酒钱还没有付，贺先生一共消费了两万七千块。"

她这哪里是来接人，明明是付钱赎人。

贺东诚一听，还抬了抬下巴，颐指气使："我没钱，你给！"

谢朝夕咬着后槽牙，把贺东诚重新推到椅子上坐下，就在他的外套和裤兜里摸索了起来。贺东诚坐在那儿蒙了好几秒，盯着她的眼神渐渐变得尴尬、恼怒，他慌忙按住她的手。

"你、住手。"贺东诚从喉咙深处挤出了几个字，"别摸我！"

谢朝夕一抬头，脑袋就撞在他的下颌上，他捂着下颌一脸受辱的表情，还义正词严地指责她："怎么？我说得不对？你不要对我动手动脚！你上次喝醉了就……"

什么鬼的上次？这人瞎扯什么？

谢朝夕刚要反唇相讥，顿时想起旁边还有两个人，她不想继续在这里让人看笑话，快速掏出手机付账，然后一把扶起贺东诚。

她柔声说："唉，看来你真的醉得不清，我带你去醒醒酒吧。"

调酒师和服务生对视了一眼，一人小声说："看来这位小姐还是心软的。"

另一人抱着胳膊瑟瑟发抖："不、不像啊。"

酒吧外，谢朝夕把贺东诚扶上了出租车，自己也坐进去，她拍了拍他的脸颊，声音从齿缝里挤出来："要我好玩吧？城南河现在的水温正好，特别适合醒酒，你会喜欢的。"

贺东诚突然问了一句："那你要一起吗？"

"你自己好好享受吧。"

谢朝夕还以为贺东诚清醒过来了，但看眼神又不像，她直直盯着他观察了好一会儿，把这醉鬼都看得不好意思了，默默地推了她一把，缩到一边去了。见他这小媳妇样，她又气又想笑，只希望他清醒过来还记得发生过的事，看他以后还有什么脸面。

轿车在黑夜中穿行，霓虹灯彩渐渐远离，地上落的黄叶无人清扫，一片深秋的凄清。

车轮碾过一块小石头，轻轻摇晃了一下，谢朝夕这才发现自己睡着了，迷迷糊糊地揉了揉太阳穴，断掉的思维还没接上轨，司机师傅的声音就从前排传来："流光大桥就在前面，小姐你看在哪儿下车？"

"流光大桥？"

哦对，她要把贺东诚扔去醒酒。

谢朝夕瞥了一眼歪倒在旁边的男人，懒得跟他计较了，问他："你家在哪儿？身份证带了吗？"

贺东诚没有反应，她又去翻了他的外套和裤兜，里外摸了个遍也只找到了一部手机。

谢朝夕无可奈何，对司机说："这里不用停，继续往前开，过了桥右转。"

十分钟后，出租车停在一个昏暗的巷道，谢朝夕把贺东诚拽拉了下来，一米八七的大高个沉沉压了下来，她趔趄了一下，忍住让他自生自灭露宿街头的强烈欲望，扶着他歪歪斜斜地往小区走去。

"就当日行一善吧。"谢朝夕恨恨地想。

老旧的小区，窄小的楼台，谢朝夕咬牙扶着贺东诚撞了好几次墙壁，才艰难地进了门。

谢朝夕把他扔到沙发上，靠在一旁歇气，这人看起来瘦瘦高高的，重量一点都不小。窗外的月光透过玻璃洒落，给他的脸庞染上了一层霜色，让这张本来清俊的脸多了一些距离感。

长得还真是光风霁月。

谢朝夕歪着脑袋看了一会儿，手指动了动，鬼使神差地朝他的手臂探了过去，捏了两把，硬邦邦的很是结实……正在走神，冷不防手被抓住，她吓了一跳。

贺东诚正直直望着她，眸色幽深。

"清醒了？"谢朝夕慌忙抽回了手，镇定地说，"醒了就好，我们来好好算一笔账，你今……"

"你上次说的是不是真的？"

"什么上次？"谢朝夕一头雾水地问。

贺东诚已经重新闭上了眼睛，长而浓密的睫毛在眼底覆落下一弯阴影。

她偷偷松了一口气。

"算了，睡觉去。"谢朝夕打了一个哈欠，拿了一条毛毯给他盖得严严实实，这才一边嘀咕一边回房间，"我真是人美心善。"

"谢朝夕……"

谢朝夕顿住脚步，狐疑地回过头看去。

贺东诚闭着眼，没有醒。

难道，梦见她了？

"天使的面容……"贺东诚裹着毛毯翻了一个身，迷迷糊糊地说出他的点评，"魔鬼的内心。"

谢朝夕："……"

去你大爷的！

她砰地甩上门，门栏都震颤了下。

一夜无梦，清晨七点，谢朝夕被生物钟准时叫醒。

天花板在视线中旋转，她闭着眼睛养了一会儿神，又洗了个澡才好了一些。

谢朝夕一边擦拭湿漉漉的头发，一边走出来，水珠顺着脸颊和脖子滚落下来，没入绒绒的浴袍里。

客厅传来窸窸窣窣的声音，谢朝夕这才想起家里还有另外一个人，连忙出去。

天色冷清，交相辉映的晨光与灯光勾勒出男人清瘦修长的身影，虚虚实实。

贺东诚站在窗前，垂眸看着手里的一条黑色小礼服，如水的面料流泻而下，银色丝线绘制的祥云光泽婉转。如果忽略掉高高堆积的纸箱，散落一地的防尘袋，还有散乱在沙发上的裙子和衣服的话……这幅画面应该是很美妙的。

谢朝夕差点气岔了，冲过去就把小礼服从他手上夺了过来，质问道："谁准你随便动我的东西？！"

贺东诚保持着手捧小礼服的姿势好一会儿，这才慢慢放下手，又慢慢转过头来，他的眸光冷漠而克制，眉心紧拧着，好一会儿才找回自己的语言："哦，抱歉。"

语气中，听不出什么歉意，更没有对她这个收留者的感激。

谢朝夕看到他这副高高在上的矜贵态度就气不打一处来，怒火轰地燃起，从她那细长的双眼里迸发，她怒了："你这是什么态度？"

他反问："你想要什么态度？"

"我好心收留你，没把你扔在垃圾场你就该谢天谢地，你的教养让你在陌生人家里翻来翻去？"

"我应该低眉顺目？"

贺东诚也不知道自己哪里来的火气，他不是个喝酒会断片的人，昨晚她是怎么回到酒吧又是怎么把他带回来，他都记得很清楚。但，只要一想到所有的狼狈都让她看得一清二楚，心里的怒火就憋不住了，偏偏还是他自己送上门让她看好戏的，而且还有……

贺东诚的目光落到沙发上的那些时装上，垂落在身侧的手指一根根收紧。

他没有僵持下去，紧绷的神经像被一把剪刀剪断，骤然松懈，语气软和了下来："抱歉，我只是一时好奇。"

"你不要跟我说话！"

谢朝夕仍然火气十足，看也没看他，转过身将散落的时装一件件收起来，仔仔细细地罩上防尘罩。

这个过程中，贺东诚就僵硬地站在那儿，直挺挺得像个石像，脚下比灌了铅还沉重。

他的目光控制不住地落在她的手上，直到她将最后一条裙子拿起来，他终于忍不住问："你到底喜欢他什么？"

"你看不见吗？惊艳的设计，绝妙的构思，不管是古代和现代、东方和西方的元素，他都可以完美结合起来。他就是那种……"

谢朝夕在气头上，忽略了一个致命问题。

贺东诚是怎么一眼认出这个冷门设计师的？

"他就是那种，百年都难出一个的设计鬼才！"

贺东诚显然不太认可这个答案，还没有听完，一声冷嗤就从嘴角溢出，但在顺着她的目光看向房间时，鲜艳夺目的中国红闯入眼帘，他的胸口被什么狠狠一撞，阵阵发痛。所有嘲讽都被哽在喉头，好似一个滚烫的汤圆，咽不下去又吐不出来。

"的确亮眼，但只是在这个品牌刚推出来的时候，现在的话……不出半年，他们的店就会被拆完了吧？"贺东诚用一种很轻蔑的语气说道，"鬼才？别开玩笑了，这种偶尔一点亮光的人数不胜数，真正能成为大师的有几个？还不都是啃着老本，最后变得庸碌平常。"

谢朝夕气得咬牙切齿，怒视他："你非要跟我过不去是吧？"

"说实话都不行？"

"你……"

"买手用数据说话，我都不知道你还有感性的时候。你看到D.C经营成什么样了吧？能苟延残喘到现在，全靠老板砸钱。"

"你给我闭嘴！"

谢朝夕气得都快吐血了，果然昨晚就不该带这个浑蛋回来。

这就是妥协的下场，心软的原罪！

"D.C绝不会止步于此的，只要周诚突破这个瓶颈，就能光芒万丈！"

"那不是你能说了算的。"

"那也不是你这个loser（失败者）说了算的！你还是先管好自己吧，就怕你要待在牢里对D.C的成功望眼欲穿了！"谢朝夕的胸膛因为愤怒起伏不定，紧握着拳头，好不容易才按捺住暴打他一顿的冲动，她指着门口，"滚，立刻给我滚出去！"

贺东诚摊了摊手，拧开门把手就要走，谁知一只手突然伸了过来，砰的一声又把门给合上了。

贺东诚诧异地回过头，就被近在咫尺的谢朝夕吓了一大跳，紧接着就因为她的动作瞪大眼睛，因为难以置信，他连话都说不利索了："你、你做……做什么！"

谢朝夕抓着他的衣领就要扒衣服，他慌忙拽住她的手，没能成功。她紧贴而来的身体把他紧紧压在墙壁上，他用了很大的力气都没挣脱开，身上的风衣已经被扒下来一半了。

贺东诚终于知道她那个散打荣誉九段不是开玩笑的了，他窘迫又慌张："你这个女流氓，你要做什么？"

"你还我二万七！"谢朝夕一边说一边按着他的胳膊，后者不停地往旁边躲，腿弯一下子撞在沙发上，顿时仰倒下去。谢朝夕单膝就压了上去，把他翻了个身摁在沙发上，拧着他的胳膊就把风衣扒了下来。

"你给我放手！不要以为我打不过你，我只是不屑跟你动手！"

话是这么说，但他奋力挣扎了几次，都没能成功，扬起的脑袋还被她用力一推，砸进抱枕里。那一刻他掐死谢朝夕的心都有了，但他又不可能跟女人动手，钳制松开后，他发泄似的捶了一下沙发。

贺东诚快气死了。

贺东诚坐起身见她还虎视眈眈，后知后觉地瞥了一眼腕表，见她又要对他动用暴力，连忙阻止，几乎是抓狂道："我自己来！你快把你的睡袍穿好！"

谢朝夕这才发现，在刚才的动作里，她的领口敞开了一些，睡袍下摆被撩了起来，露出一条白到发光的腿。她的脸在一瞬间涨得通红，愤怒的目光也游移起来，手忙脚乱地整理睡袍，拢得严严实实。

贺东诚半垂着眼睑，无奈地看了眼黑屏的手机，一边解下腕表放到茶几上，一边说："你这女人真是不可理喻，不过你要失望了，我是不可能去坐……"说话间，他对上她黑白分明的双眼，又把剩下的话收了回去。

有什么好解释的呢？他们又不是什么亲近的关系。

沉默了几秒，贺东诚越过她走到门口。

"你等等。"她蹙眉，拿起风衣追过去。

砰，门在他身后合上。

谢朝夕做了两个深呼吸，进房间换了衣服。

十分钟后，谢朝夕化了个淡妆，又是一个气场全开的职业女性。

劳斯莱斯停在小区门口，漂亮的颜色、锃亮到反光的外表、流线型的车身……在这破旧的小区对比下，奢华得咄咄逼人。江烨坐在驾驶座，手懒洋洋地搭在窗外，白皙的手指间一点猩红，缭绕着淡淡的烟雾。

见谢朝夕下楼，他遥遥冲她一笑。

来往的路人好奇地打量着这辆车，又见谢朝夕光鲜亮丽的样子，似乎明白了什么。

一个男人提着豆浆油条，迎面走来时多看了谢朝夕一眼，眼中流露出最下流的揣测，将她上下打量，啧啧了两声。

谢朝夕认出是那个家暴男。

擦肩而过时，家暴男恶劣地问她："多少钱一晚？"

她顿时冷下脸。

"睡不起，我还问不得了？"家暴男骂骂咧咧地走远了。

"垃圾。"她咒骂了一声。

好好的一个清晨，心情就这么被破坏了。

江烨隔得远，不知道那边发生了什么，只当是她遇到了小区邻里随口打招呼。这时见她走近了，还故意冲她吹了一声口哨："美女，搭顺风车吗？我送你。"

谢朝夕快速上了车，催促："开车。"

她对江烨怎么找过来、为什么找过来没有兴趣，但她不想成为别人指指点点的对象。

江烨笑了一声，随手一按start（开始），转动方向盘往外开去，似笑非笑地对她说："今天这么听话，做了亏心事？"

"什么亏心事？"

江烨笑了一声，手指敲了敲方向盘，这才慢慢地说："我来的时候，正好看见一个男人走下楼，这个人我还认识，你说巧不巧？"

她没有解释的打算，换了话题："你来找我做什么？"

"我先问的。为什么贺东诚登堂入室了？他是不是还过夜了？！"他把最后几个字咬得很重。

"你用什么立场来问我？就算是朋友，也不能对我的私生活指手画脚。"

江烨被她这个态度气得不行，狠狠咬了下后槽牙，不过很快笑容又回到了脸上，江烨状似不经意地提道："我之前让人去查那家皮包公司，这几天终于有了点消息……"话说到这里就没下文了，他就跟走神了一样望着前方，似乎忘记后面要说什么。

谢朝夕忍不住问："然后呢？"

车里播放着一首爵士，优美而富有节奏感，很适合阳光明媚的早晨。

江烨的手指有一搭没一搭地拍着方向盘，好一会儿才回过神似的，接话道："然后……刚刚说到哪儿了，哦对了，你不是很讨厌贺东诚吗？为什么会跟他在一起。"那样子，简直贱气冲天。

谢朝夕看了他好几秒，后者目不斜视，专心开车。

江烨问："不想听了？"

"没什么兴趣，我现在很好。"

这句是实话，查出来了又能怎样？字是她亲笔签的。不管到哪里，她都告不赢，她也没本事让皮包公司的人站出来指正什么。

现在的公司、同事，都很不错，她过得很自在，以前的糟心事想得就少了。只是有时候，她还是会不由自主地想起，吴映蓉拉着她说的那句意味深长的话："这不管做什么事情呢，都讲究一个天时地利人和，天时地利你都有了，人和却差太多了。再这样下去，以后得吃亏。"

后来吃的那些亏，不都印证了这一点吗？

想到这里，她又有一些不踏实，或者她真的需要一些改变。

江烨侧头看了她一眼，被她的固执打败了，叹息了一声："真拿你没办法。告诉你吧，皮包公司那边的合同我拿到手了，但人已经跑了。"他把整个经过大概讲了一下，跟她想象中差不多，"至于坑害你的人是哪些，你心里应该清楚。"

她神色一黯："谢谢。"

"合同在抽屉里。"

"谢谢。"

江烨勾了下唇角："如果你需要，我可以为你做得更多。"

"不用了，谢谢。"愚蠢的人陷于嫉妒，聪明的人提高自己，她早就迈过那个坎继续往前走了。

接连三声"谢谢"，拒绝意味十足。

江烨脸上的笑容淡了。

车内陷入了几秒的寂静，江烨慢慢把车停在路口，谢朝夕猜到他有话要说，就没下车。

"我不知道你想要什么。"江烨侧过头看着她，眉心不解地皱起，"你想要工作，想要实现自我价值，这没什么错。你可以去我公司，或者我给你投资一家新公司，让你放开手去做，你为什么觉得我是在控制你？"

“你觉得我做的事情有价值吗？”

江烨没有回答。

谢朝夕笑了笑：“其实我知道你在想什么，就算我废寝忘食地工作，一个月的工资连你一件衣服都买不起，这就是你眼里的价值。而我的工作就是个打发时间，随时都能扔下的，不是吗？反正也创造不了什么价值。”

江烨冷着脸：“如果可以选择，你为什么要委屈在一家小公司？金钱地位，这些我本来就拥有的东西，我愿意和你分享，有什么不对？”

江烨的想法其实特别直接简单，他认为梦想、价值什么的都虚无缥缈，工作的理由很大一部分就是为了赚钱。既然这些他都有，她也可以少奋斗几年，还那么努力做什么？好好待在他身边不就行了？

谢朝夕沉默少顷，笑了笑：“其实江烨，我没有觉得你不好，我们只是不适合而已。”

到了公司，谢朝夕就全身心投入工作，交出合格的成绩后，先前那些有异议的人都闭嘴了，只有吴婷婷的态度没变过，从头至尾都是就事论事。谢朝夕很欣赏她的这种冷静和理智，要是换了别人处在舆论中心，她都没有把握不受影响。

谢朝夕突然想起了贺东诚，他身上那么多流言蜚语，也不知道……打住，不能想这个糟心的人！

第一个季度告一段落，紧接着就要为第二个季度做准备，买手部的人忙得像一个不停转动的陀螺。但是歇下来时，谢朝夕仍然忍不住去搜索贺东诚和格瑞斯的消息，只是一直没有确切消息，有的说他已经被捕了，有的说他去跪求李氏负责人……流言纷纷，说什么的都有。

随着时间过去，谢朝夕渐渐淡忘了这件事，毕竟她和贺东诚连朋友都算不上。

只是没想到，过了一段时间，贺东诚又以另一种方式出现在了她的视线里。

那天宋尧带她出去谈事情，约了个商务咖啡厅，结束后，她到室外的花园里透气，就撞见一个高挑靓丽的女人在那里打电话。她刚要转身离开，就听到了贺东诚的名字，再一看，打电话的人是秦漪。

秦漪嘲讽地勾着唇角，一只手抬起，指间夹着一根烟，银色的细高跟烦躁地踱着地板：“打了那么多电话你不接，矫情也要有个度吧？呵呵，那好……你究竟想做什么？收起你那些廉价的愧疚，我不稀罕……不管你家是什么情况，我态度就这样，舅舅也不会撤诉的，你等着吧！”

谢朝夕听着这些火药味十足的话，心里莫名抽了一下。

贺东诚跟秦漪之间究竟有什么纠葛，让她痛恨他到这个地步？谢朝夕本来以为，秦漪这种八面玲珑的人不至对前男友那么冷血……难道说，贺东诚曾经做过什么不可饶恕的事？

贺东诚绿了秦漪？呃，以贺东诚换女伴的程度，说不定还真的是。要真的是这样，她就一点都不同情贺东诚了。

大型盆栽将卡座分隔，葱郁的虎皮兰伸展着枝叶，半掩着后面的沙发。

宋尧脱了外套，仅穿着一件灰色薄毛衣，鼻梁上架着一副银框眼镜，添了几分斯文俊逸。他靠在椅背上看iPad（平板电脑），看到谢朝夕回来，说道："稍等一会儿，我回个邮件，要再叫杯咖啡吗？"

"不用，我喝点白水。"

宋尧想起了什么："对了，上次你替我送东诚回家，多谢了，没给你添麻烦吧？"

谢朝夕恨不得点头，再把那天晚上贺东诚干的事数落一通，但触及宋尧的目光，她把话咽了下去，露出了一个虚伪的笑容："没有，我也是顺路。"

"我也是后来才知道，你们两人关系似乎……不那么和谐，他没发疯吧？"宋尧有些歉意地说。

那天晚上，宋尧有事情要忙，接了贺东诚电话也是急匆匆的，听贺东诚状似无意地说看到了谢朝夕，宋尧干脆就给谢朝夕打电话了。不过这几天，他迟钝地得知了两人的真实关系。

宋尧想起来就头疼，那家伙分明就是故意要耍着谢朝夕玩，而他无意间做了学弟的帮凶。这就叫一时不察，英名尽毁，不过看谢朝夕的样子，并没有怀疑他的用心。

谢朝夕喝了一口水，把冲到嘴边的话咽了下去，开了句玩笑："我学过散打，他不敢要酒疯。"呵，那天晚上的贺东诚就是疯狗模式！

"哦？没看出你还是个女中豪杰。"

宋尧忍俊不禁，还想说什么，就看到秦漪迎面走来。

他的笑容半收，起身点头致意："好巧，秦小姐。"

秦漪停下脚步，微微勾起红唇，恰到好处的笑容令人感到亲切和煦："是啊，好巧，朝夕也在呢。"她的一双腿又长又细，松拢着一件红色大衣，夺目的美貌中又多了一些慵懒感。

谢朝夕笑着说："我现在为宋总工作，说起来还得多谢你呢。"

宋尧挑了挑眉："哦？"

秦漪轻笑出声，摇头说："我也只是顺口一提，没帮上什么忙，朝夕你太客气了。"顿了顿，"宋总也不会要没用的人，对吧？"

宋尧玩笑道："当然，菲尔蓝又不是收容所，不然谁介绍推荐都没用。"

秦漪笑了笑，看清他眼中的冷淡和疏离后，眼中闪过了一些讥讽，她慢悠悠地将发丝拨到耳后，这才含笑说："我约了人，朝夕，我们下次再聊。"她冲谢朝夕抛了个媚眼，"微信也可以哦，加你很久了，再不给我通过我就生气了。"

秦漪什么时候加她的？

谢朝夕蒙了一瞬，眼睁睁地看着秦漪消失在拐角，她拿出手机看了一下，果然在一长串好友申请里发现了秦漪的头像，她点进去把秦漪给加上了，结果一抬头就见宋尧向她投来复杂的一瞥。

宋尧一边慢条斯理地穿上外套，一边问道："你跟秦漪很熟吗？"

"聊过一次，怎么了？"

"没怎么。"

"没怎么？看着不像。"谢朝夕回想刚才的气氛，找不到合适的词语来形容，"就是感觉有点怪怪的。"

宋尧和秦漪似乎早就认识，但又十分客套冷淡，大概是因为贺东诚。谢朝夕感觉她先前的猜测是错的，贺东诚和秦漪之间应该不只是绿不绿这种简单的关系，实际情况应该更复杂。

"想知道？其实……"宋饶做出一副要娓娓道来的样子，故意一顿，吊足了她的胃口后轻飘飘说道，"还是好好发挥你的想象力吧。"

"……"

谢朝夕的表情从期待转为呆愣。

"走了。"宋尧好笑地看了自己的下属一眼，谁说她理性又精明的？分明透着一股子傻气。

谢朝夕回过神来，提着包追上去说："宋总，你这个玩笑未免太冷了吧？"

"你不也是冷气制造机吗？"

"啊哈，这你也知道？"

"我无所不知。"

"……"

谢朝夕不指望从宋尧口中问出什么，他长得就不像那种传播八卦的人。不知道宋尧和贺东诚熟悉到什么程度，但从宋尧的表现上来看，贺东诚被起诉的事情他除了感慨之外，竟然也没怎么担心。那可是倾家荡产的赔款啊！

日子一天天过去，转眼进入了最寒冷的冬季。

街道两旁的树枝掉光了叶子，在呼啸的风里颤颤巍巍，萧条和肃杀笼罩了整个城市。但在一片沉闷冰冷中，一则明亮轻快的广告席卷了整个秦市，为城市注入了一些活力。

菲尔蓝财大气粗地拿下了秦市所有的户外LED大屏幕，循环播出冬季新款的广告，柔和唯美的灯光下，模特踩着节奏迎面走来，在定格时摆出不同的pose（姿势），变换着色彩明丽的时装。

大厦二十八层，玻璃窗上蒙着薄薄的雾气，将寒冷隔绝在外，桌上的咖啡散发出袅袅热气，谢朝夕伏在桌子上，一边看电脑屏幕里的报表，一边做笔记。

把握住秦市消费者的喜好后，他们的冬季新款一推出就大受欢迎，整个公司都干劲十足。而且一般来说，春节前就要陆续上春装，但秦市的冬季比较短，他们必须要提前做准备，所以刚缓了一口气，又要继续忙碌了。

平淡的时间里，唯一让谢朝夕感到惊奇的是贺东诚的那场官司，李氏不知道撞了什么邪，突然一改之前咄咄逼人的作风，不仅放过了贺东诚的个人资产，还在"调查清楚"后撤诉，还了他一个清白名声。

这场原本必败的官司，他全身而退，究竟是怎么做到的？

"在想些什么？很少看你发呆。"吴婷婷在一旁的沙发上坐了下来，伸了一个懒腰，整个人往后窝进了沙发里，"唉，这样的天气就应该待在家里，看看电视，喝喝咖啡，舒舒服服。为什么还有上班这种东西？"

"因为在家里很无聊。"

"这段时间我算是看清楚了，你就是个工作狂。"

"这也是为了提高个人技能，升华思想，促进社会和谐发展。"

"求你了，别说冷笑话了。"吴婷婷睁大眼睛，做惊恐状，"你太可怕了。除了工作，你还能想到别的事情吗？"

"不能。"谢朝夕没能绷住表情，笑出了声，她关了电脑屏幕，端着咖啡走到吴婷婷对面坐下。不过说实在的，她的生活好像真的很无趣，除了与工作相关的事情，几乎没什么娱乐活动。

吴婷婷盯着她瞅了半晌，给了一个建议："我建议你去谈个恋爱，你这样的大美女不去颠倒一下众生，是对资源的浪费。"

"没对象。"

"只要你愿意，对象不是遍地都是吗？"

"停停停。"谢朝夕做了个打住的动作，"这个话题不能再聊了，你快变成三姑六婆了。"

吴婷婷被她惊慌的样子逗乐，笑得眼泪都出来了，她抹掉眼角的水迹，说道："我弄错了，你还是挺有意思的，比如说，一点都不经逗。"

谢朝夕无奈一笑。

十分钟后，两个人一起去开了个会，把春季款式定了下来。有了上次的成绩，谢朝夕的发言权增大了，吴婷婷也是个善于听取意见的人，把握住风格后，交出的方案很完善，简单做出了几个补充后，这场会议就高效地结束了。

散会后，宋尧叫住了谢朝夕："到我办公室来一下。"

吴婷婷拍了拍谢朝夕的肩膀，小声说了句"有好事等你哦"，谢朝夕笑了笑，快步跟了过去。

办公室宽阔简洁，放了几盆大型绿色盆栽，宋尧坐到黑色皮椅上，袖口半卷，垂眸翻找着文件。

谢朝夕突然想起第一次站在这里的心情，那是她的人生最低谷，前途未卜，满眼都是晦暗。

"看看这个。"宋尧拿出了一份合同，"你的新职位和薪资，签了字立刻生效。"

合同非常诱人，比她在禾田的薪资条件还要好，但，谢朝夕把合同放了回去："谢谢宋总。"

宋尧双手交握，问道："为什么辞职？这应该是个令人满意的合同。"

为什么辞职？连谢朝夕自己都觉得意外，但在看到那个消息时，她几天几夜没睡好，翻来覆去想了很久，终于在某一个深夜里下定了决心。

那晚谢朝夕睡得特别香，早晨起来整个人都觉得轻松，走路带风。

"我想去D.C.。"谢朝夕回答。

"D.C？"宋尧惊愕了几秒，嗤笑了一声，"朝夕，这家公司早就沦落成十八线品牌了，你在开玩笑吗？"

"他们打算整顿后重新开始，公司的首席设计师周诚也回归了，他会亲自把关整体的设计。"谢朝夕说，"我一直钟爱中国风设计，当初入行的原因之一，就是想要把中国风推向世界，告诉他们什么是真正的中国风格，而不是西方设计师理解的单一的中国元素。"

随着国内经济发展，越来越多的国际大牌把目光瞄向中国市场，为了讨好中国消费者，设计师们把目光放在了中国元素上，比如青花瓷、龙凤、牡丹、刺绣等，只可惜，他们只是拿这些作为构成元素融入设计，作为零碎的点缀，而不是服装整体的艺术风格。

从元素到风格，是单一到整体的差距。

最让谢朝夕介怀的就是，在国际时装界里，日本元素被称为"日本风格"，中国元素却仅限于中国元素这个说法。

周诚的出现，让她看到了希望，她相信他有挑起大梁的实力。

"那时我缺少眼光、历练和经验，现在时机到了，刚好他们也需要我。"

"这家公司能给你什么？"宋尧双手交握，好整以暇地看着她，提了一个很现实的问题，"D.C内部亏损很严重，早就是个空壳了，除了一个职位外，什么都不能给你。至于你喜欢中国风，还有周诚……说实在的，就此人近几年的表现，也就have no competitiveness.（毫无竞争力。）"

"说起来好像有些矫情，有时候钱少一些，我觉得没关系。"

"噢！"宋尧笑了笑，"原来你就是那种'有情饮水饱'的人。"

谢朝夕也有些不好意思，轻咳了一声："我对D.C的前景有信心。"

上个月，D.C公司的人专门找过谢朝夕，态度坦然诚恳，还拿了公司最新的规划给她看……她当时拒绝了，结果还是没能抵抗住本心。

不是不知道即将放弃什么，只是连谢朝夕自己也没想到，她这种从来理性，就连职业内容都是计较得失的人，居然还有这么热血的时候。

只要想起周诚曾在访谈里说过的话，她就满怀憧憬，浑身都是干劲。

——今天中国没有一个顶级的时装品牌，传统的手工技艺也在走向衰败，D.C要做的是立足于中国五千年文化，给予消费者一流的做工、艺术和享受。

"那我就不留你了，不过菲尔蓝依然给你保留职位，想回来的时候就回来。"

"谢谢宋总。"

谢朝夕微微鞠躬，刚要转身离开，宋尧突然又叫住了她。

他的眼底浮出了一些玩味的光芒，唇角的笑也带了一丝揶揄："对了朝夕，你见过周诚本人吗？"

谢朝夕摇摇头，又点点头："算是见过吧。"

"哦？"

"大概六年前，在法国。"

谢朝夕脑海中闪过初见的场景，男人高高的个子，戴着鸭舌帽，帽檐的阴影覆落在他的双眼上，他弯腰向她伸出手……到现在，这个画面还深烙在她的心里。

宋尧挑了挑眉，意味深长地说："有些久了呢，希望再见面时你不会失望。"

谢朝夕很有自信，微微一笑："不会的，我看了他最新的设计稿，每一个都令我惊叹不已。"

宋尧失笑地抚了抚额头，在她打开门要离开时，又问了一句："对了，你知道你来菲尔蓝是谁向我推荐的吗？"

　　她顿住脚步。

　　回到办公室后，谢朝夕把手上的工作完成，又花了几天时间做了交接。部门同事得知她辞职的消息，难以置信，纷纷跑来挽留她。谢朝夕不适应这种场面，很快就词穷了，不知道说什么好，忍不住说："还以为我走了，你们都会拍手称快呢。"

　　小谷愕然地说："怎么会呢？跟夕姐一起工作，效率很高啊。"

　　别的人也点点头说："是啊是啊。"

　　路过的吴婷婷正好听到了这句话，跳起来拍了一下小谷的脑袋，佯怒道："臭小子！跟我在一起工作，就没效率了吗？"

　　"啊！"小谷叫了一声，忙不迭地抱着脑袋往后躲，连连赔笑道，"这不一样啦，姐姐你太温柔了，大家都不怕你，不像夕姐能镇得住场子，只要一黑脸，大家都怕得要死……"

　　这下子，不仅吴婷婷想要揍他，谢朝夕也没能忍住，拿起旁边的本子就冲他的脑袋拍去。小谷吓得哇哇大叫，在办公室里抱头乱窜。

　　"勇敢，太勇敢了！"

　　四周一阵哄笑，小年轻们啪啪鼓起掌来。

　　D.C总公司就在秦市，跟菲尔蓝只隔了一条街，但它的规模外形和菲尔蓝的相比简直是天壤之别。大厦看着还算雄伟，就是墙体的玻璃雾茫茫的，一看便知是多年的老楼，大厦的入口还要从侧面的小巷子里绕进去。

　　国人讲究风水，这大厦给人的第一印象就不怎么样，不过绿化很不错，有水有树，就是那喷泉有些任性，偶尔还要往路人的脸上滋。

　　谢朝夕站在空地仰望着大厦，幽幽叹了一口气，这时手机振动了。

　　"谢小姐，你过来了吗？"

　　对面的人声音礼貌热情，平淡的问候里透着点急迫，一副怕她反悔的样子。

　　"已经在楼下了。"

　　"稍等，我马上下来接你。"

　　谢朝夕默默无语了一瞬，说："不用了，十八楼对吧？我自己上来。"

　　"好的，吴总已经恭候多时了。对了，你喜欢喝咖啡对吗？外卖已经送过来了，热腾腾的拿铁……"

电话那边喋喋不休，谢朝夕的嘴角抽搐了一下，忍不住说："宋铭，你能正常一点吗？"

宋铭，贺东诚的前特助，目前在D.C任职，也是之前殷勤邀请了谢朝夕数次的负责人。她一看到宋铭眼角就跳了几下，不禁怀疑贺东诚是不是也在D.C，但是转念一想，贺东诚被格瑞斯扫地出门后，应该还在焦头烂额，哪里有空来搭理这家十八线小公司？

而且，贺总裁喜欢跟风、赚快钱，中国风太小众了，市场并不大。

换句话来说，D.C根本不符合贺东诚的审美！

分析后，谢朝夕放心了。

宋铭笑了笑："这不是怕你不来吗？公司正需要你呢。"

"……"

十八楼。宋铭站在落地玻璃窗边，看着那个高挑纤细的女人走进大厅，眼角余光不由得往旁边一瞥。

办公室里还有另外一个人，他懒洋洋地斜靠在椅背上，架着一双长腿，皮鞋系着细细鞋带，擦得锃亮。因为侧着身，男人的大半张脸陷入阴影中，只能看见线条流畅的下颌和颈脖，冷白的皮肤瓷一样细腻。

"那一会儿见哦。"

挂了电话，宋铭转过身来，以拳抵着唇轻咳了一声说："那什么，老板，你要不要先去躲躲？"

"躲什么？"

"如果谢小姐看到您在这儿，可能扭头就走了。"

贺东诚沉默了一瞬，其实他一直不明白谢朝夕为什么讨厌他，至于他的态度……还不是被她逼的吗？他是个绅士，但绅士配淑女，谢朝夕跟个爆弹没区别，在她面前，他实在没办法维持自己的人设。

宋铭见贺东诚没反应，干脆把他连人带椅子，推进了旁边的休息间。

贺东诚条理清晰地说："先忽悠她把合同签了再说，职位待遇按照我定的那个来，至于违约金……行业最高。"

"老板，你是个吸血鬼吧？"宋铭狠狠打了个寒战，突然觉得谢朝夕有些可怜，上一次格瑞斯的面试，这一次D.C的就职，不管换了谁都会有被招之即来挥之即去的恶感，要是她知道真相了……不敢想啊！

"有意见？"

"没有，等生米煮成熟饭，老板您再粉墨登场吧。"

"行了，出去吧。"

贺东诚不耐烦地挥了挥手，他撑着下巴盯着眼前的红木门，灼灼的目光像是要把门烧出一个洞来。想起谢朝夕马上要到了，他就不太坐得住，站起来又来回走了几步。

窗外的天空清冷，他发了会儿呆，不知怎么的，突然又想起了前段时间的一次会面。

那天的天气也不好，大白天就阴沉沉的，阴影顺着窗户蔓延到格瑞斯的办公室，再蔓延到李氏掌舵人的脸上。

李幸很愤怒，本来以为尽在掌控的东西，突然就脱了轨。

"如果你非要走法律途径，可以。"贺东诚交握着双手，慢条斯理地说，"但我要提醒你一点，格瑞斯是民营企业，我这个总裁没有正式聘用书，连跟你们签的对赌也可以无效。坐牢？不要开玩笑了。"

"你！"李幸气得说不出话来。

"股权转让还没过公证期，你们就这样逼我，不怕最后什么都得不到？"

"你觉得你打官司能赢？！"重新找回语言的李幸，几乎怒吼出声。

"不要开玩笑了，我是守法公民，从来不做违规违法的事情。但是……"贺东诚慢慢笑了，"我主持格瑞斯两年，你才多久？你能找人做手脚告我违规经营，我就不能留点别的后手，还是你认为我跟周先生的矛盾，足够让他冷眼旁观？"

贺东诚看着李幸难看的脸色，诚恳建议道："见好就收吧。"

他到现在，想起这些事，也很烦躁。

贺东诚点了一根烟，吸了几口，又摁熄在烟灰缸里。

直到外面传来了一些响动，他的一颗心被猛地抛起，又慢慢下落，但也慢慢沉静。

贺东诚轻手轻脚，把耳朵贴在门上偷听。想到外面的谢朝夕，想到她马上就要被忽悠上贼船，甚至想到戳穿后她会无奈，或者生气……

他的心情，突然就愉快了起来。

第六章
扬帆起航

贪安稳就没有自由，要自由就要历经些危险。只有这两条路。

——鲁迅

"快请进。"

宋铭打开办公室的门，把谢朝夕引领了进来，同时让助理赶紧送咖啡过来。

谢朝夕见他那殷勤样就有些受不了，坐在沙发上还抚着额头，忍不住提出建议："打个商量，宋铭，你能不能不要这么殷勤？"

宋铭忍不住瞄了旁边的休息室一眼，心里默默祈祷，脸上却很无辜："说实在的，您现在跳槽过来，等于是救我们公司于水火中，合同没签，我就怕您跳票。"

这一口一个您的，宋铭是故作幽默还是怎么回事，简直浮夸。

"你在说相声吗？"谢朝夕默了几秒，"你好歹是个高管，不能稳重点？"

"呃……尽量。"

宋铭摸了摸鼻子，有些不好意思。

不是他不想稳重，只是他有个改不掉的毛病，只要做点违背良心的事，语言风格就不由自主地浮夸，好在谢朝夕没有怀疑，他暗暗松了一口气。

门被推门，一个笑眯眯的中年男人走进来，正是公司的总裁吴耀光。他身材高大，长相圆润，看起来就像一座移动的小山，扣在肚子上的纽扣只是险险绷住。

"吴总。"谢朝夕起身，跟他握手。

吴耀光脸上堆满了笑容："我看过你的访谈节目，真的不错，谢小姐人也很漂亮。"

在宋铭的口中，吴耀光对她非常欣赏，在挖角这件事上占了很大的权重，但吴耀光一开口，她就觉得不是那么回事，他的表现像纯外行，对时尚买手这个职业也没什么了解，如果不是有人主动提过，吴耀光哪里会知道她这号人物？

不过，这些都不妨碍吴耀光的热情，他笑呵呵地说："我是外行，时装设计这些我也说不出什么，所以才要对你委以重任啊！D.C现在是转型的前期，需要谢小姐多多费心，能不能打响品牌就看这几个月了。"

"既然来了，我就会好好做。"

宋铭见她点头，连忙把合同和笔递了过去："这是合同，你看看，条件是目前公司能给到的最好的，除了薪资之外还有股份占有。等以后公司做上去了，还有更大的提升空间。"

合同内容诚意十足，但临到签字时，她又有些踟蹰。不是想反悔，经过上次被坑事件后，只要提笔签字，她就有些神经过敏。

宋铭见她迟迟不动笔，一颗心悬在那里，问："还有什么问题吗？"

"没什么。"谢朝夕签了字，笑着问，"周诚今天来了吗？我很想见见他。"

吴耀光的嘴角一抽，摇头说："他啊，连我都没有见过呢！"

"这……"

"这人神神秘秘的，跟公司合作了这么久，就是不肯露面，我也没办法。"吴耀光提起这个就直叹气，忍住了发牢骚的欲望，"平时都是他的经纪人过来接洽。"

"他还有经纪人？"

"可不是嘛，一提起这个，我就想……"

宋铭："咳咳。"

吴耀光的话立刻拐了个弯，摆摆手说："不过，我也能够理解，这些搞艺术的嘛，都是怪脾气。谢小姐，以后你就多多担待吧。"

吴耀光走了后，谢朝夕还有些发愣。

周诚成名后，就没有在公开场合露过面，就算访谈也只接受文字形式。他的微博、百科里除了设计作品之外，连张个人照片都没有。所以，周诚除了是冷门设计师之外，也是最神秘的设计师。

本来以为来了D.C会常打交道，现在看来，最多也就是电邮。

宋铭观察着她的表情说："你好像有些失望？"

"有一些吧。"谢朝夕笑着承认了，"我是他的粉丝。"

"粉丝？"

有一瞬间，宋铭的表情很古怪，他的嘴角先是抽搐了一下，随即立刻垂下头掩饰，以拳抵着唇轻咳了一声，花了几秒才做好表情管理。

"有什么不对吗？"

"我只是没想到周诚还有粉丝，有些意外。"

谢朝夕笑了笑："他有才华，就会受到欣赏，这不是很正常吗？"

宋铭把合同收了起来，放进抽屉，听到谢朝夕这句话，捏着钥匙的手抖了好几下才对准锁眼。

这时，休息间里传来了一声响动，像是椅子绊倒什么的声音。

谢朝夕寻声望过去，疑惑地问："什么声音，里面有人？"

宋铭努力镇定下来，说道："刚要说呢，还有一个惊喜要给你……"

"什么惊喜？"

一种不好的预感浮上心头，谢朝夕的神色渐渐转冷。

谢朝夕的长相很高冷，不笑的时候，冷若冰霜，以至她给大多数人留下的第一印象就是不好相处。

宋铭慢慢往后退了两步，恨不得立刻开门遁走，但在她那质问控诉的目光下，只能硬生生收回了渴望爱与和平的手。

谢朝夕又看了休息室一眼，门打开了，里面的人走出来了。

谢朝夕看到是谁，太阳穴就突突跳了两下，噌地从沙发上站起来，怒视。

"哎呀，真是人生何处不相逢啊！"

贺东诚一身长款的黑色风衣，同色阔脚裤，看起来慵懒又时尚。这一身换了别人穿不一定好看，但贺东诚是个标准衣架子，又高又瘦，时常有些苍白的肤色和冷峻的五官，就算披一身麻布也很有高级感。

谢朝夕瞪着他，满是怒火的目光几乎要在他的身上烧出一个洞来。

宋铭见了这眼神就是一个哆嗦，努力缩小自己的存在感。

贺东诚单手插袋，又说了一句欠扁的话："没想到兜兜转转，你还是来为我工作了，这就是缘分。"

"贺东诚！"谢朝夕的声音从齿缝中挤出来，拼命按捺才忍住没一拳打烂他的笑脸，"怎么又是你？！"

他不咸不淡地瞥了特助一眼。

宋铭硬着头皮挤了一个笑容出来："忘记说了，贺总现在是D.C的总裁。"

忘了？故意的吧！

谢朝夕气得快炸裂了，怪不得宋铭从头到尾表现出不同寻常的殷勤，怪不得合同还要锁起来，这就是做贼心虚！

赤裸裸的真相摆在眼前，她被耍了，又被耍了！

谢朝夕还清楚地记得上次，她低眉顺目去格瑞斯面试，结果被贺东诚故意晾了两个小时。好不容易见到了人，贺东诚还非常刻薄地挖苦她，并且建议她改行当秘书，专门为他端茶送水。

谢朝夕垂在身侧的手紧握成拳，怒道："你怎么阴魂不散呢？"

贺东诚心情不错，推了推鼻梁上的金框眼镜，风度翩翩地说："这都是缘分啊，相信宋铭也跟你提过了，我很欣赏你，看好你的能力，这才挖你过来共事，就算你履历有些污点，我也不介意。"

这话非常傲慢，如果换了格瑞斯时期来说，不算什么大问题，放到现在就坏事了。

宋铭一听就知道要完，拼命给自家老板使眼色，偏偏贺东诚只要一遇到谢朝夕就变得无比幼稚，连平时十分之一的情商都没有。

"合同已签，违约金你赔不起。"贺东诚微微一笑，"认命吧。"

三岁！这家伙就三岁！不能再多！

宋铭一只手捂住眼睛，看不下去了。就在宋铭感慨的这几秒，耳边传来了咚咚两声，伴随着一声闷哼，宋铭呆愣地把手放下来，难以置信地看着眼前这一幕，好一会儿才迟钝地意识到发生了什么。

他、他、他家老板被揍了！

宋铭一个箭步冲了上去，拦在了两人中间："谢小姐，我们以和为贵！"

"谢朝夕！你吃爆弹长大的吧？"贺东诚屈辱地捂着脸，金框眼镜都歪了，嘴角乌青了一块，刚刚的气定神闲全没了。

谢朝夕紧紧握着拳，胸口起伏不定，然而脑海中一个声音不断地提醒她要冷静下来。

"朝夕，你知道谁推荐你来菲尔蓝的吗？"

辞职时，宋尧告诉了她一件事。

"一个你不会想到的人。"

他坐在办公桌后，微微一笑，说出了那个人的名字。

"……是贺东诚。"

谢朝夕闭了闭眼，把不断翻涌的怒气压了下来，抿了抿唇，道歉说："不好意思，刚刚有点冲动。"

"公然对上司行使暴力，一句冲动就没了？"贺东诚扶好眼镜，往单人沙发上一坐，双手抱臂，满身低气压，"这样的员工能要？"

谢朝夕："你不是活该？"

"你应该学学怎样尊重老板。"

"我就这态度，有种开除我？"

贺东诚："你想得美！"

两人唇枪舌剑了一会儿，谢朝夕突然往前一步，宋铭鼓起勇气挡在贺东诚面前，再三强调："不要乱来啊，以和为贵，我们以和为贵！"

谢朝夕的嘴角抽了下。

办公室陷入尴尬的静默。

谢朝夕率先恢复了理智。

贺东诚虽然虎落平阳，但在商场上还是很有一套，他现在出现在D.C，还力主挖了她过来，肯定不是为了跟她过不去。合同上白纸黑字写明了她的工作和职位等内容，所以他刚刚的一系列表现，应该只是嘴欠。

况且，谢朝夕还得知是贺东诚向宋尧推荐的自己。

阵阵暖意从咖啡杯传入掌心，谢朝夕放松了身体，后背倚靠在柔软的沙发上，说道："我来D.C的诚意你们看见了，但你们的诚意我没看见。贺东诚，这应该不是你的本意吧？"

台阶摆在了面前，到底下还是不下？

贺东诚刚要说话，嘴角一动拉扯了伤口，他痛得咝了一声，刚降下去的怒气值又有攀升的趋势。

宋铭生怕他们又掐起来，连忙往中间一坐，把两人隔开，好言好语地说："当然不是了，好好把D.C这个品牌做起来才是贺总的本意，我们D.C很需要你，只是之前有些误会，我们担心你不愿意加入才会有所隐瞒。"

谢朝夕："没有误会！"

贺东诚摸着乌青的嘴角，突然冒了一句："对，没有误会，包括你扒了我的衣服和腕表这件事，也没有误会。"

"……"

宋铭惊愕，唰地看向谢朝夕。

谢朝夕很淡定，坚决不承认："你不要满嘴跑火车。"

宋铭看了看她，又看了看贺东诚，心里一下就有了判定，又把话题重新引回到了公司上面。

贺东诚一看宋铭那小表情就知道他不信，气得牙痒痒，只能黑着脸抱臂冷哼。

"至于我，我依然是贺总的特助，之前只是顶了贺总的名号去跟你见面。"宋铭努力稳定住局面，露出真诚的笑容，"我说的那些话也是贺总的意思，其实他非常欣赏你的工作能力。"

"哦？是吗？"谢朝夕眯了眯眼睛道，"他不是最看不惯我这种斤斤计较的人吗？"

"这怎么会？你的工作职责就是控制成本，都是应该的。"

"那冷血、刻薄？"

"这是对工作效率和质量的高标准要求，我不觉得有什么问题。"

毫无底线！

贺东诚在心里给宋铭打了一个差评，别过脸望向窗外，幽幽叹气。

这场会面，在半小时后结束了，宋铭带着谢朝夕在公司里转了一圈，去其他部门打了招呼，顺便介绍着公司目前的状况。

一个多月前，原总裁吴耀光打算放弃D.C一直主打的中国风，改做普通时装，缩减门店的数量，就是在这样窘迫的情况下，贺东诚接手了D.C。

"其实这两年，D.C的经营状况都不太好了。"宋铭说，"中国风还是太小众了。"

"那贺东诚要继续做中国风了？"

谢朝夕对此抱有深深的怀疑。她还记得那天清晨，贺东诚发现她家里的周诚的设计作品，神色间都是轻蔑，就算透过十层滤镜都看不出他对周诚有一丝赏识。而现在，周诚首席设计师的地位不变，贺东诚甘愿接手烂摊子……一种矛盾感迷雾般笼罩在她的心间，难道那天贺东诚的态度只是怒其不争？

宋铭笑了起来，露出两颗小虎牙："不然接盘D.C就失去了意义，你也不会过来，不是吗？"

"嗯。"

谢朝夕这样回答，心里想的却不一样。

只要周诚在，应该不管什么风格，她都会点头。

贺东诚将格瑞斯做起来，只用了不到三年时间，D.C到了他手里前景不会差。只是谢朝夕心里隐隐有些不安——贺东诚是标准的商人作风。他的这种风格，在格瑞斯抢夺市场占有率时表现得淋漓尽致，通常都是什么流行做什么，什么火爆就做什么，至于格瑞斯本身的风格，可以忽略不计。

谢朝夕很担心，D.C以后会向市场妥协，沦为平庸。还有就是周诚，这个才华横溢从来特立独行的设计师，沟通起来会不会很困难呢？应该不会像她和慕青青曾经那样吧？

想起这些，谢朝夕心里就有些发慌，不断回想以前跟慕青青合作的过程。她说要贴合市场，慕青青偏要保留自己的喜好。她交代慕青青不要盲目跟风，慕青青直接跟另一个品牌撞了款式……那次后，谢朝夕跟慕青青大吵了一架，不欢而散，再后来她就被踢出禾田了。

左思右想，谢朝夕都不觉得自己有错，时尚买手的职责就是这样，她需要在艺术创作和商业规模之间寻找一个平衡点，不能让设计师随心所欲。但是公司决策层那里，她又会尽力为设计师争取更多自由空间。

谢朝夕长长舒了一口气，告诉自己，慢慢来吧。

买手部在总裁办公室的斜对门，里面还是一片空旷。

"公司以前没有买手部，这里是新设立的，办公桌和电脑已经订购了，最多两天就能弄好。"宋铭敲了敲墙壁，"用玻璃做隔断，看起来能开阔点。"

"招聘没人来吗？"

宋铭点头，不好意思地笑了笑。

"正常情况，国内了解这块的人不多，目前公司也没什么优势，就算有人来应聘多半也不专业。"谢朝夕给出建议，"可以从销售部或者其他部门找人。"

宋铭点头："你说了算。"

格瑞斯没有买手，宋铭对这个也不了解，如果不是听贺东诚提过几句，他应该和大多数人一样，认为这个职位没什么必要。

两个人到休息区，喝着咖啡继续聊工作，不知不觉就到了傍晚。谢朝夕拒绝了宋铭的晚餐邀请，提着包到了负一层，结果电梯门一开，又跟贺东诚冤家路窄，他正从旁边的电梯走出来。

贺东诚下意识地摸了摸嘴角的乌青，冷着脸往另一边走，谢朝夕慢了几步跟在他身后。

两个脚步声一轻一重，在空旷的停车场回荡。

贺东诚斜斜睨了她一眼，脸色更黑了些："你跟着我做什么？"

谢朝夕说："跟你道个歉。"

贺东诚意外地挑了挑眉梢，摆起了架子，做了个请的手势："那你好好道吧。"

谢朝夕的嘴角动了一下，随即慢慢弯下腰，给他鞠了一躬。这个突兀的举动完全出乎贺东诚的意料，他下意识地往后退了半步，压低声音道："你……"

她声音清亮地说："对不起，之前是我太粗鲁了！"

"……"

嘀嘀两声，不远处两人看了过来，双眼闪动着八卦的光芒。贺东诚扭头就走，实在丢不起这个人，深深怀疑她就是故意搞事情。走了一段路，发现她还跟在身后，贺东诚冷冷地说："离我远点。"

谢朝夕掏出车钥匙摁了一下，车灯在他旁边闪了两下。

贺东诚："……"

谢朝夕绕过他打开车门，把手提包放了进去，本来想开了车一走了之的，但考虑到以后还要共事……她做了几个深呼吸，把暴躁的情绪压下去，然后叫住了贺东诚。

贺东诚嘲讽说："谢小姐还有什么事吗？"

"希望以后能好好相处，以前的恩怨就一笔勾销吧，打人是我不对。"谢朝夕把一些可能会引起争吵的话咽下去，憋了两个字出来，"抱歉。"

贺东诚矜持而客气："公是公私是私，我的个人情绪不会带到工作里。"

谢朝夕立刻歇了和解的心思，同样客气道："我也是，那私底下就当作不认识吧。"

"我也是这么想的，但我有个建议。"

"说吧。"

"工作上，对你的上司尊重一点。"

啪，谢朝夕用力甩上车门，扬起的风大到掀起贺东诚的衣角，然后，车窗慢悠悠地降下来，谢朝夕说："现在是工作外，对吧？"

"……"

贺东诚额角的青筋跳了跳，很想跟她继续理论，但突然又觉得跟她斤斤计较太幼稚了，有失风度。他默默咽下那口闷气，转身就要走，结果就听谢朝夕在他身后冷哼了一声："除了我的男神周诚，谁也不能给我气受。"

贺东诚脚下一个趔趄，差点没站稳。

坐进车里，他盯着后视镜，摸了摸嘴角的乌青，精神仍然有些恍惚。

他刚刚……听到了什么？

谢朝夕去学校接了唐一元后，就开车回了镇子上的老家。

两天后是谢母的生日，按照外婆的说法，生日一定要提前过，早晨姨妈就在家族群里就发了通知。

院子里，外公跷着二郎腿坐在藤椅上听收音机，手上拿了一根自己卷的叶子烟，在深蓝的天空下吞云吐雾。

外公看到一前一后进门的姐妹俩，脸上笑开了花。姨妈站在旁边嗑瓜子，顺口问："你们开车回来的还是打车？"

"开车。"

外公皱眉："唉，还是打车安全一点。"

姨妈忍不住说："她开的车也就元元敢坐，元元就是她的那什么……脑残粉。"

"我拿驾照四五年了，你们就放心吧，技术不好我就开慢点。"谢朝夕叹了一口气，无奈道，"外公，你怎么又开始抽烟了？"

姨妈说："我可管不住他，才说两句，就给我脸色看。"

外公笑着不说话，把烟杆往旁边藏。

唐一元放好了书包跑出来，立刻去抢外公手里的烟杆："外公，上次医生说的你都忘记了吗？不能抽烟，不能抽烟哦！"

外公皱皱眉，催促道："你们俩快进去，看看菜做好没。"

谢朝夕耸了耸肩，临走前给唐一元使个眼色，小姑娘立刻回了个"保证完成任务"的坚定眼神，没一会儿就把外公的烟杆夺走了，拉了个小凳子在旁边坐着，跟外公讲道理。

厨房里，弥漫着鸡汤的醇香，外婆掌勺，谢母在一边打着下手，再三叮嘱要少放盐。谢朝夕刚跟外婆聊了两句，就被辣椒呛得咳嗽，外婆立刻赶她走："出去出去，别待在这里。"

"那一会儿我来洗碗。"

好几个月没回家了，谢朝夕心里暖融融的，她捧了一杯茶到客厅里看电视。过了一会儿，谢母走了进来，往她手里塞了一张卡。

她愣了愣，问："妈，你给我做什么？"

"二十万，你拿去换个房子住，你那里不安全。"谢母没好气地说，"你妹还想帮你瞒着，没几句就说漏了。"

谢朝夕忍俊不禁地说："我还以为她不知道呢。"

"别看你妹年纪小，她聪明着呢，这段时间到底怎么了？"

"工作上遇到了一些麻烦，不过都解决了，妈妈你就放心吧。"

谢朝夕简单地把事情讲了一下，听得谢母连连摇头，不敢认同道："现在的人都怎么了，自己不好好努力，就整这些邪门歪道。我们家的孩子，行得正坐得端，不会昧着良心贪图这些钱的！"顿了顿，谢母又瞪了她一眼，"你之前瞒我做什么？怕我骂你还是怀疑你？"

"不想让你担心。"谢朝夕笑笑道。

其实还有一个原因，家里人一直希望她离家近些工作，她担心这些麻烦让谢母知道后，二话不说就让她回家。

谢母又问了一下新公司的情况，这才放了心，又忍不住数落她："受委屈了，不高兴了，不跟家里说跟谁说去？家里难道还不支持你？你啊，就是报喜不报忧，你爸跟你相反，报忧不报喜。"

报忧不报喜。

谢朝夕心里抽疼了一下，突然想起一件事来。

当初，她被迫退学回国，心情不好想去见见父亲。刚好那天跟表姐出去喝咖啡，临别时，表姐直接开车把她送到了一个别墅区，顺手给她指了位置。

她脑袋发蒙地走了进去，就看见父亲带着小女儿在院子里踢着小皮球，她像个局外人一样僵硬地站立，紧握双拳也控制不住浑身发抖，心中的热血被现实一盆冷水冰冻。

父亲抬头看见她的时候，慌乱了一会儿，才故作镇定地招呼她："朝夕，怎么电话都没打一个就来了？"

"你什么时候买的新房？"

父亲眼神闪躲，支支吾吾："你高姨出的钱，都是按揭的，三线城市的别墅也不值什么钱。"

理由完美。

谢朝夕冷冷地"哦"了一声，面无表情地盯着三岁的小女孩，小女孩扑过来抱着她的大腿，仰着头冲她笑眯了眼睛。

父亲邀请她："进去坐会儿吧。妹妹看见你很高兴呢，我经常给她看你的照片，她很喜欢你的。"

"不了，我还有约。"

谢朝夕转身就要走，垂落在身侧的拳头紧紧握住，眼泪疯狂往外涌。

父母离婚多年，父亲早就把心思放到新家庭上，她默默忍受了很多，很多时候，她连质问的勇气都没有。

走了一段距离，她实在没忍住，又快步走了回去，结果在拐角就听到高女士在和父亲说话。

高女士面带笑容地说："朝夕零花钱不够的话，就多给一点吧。不过照理说，十八岁后父母就没有供养的责任了……"

从记忆里拉回思绪，谢朝夕望着母亲不再年轻的脸，笑了笑："知道了，吃饭去吧。"

"好了，别跟我腻歪。"谢母不习惯跟人亲近，一拍她挽着自己的手，瞅着她说道，"赚了钱记得还我，那是借给你的。"

"那当然，给你高利息。"

在家休息了两天，谢朝夕回到秦市。

短短时间，买手部焕然一新，桌椅电脑摆放得整整齐齐，清新的绿色盆栽，窗边还设立了一个开放型休息区，放了沙发和书架。

谢朝夕挑了一个喜欢的位置坐下，一边喝豆浆，一边翻看笔记本，她把需要做的事情罗列出来了，但最重要的还是转型后第一次上新，只是目前还不清楚周诚那边的情况。

谢朝夕咬着吸管发了会儿呆，眼角余光就瞥见了贺东诚。

也不知道他什么时候来的，正斜靠在休息区的沙发上，拿着平板电脑翻看着。他穿了一件薄薄的针织衫，英伦风的格子长外套随意搭在一边，空调的热风徐徐吹来，偶尔拂起他垂至眼睛的刘海，整个人看起来懒洋洋的。

贺东诚在D.C似乎很自在，就连穿着也从以前的商务风，变成休闲慵懒的风格了。

他是打算在这里养老吗？

谢朝夕吸光最后一口豆浆，被吸变形的纸杯发出吱啦啦的声音，她把纸杯扔进垃圾桶，回到座位上。这其间，贺东诚连眼皮子都没有抬一下，好像办公室只有他一个人。谢朝夕没有在意，刚好她也没有和他说话的欲望。

突然响起的电话，打破了一室寂静。

谢朝夕接起电话，前台妹子声音甜美："总监，有人来面试买手助理，我让她去小会议室等着。"

"不了，直接让她过来。"

那天宋铭提了招聘的事，谢朝夕就想起了一个合适的人——跟了她一年的助理梨子。

还记得那天，她被禾田炒了鱿鱼，抱着装满个人物品的箱子独自走到电梯，梨子气喘吁吁地追了过来，眼中强忍着泪水，抿起唇说："我、我觉得……这里面一定有什么误会！"

谢朝夕心里有些感动，让她回去好好工作，不要跟她有什么牵扯。

毕竟，梨子还要继续待在禾田。

后来，谢朝夕在朋友圈看见她的动态，才知道梨子辞职了。梨子刚工作没两年，但做事踏实认真，又努力上进，是个很合适的人选，她干脆就让梨子过来继续跟着她。

不一会儿，前台就领着梨子过来了。梨子见到她有些激动，眼睛发亮，不过梨子也是个不善表达的人，急于说点什么反而结巴了："夕、夕姐，能继续跟着你工作，真是太好了！"

"公司的情况，我在电话里已经跟你说过了，来这里会吃点苦。"

梨子连忙道："我不怕苦，跟着夕姐可以学到很多东西，而且苦虽苦，机会也多啊！你给我打电话的时候，我都高兴坏了，而且我对夕姐有信心，这个品牌一定能做好的！"

见她说话都有些颠三倒四了，谢朝夕忍俊不禁。

梨子弯了弯眼睛，把挎包拿下来，这才环顾了一下四周问："我随便坐吗？"

"喜欢哪儿就坐哪儿。"

"嗯嗯。"

梨子挑了个离谢朝夕近的位置，刚把包包一放，就瞥见另一边休息区的男人，顿时就像是被针扎了一样从椅子上跳了起来，瞪大眼睛指着他："花花公子他、他……"

谢朝夕："咳！"

梨子大惊失色，连忙捂住嘴巴。

贺东诚没有抬眼，目光一直注视着手里的iPad，听到动静只是冷淡道："找了个小结巴来当助理？招聘的事情交给你，你也不能假公济私吧？"

"……"

什么情况？夕姐怎么跟她最讨厌的人在一家公司？

梨子瞪大了眼睛，不敢置信地看了看谢朝夕，又看了看贺东诚，只觉得脑细胞都不够用了。

谢朝夕介绍了下："这是公司的总裁，贺总。"

"贺、贺总……"

梨子手足无措，谢朝夕朝她投过去安抚的一瞥，说道："公司的资料我发到你邮箱，你看看，做一个短期培训的PPT。还有，周四前，把国内所有中国风设计师的资料整理出来给我。"

梨子连忙点头，收到指令后一颗心就定了下来，满腹疑惑也憋了回去，她向贺东诚鞠了个躬说："贺总！我一定会努力工作的！"说完就投入工作，噼里啪啦地敲打起键盘。

贺东诚冷哼了一声，不置可否。

办公室里安安静静的，空调吹拂的声音格外清晰。

梨子大气都不敢出一声，她很怕刚来就被炒鱿鱼，好在贺东诚只是嘲讽一句，没有计较的意思。梨子慢慢放了心，认真完成手里的任务。只是工作间隙抬起头来，看向不远处的休息区：贺东诚依然在处理工作文件，而旁边的谢朝夕也是神色自若，跟平时没什么两样。

这两个人，有什么故事吗？

梨子胡思乱想着，难道夕姐成为行业黑名单后，不得不向恶势力委曲求全？

不知道过了多久，谢朝夕拿着备忘录离开了，当梨子意识到这个办公室只剩下她和贺东诚时，整个人都紧绷起来，心跳剧烈。动作时不小心碰倒了水杯，她拿纸巾擦拭，匆忙之下胳膊肘又砰地撞在桌上，痛得她"哎哟"一声。

贺东诚手上动作一停，眼锋淡淡扫了过来。

梨子连忙解释："胳膊撞了下。"

"没事吧？"

"没事没事。"梨子受宠若惊地回道。

贺东诚抬了抬下巴："你过来一下。"

梨子提起了一颗心，磨磨蹭蹭地走过去，不小心瞥见了贺东诚的iPad——上面不是什么文件资料，而是一个空白的画板页面，简单的几笔彩色线条，看不清画的是什么。

贺东诚把iPad反扣在桌上，示意她在对面坐下，慢慢露出了一抹笑意，声音温和："不用紧张，只是随便聊聊，我跟朝夕也共事一段时间了，之前的那些误会也解开了，你不用担心什么。"

梨子听到这话，大大松了一口气。

"最近我也发现，朝夕不像是传闻中那样冷漠刻薄，她的工作能力很值得称赞。"

"是啊，夕姐只是要求严格。其实我不明白，那些人挨了骂不肯努力工作，为什么要怪夕姐呢？"梨子提起这个就义愤填膺，"夕姐人很好的，就是不擅长表达而已，而且是刀子嘴豆腐心。"

"我也觉得是这样，就像之前那个视频，模特……"

"夕姐就是一说，从来没做过什么，有些人不给点压力，态度就不端正。"

"那确实需要敲打一下。"贺东诚点点头，"有一件事我一直不太明白，但又不太方便去问朝夕，你可以透漏一点吗？"

梨子立刻警惕了起来，担忧被他套话。

"像朝夕这种工作认真又专业的人，为什么在我们第一次接触时，就对我不太友好呢？我们两家公司虽然是竞争对手，偶尔也涉及一些业务来往……"贺东诚诚恳地问，"只是因为，我的私生活吗？"

"呃……这个……"

梨子不知道怎么回答才好。

回答是呢，那就是承认贺东诚的私生活混乱；回答不是呢，不就是说谢朝夕公私不分吗？

"以后我们还要一起工作，我实在不希望跟得力助手间有什么隔阂。"贺东诚把梨子的神色变化收入眼底，她支吾着不肯回答，反而让他确认了猜测。他微微一笑，态度如同春风和煦，"不过她那种表现，真的很矛盾呢。"

梨子说："我也不太清楚。"

"是吗？"贺东诚眸中闪过了些失落，不过还是笑了笑，"那就不难为你了，继续工作吧。"

其实这还是梨子第一次见到贺东诚，之前他一直都活在传闻里，他虽然刚开始对梨子的态度有点冷淡，也是因为她一开口不怎么尊敬。现在聊了几句，梨子对贺东诚有些改观了——他真的不太像那种很糟糕的人。

贺东诚看起来十分真诚，谢朝夕主动到贺东诚手底下工作，大概也是想放下成见一起搞好品牌。短短几秒，梨子已经想明白了，就透露了一句："我只知道，夕姐一开始很欣赏你，说你眼光好情商高颜值高，其他的我就不知道了！"

"这倒是实话。"贺东诚挑了挑眉，确认了一下，"颜值高？"

梨子点头。

贺东诚的神色十分惬意，微笑颔首："谢谢。"

原来谢朝夕真的垂涎他的美色。

他还记得两个人闹翻后，有一次酒会里，她喝多了，被他嫌弃了一顿却都很没脾气的样子，还惋惜地伸手摸了一把他的脸，说："这颜值，这脾气，可惜了。"

害得他在风中凌乱了很久。

"不、不客气……"

梨子的后颈有些发凉，呃，没说错什么吧？

片刻后，高跟鞋的声音传来，谢朝夕从走廊另一头走过来，透明的玻璃墙可以清晰地看到她的身影。她的身材高挑纤瘦，双腿修长笔直，因为平时保持健身，精神气也很足，不亚于模特。

贺东诚不动声色地观察她，修长的手指在iPad上慢慢滑动，见她有看过来的迹象，就若无其事地垂下眼帘。彩色线条缓缓勾勒，组成了一个简单的人像，他擦了一下，又继续勾画……

谢朝夕一回到座位，就埋头工作。过了会儿，她打开了周诚的微博，他的粉丝不多也不少，只有几十万，随着设计陷入单调重复之后，粉丝的热情也渐渐冷却了下去，有些人甚至说出奚落的话。

周诚的上一次更新还是在一个多月前，内容一如既往地简洁：焦虑、彷徨、无所适从，迫切想要被拉出深渊。配图是一张色调昏暗的照片，一个高脚杯，旁边放了几个洋酒瓶，很有醉生梦死之感。

谢朝夕手指微动，点开了私信敲打内容："无平不陂，无往不复，也许等你渡过难关，就会发现它其实是个弹簧，触底之后就是爆发。不要绷得那么紧，可以去散散心，看看风景，一定要注意身体哦。"

其实这些年，她给周诚发过不少私信，但都没有得到回复，就像石沉大海。

谢朝夕望着屏幕发了几秒呆，鼠标点下发送，就听不远处传来了叮咚一声，她下意识地看过去。只见贺东诚正拿着iPad和外套站起来，对上她的目光，他推了推鼻梁上的眼镜，客气问道："有事？"

"没有。"她摇头。

贺东诚微微颔首，优雅地走了。

谢朝夕狐疑地瞥了他一眼，这语气、这神态……这人怎么突然很有优越感的样子？

没过几天，谢朝夕就被贺东诚甩手掌柜的姿态惊住了。

尽管他每天都按时上班，但几乎不处理工作，每个部门的工作到宋铭那里基本就结束了。不仅如此，他时常关在办公室里一整天不出来，有时候所有人都下班了，对面那扇门依然紧紧闭合，她甚至怀疑他晚上根本没有回家。

只有一回，吴耀光进去找贺东诚，里面传来了暴怒的争辩声，没多久，吴耀光怒气冲冲地摔门离开，后面好些天吴耀光都没有露面，一出现就黑着脸看谁都不顺眼，谢朝夕都差点撞在枪口上。

谢朝夕原本也不是关注这些事的人，只要公司的运转没毛病，她可以彻底无视掉贺东诚，只是他的行事作风实在太引人注目了，让公司众人都生出了好奇心。

梨子偷偷跟她嘀咕："我上次无意间瞥了一眼，里面窗帘拉着，一片漆黑……"

谢朝夕不由得脑补出宅男昼伏夜出，在家看电影打游戏，与外卖为伴的颓废日常，但这种事情放在贺东诚身上，说不出地违和。

梨子压低声音，猜测说："以前格瑞斯，可能只是家里造势，方便掩盖富二代无所事事的真相！"

谢朝夕的嘴角抽搐了一下，见她猜测得越来越没谱，做了个"收住"的手势："不要胡思乱想，没有的事。你也见过他两次，你觉得他是个傻白甜吗？"

梨子摇摇头，有些不好意思："我就是想不明白嘛。"

谢朝夕笑了笑，目光落至屏幕的最新邮件上，周诚发来了几张新的设计稿。

这还是她第一次看到他的手稿，用华丽两个字来形容不为过。

她看到过不同类型的手稿，大多都简单务实，再用文字在一边标注，比如什么部位用什么布料、怎么样剪裁等。

周诚的作品，就是最漂亮的水彩画，可以直接拿去当插画用。漂亮的线条和色彩，水墨极有意境地晕染，衣服上的每个纹样、褶皱和光影都精巧得犹如艺术品，以至看到这张图的刹那，她脑海中就清晰浮现出成衣的样子。

手稿中可以清楚看出周诚的绘画造诣，并且可以想象他极为享受设计时装的过程，只是当他灵感枯竭的时候，这个过程会变得折磨难熬。这几张设计稿，虽然还有少许旧作的影子，但她能看出来里面藏着即将破土而出的力量，他应该快要度过瓶颈期了。

谢朝夕的唇角弯了弯。

这几天，谢朝夕把D.C几年的各类报表都整理了出来，做了一个分析。

D.C是周诚的设计师品牌，最开始创立时，走的是Trunk show模式，也就是私人订制沙龙秀，俗称小高定。通常情况下，设计师会租用酒店、商业楼或者别墅，邀请客人前来，在美食和音乐中，欣赏、订购推出的最新款，客人还能和设计师本人沟通，聊聊最新的流行趋势、时装搭配等。

不过这种模式，只持续了很短的时间。获奖后，周诚改了经营模式，让品牌面向大众，狠狠地吸引了一波关注度。公司走轻奢路线，定价不算高，国内中国风时装又只此一家，消费者蜂拥而至，报表上的数字也非常好看。

但是就在品牌蒸蒸日上的时候，周诚突然灵感枯竭，交不出满意的设计，陷入了日复一日的重复和单调中。

谢朝夕一直关注D.C，也是他们忠实的VIP客户，对他们的时装可以说了若指掌，就算没有看到内部资料，她也能猜出周诚是从哪一段时期退居幕后的，现在一看果然如此。

大概两年前，周诚就很少过问公司，连设计也交给了底下的设计师，公司几经辗转到了吴耀光的手里，他掌管D.C后，服装风格就渐渐趋于平庸，主打的中国风几乎名存实亡。

谢朝夕把这些年的畅销款、滞销款，还有每个季度的盈利或亏损一一归纳总结。

D.C要继续走轻奢路线，这没什么问题，但如果周诚再遇到瓶颈，就可能重蹈覆辙。D.C不能靠他一个人来运行，贺东诚应该也很清楚，所以找了她过来。

而她会全世界寻找中国风设计师，购买他们的设计，或者把他们签下来。只有这样，才能填补周诚留出的空白。

"呼……"谢朝夕舒了一口气。

这时，一阵骚动从外面传来，隐隐听到了"周诚"两个字，谢朝夕唰地从椅子上站起来，迅速往外冲，正要说话的梨子眼睁睁地看着她像风一样没了踪影，呆呆地张大了嘴巴。

谢朝夕到了外面没看到人，问前台："周诚来了？"

前台摇摇头："以前没见过，不知道是不是。"

"他现在在哪儿？"

"跟宋特助去了会客厅。"

谢朝夕立刻追了过去。好奇的不仅她一个，会客厅外还有别的人探头探脑，她想，原来周诚在公司也有很多的粉丝啊。不过在听到一些人的议论后，她才知道自己想多了。

"天啊，又高又帅啊，不过这个设计师以前怎么没见过呢？"

"你怎么发现他帅的，戴了个鸭舌帽，根本看不清长什么样！"

"不好意思，我天赋异禀，就算一个后脑勺我也能预测出颜值高低，况且他的下颌那么好看，脸型又是精致的小V脸……"

那滔滔不绝的女人转过头，见着了一旁的谢朝夕，大感意外。虽然才共事了几天，但谢朝夕雷厉风行又冷若冰霜的风格已经深入人心，没想到她有这么接地气的一面——爱好看美男，顿时倍感亲切。

谢朝夕冲她们点点头，直接敲门而入。

宋铭连忙道："快关门。"

"怎……"

谢朝夕瞥了一眼，连忙关上了门。

那人似乎被吓到了，在门打开的刹那下意识地缩了下身体，他的帽檐压得很低，覆落下来的阴影遮挡在一双眼睛上，只能看见挺拔的鼻梁、漂亮的嘴唇和下颌。

这个侧影，瞬间将她的记忆拽回到六年前的法国。

第七章

无平不陂

优雅不是那些刚刚从青年时代挣脱过来的人，而是那些已经掌握了自己的未来的人所拥有的特权。

—— Coco Chanel

那是谢朝夕最绝望的一段时期。

当时她在法国留学，刚读了两年，谢父就打电话来说生意出了状况，没办法负担她在国外的费用，要求她放弃学业回国。谢朝夕不甘心半途而废，一边省吃俭用一边打工，想要把三年大学读完。

在国外，普通留学生根本生不起病，谢朝夕好不容易攒了点钱，一个阑尾炎手术就把几个月来的努力全部报废。祸不单行的是，当她承受不住经济压力去打了黑工后，因为口角被一个白人大妈给举报了，老板束手无策，学校铁面无私，注销了她的学生签证。

半年的挣扎，她被逼着回到原点，只能卷铺盖走人。

谢朝夕从一个受人追捧的漂亮女孩，落到那种狼狈的境地，瞬间那些不对盘的同学都开始奚落她，让她在圣诞舞会前离开，否则所有人都会知道，她已经穷得连一件礼服都买不起了。

谢朝夕装作毫不在意，独自去逛街，吃小吃，看电影，以及拍照，把这些当成最后的告别。

硕大的圣诞树，屋檐和窗口装点着闪闪发光的小彩灯，火树银花并列道路两旁，男男女女结伴路过……学校里繁华浪漫的气氛，隔了几条路似乎都能感觉到。

她坐在路边的长椅上，在寒风中冷得浑身僵硬，其实再往前走十分钟，就是温暖的宿舍，但她不愿意回去。好像一直待在外面，就不用向命运低头，也不用面对后面的事，比如办理退学手续、打包行李什么的。

孤立无援的感觉潮水般涌来，她终于崩溃大哭起来。

她哭得旁若无人，眼泪好似断了线的珍珠滚滚而下，路人纷纷朝她投来愕然的目光。

不知过了多久，一辆扰人清静的跑车，停在了旁边。

戴着鸭舌帽的男人打开后备厢，抱出了一个纸箱扔在地上，里面装的全是衣服裙子，他拿起剪刀就剪碎。

谢朝夕抽噎着，朝他看去。

男人手里拿的是一把专用的裁缝剪刀，剪碎了一条裙子，顺手扔进垃圾桶，又拿起另一件衣服……一刀又一刀，他毫不留情，把每一件漂亮时装都残忍摧毁，而且那些衣服都是少见的中国风设计。

谢朝夕顿时停止哭泣，目不转睛地盯着他的双手。

剪刀咔咔的声音，会让每一个热爱时装的人心碎。

他弯腰从箱子里拿出最后一条裙子，夺目的中国红撞入眼帘，瞬间夺取她的呼吸。

领口是复古的盘扣，垂落而下的裙裾古典优雅，细致的银线在灯光下泛着淡淡光泽，美得含蓄又张扬。谢朝夕曾在César工作过一段时间，看过它们家的高定礼服，这条裙子的精美不亚于那些高级定制……

美得夺人心魄！

谢朝夕的一颗心提起来，膝盖上的双手紧扣。

他顿住动作，垂眸凝望手里的裙子，短暂的犹豫后，他重新拿起剪刀。

谢朝夕终于忍不住了，猛地冲过去，制止了他的动作："这么好看的晚礼裙，你为什么要毁了它？"

男人愣了一下，在错愕中抬起眼来。

暖黄的灯光下，谢朝夕望见了一双温柔却悲伤的眼睛，但只是匆匆一瞥，帽檐的阴影重新模糊了他的情绪。男人冷淡地说："这是我的东西，我想我有权利处置它们。"

他又要拿剪刀，谢朝夕实在不忍，再一次拦住了他。男人皱了皱眉，担心伤到她不得不停手，谢朝夕趁机把剪刀抢走了。

"你是设计师吗？你觉得这些都是失败品，难以面对吗？"

"它们没有存在的价值。"

"为什么？"

他的喉结滚动了一下，有些艰难地回答了她。

"我的缪斯，让我带着它们滚。"

凛寒中，他的声音平静温和，跟她的歇斯底里形成鲜明对比，好像她才是设计师，而他只是不懂珍惜的买家。

"我只要看见它们，就会想起她对我说的话。她说这些中国风一文不值，说我的设计不可能走向世界，就连身为我女朋友的她也难以接受。"

他太平静了，反而让她更难过，仿佛心脏被一双无形的手一把攥住，猝然收紧，难以言传的钝痛蔓延到四肢百骸。

"胡说八道！这么漂亮的礼服，不是为了她一个人设计的，如果有更多的人看见，就会有更多的人喜欢。"谢朝夕一边说一边哭，用袖子胡乱擦了一把眼泪，"这个女人真是不可理喻，分了手，就一定要把你踩在脚下吗？"

男人沉默，嘴角动了一下，似乎想说什么，又把话咽了下去。

"你一定知道Vicienne Westwood（维维安·韦斯特伍德），当时无数人告诉她，朋克不可能成功，让她放弃。她就乖乖听了吗？她甚至连正规的服装剪裁都没有学过，但是最后她创造了属于自己的历史！你女朋友一个人说了不算，消费者说了算，市场说了才算！"

谢朝夕扶着垃圾桶，抓起里面破碎的时装，光滑的衣料从手指间滑过，她低声问他："就这么毁了，你一点都不心疼吗？"

他静静地站在那里，沉默不语。

谢朝夕又擦抹了一下眼睛，突然觉得自己就像个疯子，在陌生人面前这样放纵情绪。她吸了吸鼻子，后知后觉地尴尬起来："对不起，我今天心情不好，但你前女友这样说，只是为了伤害你，你不要当真。"

她把剪刀放在长椅上，打算离开。

他突然问："你喜欢吗？"

她顿住脚步，没明白他的意思。

他的唇角动了动，露出了一个很清淡的笑容："送给你，好吗？你穿着会很好看。"

她身材纤瘦，哭花的妆下是一双细长清冷的眼睛，拥有古典的韵致。他是设计师，只用一眼，就知道她绝对能穿，并且会很惊艳。

谢朝夕以为自己听错了，呆愣在那里。他怕听到拒绝的话，在她开口前又轻声补充了一句："其实我也舍不得，但这是专门给前女友设计的，我没有留下它的理由。所以，如果你收下，我会很高兴。"

谢朝夕呆呆的，不知道自己应不应该接受这条贵重的晚礼裙，直到他往她怀里塞。

看着她小心翼翼捧着的样子，他的唇角往上扬了一下。

她还有些呆愣，直到他发动汽车要离开，她才拔腿追了上去说："谢谢你，你叫什么？"

"周诚。"他微微一笑，说，"红色是悲伤的终极良药，开心一些，你一定会是舞会上最引人注目的姑娘，圣诞快乐。"

"圣诞快乐！"

她目送汽车远去，缓缓弯起唇角，喃喃地重复："圣诞快乐。"

六年后再遇，他戴了同样的一顶鸭舌帽，然而他似乎变了很多，状态也不太好，有些害怕见到生人的样子，也许她不该这么急迫地过来见他。

他身上发生了什么事吗？

"来了正好，刚要找人叫你。"宋铭给她使了个眼神，压低声音嘱咐了一句，"就是情况有些特殊，他有点社交恐惧症，也不善言辞，你多担待一下。"

谢朝夕点头。

宋铭这才笑着给他们互相介绍："这是设计师沈珈，这是买手总监谢朝夕。"

沈珈？不是周诚吗？

谢朝夕的诧异没有流露出来，她微微一笑，对他伸出手。

沈珈被点了名，更紧张了，握住她的手指一触即离，露出了一个局促的笑容。

宋铭和谢朝夕聊了一会儿，沈珈在一旁安安静静地听着，看起来竟有些乖巧。谢朝夕不动声色地留意着他，他的侧脸跟记忆中很相似，不管是脸侧的轮廓，挺拔的鼻梁，还是那漂亮的唇……

沈珈察觉了她的目光，不敢跟她对视，又往后缩了缩。

他好像完全不记得她了，或者，只是相像的两个人而已？

谢朝夕默默叹息了一声，打消了自己乱七八糟的想法。

这时，宋铭拿出沈珈带来的文件夹，把里面的设计稿拿了出来，谢朝夕的目光立刻被吸引住了——设计稿的画风跟她之前看到的一模一样，华丽精致，色彩明媚，跟他的气质倒是截然不同。虽然跟之前收到的那几张相比平庸了一些，但作为系列设计来讲也刚好。

谢朝夕一下子又琢磨了起来。眼前的人分明就是周诚，他换了新名字想抛弃过去吗？她想起他微博上那些戾气十足的留言，又觉得他的转变可能就是因为网络暴力，深受其害才不敢暴露真人。

望着沈珈，谢朝夕露出了一个可以说是温柔的笑容。宋铭正在说话，冷不丁瞥见后吓了一跳，说话都卡了一下。

"这些设计都很不错，让人眼前一亮，但这些适合穿去参加宴会等正式场合，其实还不够日常化。"谢朝夕尽量放柔了语气说话，为了不伤害到他绞尽了脑汁，"我研究了D.C的一些畅销款，一会儿发给你看看，好吗？你可以做一些修改。"

"好。"

沈珈点了点头，没有辩解，也没有更多追问，这让谢朝夕感到意外。

很少有完全听从买手的设计师，除非是被市场折腾得死去活来的那种，可他是"周诚"，如果他愿意改的话，以前也不会亏损那么多。

但是话说回来，以前是以前，现在是现在。

这种转变，多少让她感到心酸。

谢朝夕看沈珈的眼神愈发温柔了，柔声说："你有什么想法，可以说出来跟我讨论，不要憋在心里。我是买手，关心的是卖了多少钱，赚了多少钱。设计方面没有你专业，如果完全按照我的想法来，可能到最后你的设计理念保留不了多少。当然，我会尽可能多为你争取一些创作空间。"

"我、我不知道怎么说……"

"没事，你慢慢想，慢慢说。一时间想不出来也没关系，回去了也可以跟我发微信或者打电话。"

"我不用微信。"

宋铭被谢朝夕的温柔吓得不轻，默默掏出手机发了条微信给贺东诚："长得好看果然有优势，一来就被刮目相看，夕姐那温柔的样子要吓死我了。"

贺东诚几乎是秒回："呵呵，那她对我怎么不温柔？"

宋铭心想你也太自恋，你长得帅不一定符合谢朝夕的审美，不过宋铭不想作死，委婉地回："可能她对你比较特别吧。"

贺东诚回："客观上说，这样也不算有眼无珠。"

真是太自恋了！宋铭感慨。

那边的两人已经互换了号码，谢朝夕笑容可掬地说："你有什么想法，随时都可以跟我打电话。"

沈珈抿着唇笑了笑："嗯。"

宋铭简直不可思议，沈珈这个深度社交恐惧症，才跟谢朝夕聊了一会儿，竟然就没那么局促了？谢朝夕就那么值得信任吗？不怪宋铭这么想，他跟沈珈接触了一年多才到现在的程度，这两人才认识多久？

再看看谢朝夕，浑身都散发着圣母的光辉，沈珈要离开，她还帮他拿文件夹和墨镜，一直把他送到电梯。

宋铭摸了摸下巴，靠在门框上久久没有回过神。

过了会儿，谢朝夕回来了，他想起了一件事，连忙叫住她："朝夕，那个周诚……"

谢朝夕一脸了然："不用说了，我知道。"

"……"

宋铭看着她远去，一脸蒙。

她知道什么？！

回到办公室，谢朝夕脸上的笑容还没收起来，但下一刻，她就看见了某个糟心鬼。

贺东诚终于肯出门放风了，正堂而皇之地坐在买手部的沙发上，把玩手机。说真的，这位总裁看起来完全就像一个富贵闲人，不用做事，坐吃等死的那种。

贺东诚似乎心情不好，眉心拧着，浑身上下散发的寒气让办公室生生降温一度。

部门里鸦雀无声，梨子和其他新同事埋头办公，大气都不敢出一声。谢朝夕回来后，几人才偷偷松了一口气，梨子甚至夸张地抚了抚胸口。

谢朝夕挑了挑眉，贺东诚的好脾气广为人知，平时一直彬彬有礼，他们这么怕他做什么？这明明是她应该有的"待遇"。

谢朝夕淡淡地瞥了贺东诚一眼，恰好这时他抬起头来，清冽的目光与她相撞。

"谢朝夕，你过来一下。"

这个称呼让人多看了谢朝夕几眼，贺东诚叫别人的时候，都是小李、小贺什么的，非常平易近人，到了谢朝夕这里就是连名带姓一起喊……

梨子后知后觉地发现，两人的关系可能跟她想的不一样，她、她上次应该没有多嘴吧？

谢朝夕没有那么多心理活动，直接走去他对面坐下。

贺东诚欲言又止，还没想好怎么开口。谢朝夕等了一会儿，干脆先说自己的事："周诚的设计我都看过了，系列的设计都不错，但是我把D.C这几年的销售数据做了一个统计，发现……"

贺东诚打断了她："只是不错吗？"

"贺总，你还没看吗？"谢朝夕点了下头，继续说，"而且设计过程比较磕绊，这个系列的作品是分了几次发过来的，每次都有所修改，甚至一些我认为的主打元素也被删改，我能看出周诚的犹豫。"

"嗯，确实。"贺东诚若有所思，显得有些心不在焉，思索了好一会儿，才说，"我想要的是惊艳感，不只是凑合还能做的程度。"

贺东诚思索的时候，谢朝夕不动声色地观察他。她有一种莫名的违和感，就好像自己面前坐的不是一家公司的执行总裁，而是一个设计师……

也许，贺东诚比她想象中更在意创意。

"你分析的结果是什么？"

"在过去的销售中，卖得最好的，大多不是设计师的主打款，而是将古代元素和当代元素结合起来的服装，比如说这些……"

谢朝夕在手机上点了几下，找了几张畅销款的图片，把手机递了过去。贺东诚很自然地接过手机，她愣了一愣，本意只是拿在手上给他看一下。

贺东诚疑惑地看了她一眼，反应过来后，挑了下眉梢，问："有见不得人的东西？"

他还玩味地拉长了声音，谢朝夕瞪了他一眼。他立刻把嘴角一挑，露出个挑衅的神情，等着她发飙。幸好谢朝夕理智还在，把到嘴边的话给咽了回去，她又不是来跟他吵架的。

"我作风坦荡，还会当着你的面乱翻不成？"贺东诚很想白她一眼，良好的教养让他按捺住了。

但好巧不巧，就在这时，只听叮咚两声，两条微信连着弹出来。

江烨："你去D.C了？呵，那家十八线小公司，就是你心目中的价值？"

江烨："你不是讨厌花花公子吗？贺东诚可不是什么正经人。"

贺东诚斜斜地睨了她一眼，神色玩味，清冽的双眸里又带了一些质问。

气氛一时有些尴尬。

贺东诚本来就是高冷禁欲型的长相，这种坏坏的表情出现在他的脸上，竟然让人觉得多了一笔色彩。就好像，静止在屏幕里的黑白水墨画，突然流动了起来。

谢朝夕愣了一下，把手机从他手里抽走，顺势就在一旁坐下。

贺东诚抱着手臂，一直盯着她看，他还在等她的解释，结果她故作从容地绕过了话题，继续说工作："畅销款刚刚看过了，现在这些是滞销款，虽然从艺术设计的角度来说，有些也很不错……"

贺东诚一脸受害者的表情，质问她："你不觉得你这个转折很生硬吗？"

谢朝夕被他打断，微微蹙眉。贺东诚给了她一个意味深长的眼神，好像在说"有本事你就继续昧着良心吧"。

结果，谢朝夕还真的能！

谢朝夕淡定地说："周诚现在的这个系列设计，我虽然觉得不错，但只是回到了D.C初期的水平，并没有突破。"

叮咚，又一条微信跳出来。

江烨："唉，算了。总而言之，你要好好保护自己。"

贺东诚："……"

谢朝夕把手机收了起来，继续说："我担心的是，周诚会重走以前的老路，如果他的水平不够稳定，对D.C的发展也不利。"

"我很好奇。"贺东诚似笑非笑地说，"你跟江烨是什么关系？你私底下跟他说了什么？"

"公是公，私是私，这不是你说的吗？他有什么想法，我管不了，非要说的话，贺总平时是什么作风自己不知道吗？隔几天就换女朋友也不怪人指点。"谢朝夕提醒他，"另外，现在是工作时间。"

"不是女朋友。"贺东诚强行解释道，"是女伴。"

只动钱包不动感情，更渣！

谢朝夕差点想替天行道，忍了又忍，继续说："这几天我一直在思考，我们D.C的路线是否正确。最开始是轻奢路线，定价在两千到五千之间，后来吴总降了基本价位，风格也有所改变，利润和销量又上去了一些……"

贺东诚的脸色有些冷。

前两天吴耀光来找过他，两个人谈得非常不愉快，他当时平静地坐在皮椅上，双手交握，客气地给了他一个建议："吴总，周诚很感激你之前接手了D.C，但今后的方向，我希望你能多听听我的建议。"

吴耀光没好气地说："D.C不是你一个人的。"

"但我和周诚手里的股份，刚好比你多了2%，如果吴总担心的话，我可以提前履行合约。"

贺东诚找到吴耀光的时候，本来想一口气收回所有股份，吴耀光满口答应下来，结果后来不知道听到了什么风声，临时变卦。好在吴耀光不是赌徒，为了稳当，他还是卖了一些股份给贺东诚，而且还在合同约定，之后的三年里，吴耀光每年要转让10%的股份给他。

这个合同，还是在贺东诚做了保证后才签下的。不是空口白牙，今后贺东诚要按照合同上的预期市值来收购……但现在看来，吴耀光的心思又活络了起来，也许看到希望，想再在公司发光发热一把。

吴耀光愠怒道："我也看好D.C，看好中国风的未来，你动不动就想把我扫地出门，这是什么意思？就算要卖股份，我的选择也不是只有你，告诉你好了，三道集团的人也来找过我。"

贺东诚的脸色微变，好不容易才按捺住脾气，解释说："如果日常化，我们就失去竞争优势了，我不希望D.C变得平庸。"

两人不欢而散。

谢朝夕见贺东诚出神，不由得握紧了文件，从一开始他就不断打岔，他是公私不分还是想当个独裁者，不需要任何人的意见？谢朝夕强忍着怒意问："贺总，你有在听吗？"

贺东诚看了她一眼，后背慢慢靠在沙发上，反问她："你想要D.C变成麦时尚？"

麦时尚，也就是McFashion，意思是像麦当劳一样便宜、快速、时髦的大众产品，有名的品牌比如ZARA、H&M等。这些品牌的共同点是，上新款的速度和频率很高，普通品牌可能一个月只上一次新，而他们每周都会上新。

谢朝夕说："也不完全是，只是……"

贺东诚冷着脸，打断了她的话："不行，D.C只能走轻奢，否则我们的设计、工艺和制作就得不偿失，更何况D.C的最终目标不会止步于轻奢。你是买手，我希望你协调好设计师、工厂，还有市场部，至于公司的发展路线，你可以少操点心。"话说到最后，他还带了一丝火气。

谢朝夕诧异地看了他一眼，不卑不亢地说："只要跟数据有关，就跟我有关。"

贺东诚的目光锐利而冷漠，冷冷地逼视着她，那是一种居高临下的傲慢。那拒人千里之外的样子似乎在说，他不考虑任何意见，他就是个独裁者，你说什么都没用。

谢朝夕一直跟贺东诚不对盘，见他的冷脸也不是第一次了，只是……他这样冷漠愤怒的时刻还是第一回，错了，应该是第二回。第一回是他发现被她戏弄了以后。

但这不对啊，她提的意见，他应该明白的啊。

格瑞斯就是他一手建立起来的，现在轮到D.C，为什么同样的模式就不行了？

谢朝夕抿了抿唇，隐隐意识到了一些什么，但没有放弃表达观点，她态度放软了一些，措辞了一下说："你是商人，格瑞斯的成功也说明了这一点，事实上你现在这么坚持，甚至不听我说完，让我感到诧异。"

贺东诚抱着手臂，眼中闪过了一丝动摇。

"不是麦时尚。"谢朝夕见他油盐不进，只能退而求其次，"我现在就去做个策划案出来，最迟明天发给你。"

贺东诚冷冷地说："不，我坚持。"

"希望贺总看了策划案再决定，如果那时候你还是坚持的话，我没有任何意见。"

"这么有信心？"他嗤笑了一声。

谢朝夕默了一瞬，故作轻松地耸了耸肩："本来很有的，但你刚刚的态度……我觉得有点悬了。"

贺东诚起身走了。

回到办公室，他把周诚的系列设计找了出来，一张张翻看，眉头皱得越来越深。许久，他扔开笔记本，走到落地窗前，点了一根烟。

高空视野开阔，冷风不断地往里卷来，袅袅白烟升起，散在风里。

贺东诚夹着香烟，没有吸，广袤清冷的天空映入瞳孔，他的双眼愈发淡漠。许久，他闭了闭眼睛，一道清越坚定的声音撞入脑海里。

——今天的中国还没有一个顶级的时装品牌，传统的手工技艺也在走向衰败，D.C要做的是立足于中国五千年文化，给予消费者一流的做工、艺术和享受。

——D.C的未来，我有绝对的信心。

这些话就像立下的誓言，在D.C倒下的时刻，他受到了无数人的嘲笑和怜悯。

天色渐渐昏暗，变为寂寥的深蓝色，万千灯火亮起，从高处俯视好似浮动的流萤。冬天的夜晚来临得格外早，贺东诚迟钝地察觉身体僵冷，恍然发现自己在大敞开的窗口呆站了很长时间，手指间的香烟也灭了，只剩下烟蒂。

贺东诚关窗回去坐了会儿，把谢朝夕整理的资料拿出来又看了一遍，这才拿了车钥匙往外走。

公司的人走得差不多了，除了走廊的灯，一片漆黑空旷。乘坐电梯到达一层，旁边的电梯恰好也开了，谢朝夕和梨子从里面走出来，他愣了一下，放缓了脚步跟在后面。

梨子正在跟谢朝夕承认错误，哭丧着一张脸说："唉，我那天也是被诓了，我还以为夕姐跟贺总的关系不错呢。"

"这没什么，贺东诚也不是公私不分的人。"

贺东诚意外地挑了挑眉，还以为她逮着机会就要埋怨他几句。

听了这话，梨子没那么心虚了，挺了挺胸膛，鼓起勇气主动说道："他问我你看他不顺眼，是不是因为他的私生活，我考虑到贺总的尊严，把这个问题绕了过去。"

谢朝夕瞥了梨子一眼，隐隐有一种不祥的预感。

"你说了什么？"

"我就说了句实话，夕姐一开始不是很欣赏贺总吗？还夸过他眼光好、情商高、颜值高。"梨子仔细想了想，还有些得意，她那些话分明缓解了两人的矛盾，"不仅没有伤害到贺总的自尊，还帮你打了个圆场。"

谢朝夕的嘴角抽搐了一下："真是谢谢你了。"

"夕姐跟我客气做什么，都是应该的！"

梨子没听出她的无奈，还喜滋滋的，谢朝夕不知道说什么才好，她本来也不是喜欢说三道四的人。毕竟有什么事，她直接就打上门了。

推开玻璃门，凛冽的冷风瞬间灌了进来，谢朝夕拢了拢羽绒服，一声惊天动地的喷嚏从身后传来，梨子看见是谁后，立刻睁圆眼睛，紧张得手跟脚都不知道往哪里放。

梨子："贺贺贺总……"

贺东诚从容地走了过来，修长的手指勾着车钥匙，一边问："你在呵笑我？"

梨子慌忙摇头："当然不是了，我怎么敢。"

贺东诚说："有点晚了，送你们一程？"

谢朝夕习惯性地要拒绝，又想起了之前的事情，一口答应了下来："好啊。"

贺东诚挑了挑眉。

梨子来回看了看两人，直觉有些奇怪，又说不出奇怪在哪里，向来一根筋的姑娘没有多想什么，她跟朋友还有约，就先离开了。

地下停车场，幽黑、空旷，弥漫着一股沉闷的味道。

车门关上，按下启动键，仪表盘莹莹发亮。贺东诚一踩油门，低调奢华的宾利轿车平稳地驶了出去。他没想到只是顺口提了一句，她就答应了，两人单独相处有过，但很少能心平气和地说话。

不过很快他就知道原因了，谢朝夕又开始说数据了。

贺东诚打开车窗，让凛冽的风吹到脸上，左手胳膊肘抵在窗沿，手指按着涨痛的太阳穴。只听了几句，他就心浮气躁，故意拉长了声音叹气："刚刚我还有些浮想联翩，唉，害得我白期待一场。"

轻佻、轻浮！谢朝夕最讨厌的调调非此莫属，贺东诚完全抓住了流氓的精髓，一个表情一声叹气都让人恨不得暴揍他一顿解气。谢朝夕深吸了一口气，扭了脖子看窗外，顿时不想再搭理他了。

夜色在她白皙的皮肤上染上清冷，那长而浓密的睫毛覆落下，在眼底落了一弯阴影，微微颤动时好似蝴蝶的翅膀，就连他的心也跟着轻颤。

谢朝夕安安静静的时候，还是很耐看养眼的，符合他的审美……要是能一直这样就好了，就算她工作上一无建树，他也愿意花钱养着这个废人。

贺东诚握着方向盘的手紧了一些，不愿被她看出什么，但他没忍住，又看了第二眼、第三眼……他的心情似乎好了一些，嘴角也往上扬了一下。但是没想到，他的表情映在车窗上，被她抓了个正着。

贺东诚："……"尴尬。

这些天来，谢朝夕心里的怒火和暴躁，就跟秋天的荒原一样，野火点燃了枯萎的草，每当要熄灭的时候，火势又被一阵风吹得更加猛烈。

谢朝夕重新转过头来："你……"

贺东诚立刻提醒她："我在开车。"

这是害怕她动手？谢朝夕的嘴角抽搐了一下，看来两次动手的经历，她在他心中已经成了个暴力狂。她忍不住强调："如果不是对方欺人太甚，我都是客气并且礼貌的。"

贺东诚"呵"了一声，嘲讽之意不言而喻。

车子转弯，过了流金大桥后，灯火暗淡了下来，新老城区泾渭分明。

他突然问道："你今天怎么没开车？"

"借的，我的车卖了。"

"你家离公司太远，不安全，换个地方住吧。"

上次喝醉酒，贺东诚在她家住了一晚，第二天一路走出来，除了皱眉头没别的想法。

他眼中的清晨，应该是听着轻音乐，喝着咖啡吃着面包，慢悠悠看报纸的那种，而不是大早上被吵架的夫妻吵醒，下楼又遇见隔壁楼对骂的邻里，安安静静地散个步还要被狗追着狂吠……

"没什么不好的，烟火气十足，房租便宜，我这个人务实。"就算有了搬家的打算，谢朝夕也要跟他抬杠。不为什么，除了工作，心平气和地和她聊天是不可能的。

他好整以暇地看着她："哦？"

到了小区，谢朝夕一边开门下车，一边若有所思地道："就好比有的人为富不仁，明明开着宾利，却舍不得还我两万七。"

贺东诚："……"

车门砰地关上。

贺东诚大概长了一张乌鸦嘴，谢朝夕刚走到楼下，就跟楼上的那对夫妻偶遇了。

夫妻俩发生了什么口角，家暴男指着老婆就唾沫横飞地大骂，什么难听的话都能骂出来，女人还了几句嘴，不想跟他在外面争吵，径直就要去上楼梯，男人暴怒起来，抓住女人的头发把她拖回来。

啪！一个响亮的耳光。

天色已经暗了，小区里来往的人不少，家暴男根本不顾及路人的眼光，有的人皱着眉头指点两句，有的人事不关己地赶紧避开，楼上的住户砰地关上窗户，更没有人主动上前阻止。

家暴男变本加厉，挥起拳头砸在女人身上。

谢朝夕往旁边绕道，一边拿出手机报警："喂，这里是××小区……"话还没说完，手机突然被人从手里抽走，用力地砸在几米外的地面上。

家暴男双眼几乎喷出火来，青筋暴跳地吼："又是你！老子打自己的女人要你多管闲事？"

女人担心不已，连忙隔在两人中间，对谢朝夕充满歉意地道："不好意思，我老公喝多了，小姐你快走吧。"

"家暴的人，跟喝没喝酒没关系。"谢朝夕看到被砸烂的手机，怒从心头起，冷冷嘲讽说，"天天打老婆，你是心理不健全还是生理不健全？"

"臭女人！"家暴男顿时被激怒，气势汹汹地往前逼近一步，一副随时可能动手的样子。

谢朝夕往后退了一步，指了指旁边说："想打我？先提醒你一声，那里有监控，我也没你老婆那么好欺负。"

女人脸色一白，生怕谢朝夕挨打，连忙劝她："谢谢你，谢谢，我真的没事，你快走吧。"

"我不是为了你，我看不惯这种垃圾男人。"谢朝夕紧紧盯着男人，冰冷的目光像是刀锋一样，说的话一句比一句戳心窝子，"被上司炒鱿鱼了，口袋里紧巴巴的，打牌输了，还是生理有缺陷自卑得不行，才非得打老婆找存在感？"

"你！你这个臭女人！我看你就是欠男人教训！"

家暴男气得浑身发抖，挥着拳头就向谢朝夕砸了过去，谢朝夕早就有所准备，一个矮身躲过去，手肘狠狠往后撞击他的腹部。

家暴男从来没见过这么强势的女人，痛得倒吸了一口冷气，他气得快要疯了，觉得丢脸又屈辱，再次挥拳冲过去。在女人的尖叫声中，谢朝夕往左一个滑步，扣着男人的手臂一个过背摔，男人的背部狠狠砸在地面上。

"我前几天刚拿到工资，一万块。"谢朝夕拧起他的衣领，在嗷嗷痛呼声中，一记勾拳直击上去，冷冷地说，"我今天就按照一万的标准来揍你！"

"你放开我！我要报警！"他痛得嗷嗷直叫，一直倚仗的暴力不管用了，刚好这时瞥见了两个警察，他顿时像找到了靠山一样，捂着肚子在地上打滚撒泼，就等着警察来伸张正义。

十五分钟后，三人被带回了派出所。

家暴男一直在旁边嗷嗷痛呼，一边怒骂谢朝夕，一边要求警察抓了谢朝夕。整间屋子里全是他吵吵嚷嚷的声音，女人在一边哭哭啼啼，不肯正面回答问题。

谢朝夕安安静静地坐在另一边，神色冷淡，没有装什么可怜无辜，在那夫妻俩的衬托之下显得格外冷静。

刚好值班的警察，对家暴男比较熟悉，听了事情经过，只觉得他活该。不过这只是个人情绪，事情还是要按照规定来办。

警察忍无可忍："号什么号，不知道的还以为你骨折了，你这最多就是轻伤！"

"我这才轻伤？我痛得都喘不上气儿了，这肯定伤到内脏了！"家暴男直嚷嚷，"你们一定要给我主持公道啊，把这个女人抓起来，故意伤害罪对吧？"

"鉴定一下你也是轻伤。"

家暴男气焰嚣张："不能就这么算了！我要她赔钱！"

"我是正当防卫，小区有监控，你们可以去查。"谢朝夕一句话就堵了回去，她神色平静地拿起碎裂的手机，已经完全开不了机了，"我的手机被他摔了，里面有很重要的工作资料，如果重新做需要大量的时间成本，这个人恶意毁坏我的财物同样构成犯罪，应该怎么算？"

家暴男一听还要他赔钱，顿时勃然大怒，趾高气扬地指着她骂："臭女人，要不是你三番五次多管闲事还意图报警，我会摔你的手机吗？要我赔你钱想都别想！"

行了，不打自招。谢朝夕总算相信他喝多了，不然脑子怎么这么不好使?

"我们的职责就是为人民解决问题，报警怎么不对了?"警察啪地放下签字笔，冷冷地看了他一眼，"给我坐下!"

一个接待员从门口进来，说："谢朝夕?有人找。"

谢朝夕回过头去，看到来人后愕然愣住。

怎么会是他?

贺东诚站在门口，单手插袋。他的身材挺拔，气质清冷，在看到她表情的一刹那，露出一丝揶揄之色。

他把谢朝夕送到后，没有立刻回家，到了流金大桥旁吹了会儿江风。没过多久，就见一辆警车从旁边呼啸而过，匆匆一瞥之下，觉得人有点像谢朝夕。他立刻打了她的电话，没打通，干脆开车跟了过去。

谢朝夕不由得站起身问："你……你怎么来了?"

贺东诚微微倾身，压低了的声音似笑非笑，嘲讽意味十足："我这个总裁真是日理万机，下班了还要帮员工收拾烂摊子。"

贺东诚不是一个人来的，还带上了跟他合作很久的张律师。

张律师把情况了解清楚后，冷静客观地说："事情已经很清楚了，我的当事人见义勇为报警，而这位男士抢夺了她的手机摔烂，还试图对她暴力相向，我的当事人被逼无奈之下，只能还手以求自保……"

家暴男气得青筋暴起："律师了不起啊?我告诉你，她打伤了我别想这么算了!"

张律师冷冷地说："有监控为证，究竟是正当防卫还是防卫过当，都由警方判断，你可以去做伤情鉴定。至于别的赔偿问题，你马上就会收到法院传票。"

律师出马后，快速解决了事情。

走出派出所，已经过了九点。沉沉夜色，冷冷夜风，凄清的街道没几个行人。

谢朝夕舒了一口气，想起那个从头到尾在旁边抹眼泪的女人，不由得心累。

"所有的家庭暴力，如果没有自救的意识，其他人都爱莫能助。"贺东诚走到她旁边，半是嘲讽地说，"我早说了，你住的那块地方不好，趁早搬家。我看那垃圾的德行，以后可能会报复你。"

"我也有这个打算，就是最近没时间去找房。"

贺东诚似笑非笑地瞥了她一眼。谢朝夕脸颊微微发烫，想起之前跟他抬杠故意说的那些话，尴尬地轻咳了一声。

谢朝夕完全没想到他会来，明明两人分开前还吵了一回。

她心里浮出了一些异样的感觉，说不出是什么，只是在看到他出现的刹那……身上压抑着的那股子暴躁，转眼间就烟消云散了。

贺东诚居高临下，那双狭长的凤眼睨着她说："厉害了，才进公司就让老板收拾烂摊子，谢侠女，你完全可以考虑去居委会工作，专门调解家庭纠纷，必要的时候还可以武力震慑一下。"

谢朝夕憋出一句："你可以不来。"

"没良心。"

贺东诚冷哼了一声，提步就要走，手臂又被她抓住，他回过头，视线正好与她在半空相遇。她微微抬着头，双眼里倒映着漆黑夜色和莹莹灯光，有着别于平时的柔软。

谢朝夕故作镇定："我脚崴了，你扶我一下。"

"你使唤人真是理直气壮。"贺东诚勾了一下嘴角，嘲笑说，"刚刚怎么不说？"

"人渣面前，气势不能输。"

"佩服佩服。"

谢朝夕刚准备挽着他，他的手臂已经从背后绕过来，搂住了她的细腰。他是下意识的举动，做了后才发现这样的姿势太过亲密，两个人都怔了一下。

不过这次谢朝夕没让他尴尬，淡定地催促说："我现在又冷又饿，你吃饭了吗？"

"没有。"

"那一起吧，你想吃什么？"

"随便吧。"

谢朝夕顺口就道："随便，网络十大被嫌弃的词语之一。"

贺东诚斜睨她一眼："哦，你还想说什么？"

"没什么。"谢朝夕在他不信任的眼神中，慢条斯理地补充，"其实是太多了，一下子不知道从哪里说起。"

"我觉得你有必要提高一下审美。"他突然来了句。

"哦？说说看。"

贺东诚真心实意地建议："去下载个微博吧，把我设置成特别关注。真的，我随便发点内容，底下的姑娘们就会尖叫，叫我男神，说我棒棒的……你去受下熏陶，就能发现我的亮点。"

谢朝夕："呵呵。"他还真是脸大。

从门诊出来，贺东诚把她送回家里，进门没多久，外卖点的消夜也送来了。

谢朝夕点了不少东西，一些清淡可口的小菜，还有海鲜砂锅粥，贺东诚看了就摇头："一顿外卖就想打发我——你的老板、救你于水火的恩人。"

"老板的时间宝贵，我也是为你节约时间。你不是说随便？"

"……"

所以有些人真的很难伺候，明明是他自己说随便，她真的随便了，他就开始挑剔了。

总之，信了你就输了。

客厅狭小，又堆放了很多东西，谢朝夕把桌上的东西抱到一边放下，才挪出了吃饭的空间。贺东诚有些束手束脚，但没有嫌弃的意思，他坐的位置斜对着卧室，门打开了一条缝，夺目的红只是若隐若现，却像是一把燎原的火渐渐蔓延出来，烧灼他的视野。

他知道那个位置挂了一件华美典雅的礼服，尘封已久的记忆渐渐揭开，那些痛彻心扉的往事早已失去知觉，只剩下荒凉和唏嘘。

他状似不经意地问："我上次来……你房间里好像有一件礼服，也是周诚的吗？"

谢朝夕一边喝粥，一边说："是啊，很惊艳吧？"

"你从什么……二手渠道买的吗？"

"他送我的。"

贺东诚怔住，眸光一动，似乎想起了什么，轻轻一笑："那真是有缘。"

谢朝夕轻轻应了一声，思绪再次回到六年前的圣诞夜，清瘦修长的男人，微微低头望着她，露出淡雅的笑容："送给你，好吗？你穿着很好看。"

为了让她没有心理负担地接受，他还帮她找了个合适的理由："其实我也舍不得，但这是专门给前女友设计的，我没有留下它的理由。所以，如果你收下，我会很高兴。"

多年来，周诚渐渐成为她心目中的梦。

那条中国风晚礼裙，让屈辱的少女再次挺起胸膛，走进学校的大礼堂。

一颗支离破碎的心，在那时，被暖融融的光芒温暖治愈。

只是一面之缘，谢朝夕不能断定周诚是怎么样的人，但是她坚信，像他这样拥有一颗细腻温柔的心的人，一定也能被世界温柔以待。

"发什么呆？你的待客之道呢？"

贺东诚放下筷子，靠在沙发上双手抱臂，一副挑剔刻薄的什么都看不上眼的傲慢样子。

谢朝夕摩拳擦掌："待客之道没有，送客可以各种姿势。"

如果说周诚专情、温柔、有才华，那么眼前这个人就是花心、幼稚、势利眼。但是，今天之后，她可以加一个但是——这人的心地还是善良的。

不过，还是不能跟她的男神比。

这天晚上，谢朝夕睡了个好觉。晨曦的微光照入玻璃窗，她懒洋洋地睁开眼睛，身心愉悦，简单活络了一下筋骨，她一边刷牙一边烧水，不经意地往窗外一瞥，看到了贺东诚的那辆宾利。

这辆车没有江烨的超跑那么嚣张，但停在这个简陋破旧的小区，也足够惹眼。谢朝夕看着就头痛，不知道那些闲来无事的街坊邻里会怎么传……也许她还不够强大，强大的人不会在意他人的看法。

十分钟后，谢朝夕提着包下楼。

贺东诚靠在车边，淡淡的晨光落在他身上，本来就清俊的相貌又多了几分清冷。只是见到她露面，他的唇角慢慢弯了起来，又是一派光风霁月的贵公子样。

"早上好。"他打招呼，顺手递上了带来的早餐。

"早上好。"谢朝夕注意到他还穿着昨晚的衣服，有些诧异，"你昨晚没回去吗？"

"兜了会儿风，不知不觉就天亮了，就顺道过来接你。"

贺东诚微微一笑，没有说实话。

昨晚离开她家，他就坐在车里望着她的窗户，看着那里的灯光渐渐暗淡，然后熄灭，融入一片深深的夜色里。他又开车去海边兜了一圈，深冬的路上没几辆车，他踩了油门尽情享受飙升的速度，又在皎白的月光下停下来听翻涌的浪潮声。

他突然就想通了，把谢朝夕那个策划案拿出来好好看了一遍，在脑海里不断完善构想，竟越来越兴奋。他迫不及待地开车去找谢朝夕，看着一片黑的窗户，才惊觉是凌晨三四点。

他毫无睡意，索性在车里等到天明。

当然，这些贺东诚都不可能告诉她，想当初他在宴会上多看了她几眼，都被误以为是有所图谋的色狼，如果实话实说，她可能会以为他卷土重来了。毕竟，他在她心目中的形象，实在算不上好。

车里安安静静的，谢朝夕在副驾驶座小口喝着豆浆。淡金的光落在她的眼角眉梢，温柔得难以形容。她的睫毛长长的，半掩着细长清冷的眼，鼻梁秀挺，肤色雪白，唇形也十分漂亮，就是因为薄薄的显得有些冷漠。

她不是现在流行的那种美女，没有锥子脸，也没有大眼睛，辨识度却很高，那是一种古典的韵致。如果她愿意上T台，就是特别适合表达某一类服装的模特，比如说中国风。

谢朝夕察觉到他的视线，问："怎么了？"

贺东诚若无其事地收回目光，好像刚刚只是不经意地一瞥，他说："我看了你的策划案，改变主意了。"

"我就说不是麦时尚吧？"谢朝夕松了一口气，唇边浮起笑意，"我看数据的时候就在想，既然高不成低不就，不如把现在的D.C打造成更大众化的副线品牌，正牌再重新弄，就是压力更重了一些。"

一般来说，品牌都是将正牌做得大火大爆，然后开始发展平民化的副线，比如说GIORGIO ARMANI（乔治·阿玛尼），他们推出的副线有ARMANI JEANS（阿玛尼牛仔）和EMPORIO ARMANI（安普里奥·阿玛尼）等。

同样都是阿玛尼，正牌一套要几万块，而副线只要十分之一乃至更低的价格。普通人向往阿玛尼，买不起正牌，买副线过瘾也是可以的。这也是扩大知名度的一种方式。

"我盯着数据的时候也很苦恼，你怎么看呢？"

"不用同时进行，反着来就好了。"

谢朝夕眼睛一亮，不由得转过头去看他，目光灼灼而充满期待。

贺东诚突然有些紧张，下意识地握紧了方向盘，但语气依然平缓淡然："从趋近日常化的服装做起，逐渐扩大影响力，提高消费者的接受度，我们再推出我们的正牌产品。从设计角度来说，难度降低了，我们也有更充分的时间去准备，去完善我们心中完美的正牌。"

谢朝夕弯起唇角："对，作为正牌的诞生，副线价格便宜、受众广，满足消费者对正牌的向往，而且我调查过十年来一些大牌的盈利状况，副线都远远超过正牌。比如说大IS和小is。"

她说起擅长的东西，神采飞扬，话也多了起来，哪里能想到她平时就是一座不苟言笑的冰山呢？贺东诚微微失神，在她疑惑地叫他名字时，才反应过来："不好意思，刚刚在想事情……这个提议很好，一会儿到了公司，我们再开个会具体聊一下。"

"好。"

"快把豆浆喝了，一会儿凉了。"

谢朝夕又点点头，看起来竟然有些顺从乖巧，贺东诚不由得多看了她几眼，结果就撞上了她无意间看来的目光。

时间仿佛停顿了，两秒后，两人若无其事地移开目光，看路的看路，看窗外的看窗外。

气氛有几分尴尬和局促，似乎又跟以前有所不同。

到了停车场，谢朝夕想起一件事，连忙把打开的车门又关上，侧头叮嘱他道："我们分开走行不行？一起走容易引起误会。"

"至于吗？"贺东诚无奈，"好吧，女士优先。"

谢朝夕往四周看了看，迅速打开车门溜了。

贺东诚伸手扳了下后视镜，面无表情地盯着镜里的自己，质问："你就这么招人嫌吗？"

后视镜不能当魔镜用，当然没有声音回答他。

沉默一会儿，他就自问自答了："名校毕业，品学兼优，事业小有所成……五官端正，模特身材，怎么看都是个不错的优质青年男性。"本来还想再加一句"感情专一"的，但他自己也知道，他专一得不太明显，大多数人都被表面蒙蔽了目光。

最后，他得出了结论："谢朝夕眼瞎。"

第八章
无往不复

忙碌起来才能使你的分量加重。

—— Coco Chanel

几分钟后，谢朝夕发现她还是天真了。

电梯到达一层，宋铭抬步走了进来，大概晚上没睡好，他就像个没有灵魂的行尸走肉，身体和精神完全分离，连旁边有人都没有注意到。

谢朝夕打了声招呼："早啊。"

宋铭看了她两秒才认出她是谁，慢吞吞地回了一句"早上好"。

电梯里只有两个人，光滑如镜的墙壁清晰地映照出人影，谢朝夕望着电子屏上不断跳动的数字，琢磨着策划案的事情。宋铭也在发着呆，过了一会儿，他的肉体和精神终于重合到了一起，突地想起了一个猛料十足的事情，眼睛嗖地亮了。

"朝夕。"宋铭清了清嗓子说，"我今早看了个老板的花边新闻。"

"嗯？"

贺东诚上花边新闻，难道不是跟吃饭睡觉一样寻常吗？想想以前，那些女星、模特、网红……贺东诚根本不介意，还玩的一手好营销，趁机提升格瑞斯的曝光率，他自己也变成了接地气的网红总裁，微博粉丝几百多万，是她的十倍多。

等等，宋铭特意跟她说这个做什么？

宋铭咳嗽了一声，给她使了个"你懂得"的眼神。

谢朝夕心里生出不好的预感，掏出手机翻了下微博，整个人都不好了——有人拍到了贺东诚和她进出医院的照片，底下围了一堆看热闹的网友，就这件事展开了热烈的讨论。

网友舒克："总裁落魄了不忌口，什么女人都要。"

网友开飞机："什么眼神，我觉得是个美女。"

网友迷途的小羊羔："我觉得有点像那个买手谢××，话说那个女的不是业界黑名单吗？他们两个在一起狼狈为奸？果然天下乌鸦一般黑啊。"

网友三七："看妇科？总裁喜当爹？"

网友康冒999："楼上机智。"

网络时代，每个人的情绪都被无限放大，在某些舆论的刻意引导下，那些揣测都非常恶意，反正也不用负责任。

谢朝夕默默关了手机，这种评论她已经见怪不怪，但多少有些气闷。

电梯门叮的一声打开，两人向外走。

"这件事贺总知道吗？要不要找人删帖？D.C正在整改，我担心会影响到品牌形象。"

"我看到后就推送到他微信了。"

走到买手部门口，宋铭欲言又止。

"怎么了？"

宋铭慢吞吞地问："所以，你们去的是妇科吗？"

"你最近有点得寸进尺。"谢朝夕白了他一眼，不熟的时候，宋铭给人的就是一个专业冷静的形象，熟起来了后，宋铭的八卦体质就暴露无遗，"拿脑子想想都不可能，我和贺……总？不可能，除非天下红雨。"

宋铭默默摸了摸鼻子，转身就掏出手机给贺东诚去了一条微信："老板，朝夕说你们是不可能的。"

贺东诚刚到办公室没多久，正要清闲地喝杯茶，结果就收到了这条信息，嘴角抽搐了一下。他直接打电话把宋铭叫了过去，质问他："看个乱七八糟的推送，你就当真了吗？你问她做什么？"

宋铭嘀咕："只是有点好奇。"

贺老板轻描淡写地说不用管，也不肯解释一下。他就试图从谢朝夕那里探听点八卦，谁知道谢朝夕也懒得掰扯，那脾性跟贺老板一模一样。

宋铭有一种直觉——这两个人迟早会走到一起，尽管现在还处于相互嫌弃阶段。

贺东诚强调："不是我们不可能，是我不愿意跟她有什么可能。"

他不知道，这句话隐隐暴露了一些事实，如果他不在意的话，何必这么不服气呢？末了，他还嗤笑着总结了一句："谁愿意跳火坑？"这句话简直多此一举。

"这段时间接触下来，朝夕没想象中那么难相处。"

"呵？"

"而且，我看盛世影业的江总……就挺想跳的。"

贺东诚的眉梢动了一下，有些轻蔑地"呵呵"了一声："江烨？他没可能的，他唯一的优点也就是有钱了。"她想堕落的话，早堕落了。

"宋总对她也挺有好感的样子。"

"宋尧？没可能的，他这人刻板无趣，跟谢朝夕在一起可以沉默到天荒地老。"

宋铭的嘴角直抽："老板，你想得太多了吧？"

丁零，座机响了。

贺东诚接起电话，眉头渐渐皱起，没两分钟，他挂了电话，对宋铭说了两个字"开会"，就面无表情地往外走去，走到门口，他想起了刚才没说完的话，问宋铭："你最后一句话是什么？"

宋铭不想撞雷，闷声摇头："没什么。"

贺东诚微微颔首，又继续神游起来。走进会议室后，贺东诚顿住脚步打量了宋铭一下，客观评价道："你的颜值不够，不要想太多了。"

宋铭："……"胸口好痛，可以谋杀老板吗？

明明是他自己想得太多了！

这天开完会，公司的发展方向就定下来了，D.C作为副线走大众化路线，正牌定位轻奢，正式命名为"D.C国风"。

吴耀光高兴得走路带风，虽然不是他梦想中的麦时尚，但听了策划案后，他嗅到金钱的芬芳，立刻就拍手称赞了。吴耀光看谢朝夕越来越顺眼了，连连夸她口才了得，不然说服不了贺东诚。

吴耀光挺着啤酒肚，很是感慨了一番："我先前真的很怕他一意孤行，他还跟我争论，真是的，早这样不是挺好吗？"他眉开眼笑地向她竖起大拇指，夸她说，"看来人漂亮，说话才管用啊，不错不错。"

说完，吴耀光笑呵呵地离开了。

谢朝夕皱眉，心里有些不舒服。

职场中或多或少都有些性别歧视，潜意识里就给女性的工作能力赋予上暧昧色彩，她遇到的不算少。前几天，她路过天台，就看见几个男人在楼道里吞云吐雾。

一个人说："我就没搞懂这个买手部是做什么的，设计有设计师，市场有我们市场部，数据分析难道我们不会？根本就是多余的吧！"

"就是拿个闲钱，弄得还挺像回事，还管到公司决策上去了，我真不知道说什么好，就女人事多？"

"我倒是关注过这个职业，但是国内外情况不一样，这就是个空壳职位。说买手还负责把控数据，控制成本，难道谈价权也要给过去吗？"

"呵呵，禾田的面料不就是她谈的？"

有人不知道这档子事，那个人立刻这样那样说了一通，几个人摇头的摇头，皱眉的皱眉。

谢朝夕听了一会儿，没有避讳，直接从他们面前走过去。

同事们看到她都有几分尴尬，僵硬地打了一声招呼。

谢朝夕顿住脚步，扫了几眼他们胸前挂着的铭牌，直把几人看得不自在，这才慢慢说："下次品头论足换个地方，我心眼小，听见了可能就把你们要到空壳部门交流学习一下，反正最近缺人。"

那人干笑了两声道："啊哈哈，总监，你真会开玩笑。"

"你看我像喜欢开玩笑的人？顺便说一句，买手部的东西比较复杂，做不好事，就别怪我让你坐冷板凳。"

谢朝夕说完就走，留下几个人面面相觑。

这一整天，谢朝夕都过得非常顺心，但是临到晚上，她哼着小调躺在床上做面膜时，疯狂跳动起来的微信消息，又让她陷入了说不清理还乱的头疼中。

半个小时前，贺东诚刚在健身器材上挥洒了一把汗水，大概是太闲了，还有一点点因为公司确定计划后的兴奋感。于是，他又把早上的微博找出来看了一遍，这一看，就越来越不是滋味，一个没忍住，他就亲身上阵发了一条"澄清"的微博：

"别瞎猜测，朋友生病帮下忙很奇怪吗？再说，这样一个优秀女性，我追求下有问题？"

这条微博一出，犹如平地起惊雷，底下的评论顿时炸开了锅。

之前那么多桃色绯闻，贺东诚都笑笑过去，像这么坦然承认的还是第一回，而且看他的语气——他还没追到呢？！

如果宋铭看到，也会炸，贺老板年纪轻轻就健忘症了吗？早上才说过的话，晚上就啪啪打自己的脸。

贺东诚倒没有想那么多，发了微博，他就去洗澡了，十几分钟后，他穿着睡袍从热气腾腾的浴室走出来，湿漉漉的黑发随意一抓，额发凌乱地散落下来，衬得那双眼睛又黑又湿，就像是沁了泉水的黑曜石。

看到手机上几十条新消息，贺东诚微微挑眉，粗略浏览了一下就扔到一边。

吹风机嗡嗡的声音充斥房间，几分钟后，他顿住动作，又翻了一下手机，迟钝地发觉自己冲动了。

那条微博，现在删也不是，留也不是。

叮咚一声，一串号码发来了信息："你好端端的提我做什么？"

是谢朝夕。

贺东诚跟她互怼了很久，就算通讯录一直没存，这个号码他也早就倒背如流，比前女友的号码记得还清楚。

他挑了挑眉梢，没有回复信息。没过两分钟，谢朝夕又发了一条信息过来，大概是察觉自己刚刚语气生硬，这次就艺术了很多。

谢朝夕："不想蹭总裁的热度，求放过。"

他面无表情地盯着屏幕，手指动了动，开始插科打诨："我，总裁，打钱。"

谢朝夕："……"

贺东诚："这年头，要骗人都不好好搞下信息调查？我已经赤贫了，但话说回来，我急切需要一笔启动资金，开启祖上传下来的亿万宝藏，到时候必有重酬。信我，打钱。"

这条信息发过去没两秒，电话铃声就响起。贺东诚接起电话，忍着笑意听着谢朝夕几欲崩溃的声音："贺总，这个是我的号码，不是什么骗子。"

这是两个人心知肚明的事情，以前没少互相发信息冷嘲热讽。

贺东诚漫不经心地"嗯"了一声："我刚刚有事在忙，也没怎么注意，你找我什么事？"

信你个鬼啊！还在装！

谢朝夕被他溜了一圈，心里有了火气，就算尽力按捺着也透出一些火药味："你能不能不要在微博上信口开河？你不在乎名誉，我在乎。"

贺东诚听到这个语气，顿时也没有了玩笑的心思。他的本意也是为她解围，她就是这样看待他的？

贺东诚的火气也上来了，冷冰冰地说："怎么，还不能说实话了？"

听筒那边，一片寂静。

许久，谢朝夕才说："不要开这种玩笑。"

还想要撇清关系是不是？他就这么招人嫌？很好，他偏要逼着她胡思乱想。

贺东诚冷冷地质问："我第一次见你就上去搭讪，我什么意思，别告诉我你没看出来！"

说完，他啪地挂了电话，把手机扔到一边去，眼不见为净。

贺东诚心情烦躁，靠在床头闭目养神，那次见她的场景却突然浮现在脑海里……

那是一场枯燥无味的酒会，觥筹交错下充斥着冷冰冰的商业，贺东诚厌倦了无休止的寒暄攀谈，一个人上了二楼清净，透着落地窗往底下大厅看时，就注意到了谢朝夕。

那天，谢朝夕穿了一条黑色的裙子，一字露肩领，细细的肩带搭在平滑优美的锁骨上，脚下踩着同色细高跟，走路姿势好看又优雅。

他向来喜欢观察模特，目光不知不觉地追随她很久。

她不像是擅长交际的人，脸上的笑容比较客套冷淡，说话也很简短，大多都是耐心地去倾听。在场不少男士都注意到了她，纷纷上前搭讪，跟那些职场里游刃有余的女人比，她显得分外捉襟见肘，不知道怎么应对那些热情。

贺东诚忍俊不禁，唇角往上弯了弯，冷不防跟她的目光在半空相遇。

一霎时，他像是被定格了一样，再也挪不开目光。

她的眼睛清冷细长，清新的眸光如雨后初霁的远山，对视的刹那，周遭喧闹繁杂的一切消失殆尽，似有清泉流淌过他的心间，转瞬宁静了下来。

他微笑点头致意，过了一会儿，就找了个机会上前跟她说话。

只是没想到，他给她留下的印象会差到那种地步……

卧室的智能灯到点准时暗下来，只留下床头的台灯，散发着温暖的橘色灯光。

贺东诚睁开眼睛，旁边的手机又叮咚了一声，他拿起来看了看，果然又是谢朝夕发来的信息。呵，来让他看看纠结了这么久的结果是什么。

谢朝夕把敏感的信息绕了过去，好说歹说："你忘了我的黑历史吗？我现在必须低调。拜托了。"

呵，就这戳一下就缩回壳子里的德行，还女王呢？

依他看，属兔子的吧！

贺东诚嘲讽地弯了弯嘴角，没跟她继续过不去，大发慈悲地回复了一句：

"一个绯闻而已，不用在意。"

贺东诚枕着手臂，仰躺在床上，冷嗤了一声，喃喃自语说："傻不傻？从理性的角度来说，能得到一位各方面都很优秀的男士的欣赏，不是可以侧面说明你的正直吗？"

已是深夜，老旧的小区，三楼的某个房间依然亮着暖色灯光。

谢朝夕盘腿坐在床上，看到手机上的回复，气得猛捶了枕头十几下。

贺东诚信口开河也就算了，他到底知不知道会带来什么麻烦？如果黑子们知道她在D.C工作，会不会又把她的黑历史翻出来？想起这个，她就抓狂，还有秦漪刚刚发的一条意有所指的朋友圈，也让她感到棘手。

"纪伯伦说，记忆是相会的一种形式，忘记是自由的一种形式。往事深刻在心，我们却不能相会，曾几度我以为自己得到了自由，却骤然发现难以忘记。"

下面附了一张图，寂寂的夜空下，高挑的女人凭栏而望的背影。

平时，谢朝夕对这些事情比较木然，这次也不知道怎么的，一秒就联系到了贺东诚和自己的绯闻上去。秦漪的表现有些奇怪，上次她不经意看到了秦漪和贺东诚争执的画面，秦漪的态度非常冷漠，一副永远也不想跟贺东诚有一丁点瓜葛的样子。

没想到只是一个不知真假的绯闻，秦漪的反应这么剧烈。

谢朝夕点开了秦漪的对话框，不知道该不该解释。

她跟秦漪不熟，但落魄时哪怕得到一丁点善意，都会让人铭记很久。而且这绯闻解释起来真有点尴尬，只要一想起贺东诚那吊儿郎当的态度，她就气得牙痒痒。

还在犹豫，对话框上面就出现了一排字：对方正在输入。

谢朝夕的目光一滞，就看那行"正在输入"的字断断续续地闪了好几下，她心里了然，干脆主动打了一行信息发过去。

朝夕："没想到我还有上娱乐新闻的一天。God，他只是本着人道主义精神送我去看骨科，至于其他的，都是营销号胡说八道。"

朝夕："你看见那条新闻了吗？"

有了这两条开头的信息，僵局被打破，秦漪很快就回复了。

秦漪："看见了，你们怎么在一起呢？"

朝夕："说来话长，我们现在在一家公司。绯闻你没信吧？"

秦漪发了个微笑的表情，半开着玩笑："差点就信了，不过跟我也没多大关系。"

过了几秒，秦漪又发来一条："还以为你们关系不佳呢。"

这句话，试探的意味就很浓了。

如果换个想搞好关系的人，就顺着杆子全部交代了。

绯闻这种东西，向来是仁者见仁，智者见智，秦漪的表现在她看来不外乎就是三种可能：第一种是余情未了，第二种是莫名其妙的占有欲，第三种是不希望看到前男友进入下一段感情。

谢朝夕不清楚他们之间具体怎么回事，继续追着解释也不合适。而且，她就算再怎么不满贺东诚满嘴跑火车，也清楚他的本意都是为了帮助她。

谢朝夕放下手机，没有再回秦漪的消息。

第二天去公司，员工们看着谢朝夕的眼神格外八卦，等她循着目光望过去，那些人又若无其事地收回目光，各做各的事，自以为掩饰得很完美。

谢朝夕觉得有些心烦，只能无视掉这些探究的目光，等到了部门，梨子看到她后嗖地就从椅子上站了起来，急急忙忙凑过来跟她小声嘀咕："夕姐，你跟贺总真的是那种关系吗？那他也太渣了吧？刚在微博说了那样的话，第二天就在办公室跟别的女人暧昧不清……"

谢朝夕挑眉："别的女人？"

"是慕青青。"

"她来这里做什么？"谢朝夕的唇角往上牵动，露出嘲讽的笑意，"又想要破坏我的工作？不过，我也好奇她要怎么作妖。"

有公司不惜忽视她的黑历史，让她借这个机会重新开始，最不愿意看到的人就是慕青青。

理由很简单，慕青青做的亏心事越多，面对越来越强大的她，就越没有底气——担心被报复，担心被破坏机会，更担心那些龌龊的手段有一天暴露出来。

这样活着，不累吗？

"呃……"梨子困惑地眨眼睛，怎么夕姐跟她关注的点不一样？她踌躇了一会儿，忍不住说，"夕姐，你就不担心吗？"

"担心，我担心她受不了贺东诚的毒舌。"

谢朝夕忍俊不禁，但是说完又立刻想到，似乎贺东诚除了对她毒舌之外，对其他人都是风度翩翩的。她的眉心皱了皱，莫名的烦躁从心间浮起，强调说："我跟贺总没什么关系，他换几个女朋友都跟我没关系，去工作吧，过年之前这个阶段任务必须完成。"

"哦，知道了。"

梨子被她骤然冷漠的语气吓了一跳，像一只鹌鹑一样，慢慢缩回了脑袋还有肩膀，回到座位上还惊魂未定地抚了抚胸口，忍不住喃喃自语："真的没关系吗？"

没关系的话，为什么突然不高兴了？

另一边，谢朝夕打开电脑，开始处理工作。

只是，她的心绪被牵动着，不自觉地拿眼角余光瞟向总裁办公室，等她反应过来时，更烦躁了些。

不知不觉间，她胡思乱想了很多。

比如说，贺东诚平时就风流多情，面对一个大美人的主动示好，他能不能把持得住？就算她的黑历史他不在乎，女朋友时不时吹点枕边风也很容易被潜移默化……

十分钟过去了，对面的门依然没有打开。

谢朝夕用力敲打着键盘，清脆的声音回荡在空旷的办公室，梨子和另外两个同事对视了一眼，默默缩了缩脖子。

二十分钟过去，对面还没动静。

她抱臂往椅背上一靠，放空，跟莫名其妙烦躁的自己生了一会儿闷气。

谢朝夕说："索索，你现在去布料商那里看看，带点样品回来。梨子，你看看资料，下午跟我去把工厂谈下来。"

两个人大声说"好"，唯恐干劲不够。

杯子里没水了，谢朝夕端着杯子去茶水间。

咖啡机的声音嗡嗡响着，褐色的液体注入杯中，谢朝夕往里面加了牛奶，又放了一颗方糖。闻着咖啡的醇香味，渐渐平息了烦躁的心情，但是刚走出去，就撞见了慕青青。

慕青青眉心微蹙，本来有些心情不好，看到谢朝夕后，立刻勾起了殷红的唇瓣："谢朝夕，你真是神通广大，要不是看到热门微博，我还不知道你这么快就找到工作了呢，真是恭喜了。"

"谢谢。"谢朝夕微微颔首，浅啜了一口咖啡，"这里的发展前景很好，怪不得都说祸兮福所倚，如果不是你，我可能就错过这家好公司了。"

慕青青笑容不变，声音低了八度："要是消费者知道你的黑历史，你猜会怎么样？"

"你在威胁我吗？"

谢朝夕不为所动。

这时，一个声音从旁边响起："朝夕……"

青年戴着鸭舌帽，穿着长长的黑色羽绒衣，拉起的衣领遮了大半张脸，他抱着笔记本站在墙角，有些忐忑地瞥了慕青青一眼，小声问道："朝夕你有什么黑历史吗？"

"没有的事。"谢朝夕立刻摇头否定，对他说，"你去办公室等我，好不好？"

沈珈点点头："好。"

慕青青觉得眼前的青年很眼熟，好像在哪儿见过，又见他手腕上戴着小叶紫檀的手串，衣领间隐隐露出一个玉石挂件……

这个扮相跟记忆中一个画面重合了起来，慕青青双眼一亮，连忙两步追了上去，露出完美的笑容："你是周诚对吗？我真的非常喜欢你的设计，没想到能看到你真人，可以认识一下吗？"

沈珈不习惯离人太近，皱着眉往后退了一步。慕青青根本不介意，笑容满面地把名片塞到他手里："这是我的名片，我也是设计师，有机会的话，我们可以聊聊。"

他垂眸看着名片，冷淡地"哦"了一声，转身走了。

慕青青的心情更好了，拨了拨耳边的发丝，笑容妩媚："今天真是没白来。直接告诉你好了，我和代熏跟贺总的关系都不错，你只是恰好对他有用而已，别把自己看得太重要。"

慕青青的唇边笑意更深，冲谢朝夕眨了眨眼睛，动作俏皮可爱，眼中却闪动着冰冷和恶毒的情绪："你猜等D.C做起来后，贺总会不会把你这个定时炸弹一脚踢开？"

"至少我现在还有用。不过等D.C做起来后，不用他把我一脚踢开，猎头们就会哭着求我跳槽。你信吗？"谢朝夕微微一笑，"我的能力你很清楚，不然你也不会迫不及待地跑过来破坏了，不是吗？"

慕青青被说中了心事，顿时恼羞成怒："你以为你是谁？劝你不要不自量力！"

谢朝夕把她的神色变化看入眼里，一直堆积在心头的阴霾，突然就烟消云散了，她说："其实我从来就没把你当作过敌人。"

"哈？"慕青青还以为自己听错了，顿时讥笑出声，"你在向我求饶吗？"

谢朝夕审视着眼前的女人，慢慢笑了。

是了，跟这类人计较有什么意思呢？他们的眼睛永远只看得到路上的石头，忘记去看路的方向，不知不觉就走歪了。

"神经病！你笑什么？"慕青青被她的笑触痛，心里不安了起来，不过想到即将发生的事情，微笑又重新回到她的脸上，"好啊，过几天我看你还笑不笑得出来！"

谢朝夕皱眉："你什么意思？"

慕青青顿时心里一阵畅快，踩着细高跟姿态轻盈地离开了。

谢朝夕的眼角跳了一下，她揉了揉，过了会儿，又开始跳，一种不好的预感浮上心头。

慕青青能做什么，不外乎就是炒冷饭，把她的黑历史再翻出来……这个她早有心理准备，倒不算什么。至于慕青青提到了贺东诚，她不是没有动摇，但是理性分析了一下，觉得不太可能。

贺东诚在她眼里虽然不怎么靠谱，但仅限于私事的范畴，他在别的方面的作风都非常正派。只是她的心情，依然被破坏了一点。

另一边，慕青青独自走进电梯后，脸上的笑容彻底消失。

慕青青在这个圈子的时间不长不短，设计的作品不错，粉丝众多，加上漂亮的外形……人都喜欢美丽的事物，不说谁都会捧着她，但至少都是好言好语。

慕青青跟贺东诚不熟，但这个圈子说大不大说小不小，两人碰面的机会多，也有过好几次愉快的交谈，她理所当然地以为这次来访应该顺顺利利。

没想到，贺东诚竟然当面让她下不来台。

当时，她就坐在那张宽阔柔软的沙发上，端着透明的杯子，喝了他亲手泡的工夫茶，听完他说的话后，她有一瞬间甚至怀疑自己出现了幻听。

慕青青的笑容僵在了唇边，难以置信："贺总，你刚刚说的是……"

贺东诚闲闲地拧了下茶壶，给自己倒了杯茶，过了几秒才慢悠悠地给了她回复，显得漫不经心："外界对我的评价不外乎就是两种，事业有成的企业总裁，或者玩世不恭的公子哥，不是吗？"

贺东诚唇边带着淡淡的微笑，声音不疾不徐，说话间他的双眼会温和地注视着对方，举手投足的风度令人着迷。

慕青青实在难以想象，他正在嘲讽她。

"如你所见，我现在落魄了，但作为一个决策者，我知道怎样做对公司更好。"贺东诚噙着一缕笑意，开起了自己的玩笑，"作为公子哥就更正常了，不是吗？比如说，我毫不关心公司的运作，招人只看脸不看能力，而谢朝夕恰好有一张让我赏心悦目的脸。"

贺东诚每说一句，慕青青的笑容就僵硬几分。

他微微一笑："所以，我用她有什么问题呢？"

慕青青下意识地攥紧杯子，问道："她的黑历史贺总应该清楚，难道就不怕因为她的个人问题，影响整个公司吗？"

贺东诚往后舒服地倚靠在沙发上，无奈地摊了摊手："但是有什么办法呢？

我欣赏她，可以不在乎这些，而且这件事已经过了大半年了，大概早就被网友遗忘了吧？"

"如果有人重新翻出来呢？"

他的笑容有些微妙："那就是跟我过不去了。"

贺东诚从头至尾都在微笑，没有说一句重话，甚至可以说是彬彬有礼，但是说到最后，他的每一个字的意思都是送客。慕青青根本没有脸继续留在办公室，只能狼狈离开。

只要一想起办公室里的情形，她就气得喘不过气来。

慕青青紧紧掐着手包，盯着电梯墙上自己的样子，冷冷地告诫自己："谢朝夕，她想要重新爬起来，做梦去吧！"

电梯门叮的一声打开，外面正要进来的人，恰好对上了她狰狞的表情，愣了一下。慕青青冷冷地看了那个人一眼，重新露出甜美的笑容，踩着高跟鞋娉娉婷婷地离开了。

另一边，买手部。

青年沉默地坐在椅子上，双手环胸，半垂着脑袋，帽檐垂落下的阴影模糊了他的眉眼，他浑身上下都透着生人勿近的气息。梨子局促地站在旁边，小声说："这位先生，去那边的沙发坐吧。"

沈珈没抬头，苍白的手指攥紧了笔记本："走开。"

梨子咬了咬唇，这个古怪的青年一来就问哪里是谢朝夕的办公桌，她还以为是送外卖的，谁知道他找到位置就直接坐上去了。

梨子委婉地说："这里有很多工作资料，你坐在这里不太好。"

沈珈继续说："你走开。"

谢朝夕刚回来就看到这一幕，她问："怎么了？"

梨子看到她出现，终于感觉得救了，小声说道："夕姐，他非要坐在这里，他咳咳咳……"

沈珈听到梨子当面说他坏话，飞快地抬起眼睛瞪了她一眼，把转椅往谢朝夕身后挪了挪。

梨子看到他的反应，顿时像生吞了个汤圆，被噎了一下。

"没事的，他是公司的设计师沈珈。"谢朝夕交代说，"他不会乱动东西的，以后他来的话也不用管他。"

"噢，原来他就是……"

梨子早就听说过这个奇奇怪怪的设计师了，如果不是有必要的事情，他绝对不会踏进公司一步，绝不跟陌生人说一句话……梨子本来以为职业生涯中都不会见到这个人，没想到他竟然来了，而且，难沟通的程度比传说只高不低。

谢朝夕把沈珈带到休息区，换了个开阔的位置，他不太自在地看了看四周，谢朝夕把大型盆栽挪了一下，挡住了一些视野，他这才慢慢放松了下来。

"你昨天发给我看的设计都很好，不过公司现在调整了方向，设计的款式需要做出一些调整。"

谢朝夕拿出平板给他看了一些范例："比如公司这些畅销款式，更生活化一些，不需要有很多古风的感觉，用中国风元素结合现代服装。还有，第一个季度是春天，服装的纯度和明度都应该高一些，这样才更有轻盈感……"

沈珈沉默地听着，目光偷偷落在她的脸上，在她发现之前又不动声色地收回。

"怎么了？"谢朝夕发现了他心不在焉，难道慕青青的话影响了他？她心里微微发紧，想要解释又觉得长篇累牍，不知道从何说起。

沈珈迟疑着问："那个……黑历史是真的吗？"

谢朝夕握着平板电脑的手微微僵硬，脑海里骤然闪过了很多内容，但只是一两秒，她就若无其事地放下平板，露出了清浅的笑容："不是真的。你愿意相信一个一面之缘的人，还是我呢？"

"哦。"沈珈点点头，垂眸看着手里的那张名片，"慕青青，一个撒谎的人，我知道了。"

只是这样，就信了？

谢朝夕有些意外，但不得不说，这种完全被相信的感觉真是太棒了。她的唇角抑制不住地往上扬，心里的感动和暖意快要满溢而出，但又不知道该怎么说才好。

又过了几秒，谢朝夕才继续说："慕青青这个人怎样，我就不评判了。但以后如果你听说了什么别的传言，记得来问我，不要听信网上的谣言。"

他慢吞吞地补充了一句："不管她的人怎样……她的设计都不怎样。"

"你搜过？"

"嗯。"他点点头。

谢朝夕忍俊不禁，突然觉得沈珈有些可爱，很想要揉揉他的脸，但是又觉得对偶像太不尊重了。她按捺住了那股冲动，轻咳了一声："好了，我们来继续说设计吧。"

梨子不经意间瞥了休息区一眼，这一看，差点跌破眼镜。

梨子从来没见过这么温柔体贴的谢朝夕，她跟那个青年说话的语气徐缓，侧耳倾听的神情也非常温柔，如果遇到他表达不清的问题，她眼中会不自觉地流露出盈盈润泽的光芒，饱含鼓励。

这莫非就是……母性的光辉？

还有那个青年，跟刚刚的一脸"滚"截然不同，看起来像一只怯生生又柔软的小仓鼠。

梨子狠狠打了一个寒战，不敢再看了。她飞快地整理了一下东西，背着包出门，对面总裁办公室的门突然打开，贺东诚走了出来。

贺东诚的目光越过她，看了一眼她背后的休息区，眉梢微微挑了一下。

绿色盆栽的掩映下，谢朝夕和沈珈坐在一张沙发上，正在一起看着笔记本。她穿了一件简洁优雅的白色V领毛衣，领口的绒毛在暖风下微动，看起来非常柔软，与她唇边的微笑相得益彰。

梨子笑着问候："贺总我……"

贺东诚微微颔首，双手插袋一言不发地走了。

梨子把话咽了回去，胆战心惊地跟在后面，不是她想感受老板的低气压，而是通往电梯路的只有这条。

贺东诚突然问："他们在聊设计？"

"应该是，之前听夕姐跟他发语音提到过。"

"微信？"贺东诚的语调凉飕飕的，状似不经意地提道，"他们看起来处得还不错，很少见沈珈愿意主动跟人交流。"

"呃……"

梨子警惕了起来。

自从梨子无意间背叛了谢朝夕一回，心里就无比后悔，暗戳戳地下了决心要小心贺东诚的套路，一旦涉及私事范围就要打起一百分的精神。

梨子含含糊糊地"嗯"了一声，打起了太极："这个啊，我也不太清楚……"

这拙劣的演技，摆上脸的警惕，还好意思到他面前来表演？

贺东诚的嘴角一抽，没什么好气地说："告诉谢朝夕，公司禁止办公室恋情。"

什、什么鬼？

梨子呆滞在那里。

过了几天，D.C第一季度的款式就全部定下，装修公司也开始重装店铺。既然主打中国风，装修上也要有所体现，并且需要和今后推出的主牌调性一致，设计公司前后出了十几份稿子，花费了无数时间、精力，但是当看到最后的效果图，谢朝夕觉得一切都是值得的。

工作有条不紊地进行着，生活上却遇到不少烦心事，贺东诚说得没错，家暴男真的会报复。

上一次闹到派出所，家暴男撒泼耍浑后，不仅一分钱没拿到，还被张律师告到了法院，最后反而赔了谢朝夕三千块钱。谢朝夕早就猜到家暴男气不过，已经在网上找房源了，只是工作上的事情太多，一直没抽出空去看。

这天，谢朝夕刚上楼梯，就闻到了一股子腥味，红彤彤的大门直直撞入眼帘，不知道被泼了什么液体，苍白的墙壁上是三个血淋淋的大字：去死吧！看起来有点触目惊心。

谢朝夕就算再胆大，看到这些，脸色也有些发白。

警察很快就来了，又是那个老熟人，他看到这个情况心里门儿清，安慰了谢朝夕几句，无奈地说："这种情况我们做不了什么。"

"不能立案吗？"

警察摇摇头："只能做个记录，证明你报过警，以后有了证据我们才能处理。不过说实在的，这种情况，姑娘你要是有条件就搬个家，别跟那种人干耗着，万一他变本加厉，那就得不偿失了。"

"谢谢你，我尽快搬家。"

"有事就报警，我们很快就来了，你一个人住小心一点。"

警察又叮嘱了几句，就离开了。

谢朝夕花了一个多小时才把门口清理干净，又去网上下单了一套针孔摄像，打算在门口和房间里都装上。

睡觉前，她还发了个朋友圈：行有不得反求诸己，人渣永远都不会明白这个道理。

一大堆人问她怎么了，她统一回复了一句"没事，一些生活上的糟心事"就关灯睡觉了。

结果第二天一到公司，她就对上了贺东诚的黑脸。

"你对我就那么大的意见？"

贺东诚憋了大半天，还是没忍住把她叫到了办公室，开口就质问："只是一个不痛不痒的绯闻，你还上升到人身攻击，你摸着你的良心想想，我那么做是为了什么？我是为了抹黑你吗？我在给你站队！"

谢朝夕刚进门，就被他劈头盖脸的一顿话给砸蒙了。

几天前的事情他又开始发作？难道擅自去微博胡言乱语不是他的错？她又怎

么人身攻击他？真是无理取闹！

谢朝夕平静地说："贺总，我很感谢你主动为我说话，只是我个人并不想用这种方式来'洗白'自己。"

好啊，承认了！原来那句人渣真的在骂他。

贺东诚双手撑在办公桌上，微微往前倾的身体透着一股子攻击性，他漂亮的唇瓣张合着，划开残忍的曲线："不帮你洗白，连累到公司怎么办？开除你都没用！"

谢朝夕只觉得大脑嗡的一声。

她突然想起慕青青说的话，身体发凉，她握紧垂落在身侧的手，声音比他还要冷漠："你是总裁你说了算，大不了被爆出来你立刻开除我，就说我骗了你好了，还能赚一点同情分。"

气氛霎时降到冰点。

两个人剑拔弩张，谁也不让谁。

贺东诚气得胸口疼，他算是看明白了，谢朝夕就是养不熟的白眼狼，焐不热的石头，天生一副铁石心肠。他突然后悔那天去多管闲事，连人都没看清，只是因为她可能在警车上，他就立刻开车追了过去。

"谢朝夕，你到底反思过没有，你当初在禾田出事，为什么连一个帮你说话的人都没有？"

她冷冷反问："你要教我做人吗？"

不认错还这么理直气壮？

贺东诚被气笑了，懒得再跟她说一句话，冷冷地指着门口："出去，我现在不想看到你。但愿你对得起自己的工作，否则我真的会让你滚蛋！"

谢朝夕转身就走。

她打开门，倚靠在门上偷听的宋铭险些栽倒。

宋铭面不改色地整理了一下衣领，清了清嗓子。

谢朝夕径直朝对面走去。

宋铭跟了上去，露出一脸不认同的表情，憋不住说道："朝夕啊，老板对你真的不错，你总不能因为一点点小摩擦，就……"

谢朝夕面无表情，跟他擦肩而过。

"哎？凡事多看优点啊。"

宋铭嘀咕了一句，刚要追上去继续劝解，高跟鞋的脆响就从走廊里响起。

一个长卷发的靓丽女人迎面走了过来，娇美可人的脸蛋，纤瘦合度的身材，不是近年来大火的模特代薰是谁？

网上经常有人把代熏和秦漪拿来对比，从两个人的脸、身材、代言，还有秀场各方面着手分析。

有人觉得秦漪更高级，因为她的知名度已经到了国际，还是某个火爆内衣品牌的固定走秀模特，每年的大秀都会被多个国家转播关注。有人又觉得代熏更胜一筹，她的颜值更符合大众审美，综艺节目扩大了她的国民度，黑红体质让她不管做什么都有极高的话题。

代熏看到谢朝夕就皱眉，本来还带着一丝笑容的脸，冷了。

谢朝夕微微颔首，转身进了买手部。

宋铭摸了摸鼻子，问：“代小姐来找贺总吗？”

代熏收回目光，点头：“是呢，我是来谈代言的。”

“噢，何必亲自跑一趟，让经纪人来就行了。”

宋铭忙晕了，差点忘了这回事。

前几天是慕青青，今天是代熏……也不怪别人总觉得贺东诚风流，微博都主动表白了还不知检点，换个不知情的，还以为代熏上门打脸呢。

宋铭的眼角余光往买手部瞟了瞟，想看看谢朝夕什么反应，可惜只能看到一个头顶。

代熏慢慢弯起了眼睛，盈盈笑意满得快要溢出，她直言不讳道：“只要能见到贺总，我愿意麻烦一点。”

贺东诚的女性追求者不少，宋铭早就司空见惯了，听到这话只是笑笑。

“不过，谢……谢朝夕怎么在这里？”

“朝夕是我们的买手总监，如果你接了代言，以后打交道的机会很多。你以前也帮禾田走秀，跟朝夕应该很熟吧？”宋铭还不知道视频那回事，顺口就问。

代熏的眉头又皱了，欲言又止。

“朝夕的专业能力很硬，跟她共事很有效率。”宋铭笑着说完，才注意到代熏的异样，有些疑惑地问，“怎么了？”

代熏回过神来，想起了之前慕青青跟她说的那些话，笑着摇摇头：“没怎么，我想跟贺总聊聊。”

“贺总刚好有空，直接进去就行了。”宋铭做了个请的手势，“你们聊，我就不打扰了。”

谢朝夕回到座位上，拉开抽屉，里面是一块腕表。

她才知道这块表是江诗丹顿，百万以上的价位，她一直想还给贺东诚还没找到机会，他也跟失忆了一样。对贺东诚这种有钱的大佬来说，这块表应该不算什么，但她不可能私自处理，现在看着更硌硬。

谢朝夕关上抽屉，做了几个深呼吸，强行把焦躁压了下去，逼迫自己集中精力工作。

邮件却在这个时候响起提示音，看到周诚的名字，她的嘴角往上扬了扬，然而打开邮件。

周诚说："朝夕，我刚刚跟贺总聊天，他似乎情绪不太好，你能不能帮我去看看他？"

谢朝夕无奈，只能回："呃，我？不方便吧。"

周诚说："送杯咖啡过去就好了。"

谢朝夕是真的很为难，但偶像很少对她提要求，她不太想拒绝，思索了一下就答应了。她去茶水间转了一圈又出来了，现磨咖啡、疯狗模式的贺东诚根本不配喝，她去办公室问了一圈，拿到了同事笔筒里的一包雀巢……

三分钟后，谢朝夕泡好速溶咖啡敲开了总裁办公室的门。

贺东诚坐在办公桌后，像是不知道来人是谁，头也没抬，冷冷淡淡地说："东西放桌上。"

谢朝夕带了一丝火气，把咖啡杯放在他旁边。

贺东诚抬眼时，她已经走远了好几米，想说什么都来不及了。

过了会儿，他去旁边的休息间，坐到画板面前，然而拿起画笔的刹那，脑海中都是她愤怒的样子，胡乱画了几笔，他烦躁地扔了画笔，雪白的墙壁上溅起颜料点点……

时间不知不觉地过去，等谢朝夕感觉到饥饿，抬眼一看已经是下午一点。她一边整理资料一边等外卖，谁知道骑手还在地图里转圈圈，事先约好的两个设计师已经到了，她只好先去跟设计师谈。

设计师一个叫叶榆，一个叫周海蓝，都是刚毕业的大学生。

谢朝夕关注到这两人，是因为她们以一个组合的身份参加了去年的"未来之星"设计大赛，用一套中国风设计获得了亚军，虽然整体设计还有些稚嫩，但很有潜力。

谢朝夕打算把两人都签了，只要她们肯下功夫，未来不可限量。

谢朝夕直切主题，简单说了一下工作内容和要求，就提到了薪资。她给的条件中规中矩，虽然算不上优厚，但，是目前公司能拿出的最好条件，适合没什么经验的新手设计师。

只是，沟通没有预料中顺畅。

叶榆微微皱眉，有些迟疑："D.C现在重整……虽然有个蓝图在那里，但未来怎样还不知道。"

谢朝夕坦然说："目前国内只有D.C在做中国风服装，如果你想继续设计中国风的话，这是你唯一能来的地方。当然，你也能走别的路，创立自己的设计师品牌，或者放弃中国风去别的公司。但你要清楚一点，如果追求稳妥的话，后两者的未知性和风险性显然更大。"

设计师品牌不是容易做的，经常因为各种问题而夭折，比如没有消费者，订单量上不来，或者没有工厂愿意接这种"小打小闹"的订单。

"其实我有些犹豫，按照你们的运作模式，我们需要配合周诚老师的设计……那样的话，我可能会失去自己的风格。"叶榆仍然在犹豫，咬了咬唇，继续说，"我听说还有别的合作方式，比如说，我自主设计，然后就某些款式跟你们签约，可以吗？"

谢朝夕笑了笑，不免觉得她有些自视甚高了。

的确有这种合作方式，只是以叶榆现在的水准，还达不到而已。搞艺术的人自我意识都比较强，不管大小设计师，沟通起来大多都不顺畅。

"我这里开出的条件也不错，希望你多考虑一下。当然，如果你想要单签，我也尊重你的想法。"

见还有商量的余地，叶榆的神色放松了下来，露出笑容："好的。"

叶榆的同伴周海蓝一直没说话，但看起来很活泼，圆溜溜的眼睛好奇地打量四周，目光几次掠过总裁办公室，流露出了憧憬之色。

谢朝夕见周海蓝没什么抗拒，眸光微动，就问她："你怎么想呢？还是说，你们以后也打算捆绑到一起？"

"这个倒不用。"周海蓝摇摇头，她跟叶榆合作参赛，也只是因为叶榆错过了报名时间，没有办法单独参赛。刚好两人都喜欢中国风，叶榆又找到了她，她就一口答应了下来。

谢朝夕微微一笑，顺手把合同拿了出来："那我们可以签约了。"

周海蓝完全没有犹豫，连合同都没看，拿起笔就唰唰签了字。旁边的叶榆见她这么爽快，又陷入了犹豫。

离开D.C后，叶榆就问周海蓝："你怎么那么轻易就签了？要是这家公司做不长久，怎么办？"

"我早就说过，如果国内能有一个地方把中国风做大做好，只可能是这里。"周海蓝根本没有想那么多，双眼里闪动着向往之色，语气轻快地说，"因为周诚在这里。"

"我也知道，但D.C这两年做得真不怎样，有一段时间我还以为这个品牌要倒闭了呢。"

"还好啦，不是有人接手了吗？"

叶榆幽幽叹了一口气，目光从周海蓝脖子上的梵克雅宝项链，背着的香奈儿小香包掠过，再到那白皙手指上火彩绚丽的黄钻戒指……

叶榆按捺住心里的羡慕，摇头苦笑："我的试错成本太高了，不敢冒险。大佬，我真的很羡慕你啊，你不管做什么都不怕输。"

"有时候不要想那么多。"周海蓝笑眯眯地说道，给她打气，"想做什么就去做，我们还年轻，不怕折腾。"

叶榆点点头："我再考虑一下。"

俗话说得好，鸡蛋不能放在一个篮子里，况且她从某个亲戚口中得到了内部消息，不久以后，国内还会有第二家中国风时装公司出现。

那时候，她再做选择也不迟。

第九章
风雨兼程

既然选择了远方，便只顾风雨兼程。

——汪国真

　　时间在忙碌中流逝，转眼就到了重新开业的日子，线下实体店铺焕然一新。

　　古意十足的装修风格，明丽漂亮的服装，别具匠心的细节设计，路人都会停下来脚步多看几眼。线上的官网和淘宝旗舰店也同步推出，首页播放着制作精美的宣传片，代言人代熏穿着D.C的新款，看起来青春洋溢，却又别有韵味。

　　只是对于D.C风格的转变，大多老粉丝都不太乐观。

　　有人在微博上感慨："还以为这个品牌偃旗息鼓了，没想到还能看到它振作起来，可惜不是以前的D.C了，风格也变得平庸了。"

　　有人又说："我倒觉得现在的风格接地气很多，不怕没有合适的场合穿，很多设计都有些小巧思。"

　　底下有网友跟这人吵了起来，愤怒地表示："说实在的，这样什么灵气都没了！做一堆地摊货有意思吗？还不如看老外的中国风设计。真丢人。"

　　愤怒的老粉丝们怒其不争。

　　但是，这种情绪跟扩大后的消费群一比，就显得微不足道了。重新定位后的接地气风格，无形中扩大了市场，以前还有一些犹豫的人，顺理成章地接受了这种风格。销量上升虽然缓慢，但是趋势平稳，目测可以达到销售预期。

买手部的每个人都很忙碌，梨子负责商品分析，索索负责市场调研，小周负责……最后再把各种数据汇总到谢朝夕手上。

"我们的网店数据不行，客服超清闲。"梨子哭丧着脸说，"好歹是品牌店呢。"

"不要急啦，线上才开没多久，而且要消费者信任了我们的质量，才敢直接到网上买。"

"说得也是啊。"

谢朝夕听到两个人的对话，微微一笑，眼皮子突地跳了两下。她揉了揉眼角，干脆提早下班，到市中心的门店视察去了。

这个时间点正好是晚上的小高峰，客流量很好，她拿着本子在一旁默默计算，见顾客的进店率和提袋率都还不错，松了一口气，只是想起慕青青的话，还有贺东诚的态度，心情始终难以轻松。

吃了饭，回到小区，已经九点多了。

楼道的声控灯早就不灵敏了，谢朝夕用力跺了几脚才应声而亮，光线昏黄，她打开门刚要进去，脚下就踩上了什么软绵绵的东西。

她猛地往后退了两步，就见两只死老鼠在门口，顿时倒吸了一口冷气。

是谁干的不用多想，她进门就检查了监控，但家暴男的运气不错，来的时候刚好傍晚，楼道间光线模糊，监控没有录到他的正脸。

谢朝夕气得咬牙，忍着恶心把死老鼠清理了，扔到楼下的垃圾桶。

宁愿得罪君子一百，也不愿得罪小人一个。家暴男知道谢朝夕不好惹，不敢正面报复，就在背地里搞这些恶心的小手段。谢朝夕有气都没处发，她倒是想冲上楼不由分说地打那家暴男一顿，但那样做了又跟家暴男有什么区别？

之前她眼皮子直跳，难道就是因为这件事？

谢朝夕没有再多想，身体一沾床，困倦就如潮水般涌了上来，直到生物钟准时叫醒她，已经是第二天清晨。

D.C的销量稳步上升，消费者也处于一个新鲜的阶段，同样都是日常化的服装，谁不愿意穿得更特别一点呢？忠实老粉丝的支持，还有网友们的自发宣传，都给品牌带来了一定的热度。

公司一扫之前的焦虑状态，喜气洋洋。

副线步入正轨后，谢朝夕暂时歇下来了，她只需要把关整体的风格和数据，平时的商品分析和销售后期都交给了手下的人。她的主要精力都放在正牌的开发上，品牌到最后会不会沦为平庸，全看正牌的影响力，这也是她和贺东诚的首要目标。

只是想到贺东诚，她的眉头又微微蹙起。

自从上次争吵过后，两个人便陷入冷战直到现在，平时就算迎面而过彼此都当对方是空气，就算遇到了必须要沟通的事情，两人都是面无表情，你一句我一句，绝对没有多余的话。

有一次，宋铭到办公室送文件，有幸观摩了一回，他在里面大气没吭一声，工作一谈完拔腿就出了办公室。

这天，命运又给了宋铭一次艰巨的考验。

下班后，宋铭一边打电话一边往外走，眼看电梯即将关闭，他三步并作两步冲了过去，对里面的人急道："等等！"

电梯门又开了，宋铭抬起的脚却僵在半空。

左边是一脸高冷的贺东诚，右边是面无表情的谢朝夕。

宋铭不由得往后一缩："突然想起还有点事，你们先请……"

贺东诚的眼锋冷冷扫过："不要浪费时间。"

"……"

宋铭硬着头皮走进了低气压的电梯里，看着门在眼前关闭，不禁对外面那些眼力过人、早早闪避的同事肃然起敬。

光可鉴人的电梯墙壁上，清晰地映出三道人影。宋铭站在两人中间，像个瑟瑟发抖的小鹌鹑。

一片死寂。

宋铭受不了这压抑的气氛，试图打破尴尬，还没开口，就听左手边的谢朝夕问："主牌的旗舰店位置选好了吗？"

宋铭刚要回答，右手边的贺东诚就说："天寒地冻，特别适合吃火锅，宋铭，帮我订个位置。"

冰火两重天！

宋铭左右为难，不知道先回答哪一个好，没等他纠结出个结果，谢朝夕又开口了："我这几天留意了一下，看中了两个不错的地方，一个是三道集团开发的巨型城市综合体，还有一个是维亚购物中心。"

贺东诚目不斜视，盯着电子屏上跳动的数字，淡淡地说道："宋铭，像三道广场那种普通百货，没什么格调，不适合我们的正牌。如果有人让你考虑那里，首先就要排除掉，知道吗？"

宋铭满脑门的汗。

谢朝夕微微眯起眼睛，冷冷一笑道："我倒觉得不错，不管是哪一个客流量都很大，有利于我们打开市场。D.C与众不同的风格，会成为一道靓丽的风景线，如果贺总问起来的话，你就告诉他那是双赢。"

"……"

宋铭摸了摸鼻子，瞥了一眼被当成空气的贺总。

贺总表示："不过现在说这些还太早，周诚遇到了瓶颈，迟迟拿不出设计作品。宋铭，你让买手部跟他好好沟通一下。"

谢朝夕："……"

贺东诚推了推鼻梁上的金框眼镜，镜片被拨动时反射出一丝亮光，映衬着那狭长的凤眸，显得格外斯文败类："还有，周诚是我们的首席设计师，公司对他的依赖性很大，在沟通上一定要耐心、体贴、仔细，好好照顾他的情绪和感受。"

"咳咳……"

宋铭猛地被口水呛到，爆发出惊人的咳嗽声。

"有问题？"贺东诚凉飕飕地睨了他一眼，"难道我们不应该好好尊重首席设计师？"

亏得他能面不改色地说出这种话！

宋铭起了一身鸡皮疙瘩，对老板的厚颜无耻有了一个新的认知。但，饶是肚子里有千千万万份嫌弃，这个时候他也不敢说出口，只能口是心非地摇头："没有。"

谢朝夕觉得两人有些古怪，讶异地抬起眼帘，恰好和贺东诚看过来的目光在半空相遇。

两秒后，两人同时挪开了目光。

电梯门叮的一声开了，谢朝夕没有再多想，一边说，一边提着包就走了出去："告诉贺总，不用他来操心。周诚谦虚低调、脾气温和，沟通上完全没有问题，我们相处得非常愉快。"

贺东诚："……"

电梯门关闭，继续往下，到达了负二层。

宋铭倒吸了一口冷气，忍不住问："所以……老板，她还不知道周诚是谁吗？"

贺东诚嗤了一声笑道："你觉得呢？以她的智商。"

宋铭："……"

家门口，又出现了死老鼠。

这个月的第三次，谢朝夕已经见怪不怪了，她面无表情地打扫完门口的卫生，回到卧室就查监控，这一次家暴男没那么好运气了，被录下了正脸。只是拿着这份监控，大概也不能把他怎样，最多就是让他被拘留几天。

还是应该赶紧搬家。

外卖很快到了，谢朝夕一边吃饭一边看综艺节目，屏幕里的十六岁少年扬着唇角，笑容阳光活泼，一个梗接着一个，毫不怯场，活脱脱一个小机灵鬼。不过在听他讲了第二个土味情话后，她没忍住笑出声了，心情一下子明媚起来。

手机叮咚一声，周诚发来了邮件。

谢朝夕还以为是设计相关的，打开一看，上面只有一句话："听说你住的地方不太安全，找到房子了吗？"

她微微笑了，回复道："有几个不错的房源，还没来得及去看。"

他又发来："赶紧。"

她回复："好。"

放下手机，她又觉得有些奇怪，周诚的语气跟往常不太一样，而且他为什么不发微信？他不是有她的微信吗？在邮箱里这样来回对话，感觉有些奇怪。

不过谢朝夕没有多想，又跟周诚聊了聊设计，对进度有了大致了解后，就去洗澡了。

热水哗啦啦洒落，茫茫雾气蒸腾，消除了所有的疲惫和不快。她关上灯，舒舒服服地窝在被子里，很快就有了睡意。

半梦半醒之间，一条接一条信息提示音响起，紧跟着电话也打了过来。

她看到是宋铭的电话，接起电话还有些迷糊："怎么了？"

宋铭急声说："不好了，你的黑料被爆出来了。"

谢朝夕一秒清醒，顿时没了睡意，等她打开电脑，看到一个又一个爆料帖时，整个人如同寒冬腊月被泼了一盆冷水，透心凉。

网上无声无息地出现了几个帖子：

"八一八最近很火的D.C，难道没有人发现劣迹斑斑的谢女士也在这里吗？"

"劣质布料预警，买这个品牌你怕了吗？"

底下有网友不明所以，立刻就有人出来解释，直接把一年前禾田劣质布料致使消费者皮肤病、呼吸疾病的新闻截图出来，还有最后禾田公布的"调查结果"。

网友们恍然大悟，原来都是这位谢女士造的孽。

网友111："我的天，这个女人也太坏了吧，中饱私囊坑害公司，还装得一脸无辜。"

网友拉拉拉："看到她在记者会义正词严，我去年的饭都要吐出来了！"

网友贝塔开坦克："这女的早就是业内黑名单了，为什么还有地方敢用她？这是想狼狈为奸吗？"

网友大兵："也许是深受蒙蔽？"

网友佳佳："呵呵，不可能！之前这女的还跟公司总裁闹了绯闻。"

这个话一出，网友们就开始阴谋论了，过了没多久，D.C的现任总裁贺东诚的资料就被挖了出来。贺东诚本来就是个网红，找他的八卦不要太容易。紧跟着，格瑞斯的两次对赌也被翻出来了。

这几乎是"狼狈为奸"的第二个铁证。

经过两次对赌后，贺东诚把格瑞斯都赔了出去，几乎倾家荡产。他怎么这么快就能东山再起呢，又是哪里来的钱继续经营D.C这个品牌？只怕质量上要打点折扣啊！

网友茶苒感慨："啧啧，这两人走到一起也算顺理成章啊。"

网友英雄："就算后面爆出偷工减料什么的，我也绝不会意外！"

流言蜚语席卷了整个网络，D.C网店本来就不多的销量急剧下降，实体店门可罗雀，霎时就冷清了。

公司里一片肃杀，各种各样的猜测在忐忑不安的气氛中扩大。谢朝夕刚走出电梯，办公室里交头接耳的动作瞬间停止，前台状似礼貌地打招呼，但笑容里的揣测藏都藏不住。

到了买手部，梨子三两步冲上前来，脸色苍白地问："夕姐，网上那些我们怎么办……"

"不用着急，这些都跟买手部的工作没有关系，具体的章程要等开会商讨。"谢朝夕的神色如常，声音里有一种让人宁静下来的力量，"公司会照常运行下去，就算要处理网上的事情也是公关出面，你们该做什么就做什么。"

梨子等人听她这么一说，就放心了，继续自己的工作。

又过了几分钟，梨子迟钝地反应过来——她要说的明明不是这个，工作当然是照常，但是夕姐的那些黑料又该怎么办？她会不会因为这个被公司问责？就算夕姐是清白的，公司会相信吗？

想着这些，梨子又焦虑了起来，想要再去追问，谢朝夕的座位已经空了。

去办公室的路上，谢朝夕眉头紧皱。

吴耀光刚刚打电话过来，气急败坏地让她过去解释。

祸不单行的是，贺东诚今天凌晨刚飞欧洲，手机一直处于关机状态。他是最清楚她情况的人，这件事由他出面解释最妥当，可是他刚好不在，这就表明，她要独自面临吴耀光的怒火。

不，她不应该这么想。

这件事始终是她给公司带来的公关危机，不管她在哪家公司工作，都应该承担起黑料被曝光的责任，而不是指望别人替她出面。

谢朝夕揉了揉太阳穴，不由得苦笑。什么时候起，她竟然变得软弱了？竟然生出了依赖贺东诚的想法，她明明最看不惯他……

谢朝夕深吸了一口气，推开了办公室的门。

吴耀光冷着脸坐在皮椅上，见她进来，劈头盖脸地怒骂道："真是好样的！我们公司还在重整，你就弄出这么大的问题，先前还指着你帮公司，现在看来，还真是立马有成效，你在帮公司抹黑！"

吴耀光气得浑身肥肉直颤，额角青筋暴跳，连贺东诚一起咒骂："贺东诚这小子是弄了个祸害到公司里啊，要追求女人怎么不去外面，我竟然还信他会好好管理公司，我早该知道，他就是一个自以为是的公子哥！"

吴耀光发起疯来，完全是撕破脸皮地破口大骂的架势，活脱脱一个撒泼的暴发户模样，气度全无。

他这张脸笑起来的时候，还没有多惹人厌，拉下脸横眉冷对的时候，那股子捧高踩低的势利眼气息就暴露无遗。

从进门起，谢朝夕就只能站在那里挨骂，连句辩解的机会都没有。

吴耀光好一会儿才发泄完，他砰地往椅子上一坐，端起水杯喝了一口。

"这件事我可以解释，网上那些不是……"

吴耀光把杯子摔在桌上，砰的一声，在空旷的办公室显得格外响亮，

她盯着顺着桌沿不断滴落的茶水，快速整理了一下心绪，把前因后果在脑海中回想了一遍，开口说道："贺总是一位出色的商人，对于我的问题，你应该相信他的判断。如果他真的像你口中说的那么百无禁忌的话，你就不会因为信任他留在公司了，不是吗？"

谢朝夕没有从自己的角度来辩解，毕竟缺乏证据的真相算不上真相。

这个认知，让她深感无力。

"你以为因为什么？还不是因为他是周家……"

吴耀光想起了什么，嘲讽地笑了一声。

这句话有头没尾，谢朝夕听得也是一头雾水，她没有多想，冷静地指出："不管最后公司对我做出什么处罚，我都接受。但是现在最重要的还是公关，把网络上的舆论控制下来，不然假的都会传成真的，就算我们的服装品质再好，不

明所以的路人心里都会打一个问号。"

吴耀光见她一心为了公司考虑，态度也很好，渐渐冷静下来。

"那你说应该怎么办？"

"官博不需要多做解释，直接放出我们的质检报告，用事实说话比什么都直接。"谢朝夕从凌晨接到电话，就一直在思索这件事，"而且我们可以打打同情牌，这几年D.C虽然状况不佳，但是在质量方面都是广受好评的。关于这一点，我们可以直接跟网络大V沟通，让他们出面为我们说话。"

吴耀光用一种挑剔的目光盯着她说："但是黑料怎么处理？你说你是清白的，证据又在哪里？"

谢朝夕无法回答这个问题，垂落在身侧的双手无力紧握。

不仅是劣质布料的新闻，还有人曝光了谢朝夕文凭作假的事情，不管哪一个都很棘手。

前者她是被陷害，问心无愧，但假文凭确是事实。

谢朝夕也不知道该怎么办，总不能厚着脸皮告诉吴耀光，他们什么都不用做，因为网友忘性大，时间会淡化他们的记忆。

吴耀光冷冷一哼："再给你两天时间，如果没有办法解决，你立刻走人。"

谢朝夕怎么甘心就这么被炒鱿鱼，她咬了咬牙，厚着脸皮把话说出口："我不会走的，我能为公司创造价值，工作从不出错。"况且，贺东诚对她的情况心知肚明，吴耀光也应该考虑他的意见——在脱口而出的关头，她把这句话硬生生地咽了回去。

"你不是说，不管什么处罚都接受？"

"我……"

吴耀光上下扫了她一眼，嘲讽道："依我看，炒你鱿鱼就是最好的交代，现在我还愿意给你两天，已经够仁义了！"

谢朝夕木着脸走出办公室，手足仍然冰凉，大脑还残余着因为被羞辱和缺氧带来的发麻感，连旁边有人神色复杂地看着她也没注意。

叶榆站在墙角，没有上去打招呼，过了会儿，她飞快地打开电脑开始写辞呈。周海蓝不小心瞥见了，惊讶地说："你竟然要……"

"嘘，小声点。"叶榆皱眉，就算想要辞职，她也要静悄悄地走——这种时候走，总有一点雪上加霜的味道，心里不太过意得去。

"不要啦，叶榆，你对我们公司有点信心好不？"

"你觉得还能洗白吗？谢……她这个人就这样……"叶榆忍了忍，到底没有说出难听的话来。这时，手机上突然跳出一条信息来，她眉心一跳，连忙把手机翻得背过去，下意识地看了周海蓝一眼。

好在周海蓝没有注意到她的小动作，不停地劝说她。过了会儿，周海蓝被人叫走了，叶榆才翻开信息看了一下："现在时间不对，你可以多在D.C待一段时间，不用心急。等你来了，薪资什么的，我会开到你满意。"

茶水间里，谢朝夕孤零零地坐在椅子上，搓了搓冰冷的双手，好一会儿才缓过来。

她还记得当初跟吴映蓉进了公司，年底为了工作评级，也为了每个月多几百块钱，吴映蓉拉着她推心置腹地说："你的情况我都知道，工作能力和资历都很好，留学也是货真价实，只是出了点意外才没拿到文凭……不如这样，直接把学校写上去？"

谢朝夕那时还很青涩，听到这话呆愣了一下："这样不好吧。"

吴映蓉笑着说："没有那么严格会去查证，再说了还有我呢，不用担心。公司看重的还是实际能力，你交上百分之两百的答卷，这些都不算什么。"

对刚到社会打拼的小年轻来说，想要往上爬的心情迫不及待，吴映蓉也是她信任的人，她这样信誓旦旦地保证，谢朝夕就真的心动了，把谢母时常挂在嘴边的"脚踏实地"抛之脑后。

后来在工作里一帆风顺，她偶尔也会想起这件事来，担心有一天会被戳穿，但下一秒她又安慰自己不会那么倒霉。

但有时候，你越担心一件事发生，它就偏偏会发生。

这就是墨菲定律。

不怪他们拿这件事来攻击她，毕竟——刀，是她亲自送到他们手上的。

门猛地被推开，宋铭急急忙忙地进来，见到她松了一口气，坐到一旁说："我刚刚去跟吴总谈过了，朝夕，不用担心，黑料这件事我跟老板都很清楚，你也别在意。"

"没办法不在意。"

谢朝夕叹了一口气，想起同事们揣测的目光，焦躁不安。

事态的变化有时候是不受控制的，要是这件事的影响严重了，只怕不用被炒鱿鱼，她自己都要提出辞职。

宋铭轻咳了一声说："而且，我们还有合同在。"

谢朝夕有些出神，没有留意到他眼中闪过的些许促狭，也没有多想是因为什么，只是问他："电话打通了吗？"

宋铭看了看手表，摇头道："不晚点的话，应该也快下飞机了，但要等老板回来，大概还要一两天。"顿了顿，他说，"我让人联系了公关公司，看看他们有没有更好的方案。你也不要太自责，依我看，这件事就是冲着公司来的。这件事只针对你个人的话，太小题大做了，看起来反而有些像蹭热度的恐吓式营销。"

谢朝夕惊讶地抬起眼睛，立刻反应过来："你的意思是，有人想要借机进入中国风市场？"

"不像吗？"

"你一说，我也觉得有些蹊跷了……"

只是这段时间以来，根本没听到什么风声，还是说她在忙碌中错过了消息？

宋铭也很忙，很快就离开了。

谢朝夕喝了一杯咖啡，重新振作起来，这才精神十足地回到了办公室。

她表现得从容淡定，梨子等人顿时仿佛打了一针镇静剂，通通安心了，有条不紊地继续工作。

买手部如常运行，其他部门就不是那么安静了，尤其是靠近吴耀光办公室的那片区域，听着办公室里传来的一声声怒吼，整个部门都处于战栗中。

吴耀光在宋铭离开后，气得眼前发黑，负着手走来走去。

"这是要气死我啊！那种合同，他竟然……竟然也敢用，简直是胡作非为！"吴耀光想起刚刚宋铭那德行，气得又猛灌了一大杯茶。

不是宋铭态度不好，相反，他的态度端正、礼貌，措辞也很严谨，跟平时一样一丝不苟。只是，当他跟你站在对立面的时候，那种一丝不苟就变成了刻板、冷漠、不懂变通。

宋铭进门，耐着心听完吴耀光的抱怨和愤怒，平静地说："吴总，您的担心我都明白，我已经跟贺总谈过了，他清楚朝夕的情况，但他认为这些黑料不足以对公司造成威胁，而朝夕的能力和价值，远远大过她带来的这些负面影响。"

"什么——他早就知道了？"

吴耀光气得差点跳起来，直接无视掉了后半句。

他之前还担心骂错了贺东诚，现在看来，这人果然是个看脸招聘的败家子，仗着家里有点钱就胡作非为！

"娱乐圈里有一种营销路线，叫作黑红，换个角度说，我们也可以借现在的热度进行炒作。毕竟我们D.C的质量，可以直面大众的监督。"宋铭不疾不徐地说，"至于朝夕的问题，她之前在菲尔蓝工作，那边给她开出了更好的条件，她义无反顾地选择了D.C。"

"你们竟然一起骗我！"

"之前只是不希望吴总担心，现在看来，是我们处理得欠妥当。"

吴耀光有些动摇，又想到网上铺天盖地的流言蜚语，气得又砰地一拍桌子："说不定菲尔蓝也受了她的蒙骗！自证的最好方法就是开除她，根本不用花什么大力气去澄清。"

"呃，我个人觉得这个方法也很好，一劳永逸，但是……"

"但是什么？"

宋铭迟疑了一下，从文件夹里拿出一份合同，摆在桌上。他窘迫地交握双手，有些难以启齿地说："就是这个合同，不知道怎么办才好啊！"

吴耀光先是神色狐疑，看了一下合同，差点没把鼻子给气歪了。

"你们！！"

这是谢朝夕跟公司签的劳动合同，前面的条款都悉数平常，重要的是在违约责任那里写着——如果公司提前解约，就要付给谢朝夕五百万人民币的违约金。不论缘由。

"这种合同！"吴耀光气得说不出话来，恨不得立刻把合同给撕烂砸到贺东诚的脸上，"这种合同他都签得出来！！"

宋铭轻轻咳嗽了一声，表情依旧一本正经："这是当时贺总给朝夕的承诺，毕竟当时公司的情况不太好，只能拿这个来当定心丸……现在看来，真的很不妥当呢。那吴总您的意思，这件事应该怎么办……"

吴耀光气得青筋直跳，一双眼睛都要瞪出来了。

"我现在不想听这个！你让贺东诚自己收拾好烂摊子！我不管这件事！公司倒闭了都跟老子没关系！"吴耀光唾沫横飞地一通咆哮，而后一屁股坐在椅子上，气得上气不接下气，"你给我滚出去！"

"生气伤身，吴总您多注意身体。"

宋铭很有礼貌，把合同仔细收起来，这才转身离开。

门在身后关闭的刹那，里面传来了杯子碎裂的声音，宋铭的嘴角勾了勾，微微摇头。

他怀疑贺东诚对这种事情早有预见，否则不可能弄出这种条款，他也是事后才知道这件事。而且看谢朝夕的反应，这条最有意思的条款似乎被她忽略了。

这一天匆匆过去，宋铭做完一系列事情，天色已经不早了。贺东诚的手机依然无法接通，他叹了一口气，关上办公室的灯要离开，这时电话突然响起。

"宋特助，不好了，有一家叫雅韵的公司趁机炒热度了，他们也做中国风！"

"什么？！"

宋铭险些没握住手机，强自镇定下来："你慢慢说……"

夜沉沉，霜白的月光洒落海岸，一片清冷静谧，旁边的独栋别墅亮着暖色灯光。这里是江烨的房产之一，这人很有些怪癖，看似喜欢灯红酒绿的繁华，住的地方却跟繁华保持着最疏远的距离。

别墅大厅里，数盏意大利手工水晶灯齐齐亮着，光可鉴人的大理石地板折射着璀璨的灯光，厚重的窗帘从落地窗前如水流泻，灯光错落地映照在外面喷洒的泉水上。悠扬悦耳的小提琴声中，江烨开了一瓶红酒，闻着醇香的味道慢慢眯起了双眼。

秦漪望着眼前的红酒杯，勾起红唇一笑："你这样做，是不是太不近人情了？"

"何必这么说呢？我要是拒绝了你舅舅，那你才应该说不近人情吧？"

江烨口里的舅舅，指的是李氏的掌舵人李幸，也正是之前跟贺东诚过不去，非要起诉他非法经营最后又灰溜溜被打脸的那个。

"只能算他们倒霉。"江烨慢条斯理地倒酒，淡淡地说，"我说的不只是朝夕，还有你的前男友。不过你们利用朝夕炒热度，为什么不告诉我？"

秦漪像是没听出他话里的质问，脸上笑意盈盈："我以为你们差一个和解的机会，我舅舅愿意帮一把手，你觉得不好吗？"

江烨不置可否，只是幽幽地叹了一口气："还是秦小姐善解人意啊。"

秦漪说得没错，只要谢朝夕愿意朝他走一步，他有无数方法可以帮她洗白，让她彻底翻身。但是，向他开口求助就这么难吗？

她宁愿每天被网友冷嘲热讽，找工作处处碰壁，也不愿意到他给予的最安全温暖的港湾里来……偏成这样，只为了一口气。

何必呢？

公关公司很快就找好了，那边开了个会议后，就开始一边写新闻通稿和软文，一边雇佣网络水军同时进行删帖。大致的公关思路跟谢朝夕的想法相同，宋铭还在官博申明里补充了一点，他们敢直面广大网友的监督，但凡谁发现布料不合格，赔付十万元。网上的舆论风向渐渐开始改变，只是网友依然没有放过谢朝夕。

她的微博已经爆炸了，各种信息提示已经达到了999+，评论和私信里骂声一片。她不小心手抖点开了一条私信，瞬间寒气便顺着背脊蹿起来——

"你去自杀吧。"

"你去自杀吧。"

"你去自杀吧。"

......

几十条刷屏式的"你去自杀吧"私信，充斥了整个屏幕。

谢朝夕的脸唰地就白了，手机啪地落在桌子上，梨子诧异地看了过来，她装作若无其事地敲打键盘，但如果有人能看到她的电脑屏幕，就会发现文档上全是乱码。

谢朝夕的大脑一片空白，不知道过了多久，她恍然发现已经到了下班时间，匆匆收拾了下东西就离开了。

四十分钟的车程，她的思绪一片杂乱，似乎想了很多，又似乎什么都没想。到了路口，她快步走向小区，在拐角差点撞上了人，她道了歉继续往里面走，猛地觉得那人有些奇怪，回过头，就见那人掏出了手机对着她拍。

谢朝夕脸色煞白，挡了下脸，急匆匆往楼上奔去。好不容易到了家门口，几个血淋淋的大字"你去死吧"又直直地撞入眼帘。

谢朝夕眼前黑了一瞬，拿着钥匙的手颤抖到难以对准锁孔，楼道里追来的脚步声越来越响，她的手抖得更厉害了……终于脚步声临近的前一刻，她打开了门，

砰！门用力甩上，谢朝夕靠在墙壁上大口大口地喘气。

她……她被人肉了？

过了会儿，外面的声音传来："哎，你说这里面的那女人？啧啧……就一个被包养的货色，天天还趾高气扬的。"

家暴男站在楼道间，对着两个找上门的人侃侃而谈："那个新闻我也看到了，说实话，她那样子一看就是个不安分的，这段时间还有人追债，你说她用劣质布料牟利，这不是很正常嘛？利欲熏心了啊。"

"怎么有这么黑心的女人？"

谢朝夕刚缓过来就听到了这些，猛地一拳砸在门上，隔着门怒道："胡说八道！"她抖着手掏出手机，按了录音键，"你有种继续掰扯，我一定会告你诽谤的！"

家暴男没想到她在家，顿时不自在，见那两人露出狐疑之色，他立刻一挺胸膛，扯着嗓门吼："什么胡说八道？难道你家门口被泼油漆是假的？小区的人谁不知道这回事儿！你有本事出来跟我当面对质！"

外面的人一直没离开，谢朝夕背靠在墙上，急促的呼吸慢慢平息下来。

她把所有的窗帘都拉开，洗了一把冷水脸，颓然坐在沙发上。突然响起的电话铃惊了她一下，她定了定神，看到屏幕上是江烨的名字。

电话刚一接通，江烨低沉的声音就传来："你收拾一下东西，我立刻让人过去接你。"

他知道她被骚扰了？

"别愣着了，你家大门被泼油漆的照片都被发到网上了，那里住着本来就不安全。"

就算谢朝夕平时再怎么冷静理智，遇到这种全网黑，脑海里也空白了一瞬，她呆愣愣地说道："我还没找到房子。"

"住我那儿吧，别墅有很多空余房间。"

跟他住在一起？这算什么……

谢朝夕想了想还是觉得不太合适，就说："这件事应该没那么严重，我会尽快找房子的，谢谢你的好意。"

"朝夕，这个时候你还要跟我划清界限？"

"我……"

谢朝夕想说不是，又不知道怎么开口。

这种帮助还是太亲密，超过他们应该有的关系。

听筒那边沉默了，只能听到呼吸声。

大概过了几秒，江烨冷笑了一声："吃的苦头还不够吗？"不等她说话，他又说，"行吧，你就继续固执吧，反正我也很好奇你会不会向我低头。"

"我……"她还没来得及辩驳，只听嘟的一声，他已经挂了。

谢朝夕失眠了。

整个晚上她都在床上翻来覆去，早上起来一照镜子，镜子里的人憔悴苍白，顶了一双浓黑的熊猫眼，她都被吓了一跳，不得不化妆遮掩一下。

化妆是女人绝佳的武器，精致的面具一戴上，气场全开，生活里是否落寞失意，是否病痛缠身，都无法从脸上看出来。

谢朝夕对着镜子微微一弯唇角，镜子里黑发红唇的女人笑容恰到好处，神采奕奕。

手机铃声急急响起，是宋铭打来的电话，一小时后就是上班时间，他有什么急事吗？

谢朝夕的心狂跳起来，一种不祥的预感浮上心头。

果不其然，接通电话后她得到了太多爆炸性的消息，犹如冰冷的潮水骤然拍打过来，淋了她一个透心凉。

"不是吧？"她倒吸了一口凉气，心里越来越沉。

"很不幸，跟我之前的猜测一模一样。"

他们面临的所有诋毁，都是一场有预谋的恐吓式营销，为的就是蹭D.C的热度，借这个东风把自己的品牌打出去。

一家名为"雅韵"的中国风品牌横空出世，铺天盖地的通稿软文直接把D.C踩在了脚底下，围绕"担心D.C品质？那就来雅韵"这个主题，对摇摆不定的消费者进行狂轰滥炸。

同样都是中国风，D.C大众化，质量存疑，而雅韵做的是精品，格调更高。

消费者会怎样选择，似乎不言而喻。

谢朝夕快速浏览了下网上的消息，心情更沉重："看来，我被当枪使了。"

挂了电话，谢朝夕的大脑胀痛不已，给公司造成的影响和损失比想象中还大，也不知道贺东诚会不会后悔签了她。

谢朝夕靠坐在椅子上，静静地凝望着近在咫尺的中国风礼服。

它依然耀眼夺目，如火般的红，繁复精致的纹样上缀着一颗颗细小的琉璃珠，伸展着花瓣的牡丹花看起来永远都生机勃勃……

这件礼服谢朝夕只穿过一次，在法国的最后一个圣诞夜，她穿着它抬头挺胸地走进了学校的大礼堂……

那一刻，它旺盛的生命力似乎延续到了她的身上，令她如获新生。

她凝视良久，轻声一叹："你会怪我吗？"

成年人的世界没有逃避两个字，不管摆在面前的问题有多棘手，还是要挺直了背脊面对。尽管她知道，只需要一个电话，一句服软的话，江烨就能轻而易举地帮她解决一切。

只是刚好，她也从来不知道什么叫作后退。

五分钟后，谢朝夕整理好思绪，提着包出门，但当她急匆匆地走到楼道口，那种被人偷偷窥视的感觉骤然袭上心头。

小区的人来来去去，跟平时没什么区别，谢朝夕不动声色地往四周看了看，冷不防在转角处瞥见了一抹黑影。那人似乎发现她看了过来，立刻背过了身去装作在打电话。

谢朝夕心中犹疑，加快脚步往外走。

一个举着自拍杆的人迎面走来，他对着屏幕露出调侃的笑容，以一种夸张搞笑的语气在直播里说道："……昨天看到图片就觉得眼熟，今天就带大家一探究竟，那个谁究竟是不是屈居在这个小地方……嘘，说不定还能遇见她本人呢。"

正说着话，弹幕就疯狂跳动了起来：

"啊啊啊，看见了一个女神！"

"镜头挪挪，让我们看大美女。"

"不对不对，这个美女是不是就是那个谁……"

青年主播愣了一下，从屏幕前抬起头，拔腿就追了上去："谢小姐，你住在这种破旧老小区，跟你微博里满世界飞的样子完全不一样——想要维持你高端的生活，这是你用劣质布料牟利的理由吗？"

谢朝夕头也不回地走到街对面，伸手拦车。

青年主播被突然亮起的红灯给拦住了，他吊儿郎当地耸耸肩，一边对着屏幕开玩笑，一边拿镜头对准街对面的女人："这可怎么办啊，她想跑呢，做贼心虚啊这是！"他摇头晃脑，幽幽长叹，幽默地开玩笑，"卿本佳人，奈何做贼啊。"

弹幕再次疯狂跳动起来，一大堆站着说话不腰疼的网友起哄让主播翻栏杆。

主播看了看红灯剩余时间，一咬牙就要抬腿去翻。

另一边，谢朝夕的眉心锁得更紧，匆匆过去的车辆，要么是私家车，要么已载人，根本打不到车。

就在这个时候，只听轮胎快速划过地面的声音越来越近，一辆低调奢华的宾利从拐弯处冲了过来，准确地停在了谢朝夕的面前。

车窗降下，清俊的男人冲她一扬下巴："上车。"

"……"

主播追过去时，轿车已经呼啸而去。

他失望地叹了一口气，刚要跟直播观众们倾诉一下，就见交警黑着脸走了过来，旁边还跟个扛摄像头的大哥。

这边在直播，那边也在直播，气氛一时间有些尴尬。当然，尴尬是主播单方面的，他哭丧着脸放下了自拍杆，老老实实地认错："我错了，我没素质，我以后再也不敢拿生命开玩笑了！"

交警："……"

轿车上一片安静，充足的暖气令人不由自主地放松神经。

谢朝夕靠在椅背上，侧过头去看旁边开车的人，他大概一下飞机就直奔过来了，眼底下还有淡淡的青灰色，下巴上胡子拉碴，衣服也皱巴巴的，全无平时的衣冠楚楚。

只是，怎么看怎么顺眼。

谢朝夕也说不清到底是什么感受，只是在他突然出现在面前的那一刻，心里骤然翻涌的热意，转瞬将她淹没。

她后悔了，后悔跟他冷战那么久。

就算他某些时候的行为幼稚无聊，但……她前后三次遇到困难，站出来的人都是他。

第一次，在她对他误解最深的时候，他把她推荐给了宋尧；第二次，她跟人大打出手进了派出所，他突然出现；第三次，就是今天在她最茫然无措的时候……

她的眼睛发热泛酸，不得不承认，她对他从一开始就偏见过度了。

谢朝夕什么都想通了，只是她依然是个不懂表达情感的人，就算内心活动无比丰富，表面看起来依然很淡定冷静，只是时不时瞥向旁边的目光，多少泄露了她的心思。

"看什么？"贺东诚被她看得不太自在，下意识地闻了闻身上。

贺东诚刚到法国没多久，就得到了黑料曝光的消息，什么事情都没来得及做，就立马买了一张机票飞回来……结果就是，他持续邋遢了四十多个小时。这对一个平时干净整洁、挑剔成性的人来说，真是个艰巨的挑战。

他跟谢朝夕究竟有什么孽缘，风度全无的时候总被她撞见。

贺东诚摸了摸鼻子，不满地嘀咕了一声："要不是赶着回来给你撑腰，我至于这么邋遢？"

"我不是那个意思。"谢朝夕也有些不自在，对上他疲惫下依然清冽的双眸，她有些慌忙地挪开目光，下一秒又正视了过去，认真地说，"你今天能来……我真的很感激，谢谢。"

两人的视线交错了两秒，贺东诚在她眼中看到了自己的影子。

她的双眼很清澈，在晨曦的淡金阳光映衬下显得楚楚动人，贺东诚的心蓦地漏跳一拍，不由得收紧握着方向盘的手指，面上却一脸冷漠地说："不要自作多情，我是为了公司，我还没有意气用事到公私不分那个份儿上，不像某些人。"

"……"

谢朝夕扯了扯嘴角，默默转过头看向窗外。

其实早在雅韵公司筹备阶段，贺东诚就已经得到了一些风声，只是他没有在意。他并不担心跟别的企业竞争，也乐意看到越来越多的中国风进入市场，制作出更惊艳的成衣。但是他没有想到，对方会用这种龌龊的方式，来蹭他们的热度、恐吓他们的顾客。

雅韵的背后是李氏，跟他做过对赌，还要对他赶尽杀绝的那个李氏。

这件事在局外人看来，是贺东诚好高骛远，李氏冷血。但其实李氏的掌舵人李幸只是想报私仇而已，而他主动送了一把刀给他们。

李氏是做麦时尚起家的，扩张到一定规模后，年度净利润就在一条线上下摇摆。贺东诚察觉到了这一点后，主动去找了李幸，建议他们增开一个新的产品线，比如说精品时装。他成功说了李幸，李幸注资格瑞斯算是一个试水，后面的对赌也就水到渠成了。

贺东诚到现在还记得李幸的表情，有一丝丝轻蔑，又有一些按捺不住的亢奋……李幸大概真的以为，从他手里抢资源是一件很容易的事情。

想到这里，贺东诚的嘴角往上挑了下。

轿车在公路上飞驰，不一会儿就到了公司，两人刚进门，就有人探头探脑地往这边看。

自从网上各种八卦爆出来，配合着贺东诚那条似是而非的回应，两人就成了话题中心，好的坏的都有。

贺东诚神色平静，从容地走过开放型办公室，谢朝夕跟在他后面，听他说：“这里交给宋铭去解释，我出面他们脑补得更多。”

谢朝夕扯了下唇角，敢情你也知道啊？

贺东诚突然停住脚步，谢朝夕险些撞在他身上，慌忙稳住脚步，就见他居高临下地睨了她一眼，用目光谴责她的腹诽。

谢朝夕轻咳了一声，他已经收回目光，敲门进了吴耀光的办公室，她正了正色，举步跟了进去。

吴耀光一见两人就黑了脸，把杯子砰地往桌上搁，直接质问谢朝夕：“闹出这么大的事情，怎么收场？你今天拿不出方案的话，就算把东诚找来也没用，这公司还不是他一个人说了算的！”

如果前两天来，吴耀光可能还没这么大的火药味，但眼睁睁地看着雅韵的销量往上飚，吸走D.C的心血……他整个人都要气炸了。

仅仅两天，D.C的销量陡然跌到谷底，连转型前都比不上了。仅仅两天！

“黑料嘛，这很正常。”贺东诚根本没受影响，清淡的声音不疾不徐，“这两三年什么娱乐新闻不是这样？有些时候，很多人自以为正义地在网上破口大骂，最后都在辟谣之下纷纷被打脸。这次的事情，就是很明显的舆论引导，吴总可能不怎么上网？”

吴耀光的脸色又黑又臭。

他不上网也不会知道这件事了，贺东诚是在嘲讽他轻易被舆论引导了？但是看贺东诚风度十足、礼貌客气的样子，他又觉得自己想多了，也不好意思继续扯着嗓子叫嚣了。

"真相是什么我不关心，重要的是消费者信不信。"吴耀光冷嗤了一声，"我们每一天都在亏钱，事实就摆在眼前，我们做企业的，只看营收。"

谢朝夕半垂着眼睑，盯着地面。

贺东诚的嘴角往上一勾："如果我说，我可以向大众公布真相，还给她一个清白呢？"

什么？他要公布真相？

谢朝夕蓦地向他看去，心脏在一瞬间剧烈跳动，剧烈得似乎要冲出胸腔。

他要怎么公布真相？难道他手里有什么证据吗？

"这能挽救我们的损失？"吴耀光嗤地笑了一声，"恶劣的影响已经造成，还有个虎视眈眈的雅韵在那里，只是澄清能有用？"

贺东诚挑了一下眉梢："吴总不会真以为我在胡闹吧？"

吴耀光疑惑："哦？"

这种情况，在谢朝夕进入D.C的第一天，他就想得很清楚了。

"雅韵那边，我心里有数。"贺东诚说得云淡风轻，"现在网上骂得越厉害，他们的脸就会越疼，这一点我赞同宋铭，送上门的热度不要白不要，就算是黑红也能打开知名度。"

"呵呵，你让消费者怎么想？"

"雅韵走的是精品路线，他们借了我们的东风，以后我们的主牌上线，也可以借他们的，这可以算是主牌上线前的欲扬先抑，就单说设计，我很有信心。目前而言，解决眼前的问题才是首要的。"

雅韵是精品服装，他们主牌是轻奢，更精美，更高贵，更有设计感。当然，基础价位也更高就是了，但这一点贺东诚完全不担心。消费者拥有足够的购买力，目前市场缺乏的是好的产品。

吴耀光渐渐冷静下来。

他也看过雅韵的款式风格，不觉得是个威胁，他就是气雅韵不仅落井下石，还抢先了一步。

"官博公布了我们历年的质检表，这一点朝夕的思路是对的，至于那些恶意造谣、不分青红皂白就转发的网络大V等，我会让律师挨个起诉。"

说到这里，贺东诚叹了一口气："就是要让朝夕再委屈几天，让事情充分发酵，再来澄清。我们现在越委屈越冤枉，澄清后的效果就越好。"

贺东诚的思路清晰，语气笃定，还给出了具体的操作方法，仿佛这件事只是个微不足道的小插曲，吴耀光总算放了心，态度语气也平和了下来。

贺东诚转头，清冽诚挚的目光落在她脸上，问道："朝夕，你怎么看呢？"

从进来后，谢朝夕就静静地站在一旁，细长的双眼和不太甜美的五官，让她每一次不做表情时都看起来冷若冰霜。她正要说话，就见贺东诚给了她意味深长的一瞥，她又把话咽了回去。

谢朝夕有点茫然，他那个眼神是什么意思？

吴耀光见她一直没有表态，不满地皱起了眉头，给她台阶还不下，难道非要等他表态她才满意？

吴耀光现在心情好了，懒得跟一个女人计较，他摆了一下手："既然都是误会，你也不用辞职了，以后就在公司好好做吧。"

贺东诚的嘴角往上弯起一个弧度，斜斜朝她睨去时，有种蔫坏的感觉。

谢朝夕总算看懂了他的表情，就是第一次做这种事，有点不大适应。她措辞了好一会儿，才开口："贺总，你挖我过来的时候做过什么承诺，应该没忘记吧？我愿意为公司牺牲自己的名誉，但公司也应该给我一些信任。"

贺东诚眼中的笑意深了一些，很快又敛了情绪，满是歉意地说："我很抱歉，最近忙起来，忘记跟吴总交代了。你手里的那些证据……"

一听到证据在谢朝夕手里，吴耀光顿时瞪圆了眼睛，暗道不好，再一看谢朝夕神色冷冷清清，根本没有积极解决问题的意思，吴耀光的脸色更沉了一些。

贺东诚神色为难，似是不好意思开口。

经过好几秒的尴尬后，吴耀光清了清嗓子，语重心长地说道："那个，朝夕啊，我之前也是一时情急，才说了些难听的话，你应该不介意吧？东诚也真是，事先提都不提就……"

贺东诚叹气："我也没想到雅韵的手段那么脏。"

"是啊，谁想得到呢？"吴耀光说起这个就愤怒，忍不住又骂了雅韵几句，这才说，"我在这里跟你道个歉，我知道你很委屈，但公司还要做下去，还是希望你多站在公司的角度考虑考虑。你也为公司努力了这么久，总不希望被竞争对手摘了果实吧？"

谢朝夕沉默几秒，微微颔首："当然，只是希望吴总以后不要轻易听信网络，免得被一叶障目。"

"你！"吴耀光没想到她这么不给面子，差点恼羞成怒，憋了好几秒才把难听的话咽了下去，讪讪地说道，"瞧你说的，我这也是一时情急嘛。"

贺东诚眼中浮出了一些笑意，谢朝夕对上他的目光，脸上微微发烫。

这种感觉，很奇妙，也很奇怪……她不知道是什么，但她清楚贺东诚是站在她这边的，还想让她小小地出一口气。

贺东诚没让吴耀光尴尬多久，就把话题岔了过去，补充说道："朝夕，我建议你先用个人微博讲述下真实情况，侧重点放在女人在行业里的各种不易，语气强烈一点。"

她点点头："我知道了。"

困扰她已久的问题，就这样被贺东诚四两拨千斤地解决了，她迫不及待地想要知道详细的情况。出了办公室，她就亦步亦趋地跟在他背后，连同事们纷纷投来的八卦目光都顾不上。

只是，一出门，贺东诚突然一改春风和煦的态度，目不斜视地往办公室走去，浑身散发着拒人于千里之外的冷气。

谢朝夕暗暗咬牙，脸上露出讨好的笑容："贺总，那个……"

贺东诚就跟没听到一样，往皮椅上一坐就打开电脑工作。

难道他希望她为上次的事情道歉？但明明是他的错，谢朝夕说不出违心的话来。谢朝夕憋了一会儿，说道："今天真的……谢谢你。"

"哦，这件事啊……"

贺东诚拿起了手机，刚刚那句话只是在跟某个人讲电话。

谢朝夕："……"

谢朝夕在旁边等了一会儿，出了办公室。

在门关上的刹那，贺东诚就放下了电话，一声冷嗤从嘴角溢了出来。

瞧瞧她那耐心，对帮助了自己的人一点诚挚都没有，也不怪他不待见她，把他这种谦谦君子的好脾气都弄没了，实在是她这人态度很有问题啊。

贺东诚腹诽了一会儿，门突然又被推开，把正在神游的贺东诚吓了一跳，连忙拿起桌上的文件，做出一副专注翻看的样子。

谢朝夕端了杯茶走到他旁边，声音温柔："贺总，您喝茶。"

贺东诚抬了抬下巴："放着吧。"

谢朝夕从善如流，立刻照做，她弯着的眼睛和唇角，透露出一种从来没有过的温柔……不，这种温柔在面对沈珈时也有过，但又有一些刻意的殷勤和讨好。

贺东诚盯着她看了几秒，看不下去了，他的嘴角抽搐了一下，终于难以直视地捂住了眼睛，自暴自弃地摆了摆手："行了行了，把你那假笑收起来，我看了眼睛疼。"

谢朝夕摸了摸嘴角："有那么不堪入目吗？"

他不客气地道："你回头自己照照镜子。"

她忍不住弯了弯唇角，这一次笑容自然多了，像是平静的湖面上渐渐漾开的涟漪，有着静谧的温柔感。

贺东诚愣了愣，端起茶水喝茶将情绪掩饰了下去，说："你那件事，我无聊的时候关注了一下，刚好有一些人脉让我了解到了一些实情。"

他说得轻描淡写，但透露了一个事实——他大概从她来D.C之前就开始查了。

谢朝夕心里几乎翻江倒海。

"拿到什么证据了吗？"

"一段陷害你的电话录音，皮包公司的人我也找到了，放心，他们会为此付出代价。"

谢朝夕抿唇，垂落在身侧的双手轻颤。

这件让她陷入人生低谷将近一年的事情，在她都已经认命以后，证据竟然被他悄无声息地找到了。

骤然涌上双眼的热意，让她无所适从，她慌忙垂下眼睑，整理好情绪才敢再次抬起头。

那双清冷的眼睛水雾氤氲，根本藏不住。

谢朝夕干脆不藏了，对他露出笑容，只是依然嘴拙不知道怎么开口。

但，不自然的何止是她？

贺东诚也是。

两个人都习惯了针锋相对，突然扫除中间的隔阂，心平气和地在一起，对对方露出最真实的柔软情绪……都不习惯。

办公室里静默了好一会儿，也许只有几秒钟，在当事人看来却有些漫长。

贺东诚轻咳了一声，淡淡地说："你也不用感动，顶多算我未雨绸缪，既然你来D.C，这些事情我自然都会当成工作处理。"

他挑了挑眉梢，眼中渐渐浮出促狭之色，拖长了声音问道："不得不向我低头，现在觉得没面子？"

这么做作的话一说出口，谢朝夕又有一种想揍他的冲动，偏偏他还一副泰然自若的样子，她抿了抿唇，干巴巴地说道："谢谢你。"

他微微一笑："不客气，你可以给我做牛做马。"

"……"

"这个事，其实也不是多难，花钱就行了。"贺东诚意有所指地说，"所以不要看不起商人，至少商人有钱，可以节省很多时间和精力，知道吗？"

她点点头："以前都是我太偏见了。"

谢朝夕认错态度良好，贺东诚反而有些不习惯，摆摆手："行了，我不是喜欢跟人计较的人。"

她想起了什么，掏出一块腕表放在桌上："物归原主。"

"这不是过夜费吗？"贺东诚的声音卡壳了一下，突然意识到这句话的暧昧之处，强自镇定后，声音低了个八度，"你自行处理不就行了？"

谢朝夕的嘴角抽搐了一下："江诗丹顿，我可不敢自己处理。"

要是个便宜的牌子，谢朝夕可能真给他卖掉了，但这种名表还是算了，她会良心不安的。大概这就是有钱人和穷人的区别，她时常惦记着，他随手一扔就给忘了。

贺东诚挑了挑眉："那好吧，三万我另外还你。"

"不用了，这次你帮我……"

谢朝夕的话还没说完，贺东诚的眉毛就拧到了一起，他难以置信地瞪了她一眼，像是被深深侮辱了。

谢朝夕没有读懂他的脑回路，摇头说："我没别的意思，只是觉得这点钱完全不用……"

"你欠我的人情，这点就能抵消了吗？"

"那……"

她一头雾水，不明白他什么意思。

"钱我会还给你，人情你欠着。"

"哦。"

贺东诚见她一愣一愣的，平时的精明全无，像一只呆头鹅，嘴角忍不住又扬了一下，但在她注意到之前，又重新板着脸一本正经起来："再说了，我亲自出手才值三万？"

"……当然不是。"谢朝夕咬了咬后槽牙，在心里默念了好几遍社会主义核心价值观，才没有反唇相讥。

贺东诚说："钱我现在就还你。"

听到这话，谢朝夕多少有些尴尬，刚要拒绝，就见贺东诚拿出了手机，非常自然地说道："那加个微信吧。"

谢朝夕愣了一下，拿出手机加了他好友。

贺东诚的头像是一幅水墨写意画，简单笔触勾勒出一个侧影，微信名是两个字母DC。她的目光一凝，随后才想起他的名字首字母就是DC。

周诚创办D.C时说过，D是东方的首字母，C则是诚的首字母，整体的意思就是来自东方的设计师诚。不得不说，贺东诚跟周诚和D.C都有些缘分。

"对了，把你的微博账号发给我。"贺东诚想起了一件事，修长的手指敲了敲桌面，"内容我让公关去写去发，这几天你就不要上去了。"

她点头说："好。"

"考虑到一些因素，嗯……你还是不要亲自下场了，免得两败俱伤。把什么人都能往死里得罪，你也是个能人了。"

贺东诚想起她在吴耀光面前硬邦邦的样子，不由得低笑，说实在的，他还真有点怕她脾气上来，去揍个怼网友。

贺东诚长得清俊，弯起眼睛笑时一双眼睛像是倒映了月光的泉水，似乎那夜色清凉也能流淌入心间。谢朝夕的心跳蓦地漏了一拍，只是她本来就不是个面部表情太丰富的人，故而表面上看着依然淡定。

贺东诚见她没反应，长眉一挑："这一点，你能反驳？"

谢朝夕的语气无奈了很多："不能。"

"就好比你那个采访，你硬邦邦的语气让采访毫无看点，我都替你尴尬。"

她不动声色地问道："那你觉得我应该怎么说？"

"其实你可以换个角度来回答。比如，你先说这个行业听起来怎么高大上，再然后你被高大上忽悠，一头栽进来，发现完全不是那么回事，忙成一个陀螺。这样的话，你想说的一面和别人想看到的一面都有了，而且会很有趣味，你说呢？"

"原来你看了我的采访。"

"只要能达到目的，过程其实不用那么生硬……"贺东诚说完才反应过来，僵了一下，然后一边若无其事地拿起了文件，一边敷衍说，"好了好了，工作去吧，别在这里耽误我的时间。"

"好。"谢朝夕眼中的笑意更浓了一些，轻轻带上了门。

贺东诚舒了一口气，继续看文件，过了几秒，突然笑出了声。

他起身去了旁边的休息间，坐到画板面前，迫不及待地拿起画笔。

灵感突然如喷涌的泉水，从四面八方席卷而来，他的眼睛越发明亮，迫不及待地在画纸上落下了第一笔色彩……

另一边，谢朝夕刚出办公室，宋铭就迎面走来。

宋铭停下脚步，问她："朝夕，事情都解决了吗？"

她点头："没什么问题了。"

"太好了。"宋铭见她神色轻松，松了一口气，就想趁这个机会劝劝她这油盐不进的偏脾气。毕竟，夹在她跟贺东诚中间，最难受的那个人莫过于他。

谢朝夕见宋铭还有话想说，就问："还有什么事吗？"

"朝夕啊，"宋铭语重心长道，"其实老板心地很好，就是有时候口是心非，唉，说了你可能不信，你之前去格瑞斯面试，他也不是故意那样的……他就是觉得那里会埋没你，加上他也快离开格瑞斯了，所以不想让你去。"

这一点，贺东诚从没提过，宋铭也是从后面的蛛丝马迹发现的真相。

"是吗？"

宋铭点头："所以你能不能……"

"能不能什么？"她疑惑。

"不要说他是人渣了，把那条朋友圈删了怎么样？"

"……"

谢朝夕瞬间就明白那天贺东诚的火气从何而来了，怪不得他一大早就把她叫到办公室！

原来，贺东诚以为她发朋友圈是在骂他，她则以为他无理取闹，反复纠缠微博那回事。

谢朝夕抚了抚额头，对上宋铭期待的目光，说："那条朋友圈不是说他的，我楼下……"她简单解释了几句，直接问，"朋友圈你给他看的？"

暴露了。

宋铭尴尬地摸了摸鼻子："也就是……截了那么个图。"

谢朝夕轻哼了一声："去居委会工作吧，这里太埋没你了，真的。"说完，她语重心长地拍了拍宋铭的肩膀，转身走了。

宋铭："……"

第十章

拨云见日

我本可以容忍黑暗，如果我不曾见过阳光。

——艾米丽·狄金森

贺东诚回来后，迅速把局面定了下来，公司内部的质疑声也小了。

另一边，公关团队帮谢朝夕撰写了一篇春秋笔法的个人申明，以旁观者的角度诉说了谢朝夕的委屈和清白，最后再升华到一个女人在职场里的不易。

只是因为没有证据，微博的澄清引来了一波嘲讽，谢朝夕的微博底下说什么难听话的都有，App上不断上涨的红色数字很快就变成了"999+"。

但在另一方面，公司官博的同情牌打出去后，评论的风向立刻就变了，而一些之前摇摆不定的网友，在看到品牌老粉的推荐后，也纷纷为自己之前武断的言辞道歉。还有一些网友继续质疑，不断在留言和私信中提议开除谢朝夕，告诉他们这样才能从根源里就洗白。

销量从低谷慢慢回升，只是跟雅韵的如火如荼相比，依旧黯然无光……

谢朝夕计算了一下时间，因为这次的黑料风波，公司受到影响的时间大概会持续一个月，她把梨子叫了过来，说道："你制定一个促销活动出来，下周我们开始打折，还有店里的补充款，工厂一出货就立刻上架。"

"昨天已经送到仓库了，明天就能上架。"梨子点点头，"促销方案从哪方面着手呢？"

"你觉得呢？"

梨子迟疑地说："直接打折？"

"理由呢？"

梨子脑子里一团糨糊，回答不出来。

"你应该去门店看看。"谢朝夕一看她就没做够功课，摇了摇头，干脆直接告诉她答案，"前段时间我去看了下，比如说晚上的小高峰时段，店铺门口大概会有一千人经过，这一千个人里面进店的人数是一百八，还算不错，但最后提袋率相较于这个数字，就偏低了些。"

提袋率，顾名思义，就是提着购物袋出门的客人。

"我估计好奇中国风成衣款式进来看一眼的人居多，所以，怎样让这些好奇的人买单？"

梨子恍然大悟："这样的话，可以用打折和满减组合促销。"

谢朝夕微微颔首："打折增加提袋率，满减增加成交件数，你去做个方案出来，明天交给我。"

"好嘞！"梨子握拳回道，干劲十足。

转眼就到了下班时间，办公室里的人一个个离开，办公室里渐渐空旷。

谢朝夕坐在电脑屏幕前，专心致志地敲打键盘，路过的人不由得投过去敬意的目光，其实她的心理活动是——不想回家。

一想到住处被网友发现，她就头皮发麻，早晨被多事的主播追着跑的情况，她不想再经历一次。眼看天色越发暗沉，她慢吞吞地提着包往外走，刚好在电梯口遇到了贺东诚和宋铭两人，他们正在交谈着什么。

贺东诚抬眼朝她看来，微微一颔首。

电梯里一片寂静，宋铭率先开口问道："朝夕，你的房子找得怎么样了？"

"我约了中介，晚一点就去看房。"

宋铭担忧道："看来一时半会儿还搬不了家，我刚想起我有个亲戚在市中心有套房子，不然你住那儿吧？环境很好，也安全，保安不会让陌生人随意进出。"

他简单说了下情况，那片商圈离公司很近，步行十几分钟的距离。

谢朝夕喜出望外："太好了，那房租呢？"

"呃……"宋铭拿眼角余光瞥了旁边的人一眼。

贺东诚神色冷淡疏离，似乎没太在意他们俩在说什么。

宋铭立刻心领神会，说道："随便意思一下就行了。"

"这怎么行呢？"

"我亲戚不在意房租，只是觉得房子空着不好，得有点烟火气，你不用过意不去。"宋铭当即就一边掏出手机给亲戚发了条信息，一边诚恳建议说，"现在网友一个个都是正义的使者，动不动就威胁人肉，非常可怕。一会儿我就去帮你搬家，你那里不安全。"

半个小时后，轿车停在了小区楼底下。

谢朝夕的东西不多，之前就收拾了一部分出来，主要就是整理她收藏的时装。

谢朝夕收得很仔细，宋铭要帮忙她都不放心，最后，她才轻轻地把中国红礼服从假人模特身上取下来，小心翼翼地放到箱子里。

贺东诚长身玉立，站在敞开的门口，目光落在她不断忙碌的身影上。她乌黑的头发凌乱散落在脸侧，又被她拨到耳后，白净的脖颈上蒙了一层细汗。

"这件礼服对你很重要？"

谢朝夕恍然抬起头，对上了他的视线。那双注视着她的眼犹如广袤的远山一般宁静幽远，又仿若清清凉凉扫过的微风。

她下意识地避开视线，随口回答："是啊，这也跟我对中国风的执念有关，我第一次感受到中国风的魅力，就是从这件礼服开始的。你怎么来了？"

贺东诚淡淡地说："路过。"

他扫了一眼杂乱的房间，从嘴角溢出了一声冷嗤："还不是宋铭求我，说我不来你们一次搬不了，我只好勉为其难了。"

她抿唇笑了起来，没有揭穿他："那真是帮了我大忙了。"

贺东诚神色惬意，慢慢弯起了唇角和眼睛。

大概因为他的相貌比较冷峻，笑起来的时候就分外有感染力，让人如沐春风。以前谢朝夕看不惯他的时候，怎么看他都觉得虚伪做作，现在放下了成见，一时间竟有些难以招架。

尤其，他的颜值还是她偏爱的类型。

三人把所有行李搬到车上，谢朝夕打开副驾驶的门，就见一个小男孩在角落里望着她，一双乌溜溜的眼睛，欲言又止。但只迟疑了一下，小男孩就鼓起勇气朝她跑了过来。

谢朝夕恍然想起一个画面。

那天晚上，她上楼敲开了那家人的门，小男孩就怯怯地躲在母亲的怀里，垂着脑袋，小小的脸上都是泪痕。

谢朝夕下了车，微微弯下腰问他："怎么了？"

小男孩咬了咬唇，一鼓作气地说："姐姐，你门口的那些……都是爸爸做的！你住在这里也是他告诉别人的。"

她温柔说道："你为什么来告诉我呢？"

小男孩垂下了脑袋，奶声奶气道："他不应该这么做，这样是错的。"

谢朝夕心里一片柔软，揉了揉他的头发，看着他的眼睛认真说："对，他这样做是错的，但你今天来找我的事情不能被你爸爸知道。如果有什么就给警察打电话，知道吗？"

小男孩点点头："知道。"

"快点长大吧，以后你一定是个顶天立地的男子汉，可以好好保护你妈妈。"

小男孩握着拳头，双眼湿润清亮，他说："我会的。"

"去吧。"

小男孩走了两步，顿住脚步，又跑过来拥抱了她一下，小声说："姐姐，谢谢你。"

回到车上，谢朝夕眼眶也有些湿了，靠在椅背上沉默。

车子启动，开到大路上，汇入车流中。

贺东诚幽幽睨着她，握着方向盘的修长手指有一搭没一搭地敲击，啧啧说："没想到你这么感性，那小孩是谁？"

"就是楼上那家的小孩，挺懂事的。"她叹了一口气，"他刚刚来跟我道歉，还坦白告诉我我家门口的那些……"

谢朝夕的家门口他也看见了，那叫一个惨不忍睹，说起这个他气不打一处来，这个女人就是仗着自己会点武术，完全不把个人安全放在心上，搬个家跟乌龟一样，要不是他让宋铭……

贺东诚凉凉地说："早让你搬了，你不听。"

谢朝夕没反驳。

越野车转了个弯，汇入川流不息的车流里。

车里暖洋洋的，播放着优美的轻音乐，低沉的大鼓，铮铮的古琴，古意十足。

谢朝夕凝神细听了一会儿，猛然回过神来，驾驶位原本坐着的人不是宋铭吗？怎么她才下了一会儿，就变成了贺东诚？

谢朝夕突然想起他说过的那些话，心脏骤然加速狂跳，她默默挪开了目光，再也不敢朝那个方向看去。

——别瞎猜测，朋友生病帮下忙很奇怪吗？再说，这样一个优秀女性，我追求下有问题？

她当时迟疑了很久，打电话提醒他注意分寸，结果他……

——怎么，还不能说实话了？

——我第一次见你就上去搭讪，我什么意思，别告诉我你没看出来。

谢朝夕越去回想，脸颊烧得越厉害，现在这个人还坐在她旁边，看似无意实则刻意地帮她搬家……她突然紧张起来，身上僵直，似乎乱动一下都会让自己更无所适从。

过了一会儿，谢朝夕没忍住又看了他一眼，刚好撞进他不经意扫过来的目光里。

他问："你怎么了？坐立不安的。"

她怎么肯承认："你看错了。"

贺东诚见她目不斜视，一直侧身盯着窗外，觉得有些奇怪，不由得又多看了她几眼。谢朝夕脸上的热度阵阵高升，忍不住说："你总看我做什么？"

他反唇相讥："你不看我怎么知道我在看你？"

她一时间无话可说。

宋铭亲戚家的房子，比她想象中还大，将近有两百平方米。现代轻奢的装修风格，看起来宽阔明亮，干净整洁，就连厨房里的一应用具和调料都是新买的。只是，这个样子完全不像房主找租客，反而像是自己打算入住一样。

宋铭摊了摊手："谁知道呢，呃，我那亲戚就是想一出是一出的，可能有钱任性吧。"说话间，他的眼角余光往贺东诚那边瞟去。

贺东诚泰然自若："你要是不想住这儿，我那儿也有房间。"

宋铭："……"

这要流氓的架势，也不怕谢朝夕翻脸？

宋铭不由得瞥了谢朝夕一眼，然而事情的发展出乎他的意料，谢朝夕卡壳了一秒后，只是摇头说："不用了。"

刚说完，她就背过身去整理东西了，掩饰什么一般。如果宋铭不是了解她，可能都要以为她害羞了，等等，不……确实是害羞了。

她这一转身，耳根和脖子上的一片绯红就暴露在了两人眼底下。

这情况……

宋铭摸了摸鼻子，又看了老板一眼。

贺东诚静静注视她的背影，唇角微微弯了起来。

把所有东西都搬上楼后，三人去附近简单吃了一顿饭，聊了下主牌上线的事情。被雅韵蹭了一波热度后，他们打算让主牌提前上线，免得消费者形成了固有思维，对品牌的后续发展不利。

只是现在困难重重：周诚还没交出满意的作品，主牌旗舰店的店址，品牌发布会的秀场……所有这些，都还只有一个雏形而已。

回到小区后，宋铭到地下停车场去开车，贺东诚却跟她一起上了电梯，她心跳猛地漏了一拍，不太自然地说："我自己上去就好了，不用送我……"

贺东诚很自然地说道："我有东西忘在你家了，去拿一下。"

"哦，好吧。"

谢朝夕悄悄松了一口气，也不知道是失落还是庆幸，她没有空多想，之前那种坐立不安的感觉又向她袭来。

这不是两人第一次单独坐电梯，却是她第一次感到不自在，尤其是闻到身侧传来的幽幽草木味香水，她的心跳又快了一些。

叮，电梯到了楼层，她松了一口气，越过他快步走出去。

贺东诚挑了挑眉，在她身后问："你在紧张什么？"

谢朝夕立刻反驳："谁说我紧张了？"

转过头来，她就对上了他戏谑的眼神，温柔的凤眸里似乎盛满了繁星，她又愣了一下。不过这一次她没有避开他的视线，输人不输阵，不能让他看出来自己心虚。

"哦？是吗？"贺东诚又走近了一步。

谢朝夕微微抬起下巴，以平时那种冷若冰霜的姿态回了一句："根本没有的事。"

贺东诚淡淡"哦"了一声，又走近了一步。

谢朝夕浑身都紧绷了起来。

结果，他只是从旁边擦肩而过，去桌上拿了个车钥匙。

谢朝夕抱着手臂，可以说是挑衅地朝他斜睨了过去，淡定地说："今天家里乱，下次再请你喝茶。"

"……"

贺东诚的嘴角抽了一下，略一颔首，就打算离开。

走到门口，贺东诚的脚步顿住，侧头向她看去，漂亮的眼睛慢慢弯了起来，声音里带着掩饰不住的笑意："没想到你内心这么纯情。"

谢朝夕的表情僵住。

他又说："还有，我很高兴你开始考虑我了。"

"……"

她压抑地张了张嘴，说不出话来。

他微微一笑，把门轻轻合上了。

谢朝夕大舒了一口气，这才发现自己刚刚一直屏住呼吸，她抓狂地捶了两下抱枕，突然觉得生无可恋。

以前有人说贺东诚这人情商高，她都没怎么注意，现在却尴尬地发现，她的心理活动在他面前跟透明的没分别。

没错，如果不是心动，她应该跟以前一样心如止水，不受任何影响。

他竟然还那么直白地说出来了！

这真是让她，很没颜面！

有一点谢朝夕不得不承认，贺东诚的长相，就是她最偏爱的那种类型，她看过他的一些商业访谈，对他的印象很不错。但是期望越大，失望越大，后来发现他花花公子的做派，她就彻底幻灭，什么好感都没有了。以至很长一段时间里，两个人都在互相作对。

直到她阴错阳差地到了D.C，才重新正视起这个年轻的总裁。

关上门后，贺东诚没有立刻离开，他望着紧闭的门，垂眸笑了笑。过了会儿，他转身离开，却没有去电梯间，而是走到了隔壁的门前，按开了指纹锁。

这个住宅的装潢和谢朝夕那边一模一样，呈现出一种和谐的对称。然而跟隔壁的空旷相比，这里堆满了还没来得及整理的东西，都是一些时装、布料，还有画画的工具等。

贺东诚望着地上的东西，又笑了笑，开始动手整理。

小区外面，一辆雪白的劳斯莱斯停在那里。

车里的男人垂眸看着黑屏的手机，眉心微微锁起，信息已经发过去很久了，对方仍然没有回复。

气氛冷到结冰。

司机试探着问："江总，要回海边别墅吗？"

江烨的目光越过车窗，落在远方灯光明亮的住宅区。

叮咚，手机屏幕亮起，微微照亮男人坚毅好看的眉眼，然而他的眸光却在看清信息之后，渐渐阴冷了下去。

谢朝夕回复："谢谢你，已经找到房子了，不用挂记。"

搬了家后，谢朝夕的生活一下子清净了许多，没有邻居指指点点，没有多事的网友，楼上也没有突如其来的拳打脚踢声。

工作重新上了正轨，D.C开始促销活动后，销量又恢复了一些，另外新上架的补充款也刺激了顾客的消费欲。

先前被舆论煽动的网友渐渐冷静了下来，D.C和雅韵根本就是两种风格嘛，何必非此即彼呢？况且D.C还是被牵连的，人家质量一直好好的。

网友们对D.C的同情有多少，对谢朝夕的冷嘲热讽就有多少，他们天天在官博下面撺掇着开除她，又在她的微博下责骂她见利忘义、黑心肠……但是一周后，这些义愤填膺的网友们又被啪啪打脸。

谢朝夕连发了两条微博，第一条里，她晒出了一份合同和一份鉴定证书。

合同正是她代表公司和黑心商家签订的协议，上面有她的签名。再一看鉴定证书，奇了怪了，除了她签字的那一页有她的指纹之外，其他不合理的条款页面，都没有留下她的指纹。

这说明什么？

那些页面可能被人掉了包，毕竟没有盖骑缝章。

网友们议论纷纷，将信将疑。

然而有的网友表示，这个鉴定证书根本不能说明什么，谢朝夕既然早就知道内容，根本不用去翻看什么。也有的网友困惑，这种条款都能通过公司法务的审核，不就是有鬼吗？说不定谢朝夕还真是被冤枉了。

过了没多久，谢朝夕又发了第二条微博。

她放出了一段录音，奸商正在和一个女人通话，商量着要怎么陷害她……

网友们沉默了，依然有人不信，觉得那可能是掩人耳目的伪造品。

但没一会儿，秦市警事的微博就更新了，标题就是"刘某为了利益，伙同奸商陷害同事签下劣质布料，两人均已落网"。

真相终于大白！

紧接着，宋尧、吴婷婷等人，纷纷发微博帮谢朝夕做证。而某个曾经拍过谢朝夕的主播，也在微博置顶道歉。

吴婷婷说："我跟朝夕共事了一段时间，她工作一丝不苟，为人也跟传言中的冷漠截然相反。不得不说，如果不是她对风格的把控，我们菲尔蓝在大陆的第一站很可能水土不服。"

宋尧说："说真的，D.C的待遇未必有我们菲尔蓝好，考虑下跳槽？"

贺东诚立刻转发了宋尧的微博，直接呵呵他："朝夕是我们公司的中流砥柱，再说了，你们公司是有她热爱的中国风，还是有她的偶像设计师周诚呢？挖墙脚，想都别想。"

办公室里，宋尧暗骂了一句不要脸，默默关了屏幕。

谢朝夕坐在电脑面前，看着一条条道歉的留言，还有一条条力挺她的微博，眼睛里阵阵热意上涌。

正义也许会迟到，但绝不会缺席.

"夕姐。"梨子放下手里的电话，兴高采烈地说道，"三道广场那边的负责人想跟你约个时间，他们说我们看中的那个位置可以给我们，具体条件需要面谈。"

谢朝夕抹了下眼睛，这才若无其事地抬起头："帮我约今天下午。"

公司的店址预选了两个地方，三道广场和维亚购物中心，贺东诚就算都不满意，也不得不承认这是目前最好的两个选择。

第二天下午，谢朝夕就去赴约了，没想到到了地方，来的人竟然是三道集团的CEO周文瑞，她非常意外。

当初她在禾田，想要见周文瑞一面都要使尽千方百计，好不容易联系到了，结果也没有下文。没想到对于前途不够明朗的D.C，他却主动找上门来。

周文瑞坐在沙发上，含笑说道："商业街街口那里是个好位置，也是我们广场的门面，至少有七八个品牌都有这个意向。你应该清楚，'三道'这两个字代表的就是绝对的人流量。"

"这个我明白，但我们精心打造的主牌，也会成为城市新地标。"谢朝夕据理力争，"周诚这个名字，代表的就是中国风时装的未来。"

"如果不是看好周诚，我不会坐在这里。"周文瑞笑容温润，像个谦谦君子，行事风格却很直接，"我就直说了，你们需要跟随商场的统一安排，制定促销活动，折扣点不能降低，但是三道集团会帮你们承担一些毛利润损失，这绝对是我们开出的最优厚的条件。"

她是不愿意打折的，轻奢路线的主牌一定要保持疏离的格调，促销既损利又损名。打折太多，新品一上，消费者反而不会买单，他们会更愿意等着活动时再来购买。恶性循环下去，还会给人一种滞销的印象。

只要是买手，基本上都有被商场负责人催着打折的经历，她也不例外，国内早就陷入了这种打折怪圈，能和商场对抗的基本只有实力强劲的一线品牌。

D.C的副线不怕打折，他们走的就是快销路线，但周文瑞对副线的兴趣显然没有对主牌浓厚。

过了几个小时，谢朝夕又去见了蒋成。

相较于三道集团的大众化，维亚购物中心的整体调性要高一些，没有百货商场那种吵吵嚷嚷的感觉，入驻的都是耳熟能详的品牌，比如香奈儿、迪奥、连卡佛，还有I.T等。

维亚购物中心哪里都合适，也不会有太多促销活动，只是对营业额的抽成较多了一些。不过两相比较之下，谢朝夕还是更倾向于这里，但一谈到店铺位置，蒋成就开始跟她打太极了，明显不想给她看中的那个地方，连楼层都要让她挪一挪。

蒋成双手交握："说一句很现实的话，你们的品牌还在策划阶段，根本没有个影。就算你说再多它能给我们购物中心带来什么，都是虚的。如果你实在想要那个位置，等你们的品牌发布会结束后，我们再来谈。"

"这……"

"我承诺给你的那个位置也很不错，旁边一些热销品牌可以带动人流量。"蒋成拿出了规划图给她看，"目前这几个位置已经谈妥了，是这几个品牌。"

谢朝夕看到这几个品牌，又有些犹豫。一方面，有这几个牌子在，不愁这个楼层没有人流量。另一方面，有这几个牌子在，主牌的格调大概会被拉低，这个是她不想见到的。

蒋成见她为难，笑了笑："谢小姐可以好好考虑一下，不瞒你说，雅韵那边的人也来联系过我，对我提出的要求没有任何异议。"

这句话的潜意思是什么，已经不言而喻了。

谢朝夕微微一笑，抛出了一个万能回答："我确实很想和贵公司合作，要是普通的门店，我自己就能做决定。只是主牌的旗舰店选址，最后拍板的是我们贺总，我还要回去跟他汇报一下情况，看看他的意思。"

蒋成也很有风度，客气地把她送到门口："说实话，我还是更看好D.C的，不然就直接答应雅韵那边了。我们购物中心不能允许两家风格相似的品牌同时出现，尤其是现在你们双方的名气和实力，还没有达到我可以忽略这一点的程度。还请谅解。"

"您的意思我明白，我回去会好好劝说贺总。"谢朝夕面带微笑，坚持道，"不过希望您也再考虑一下，我们诚意十足，也愿意在抽成上让利。"

离开大厦，谢朝夕微微舒了一口气，又有些头疼。

她还是不太擅长跟商人打交道，偏偏工作内容离不开这些，不管是上游产业还是下游产业，都不能避免。不过她的特点就是坦然直接，没那么多虚的，只要没碰到底线一切还好，所以商家都还喜欢让她来接洽。

公司楼底下，谢朝夕买了杯咖啡，准备上楼，就发现了正在角落里训人的贺东诚。

"你是来玩的，还是来正经做事的？"贺东诚面无表情地说，语气里带着一丝烦躁，"D.C不适合你，我记得你最开始学的是工商企业管理，胡闹什么？"

谢朝夕微微顿住脚步，注意到被训的那人是公司的实习设计师周海蓝，再一听贺东诚说话的语气，不免觉得有些奇怪，两个人有什么私人关系吗？

周海蓝过去拉他的胳膊，笑嘻嘻地说："我当然是出于热爱，才改了专业。我哪里有胡闹？我都拿到奖了！"

贺东诚笑了一声，轻蔑地睨了她一眼说："就你那三分钟热度？"

周海蓝本来还笑着，听到这句话一下子逆反心理被激了起来，一张笑脸唰地就拉了下去，不服气地叫嚣道："你又想给我零花钱打发我？我告诉你，你有本事就光明正大地开除我！否则我让整个公司都知道你的真实面目！"

贺东诚："……"

周海蓝用力地推了他一把，提着包气呼呼地走了。

谢朝夕喝了一口咖啡，从盆栽旁边走过，目不斜视地推开一旁厚重的玻璃门。

贺东诚才被周海蓝气得不行，这会儿看到谢朝夕，表情有一瞬间的凝固，他三两步追了上去，跟在她身后，清了清嗓子，状似不经意地开口道："朝夕，这么巧？事情谈得怎么样了？"

谢朝夕听到他这刻意又做作的语气，嘴角就抽搐了一下。

不过，她不会把情绪牵扯到公事上来……错了，要牵扯她也没那个立场啊。

"还行吧。"谢朝夕简单讲述了一下商谈的结果，"总的来说，两边各有利弊。还有雅韵那边，也想要去维亚，你怎么看呢？"

"雅韵？"他轻嗤了一声，笑着说，"他们还真是想跟我作对到底。"

D.C的舆论风波顺利度过，黑料也全部洗清，但是雅韵早就因为这阵"东风"趁势而起，在市场上站稳了脚步。他们副线的风格跟雅韵是两码事，但主牌一出来，雅韵就会成为他们的头号竞争对手。

他深深怀疑，雅韵是不是早就知道他们主牌的策划，刻意赶在他们前面把品牌做出来？

等了好一会儿，电梯没来，谢朝夕抬头望了望，这才发现两人都忘记按按钮了，她连忙按了一下，退回来时见他正含笑望着她，眸中带着一点戏谑，她的心蓦地跳快了一拍。

电梯门很快就开了，周海蓝一个人倚靠在栏杆上，正垂着脑袋，噼里啪啦打着字。她从进电梯就开始发信息，十分忘我，不仅忘记按楼层，连有人进来都没注意。

短暂的沉默后，谢朝夕和贺东诚走了进去。

周海蓝正跟朋友聊得火热，冷不防感受到一道不容忽视的视线，她眼睛一瞪正要发火，就对上了贺东诚的死亡凝视。

"……"

周海蓝尴尬地一抬手："嘿。"

贺东诚没好气地收回视线，有些迟疑地看了谢朝夕一眼，想要解释什么，但谢朝夕似乎毫不在意，继续跟他说起了旗舰店选址上的考虑。

贺东诚默默叹了一口气，说："其实还有一个地方可以考虑。"

"你说清风里吗？"谢朝夕微微蹙眉，"这个地方已经开业半年了，本市还有很多人不知道这个地方，营销做得真的很差。我不怕冒险，但值得我们冒险吗？"

贺东诚也在犹豫。

清风里，主打的是高端、开放式、低密度的街区形态购物中心。没有其他商业中心的密集和繁华，它显得格外与众不同，一眼望去是一片古韵十足的建筑群，入口处的独栋建筑全是奢侈品大牌，高端，可是也分外有距离感。

可能也因为这一点，消费者没有意识到那里是可以闲逛的地方，以至这么长时间，竟然没发现还有地下一层的普通休闲区。

周海蓝一直在旁边，偷偷观察两人，她突然收了手机，上前一步，十分殷勤地解释说："夕姐，我记得公司有一条规定，不允许办公室恋情，对吗？我是绝对不会犯这种原则性错误的。"

贺东诚："……"有那么一瞬间，他想揍她。

谢朝夕微微一笑："这个规定我也很赞同。"

贺东诚无言以对，瞪了周海蓝一眼，潜意思是让她闭嘴。

周海蓝接收到错误的信号，又自认为聪明地暗示道："我跟其他人不一样，我心中没有小情小爱，只有理想和奋斗。况且，我要有点什么想法，我爸会打断我的腿。"

贺东诚："……"

谢朝夕给了她一个鼓励的眼神，点了点头："好好工作，我很看好你。"

周海蓝一挺胸膛，得意道："为了热爱的东西，我不会屈服于黑暗势力，想用钱打发我？我是那种缺钱的人吗？"

"……"

贺东诚不知道刚才谢朝夕听了多少，生无可恋地盯着电梯上的数字屏。

叮，电梯门开了，他毫无灵魂地走了出去。

谢朝夕垂眸笑了笑，拍了拍周海蓝的肩膀，神色温和地说："只要工作不出大问题，你可以提前结束试用期。"

"太好了！"周海蓝双眼亮晶晶的，因为身高差距，她看谢朝夕要微微仰头，圆圆的脸蛋可爱极了。她亦步亦趋地跟在谢朝夕边上，临到部门时忍不住低声问道："夕姐，你刚刚……会不会误会什么呢？"

"不会。"谢朝夕弯唇一笑道。

虽说在一开始，她条件反射又是贺东诚的桃花债，但花了几分钟想了一下，又觉得不太像。

从两人交谈的语气和姿态来看，周海蓝应该是邻家妹妹或者亲戚家的小女孩那种角色，行事作风透着一种富二代的天真快乐，跟她那个有很多小心思的朋友完全不一样。

周海蓝得到答案，高兴地一握拳头。

她哥哥的女朋友，就是要谢朝夕这种气质女神才行啊！秦漪那种艳光四射又长袖善舞的类型，她就不喜欢，主要还是这个女人折磨她哥哥太多年，心眼也很坏。自己过得不好，就看不得别人过得好，简直是蛇蝎心肠！

周海蓝脚步轻快地回到座位上，想起D.C的前途发展，一个没忍住又给自家表哥发了条信息过去："那个位置表哥快给我们啊！搞促销会拉低我们品牌格调的。"

"表哥你不是要给我生日礼物吗？我要这个行不行？"

周文瑞收到这条信息时，正在办公室里开小会，手机叮咚了一声，他低声道了歉，把手机关成了静音，继续跟坐在沙发主位上的人聊天。

那是个威严的中年男人，看似儒雅，又不够温文，脸上没有表情时甚至让人觉得有些冷厉，他的一只手放在扶手上，有一搭没一搭地敲击着。

结果没几秒，第二条信息又来了，铃声虽然没响，屏幕却亮了。

周文瑞说话的声音顿了顿，刚要把屏幕翻转过去，就见中年男人挑了挑眉，开口说道："怎么不看信息？文瑞。"

周文瑞这才拿起手机看了下，笑着说："是海蓝那丫头，她想要我为D.C让步。"

"她怎么不来找我？"

"可能我比较好说话，叔叔看起来太严肃了。"周文瑞的语气宠溺又无奈，"海蓝想要什么礼物都可以，但这件事，我打算公事公办。叔叔，你觉得呢？"

周文瑞口中的叔叔，当然就是三道集团的董事长周霆。

"做得很好。"周霆赞许地点头，他端着茶喝了一口，又慢慢补充了一句，"除非周诚那混账东西回来求我。"

周文瑞的嘴角略微抽搐。

想要周诚求他?

周诚一贯目中无人,不,应该说是眼里没他们这些亲戚。他上次都直接主动送上门去了,要给周诚搭个台阶下,结果周诚那叫一个冷若冰霜,到今天他想起来都气得牙痒痒。

不知道这对父子什么时候才能和解,他们这些夹在中间的人也难受。

周霆只有两个孩子,周海蓝是个无忧无虑的傻白甜,让她思考复杂的商业问题,还没有给她一刀来得痛快。而周诚呢,明摆着对继承三道集团没兴趣,尽管他有这个能力。周诚生平就只有一个爱好,就喜欢画点东西,剪裁下布料,弄点女人的衣服……

这些,在周霆眼中是一些小家子玩意儿,但这么些年杠下来,他也不得不接受了。这两年周霆改变了思路,他想要给D.C投资,趁早把品牌做起来,开遍全世界,最好跟三道集团进行绑定,只要哪里有三道广场,就必有D.C。这样的话,周诚的那点爱好还算有些价值。

结果这样的好事送到周诚面前,他竟然能无视得一干二净!

想到这些,周文瑞都十分头疼,心里的想法都阴暗了起来。

要不是秦漪这个女人的话,哪有这么多糟心事?

D.C,会议室。

谢朝夕坐在主位上,垂眸翻看着笔记本,手里拿着一支钢笔。

梨子站在屏幕前,对着PPT做着简单的报告:"这个月不含税成交销售收入为723万元,是我们在秦市、X市、O市、H市总共十六家店的总额,比上个月增长了25%,但单店销售同比是-13.04%。我所指出的这几家店表现稍差了一些,这是他们的图片……左边这两家是新开的,还有提升空间,还有这一家可能是面积偏小的因素。"

谢朝夕点了点头:"不错,可以继续观望,说说坪效同比。"

坪效同比,就是把销售同比细化到每平方米来做比较,可以更加客观地反映出增减情况。有一些百货商场,会要求品牌有良好的数据,否则就会给品牌更换柜位或者改变店面面积,这种事情在国内很常见。

万幸的是,他们暂时走的是Free-standing shop的路线,也就是街铺店,只需要承担足金,就不会受到商场的管辖。但自由归自由,人流量跟商场和Shopping mall(超大规模购物中心)比不了,尤其在大型节日时,人流量几乎都被那些地方的火爆活动吸走了。

梨子从坪效同比、商品平均销售件数,又说到了货架平均月铲除销售,嘴巴都说干了，见谢朝夕点点头，她才坐下来大灌了一口茶水。

谢朝夕一边在记事本上写着什么，一边说道："那几个销量好的货架，是店内的黄金位置，把销量一般的款式换上去，把销量好的挪到二级货架。"

梨子眨了眨眼睛，点头说"好"。

"畅销款不愁卖，主要观察一下那些销量不佳的款式，究竟是设计的问题、顾客的喜好，还是说位置影响了销量。"

索索继续汇报："进店率5.13%，提袋率17.85%，表现都不错。而且平均每人成交件数为2.14，比之前增长了一些，我们的促销活动很有成效。"

"这段时间大家都辛苦了，新款和补充款轮着上，你们盯一下设计。旗舰店的设计方案也要尽快定稿，梨子去催催……别的没了，散会吧。"

谢朝夕合上备忘录，靠在椅背上，揉了揉太阳穴。

距离计划中的品牌发布会，只有两个月时间了。

这段时间，店址需要定下来，店面也要装修完毕，还有代言人、走秀的模特以及场地都等着去确定。目前国内如日中天的模特里，秦漪可以直接排除，还有就是代熏、安然、刘琉璃……

手机突然叮咚了一声，谢朝夕扫了一眼信息，整个人几乎从椅子上跳起来——

周诚把第一套设计发过来了！

她快步回到办公室，用电脑全屏打开了设计图，当色彩缤纷的设计稿展现在眼前时，她眸光一亮，心怦怦直跳。

曼妙优雅的色彩，青烟袅袅的视觉感，连同如仙似梦的款式一气呵成，有一种惊心动魄的美感……

谢朝夕被惊艳得挪不开目光。

好一会儿，谢朝夕才点开看下一张图，再下一张图……每一张设计都让她心动不已。她做了个深呼吸，又从头仔细地看了一遍，一边拿笔在记事本上写下分析。

亢奋的心情渐渐冷静了下来，谢朝夕发现了一些存在的问题。

买手从来不是喜欢什么就买什么，流行趋势、地区风俗和气温都是她需要考量的因素。周诚这一套设计总共十五个款式，单独看每个都是精品，但不能成为一个完整的系列，色泽和风格上都有所差异。她估计周诚有了灵感，就一股脑把构想全画了下来，根本没有多想。

这时，周诚又发来了一个邮件，询问她看得怎么样了。

谢朝夕噼里啪啦敲打出几行字，又通通删掉，重新组织了一下措辞。

她先把他夸奖了一遍，才说到正题："有部分设计的色调和风格，需要调整一下。像编号5、6这几款，这个色调看起来太沉厚艳丽，编号7、9这种中庸的浊色调也很突兀……"

思索了下，她打字："我的建议是，最好以浅色系和冷色调为主，就好比你的前五张图，这种色系会让人产生沉静、寒冷的感觉，色彩的明度也可以微调一下，明度低了色相感觉重，明度高的则轻一些，正好适合炎热的夏天。"

"11、12、15这几个款式，粗略一看工艺应该不太好做，成本会有所增加。"她看了看记事本上的记录，继续打字，"还有就是款式，5、9两款的色系很挑肤色，4、13这种版型挑身材……"

她又简单分析了一下D.C的畅销款，给他当作数据参考。

冷不防，周诚回了邮件："还有吗？"

谢朝夕怔了怔，摸不清他是什么样的态度，还没来得及回复，他的新邮件又来了，她打开一看嘴角就抽了一下。

周诚傲慢地回复："没有不合适的衣服，只有不合适的人。"

"……"

谢朝夕好几秒都是失语状态，周诚的邮件跟现实的风格截然不同，一个傲慢骄矜，一个孤僻害羞，怎么差别这么大？虽然不想背地里嘀咕自己的偶像，但他也是很精分了！

周诚又说："这种款式的版型做大了不好看，我们只提供S/M/L三个码，如果别的消费者喜欢，请减了肥再来。类似这种版型的款式，宁可销量少，也不能让不合适的人穿上，影响我们的口碑。"

这样做的品牌其实不算少，他们会直接放弃体型偏胖或者偏瘦的消费群体，来保证每一个穿上服装的人的效果。

她看到这段话又愣了一下，突然很想跟他面对面交谈一下。

他没有从设计上来反驳她，据理力争保持自己的原设计，反而……总之，他这番话的思路不太像设计师，反而像是公司管理层。

谢朝夕正在想着，眼角余光瞥见一个高高的身影走了进来。

沈珈抱着笔记本，直奔她的座位，见她抬起眼眸，他露出了一抹清浅的微笑，轻声说："朝夕，帮我看看设计好吗？"

"正想叫你过来呢。"

谢朝夕微微一笑，起身跟他到了旁边的休息区，她拿过他的本子慢慢翻看，很惊喜地说："又是新设计吗？很好看呢，可以作为D.C的夏季新款上市。"

她抽出了几张图，笑着说："这些更适合主牌，不过需要稍微调整一下，可以跟上一套设计凑到一起。"

沈珈慢慢眨了一下眼睛："上一套？"

"嗯，就是邮件的那些，哦对了，我刚想跟你说……"她站起身来，"我去拿一下笔记本。"

"朝夕。"沈珈突然喊她的名字，声音听起来有些低落，"我没有给你发过邮件。"

谢朝夕彻底怔住，霎时间，脑海中闪过了几百个念头。

她没有表现在脸上，只是不动声色地笑了笑："说错了，就是周诚给我发的主牌设计，你的这几张设计可以一起归类，作为主牌新品亮相。"

沈珈弯了弯唇角，双眼也明亮了起来，抱着抱枕的样子好像一只大型萌物。

她把笔记本电脑拿了过来，一边打开了那套设计图，一边徐徐说着调整的方向。

沈珈在一旁乖乖听着，细碎的刘海落了下来，有些许挡住眼睛，高挺鼻梁下是花瓣一样柔软漂亮的唇。买手部四周是玻璃墙，外面时不时有人经过，忍不住朝这边投来目光。才华横溢、神秘、英俊……没有人不对他感到好奇。

但大多人跟她一样，把他当成了周诚。

谢朝夕心里默默叹了一口气，把笔记本合上了，突然想起第一次见他后，宋铭拉着她就想说什么，结果她听也没听就表示自己明白，误会大概就是这样产生的。

后来，她跟慕青青起争执时，沈珈恰好出现。慕青青追问他是不是周诚，他不置可否，她以为那就是默认，不过仔细想想，以沈珈的性格来说，很有可能是因为抗拒陌生人，懒得解释什么。

临走前，沈珈还是没忍住，问她："朝夕，你知道我不是周诚吗？"

"我怎么会弄错这个？"谢朝夕睁着眼睛说瞎话，笑容依然温柔，"是不是有人跟你胡说八道？不要听他们乱说。"

沈珈有些不好意思地垂下眼睑，长长的睫毛颤了颤道："嗯……有人说，你是因为这个才对我好。"

"怎么会呢？"谢朝夕的心一下子就软了，声音更柔软了一些，"你这么可爱，性格好，有才华，还没有设计师的怪脾气，很讨人喜欢呀。"

"……"

端着水杯路过的梨子不可思议地看了她一眼，满脸震惊。

沈珈眨了眨眼睛，笑容里的欣喜藏不住了，她承认喜欢他，那是不是说明……

他满怀期待地问："那你可以做我的女朋友吗？"

"什……"

谢朝夕愣在那里，好一会儿没反应过来。

咔嗒一声，走廊旁边的门开了。

贺东诚面无表情地走了出来，目光在沈珈和谢朝夕之间来回巡视，就好似在自己的地盘发现了爬墙的所有物。他彬彬有礼地问："我是不是打扰到你们了？"

要是平常，沈珈就乖乖听话了，毕竟贺东诚是他的伯乐、良师，但现在是求爱的关键时刻。

沈珈默默避开了贺东诚的目光，诚恳地点点头："嗯。"

贺东诚："……"

"我刚才那句是开玩笑的。"如果不直截了当，就不要指望沈珈这个一根筋听明白深层次的意思，贺东诚抬了抬下巴，"公司规定，不允许办公室恋情，懂？"

沈珈失落地"哦"了一声，说道："那你也不要犯这种错误。"

贺东诚："……"

他怎么不知道，沈珈还有成为杠精的潜质？

贺东诚面色不善地睨了谢朝夕一眼，她这才回过神来，正要说什么，就见沈珈用那双眸光清澈的眼睛望着她，小声说了一句"不用现在回答我"，就匆匆离开了。

漫长的静默。

贺东诚控诉的眼神落在谢朝夕身上。

谢朝夕笑容客气，声音疏离："我认为，这条规定不太合理，在不影响工作的情况下是可行的。"

"喂，你……"

她转身回了买手部，结果刚坐下，就收到了周诚发来的新邮件："贺总好像心情不佳，你帮我送杯咖啡过去吧，看看怎么回事。"

谢朝夕望着屏幕，陷入了沉思。

片刻后，她起身离开。

然而在她走出买手部的刹那，遗落在桌面的手机又响起铃声，一条信息跳了出来，周诚急急发来邮件："先别去了，我突然想到了个好点子，来聊聊吧。"

第十一章
一波又起

设计是一种永恒的挑战，它要在舒适和奢华之间、在实用与梦想之间取得平衡。

—— Donna Karan（唐娜·凯伦）

十五分钟后，谢朝夕端着咖啡敲开了总裁办公室的门，没想到里面不单是贺东诚，还有一个女人坐在沙发上，正含笑朝她看来。

火一般的红唇，魅惑的烟熏妆，还有一双令人羡慕的长腿，正是风头正盛的名模代熏。

贺东诚在谢朝夕进来时，有着刹那的慌张，但很快就稳了下来，说道："我正在跟代熏谈走秀的事情，朝夕，你也坐下来听听吧。"

贺东诚在泡工夫茶，这是他的待客习惯。她以前对他有所偏见，心里难免嘀咕他附庸风雅，但看着他行云流水的动作，清淡疏离的姿态，突然又觉得相得益彰。

"我们这次的发布会，我想做纯粹的中国风秀场，现场配乐……"贺东诚拿了个品杯，放到谢朝夕面前，话音突地一顿。

谢朝夕捧着手里的咖啡，喝了一口，示意他继续说。

贺东诚幽幽地看了她一眼，憋了两秒，继续对代熏说："我们不缺话题，也不缺热度，你要是加入这场秀，可以说百利而无一害。"

代熏完全没发现两人之间的波涛暗涌，她一直望着贺东诚，唇边带着甜美的笑容，但每当眼角余光瞥见谢朝夕时，她的表情就有所凝固。

最让代熏生气的是，谢朝夕的表现就好像两个人是第一次见面，淡定又客气，那双清冷细长的双眼似乎没把任何事情放在眼中。当然，代熏知道自己不能表现得太失礼，毕竟是在喜欢的男人面前……男人都欣赏大度的女人。所以她微笑，再微笑……

谢朝夕看见代熏的笑容，就有些嘴角抽搐，这人自以为伪装完美，其实一看就假。

半小时后，代熏提着包离开了。

贺东诚揉了揉眉心，往后懒洋洋地靠入沙发里，放松了下来。

谢朝夕这才注意到，他的脸色很苍白，眼底也有一抹青黑，大概晚上没有休息好，整个人的状态透出疲倦。

谢朝夕说："你觉得继续找代熏，恰当吗？"

"你的意思是？"

"代熏这个人有些拎不清，就好比我们公关的时候，她一再拖着不表态。事发当天可以理解，她不愿意在真相不明的时候给自己抹黑，那么后面呢？"谢朝夕客观地说，"她不是个合格的代言人，工作态度也有问题。"

"还有这回事？"贺东诚有些讶异，随即"啧啧"地嘲笑她，"没想到你这么拉仇恨。"

公关危机的时候，他正好在国外，也因此，有一些细节上的事情，他并不是那么清楚。

前三天，在最需要代熏站出来的时候，她什么都没有做，就算官博发出了质检表自证清白，她也一声不吭。直到谢朝夕的黑料水落石出，她才在D.C公关的催促下，仓促转发了一个声明。

"好吧，其实她不是拎不清，只是更讨厌我而已。"谢朝夕耸了耸肩道，"也许她觉得你也不会因为这点小事跟她计较。"

贺东诚沉默片刻，刚要说什么，就对上了谢朝夕意味深长的目光。就在那一刹那，他心领神会，连忙解释说："我跟代熏不是你以为的那种关系，我并不会对她多做照顾。但是换个角度来说，我们D.C现在的实力不足，她还自降了身价。"

谢朝夕抚了抚额头，无奈地说："不好意思，我忘了这一点了。"

贺东诚懊恼道："我也是刚刚想起来的。"

两人对视了一眼，眼底都带着淡淡的笑意，还有些许无奈。

"好吧，言归正传，我们假定代熏不会再出任何状况，那么最合适的人就是她了。"

"你对她好像不太有信心？"

"女人的直觉。"

贺东诚沉吟了片刻，微微一笑："那我们再准备一个方案吧，有备无患。"

谢朝夕怔了怔，应了一声"好"。她没有想到这种"直觉"他都愿意相信，这让她多少感觉有些复杂，但那种不太熟悉的奇妙感觉，似乎最多。

她的唇角抑制不住地往上弯起，端起杯子准备起来了。

他在她身后问："那什么，咖啡我还能喝吗？"

"一会儿让人给你送。"

"……"

他叹气，依然不受重视。

谢朝夕关上门后，贺东诚立刻拨了个电话给宋铭，直截了当地说："以后跟代熏的对接，都由你出面。"

宋铭转念一想就明白了，酸溜溜地说："好的，老板您现在要跟她划清界限了吗？您这是利用完就丢啊，有点不太道德啊。"

"你再说一遍。"

"啊……老板您在说什么？听不清楚……喂喂……信号不太行啊。"

嘟嘟嘟，电话挂断了。

谢朝夕打开门走出去，刚要去茶水间，就见代熏抱着胳膊倚靠在墙壁上，那不善的眼神似乎在质问"你怎么才出来""你究竟在里面干什么"，谢朝夕觉得有些好笑，但还是礼貌地询问："代小姐还有什么事吗？"

代熏警告她："你不要想挑拨我们的关系。"

谢朝夕有点惊讶："你们有什么关系，需要我去挑拨？"

代熏被堵得说不出话来。

从开始到现在，她跟贺东诚之间都是她一厢情愿，她跟他的关系，跟他身边的其他女人没有什么两样。当然，贺东诚并不是别人眼中那种滥情的人，代熏虽不知道为什么，但有一点很清楚，他那些所谓"交往"过的女性，只是吃顿饭，或者一同出游而已。

他"约会"的场地也比较奇怪，不是电影院、奢华餐厅这些地方，他更偏爱郊外山水还有一些古韵十足的名胜古迹。

有时候她会觉得，贺东诚不像个商业精英，反而像个追求自我的艺术家……

有点古怪的那种。

但是，作为一个被感情左右的女人，必然是戴着滤镜去看待自己的男神。

代黛压抑着怒气道："我知道你看不惯我，不希望我发展得好。但事实证明，我比你强多了，无数品牌想找我代言，各大秀场都邀请我去走秀，就算综艺节目我也是常客。你有什么？你才刚刚摆脱黑料的阴影而已。"

代熏越说底气越足，她现在有钱有名，谢朝夕又算什么呢？谢朝夕应该为当初得罪了她后悔才对！

"嗯，这些是事实。"谢朝夕淡淡说道，"不过有一点你说错了，我没有看不惯你，对你也没有恶劣的想法。你认为我当初针对你，其实我内心真实的想法只是，你的业务能力不行。"

"你！"

代熏被气得眼前一黑，谢朝夕已经从她旁边绕了过去。

"没有别的问题的话，代小姐就请回吧。以我们目前的关系来说，并不是适合闲聊的对象。"

"谢朝夕你太过分了！"

代熏狠狠跺了跺脚，提着包怒气冲冲地走了。

这天下午，谢朝夕跟周诚聊了很长一段时间，她费尽心机地要说服他调整设计，而他竭尽所能地坚持自己的思路。

如果是原来的D.C，这不是什么大问题，毕竟定位就是个人设计师品牌。然而整顿后的D.C不一样，周诚虽然保持首席设计师的位置不变，但除了他的设计之外，买手部还会为品牌购买别的产品来丰富货架。

除去误会沈珈身份的那些时间，这还是谢朝夕头一回跟周诚聊设计，他的言语风格和沈珈截然不同，显得有些傲慢和执拗。

两个人聊了没多久，就争论了起来。

"我们希望中国风走向世界，就不能囿于这一方'天地'。"

"失去特色，还说什么中国风？"

"我们的产品是轻奢品牌，不是夺人眼球的高定，高定怎样夸张都行，但日常服装还是要贴近生活一些。"她说，"这些创意不是不能用，而是不能用在不合适的地方。"

谢朝夕把数据一股脑发过去，周诚沉默了很长时间。

谢朝夕靠在椅背上，头疼地揉了揉太阳穴，靠在椅子上长长舒了一口气，自言自语地喃喃："根本没有好相处的设计师！就算是我男神也不行。"

还好她戴着粉丝滤镜，对男神说话委婉了再委婉，要不然她真怕一不留神就闹掰，就像她和慕青青一样。

她很喜欢周诚的设计没错，可惜在工作里，她必须用一个买手的眼光去看待。销售收入、毛利率，还有库存，是她需要负责的三大指标。

思索了片刻，谢朝夕继续敲打键盘："我们有两种选择。第一个是开辟小高定分类，把你不愿意调整的款式归类到里面。但这样的话，普通产品的数量就不够，需要补充设计。还有第二个方法，把款式的元素拆分，放到新款式上去。"

周诚又沉默了很久，才回了三个字："我想想。"

谢朝夕提出："可以当面聊聊吗？有些事情，邮件交流还是说不太清楚。"

空旷的办公室里，电脑面前的男人看到这句话，差点撞到旁边的水杯。他平复了一下心情，这才回复道："不了，我其实不善言辞，面对面我……不知道怎么说。"

谢朝夕看到这句话后，愣了一下，要不是已经确定沈珈不是周诚，她几乎要相信这番话了。可周诚到底是谁呢？他们总不能一直不见面，用邮件形式交流下去吧？

休息了一会儿后，谢朝夕投入到别的工作内容里。也不知道过了多久，办公室里的气氛突然热烈起来，同事们交头接耳。

谢朝夕还在奇怪，梨子就凑上前来，神神秘秘地指了指对面的办公室："秦漪来了，夕姐，你说她跟贺总是什么关系？他们看起来好像很熟。"

谢朝夕喝了一口咖啡，随口说："贺总跟哪个女人不熟？"

好一会儿没等到梨子的回答，谢朝夕掀了掀眼帘，就见梨子目光灼灼地盯着她，又刻意地压低了声音："夕姐，你怎么酸溜溜的？"

谢朝夕卡壳了半秒，说："我只是陈述事实。"

梨子明显没听进去，对着嘴巴做了一个拉拉链的动作："我明白。"

谢朝夕："……"

只是，秦漪来做什么呢？

她本来以为，两人之间是贺东诚放不下，秦漪早就置身事外了，所以才有那一次酒会上的不愉快会面。但微博风波出来后，秦漪的表现跟她以为的截然不同。

秦漪这次来，是为了求和吗？

想到这一点，谢朝夕突然有些烦躁，过了半小时，办公室的门依然紧紧关闭，她看了一下时间，把桌上的东西收拾了一下，就提前下班了。

她正在等电梯的时候，贺东诚快步走了过来，秦漪落了几步跟在他身后。

贺东诚看起来心情不太好，眉宇间透着散不开的倦色，但看到谢朝夕后他很轻微地笑了，唇角慢慢往上扬了一下。

　　秦漪穿着欧美范的嘻哈风外套，气场十足的红唇和大波浪卷，脸上带着一贯的笑容，她的情绪管理做得非常到位，看到谢朝夕只是挑了下眉梢，笑着打招呼："朝夕，好久不见。"

　　谢朝夕微微一笑："秦小姐，没想到在这里见着你。"

　　三个人走进电梯。

　　"我才意外呢，没想到你会跟贺总走到一起，毕竟你跟我聊微信时说……"

　　秦漪轻声一笑，没有把话说完，她深谙弦外之音的道理。而且，"走到一起"这几个字用得很妙，既可以解释成在一起工作，也可以解释成其他的。

　　贺东诚迅速抬眸看了谢朝夕一眼，懒洋洋地说道："说什么？像我这种私生活不检点、眼里只有利益的商人，不是个好相处的对象？"

　　秦漪微微眯起眼睛，被这么一噎，突然不知道怎么接话了。

　　所有黑点都被本人自己说了，她还能说什么。

　　谢朝夕淡淡瞥了贺东诚一眼，似笑非笑："看来你很清楚自己的定位？"

　　贺东诚耸了耸肩："是某些人对我的定位。"

　　两个人一来一去，谁亲谁疏显而易见。

　　秦漪心里微微刺痛，本来以为根本不可能的人，竟然可以生出情愫……她突然觉得在那次宴会，主动跟谢朝夕说话是一种错误。

　　秦漪按捺住心里翻涌的情绪，唇边笑容依旧："其实我今天来也没什么事，就是有些东西，估计落在贺总那里了……"

　　这些故意挑拨并不高明的话，换了平时秦漪根本不会说出口，她何尝不知道这种话挑拨得多肤浅明显。只是一想到贺东诚就要投入新恋情，彻底把她抛之脑后，秦漪心里的不甘就像熊熊烈火一样燃烧起来。

　　秦漪不得不承认，她就是煎熬、痛苦，还有嫉妒。

　　但是她跟贺东诚回不了头，这是两人感情的原罪。

　　以前贺东诚身边来来去去那么多人，秦漪都没有放在眼里，她太清楚贺东诚是什么样的人，也知道他的那些"约会"都是为了什么。谢朝夕出现后，她心里隐隐不安，总觉得要失去什么了，好在谢朝夕看不惯他的作风，为此她曾经暗自庆幸过。

　　直到前不久的微博风波，那种不安感越来越强烈，终于要应验了吗？

　　一想到这里，酸涩就不断涌上秦漪的眼眶。

　　"钥匙就放在物业那里，你自己去拿就行了，不用特意告诉我。我们分手后，那个地方我就没去过了。"贺东诚微微皱眉，秦漪这番话什么意思，他一听就明白，他嘴角一勾，讥讽说，"你以为我是个什么人？还时不时去缅怀下青春期的感情。"

秦漪眼中的温度骤冷。

他说他不是个留恋过去的人，那她每一场大秀他都订位置是为了什么？难道他要说为了看时装秀？开什么玩笑，他想要的风格跟她走的那些秀，完全是两码子事。

他现在这样划清界限，是不想让谢朝夕误会吗？

秦漪看了谢朝夕一眼，她静静地站在旁边，似乎根本没注意到两个人之间的波涛暗涌，像个局外人。

秦漪缓缓笑了，意有所指道："也是，你大可以往前看，朝夕应该不会介意你的过去。"

谢朝夕对介入旧情侣之间的谈话没有兴趣，努力当一个透明人，没想到秦漪还是不肯放过她。

她曾经对秦漪抱有很大的好感度，秦漪八面玲珑的性格总是让人倍感亲切，但现在……她不得不说，当她从局外人变成了当事人，对秦漪就多了一丝反感，尤其当她拐弯抹角说这些不合时宜的话时。

谢朝夕的情商虽然不高，但她也不算笨，她对人的情绪有一种敏锐的直觉，这也是她成为买手以来，在跟上下游商人会谈中无往不利的原因之一。

秦漪的弦外音，她听得懂。

谢朝夕微微一笑，没有直接回答："虽然没有太听懂，但我知道一个道理，没有人会活在过去。"

贺东诚眸光复杂，随即漠然地看了秦漪一眼。

秦漪今天的表现刷新了他的认知，这些年，秦漪把界限划得清清楚楚，交往过不少男朋友，活得多姿多彩，其实他很高兴她能投入新生活。但没想到都是假象，她依然没有放下，以至表现得这么没气度，或者说她从来没变过，一直都像个被宠坏的小公主，只要自己不高兴了，就肆意妄为。

电梯到了一楼，谢朝夕和秦漪一前一后走了出去，贺东诚晚了一步，门又关闭了。

秦漪戴上墨镜，见两人分开走，不由得偏了偏头："难道……我误会你们的关系了吗？"

"没有，我们目前的关系就是普通上下级。"谢朝夕见她还要试探，非常坦然地说，"不过以后就说不定了，毕竟东诚是我喜欢的类型。"

秦漪的笑容凝结在脸上，落在谢朝夕脸上的目光变得审视起来。秦漪本来就是那种艳光四射的相貌，平时也是气势十足，这时候冷下脸来，就显得十分咄咄逼人。

谢朝夕从容淡然，大大方方地任由她打量。

秦漪几乎是质问："前段时间，你不是还说你们不可能吗？"

"在这之前，我也不知道我这么善变。"

谢朝夕沉默了一秒，该留的余地和面子都留了，秦漪不接受的话她也无能为力，话不投机半句多，她不想继续跟秦漪聊下去，她没有义务向她坦白自己的私生活。

谢朝夕看了看腕表，用一句话结束话题："时间不早了，我去那边路口打车。"

不等秦漪回答，她转身就走。

秦漪盯着她的背影，突地提高声音说："对，我完全是多此一问，毕竟你们都住在一起了。"

谢朝夕脚步只是微顿，径直往前走。过了几分钟，再往回看，秦漪已经被经纪人接走了。她微微叹了一口气，她不讨厌秦漪这个人，只是有些惋惜罢了。

秦漪本来可以拥有顺遂的生活，却把自己困在原地，看不到光明。

人生的路上，她拥有了很多，但错过得只会更多。

谢朝夕觉得她有点可怜。

嘀嘀——

宾利轿车停在了她眼前，谢朝夕愣了一下，打开副驾驶坐了进去。

暮色微光洒落，贺东诚冷峻的脸显得有些苍白，眼角的泪痣平添了几分忧郁。他握着方向盘，修长的手指有一搭没一搭地敲击着方向盘，含笑朝她看过来，说道："刚刚就想叫你，谁知道你那么快就窜出去了。"

"窜出去？你当我是猴子吗？"

贺东诚笑了笑，不置可否。

车内沉默了一会儿，他说："电梯里的事情，我很抱歉，我不知道秦漪会说那些话，你没有不愉快吧？"

"有一点点。"谢朝夕耸了耸肩，"还什么关系都没呢，就替你背了一口黑锅。"

"我刚刚没有直接承认不是因为要避讳前女友什么的，秦漪这个人心态不太好，我有点担心。"

贺东诚转动方向盘，清冽的眸光里倒映着街道两边的灯火，盈盈润泽，有一种别样的温柔。

过了两秒，贺东诚蓦地反应了过来，转过头来看着她道："你刚刚的意思是……"

谢朝夕微微避开那灼灼的目光，轻飘飘地说："没什么意思。"

他微微一怔，垂眸低笑道："我会再接再厉的。"

贺东诚的心情顿时好了起来，他很清楚，以谢朝夕这种石头性格，能说出这样的话有多不容易，他上次的猜测没有错，至少她已经上心了。

"对了，我今天跟周诚聊了一下设计，他不太认可我的意见，我已经尽可能地保留他的想法了。"谢朝夕想到这个就头疼，幽幽一叹，"我是综合了流行趋势、市场因素，还有制作成本来考虑的，我听说你跟周诚之前就认识，你能不能去沟通一下？"

贺东诚眉心微拧，沉默了片刻，说道："如果改得太多的话，会不会跟副线产品太过接近？"

"不会，我很清楚这是两个方向。"

谢朝夕有中国风情结，但不得不考虑数据，否则就只能跟其他小众品牌一样孤芳自赏。其实这些年，国内不乏中国风设计，大多都特立独行，激不起什么水花。要么就是只针对某个圈层的客户，只做高定设计。

"有时候我会想起，以前电视里播放时装秀，很多人就会惊诧地质疑'这就是所谓的时尚吗''这些衣服肯定没办法穿出门'，但他们不知道，那些时装秀，秀的不是衣服，而是概念。"

谢朝夕轻声说："如果要孤芳自赏，就只做高定了，不是吗？等大众的接受度渐渐高了，再增加更多元素，这也是我们选择逆向发展的原因。"

时装就是在设计和市场之间，不停地寻找平衡。说白了，既要创新也要好卖。

贺东诚沉默片刻，幽幽地叹了一口气："是啊。"

日暮时分，天空渐渐染了墨色，霓虹灯彩初上，在快速倒退的景色里被不断拉伸，仿佛要蔓延到时间的尽头。贺东诚穿着灰色西装，慢慢转动方向盘，凝神静息地思索着什么，仿佛与车窗外的暮色融为一体。

谢朝夕侧头看了他一眼，见他没留意她的注视，更放肆大胆地盯着他看。

过了几秒，她突然想起了什么，有些兴奋道："周诚……"

"怎……"贺东诚冷不丁地听到这两个字，下意识就要回答，等他意识到了什么之后，握着方向盘的手就是一抖，轿车在路上走个S形。

谢朝夕被安全带勒回座位上，吓了一跳，抚着胸口说："你开车小心点。"

"你不要乱晃。"贺东诚目不斜视，故作淡定道，"刚刚有点走神，周诚怎么了？"

"我突然有了一个新想法！"

"说说看。"

谢朝夕目光明净，嘴角微微往上弯起："一整套设计里面，风格各异，但我们可以细分成四个主题，风向、水向、土象、火象四个星座主题，设计上，去贴近星座的表现性格，这样的话，我们还能抓住年轻客户群体的心理，周诚的设计元素也可以尽可能多地保留！"

"这个点子很好！"贺东诚双眼一亮，累积在心头的阴霾烟消云散，他忍不住为这个主意叫好，"我们就这样做！而且设计上我也突然……"

谢朝夕侧头微笑，等他说完，谁知道他的话说到一半就卡壳。

"呃……"贺东诚把到了嘴边的话咽了回去，改口说，"我也有一点新想法，可以让周诚参考一下。"

"那你好好劝他。"谢朝夕想到周诚的傲慢和坏脾气，忍不住叹息，"我不太会说话，真担心一不小心就得罪他了。"

"他吧，不是那么没气度的人。"

贺东诚的嘴角抽搐了一下，如果换了别人，真的有可能。

谢朝夕这人，一旦开始讨论工作就正经得不行，你一说设计，她就开始摆数据和推测，风格刻板又冷硬。说实在的，慕青青对她那么深恶痛绝，他摸着良心想了想，觉得很是情有可原。

从认识到现在，他经常被她气得徘徊在吐血边缘，能好好活到现在很不容易。但只要一看到她的脸，他就什么都原谅了——这一点他不得不承认，谢朝夕从头到脚都是他心目中最美丽的样子。

她歪了歪脑袋："哦？"

"咳，就我对周诚的了解吧，他虽然高傲了一点，不过众所周知，这是设计师的通病。"贺东诚尽可能客观，一本正经地夸赞说，"但是他脾气非常好，比沈珈那小子好沟通多了，关键是他的才华和想法，这是我觉得最可贵的地方。"

"我跟沈珈沟通完全没问题。"

贺东诚想起了两人的暧昧，恨恨地咬了咬牙，再次强调："公司不允许办公室恋情。"

谢朝夕似笑非笑："好的，贺总您说了算。"

贺东诚直觉不对，反应过来差点把自己的路也给堵上了，连忙补救说："但也有特例，比如我们公司的总裁，像他这样专业自律又敬业的人，工作上不用受到办公室恋情的影响，所以排除在外。"

"……"

谢朝夕的嘴角抽搐了一下。

"怎么不说话了？"

"不知道说什么。"

真是，什么话都被他说尽了。

两个人就设计调整聊了一路，到了谢朝夕家，又拿出平板继续讨论，最后理所应当地一起吃了外卖、喝了茶……时间不知不觉地过去，转眼到了晚上十点半，谢朝夕把他送出了门。

谢朝夕刚想洗个澡放松一下，又蓦地想起一件事，就顿住了脚步。

她打开可视屏幕看了一下，下一秒，迅速打开门。

走廊上，斜对门。

贺东诚的手正按在指纹锁上，听到声音转过头来，跟她的目光对上。他迅速往后退了一步，双手背到身后："啊，我……"

咔嗒，密码开了，大门分开一条缝。

事实胜于雄辩。

谢朝夕慢慢勾起唇角，好整以暇地抱着手臂："好巧啊，你也住这儿？"

原来秦漪的话是这个意思。

她负着手，朝他走去。

走廊的灯光暖黄，淡淡勾勒出她的轮廓，看起来很温柔。然而在贺东诚的眼中，此刻她非常像洪水猛兽。灯光骤然熄灭，又在脚步声里重新亮起，她已经走到了他面前，半仰着头望着他："贺总，原来你就是宋铭的亲戚？"

"呃……"

贺东诚眼神慌张，活脱脱就像做错事被撞破的小孩，呆滞了好几秒，他懊恼地一抓头发，破罐子破摔承认说："好吧，其实这两套房都是我的，前不久我见你一直没找到房，干脆收拾了一套出来……"

真是皇帝不急太监急。提起这个，贺东诚就有些来气，那天他要是没及时出现，网络暴力给她带来的伤害只会更大。结果每次一问她，她都推脱没时间。

他是那种冷酷无情的老板吗？请假一两天又不是不行，双休日她又干吗去了？

啧，她得多大的心哪，一直住在那儿！

"谢谢。"谢朝夕忍俊不禁，心里一阵暖流流过，见他呆愣愣的，她又笑了笑，"如果不是你的话，大概我还要多在那个小区担惊受怕几天。难道你觉得，我是个不识好歹的人？"

贺东诚几不可见地松了一口气，想想自己刚才的反应，不免也觉得有些好笑，他怨念着说："谢朝夕，你好好摸着良心问问自己，你给我留下了多大的心理阴影。"

他追个女朋友容易吗？

挨过揍，被扒过衣服，上班挨怼，下班被无视，偶尔去喝个咖啡还要被她当面诋毁……

如果要开个帖子吐槽，他可以写满一百项。

她诧异地问："有吗？我很可怕？"

他控诉："有。"

"呃……我们要站在这里聊吗？不如去你家里坐坐？"

贺东诚的表情微僵。

他家里有什么？

散落在地上的一大堆布料、画画工具、设计稿……贺东诚脑子里拉起警报，矜持地回绝："不了，家里堆满了东西，还没来得及整理，以后吧。"顿了顿又道，"很晚了，早点休息，明天我等你上班。Good night.（晚安。）"

她弯唇："Dream fine.（好梦。）"

回到家里，谢朝夕迫不及待地把想法整理出来，给周诚发了一封邮件，这才哼着歌去洗澡。第二天清晨，阳光慢慢倾洒在被子上，她睁开眼睛的刹那，信息恰好叮咚了一声。

她摸到手机看了一眼，猛地翻身坐起，盯着手机的目光越来越亮。

一个晚上，周诚把所有设计稿都修改好了！

这种概念图跟他平时的设计稿不一样，旁边细致批注哪个部位用什么工艺、什么布料、怎么剪裁，拿到工厂就能直接打版制作。

谢朝夕心里像是照进了阳光，暖暖的很愉悦。

谢朝夕快速洗漱、化妆，然后准备早餐。过了会儿，贺东诚来了，一进门就闻到了扑鼻的清香，他讶异地挑起眉峰问："你会做饭？"

"看起来不像吗？"

她把早餐端上桌，简单的牛奶、鸡蛋和三明治，看起来很有卖相。

"真不像。"

至少前两次，他们吃的都是外卖。

只吃了一口，贺东诚的表情就微妙了起来，一副"果然如此"的样子，不过他还是给面子地把东西吃光了，擦嘴的时候才状似不经意地提道："不错，还有提升的空间。"

"你觉得哪里需要改进？"

"这个嘛……"

贺东诚一张嘴，就从三明治的火候、黄油，一直说到了鸡蛋的口感。谢朝夕的嘴角抽搐了一下，他矜持而欠揍地表示："抱歉，原谅一个处女座的细致和执着。"

"我想给你翻白眼。"

"还是不要糟蹋你的美貌了。下次试试我做的。"

"好啊，反正我们现在是邻居。"谢朝夕眼中浮出一丝笑意，敏锐察觉到他听到这句话后有所犹疑，故意调侃道，"你家有什么见不了人的秘密吗？"

"呃，也没什么。"

贺东诚尴尬地摸了摸鼻子，脑海中再次浮现出家里的场景：画室里散落的各种颜料和设计稿，小型的电影厅以及地面撒落的纸页……

谢朝夕察觉他的异样，单纯以为是单身男人家里邋遢得不好意思见人，没有多想，只是一笑。

D.C国风。

经过几次开会讨论后，主牌的名字定下了，发布会大秀和旗舰店的选址等也敲定了位置。贺东诚亲自去和蒋成商谈，在经过漫长的拉锯战后，双方各退了一步，他们拿到了最想要的位置，也在抽成方面付出了很大的代价。

谢朝夕非常好奇贺东诚是怎么谈下来的，但是这人蔫坏蔫坏的，一见她好奇就露出贱兮兮的表情，第二天，她还收到了一本快递送来的新书《情商修炼第一课》，把她搞得又想气又想笑。

整个公司都进入了最忙碌的时期，几乎每天都在加班。谢朝夕把手里的事情交代下去后，就国内外到处飞。

她约见了几个设计师，去了很多个看货会，买到了一批不错的中国风设计，拿回来就直接送到工厂去了。

星座系列的样衣制作出来后，惊艳了所有人的目光，大半个公司都跑来看样衣。

梨子高兴得哇哇大叫，围着假人模特转来转去。索索双眼晶亮，也是赞叹连连："天啊，看图纸的时候，我都没想过做出来会这么漂亮，简直惊心动魄地美。"

周海蓝一走进买手部，兴奋得差点扑上去，连连表示："上市我就要买全套！这个系列每一件我都要拥有！天啊，夕姐你真的太有才了，这个主题真的好棒，星座与古风结合，西方与东方结合，虽然只是概念上的……"

叶榆没有周海蓝那么活泼，慢了一步进来，静静地站在一边欣赏。

周海蓝滔滔不绝，转过头继续跟谢朝夕说话，双眼满载星光："每个星座分类风格的把握也很精准，比如风象星座，紫色的典雅和神秘，又用了缥缈的纱裙和半透明的袖子来表达那种不可捉摸的感觉……太棒了，周诚哥哥真是厉害，你说对不对，夕姐？"

谢朝夕弯弯唇角："对啊。"

得到了肯定的答案，周海蓝比自己被夸了还高兴，刚好这个时候见贺东诚路过，她立刻冲他做了个握拳打气的手势。

贺东诚见她在办公室里蹦蹦跳跳，额角青筋就直跳，瞪了她一眼就走了。

周海蓝："……"

谢朝夕无意间瞥见了两人的互动，对两人的关系又好奇了起来。

前段时间，她就想问问贺东诚，忙起来就什么都忘了。周海蓝对贺东诚很亲昵，不管怎么受到他的嫌弃，她都热情得跟前跟后，相比之下，贺东诚的脾气就坏多了，动不动就一副打发小孩一样，给点零花钱你自己去一边玩的那种架势。

周海蓝这姑娘时不时还来跟她套近乎，十分殷勤，有时候会给谢朝夕一种错觉，似乎她变得好相处了，但公司里的其他人见了她声音都要低八度，又驳回了她的错觉。

设计部摆了四个假人模特，身上分别是四种风格的代表。

土象星座用的是金棕色，裙裾间或用金色线浅浅勾勒，在灯光下流光溢彩，因为布料轻薄的缘故，在沉稳感中又显出一些轻盈；水象座用的是蓝色，清灵静美，柔软的料子如水倾泻而下，外面又笼了一层如云如雾的薄纱；火象星座则是代表热情的红色系……

梨子轻轻摸着裙裾说："这个料子真好，滑滑的。"她想到了什么，不由得叹惋，"要是用二号布料效果肯定更好，可惜了，有时候就是不能事事完美。"

可惜二号布料有点贵，会增加预算。

"成衣我们就换材料。"谢朝夕想起周诚据理力争的样子，无奈地笑了笑，"为了达到最终效果，这次我也要为数据让一点步，所以这次营销策划一定要好好做，不然容易亏。"

样衣刚送过来，贺东诚就迫不及待地过来看了，他站在假人模特面前凝视了很久，转过头就跟她说要增加预算，一副挥金如土的样子，表示这一点投入他随便做点外汇交易就有了……但有时候，不能这样算。

她深深怀疑格瑞斯是怎么做起来，以前怎么不见贺东诚这么慷慨？

"开业促销活动吗？"

"不，只是营销。"谢朝夕笑着摇摇头，"经常性打折会影响品牌的形象，我们最多每个季度末搞一次促销，多的没有。"

就好比市面上某些品牌，已经形成了一种打折形象，新品一上消费者不买账，就等一段时间后的打折期。这样不仅会带给人一种滞销感，同时还会让市场质疑他们的暴利，可以说是得不偿失。

这种境况也是雅韵即将面临的，不是他们想要打折，而是为了消减库存、回款，不得不这么做。谢朝夕观察他们很久了，雅韵在第一波热度退去后，最近一段时间的销量呈下滑的趋势，非要对比的话，就跟整改前的D.C中期差不多。

明眼人都能看出来，雅韵在模仿以前的D.C，受众定位、营销风格还有定价都相差无几，如果在D.C整改前，这种做法是最稳妥的，但是现在……

D.C的主牌一旦成功，雅韵就会沦为高不成低不就的中庸产品。

廉价、快消、生活化，这些是D.C的副线，设计感、创新、高格调，这些是D.C的主牌。

中庸不是不好，只是不够亮眼，而在这些之外的，就是D.C疯狂扩张的空间。

谢朝夕越想越兴奋，唇角往上弯起，她在脑海中勾勒出旗舰店开业的盛况，每多想一分就多一份喜悦，买手的思维又让她不得不冷静下来计算。

繁忙中，所有工作都有条不紊地进行着，距离发布会的日期越来越近了，他们联系好了记者，组好场地，谈好了模特公司……

这天，梨子接完了电话，一边啪地用力挂上听筒，一边忍着怒气说："这个代熏也太过分了吧？她以为她是谁啊！"

谢朝夕头也没抬，随口问道："她怎么了？"

梨子咬了咬牙道："夕姐，她说不想跟你对接，让我们换人。"

"还有呢？"

"她说不想看见你，否则就不跟我们公司合作。"梨子的声音越来越小。

谢朝夕笑了笑，根本没有把代熏的威胁放在心上。

代熏要真的有本事，直接毁约就行，真当发布会没有她就开不起来吗？她的确是个腕儿了，但在综艺里待得太多反而忘记时装秀的本意是展示时装，看秀的人看的也是时装，不是某个人。

代熏带来的热度，是附加值，不是必需品。

谢朝夕思索了一小会儿，没有趁此机会把事情做绝，就说："梨子，代熏那里就换你交接吧，反正我最近也忙。"

梨子点点头，一面又为谢朝夕打抱不平，不停地叨念代熏过分。

谢朝夕刚要走，听到她的碎碎念又停下脚步，嘱咐说："不要因为私人情绪影响工作，这次大秀对我们很重要，知道吗？"

梨子吐了吐舌头："我知道了。"

所有人都为着共同的目标奋斗，拼尽全力，为了大秀整个公司熬夜加班加点，随着时间推进，希望的曙光愈发明亮。

可就在大秀前一周，某个娱乐杂志突然爆出了一个八卦，紧接着就是病毒一般地扩散。

"惊闻！超模秦漪的真实身份竟然是……"

"细数那些为了利益撕破脸皮的所谓'豪门世交'！"

"昔日豪门千金，竟然被未婚夫逼得走投无路！"

网民哗然，随后就有人寻着蛛丝马迹发现了一些往事的"真相"，把秦漪的家世给扒了出来，原来她曾经是辉煌一时的秦氏企业的千金，还有一个豪门未婚夫。

据说，秦漪跟未婚夫从小一起长大，感情非比寻常，谁知道半路出了意外。大概在六年前，秦氏突然一落千丈，跌入了谷底，走投无路的秦父跳楼自杀，秦漪年纪轻轻就背负了巨额债务，偏偏世态炎凉，未婚夫家里得知后立刻跟他们撕破了脸皮……

这个八卦一出，秦漪就被推到了风口浪尖，她的经纪人立刻打电话过来询问要不要处理。彼时，她正抱膝坐在在沙发上，一边用肩膀夹着手机，一边垂下头给白皙圆润的指甲涂上鲜艳的颜色。

秦漪懒洋洋地说："处理什么？我很久都没有曝光了，这个八卦不是来得正好吗？"

经济人愣了愣："以前你一直不喜欢被提到家世，我还以为……那我再找人推波助澜一下吧。"

"什么都不用做。"

经纪人惊讶地出声："难道这是你……"

"好啦，不说这个了，我要去泡个澡。"秦漪压抑着心里的烦躁，猛地将手里的指甲油扔在地上，偏偏声音还柔美平静，"网友想扒就扒吧，我已经不在乎了，你也别多掺和，很没劲。"

秦漪把电话挂了，去酒柜里拿了一瓶红酒，微醺的酒香弥漫室内。

她接连喝了两杯，靠在沙发上哼起了一首老旧的歌谣，突然想起了一件往事来。

那时候周诚刚设计出第一件衣服，立刻捧着衣服过来找她。她当时站在阳台上，一边跟他打电话，一边看着他从隔壁别墅跑过来，阳光下白色衬衣的衣摆微微扬起……

第一件设计还很拙劣，针脚也比较粗糙，她只穿了一次就把衣服收了起来。后来周诚的设计越来越惊艳，拿了许多奖项，又获得了"十佳设计师"的称号，但是毫无例外，他做出的第一件衣服都会送到她面前。

其实她内心并没有多少波澜，也不惊艳于设计，只是因为送礼物的人是他而开心。

而当知道送到她手里的衣服，全是他一针一线缝出来的时候，她甚至有些不适应。只是出于尊重和支持，她从来没有告诉过周诚，她对设计师这个职业没有什么好感，比起天天画图做衣服，她更希望他可以在商界叱咤风云。

所以在两家人彻底撕破脸皮后，她把憋了很久的话一股脑全部说了出来。

秦漪太熟悉他了，也知道怎么说会让他受伤，看着他在自己面前渐渐红了眼眶，她感到阵阵快意，浑身血液都朝头顶冲去。

她尽情地、恶意地嘲笑他："滚吧，带着你的所谓设计滚吧，你以为我稀罕？不，我一点也不爱中国风，你的设计在我眼里一钱不值。我喜欢穿香奈儿、迪奥、范思哲，我喜欢别人用羡慕的眼光看着我……你的衣服能带给我什么？走到大街上别人觉得我古怪，穿去宴会又没有格调，趁早放弃吧！中国风算什么？你看看中国又有多少人愿意穿？"

"你……"

他震惊地望着她，脸色苍白，因为难以置信，连目光都在颤动。

"不要再来找我，我现在看着你就犯恶心。"秦漪冷冷地看了他一眼道，"记住，你欠我的，你永远都还不清！"

她不再爱他，为了证明这一点，她第二天立刻就交了男朋友，然后一个接着一个。

秦漪从来不乏追求者，也很享受那种被追求、被宠爱的感觉，每一段感情她都非常享受。她可以轻而易举地占据上风，想怎么作就怎么作，不喜欢了就立刻分手……就算这样，仍有不少男人对她恋恋不舍，但她没有吃回头草的习惯。

大家都在一个圈子，秦漪和周诚时不时会碰面，她从不避讳，对他就跟陌生人一样，客气又生疏。

她一直认为，她全部放下了，是周诚放不下，不然为什么她的每一场秀他都要订位置呢？就算有时候他没有出席，只是让位置孤零零地空在那里。

每当那个时候，她就特别高兴，因为她是这场感情的赢家。

直到谢朝夕的出现……

秦漪的神色渐渐冷了下来，但只是短短几分钟，红唇就再次扬起，她拿起手机发了一条微信给谢朝夕：

"他为什么那么多女伴，你知道吗?

"他只要设计不出东西，就喜欢用这种方法寻找他的灵感缪斯。你以为他喜欢你，其实他只是在利用你。

"顺便说一句话，贺东诚就是周诚这件事，你应该早就知道了吧?"

第十二章
以痛吻我

你就像黑夜，拥有寂静与群星。

——聂鲁达

八卦炒得正火热，只要刷微博的，没有人不知道这件事，公司里的员工闲暇时也把这个当作谈资，可当第二条八卦新闻出现时，所有人都震惊了。

有人扒出，秦漪的那个未婚夫就是D.C的首席设计师周诚，网上一片哗然。

这种豪门隐秘如果是真的，那周诚一家也太不是东西了，一时间，网友们对周家当年的"落井下石"开启了群嘲模式。第二天，事情再次急转而下，又有知情人出来透露，逼得秦氏走投无路的正是三道集团的掌舵人周霆。

至此，周诚的第二重身份曝光——三道集团的继承人！

网友们一边震惊，一边唏嘘。

D.C公司人员的八卦之魂熊熊燃烧，但事情涉及自家的首席设计师，又不敢明目张胆，想聊聊八卦都跟地下党接头一样，在办公室神秘兮兮地交头接耳。

梨子也有一些亢奋，感慨说："本以为自己来了家十八线小公司，没想到公司藏龙卧虎，有太子爷罩着，我们还愁什么？"

索索对这个观点深以为然，点点头："对！雅韵还想跟我们PK，其实我们可以躺赢，哈哈哈哈！"

嗒嗒嗒，高跟鞋的声音响起，谢朝夕拿着记事本回到座位上。

谢朝夕今天穿了一身黑色连衣裙，简洁利落，什么点缀修饰都没有，看起来依然十分惊艳。谢朝夕是典型的衣架子身材，穿什么什么好看，就算是梨子平时吐槽的某些大牌衣服，看起来毫不起眼的样子，只要被她一穿，就令人怦然心动。

别人想买同款，但只能痛心疾首地按捺住冲动。

颜值不够、身材不够……还是不要去作妖了。

谢朝夕今天非常沉默，除了工作上的安排，能少说几个字就少说几个字。

梨子的亢奋渐渐平复下来，又开始为谢朝夕担心，毕竟周诚是她的偶像，现在被嘲讽成这样的人渣，最深受打击的人应该就是谢朝夕了吧？

梨子犹豫了一下，然后状似不经意地提起："网上的八卦吧，听听就算了，夕姐，咱们不能当真的！"

真是此地无银三百两，明明就好奇得不得了。

谢朝夕拿着钢笔写笔记，低垂的长睫覆落下来，显得有些漫不经心地说："添油加醋，捕风捉影，没事少关注这些。"

"不过我真的有点好奇，周诚家难道真的那么，呃……狼心狗肺吗？见死不救还能理解，故意打压就有些……说真的，有些可怕呀。"

"以我对他的了解，还不至于。"

"哦。"

"夕姐已经见过周诚了吗？"

"嗯，这一点信心我还是有的，他不是那样的人。"

梨子抓了抓后脑勺，欲言又止，忽然才发现谢朝夕的笔根本没有动，保持着书写的姿势很长时间了，梨子心里一个咯噔，想要安慰一下又不知道怎么开口。

不过几秒钟，谢朝夕就神色如常地放下了笔，专注地看着电脑屏幕，就好像刚刚的怔忪只是梨子的错觉一样。

谢朝夕的心情的确不怎么好，从她收到秦漪的信息开始，思绪就不怎么受控制了。

仔细回想起来，贺东诚早就露出了蛛丝马迹，只是她没有在意而已。从认识开始，她对他的印象就根深蒂固了，他可以是商界精英，可以是富二代，但是……怎么可以是她一直憧憬的周诚呢？

这种落差感，谢朝夕难以接受。

一想起自己曾经为了周诚，跟贺东诚剑拔弩张，丝毫不掩饰自己对周诚的憧憬……当时他们的关系还很恶劣，他大概一直在暗自嘲讽她吧？

以一种居高临下的姿态看着一无所知的她。

谢朝夕越想心情越糟糕，冷不防贺东诚发来了一条微信，她看也没看，直接无视。

没过多久，周诚又发来邮件，故技重施："贺总似乎心情不好，能帮我给他送杯咖啡吗？看看怎么回事。"

做作！矫情！

不知道这两人是同一个还好，知道了以后，谢朝夕恨不得冲过去胖揍这人一顿。

谢朝夕深吸了一口气，紧握的拳头几乎吱呀作响，她在键盘上噼里啪啦一通敲打，冷嘲热讽的质问占据大半个页面，但是临到发送时，望着页面上"周诚"两个字，又呆呆地把所有内容清空。

对着这个名字，她说不出恶劣的话。

秘书走过来说："总监，贺总让你过去开会。"

"什么事？"

"我也不清楚，大概跟网上的新闻有关。"

谢朝夕深吸了一口气，反省了一下刚才的不专业，这才起身往对面的总裁办公室走去。

她才举起手要敲门，门就从里面轰的一声被打开了，吴耀光脸红脖子粗，气势汹汹地大步冲了出来，整个人就像一座即将喷发的火山。

谢朝夕连忙往旁边让了一步，这才没被气头上的吴耀光撞到。

办公室里，宋铭还有两个高管都在，谢朝夕在沙发上坐下就问："吴总怎么了？"

"吴总想让周诚表态，周诚不愿意。"

"周诚怎么说？"

"呃……"

宋铭面露为难之色，委婉地措了下辞："周诚说澄清是不可能的，涉及个人隐私，他的工作没有出任何问题，这些事情不要找他。而且他跟家里决裂了，不要指望三道集团帮忙。如果吴总要甩手不干，股份他照单全收，给最高价。"

谢朝夕："……"

很好，很嚣张。

宋铭这话说得委婉，周诚的原话可能更加傲慢，光是看旁边两个高管一脸一言难尽的神色就知道了。

宋铭轻咳了一声："网络造谣生事容易得很，难道每一件我们都要去澄清？"

旁边两个高管显然不太认同，但也没说什么。

"贺总也是这个意思吗？"

"差不多吧。"

"哦，我知道了。"谢朝夕的唇角轻微勾了一下，眸光晦暗不明。

宋铭被看得后背凉飕飕的，底气先弱了三分，不由得问："知道……什么？"

谢朝夕没有回答。

贺东诚正站在落地窗边打电话，身影挺拔修长，冷峻的脸庞半隐在阴影里，带了些疲倦的苍白，冷冰冰的。不知道电话那边提到了什么，他的眉心微微拧了起来。

过了几分钟，他挂了电话过来，唇角勾起一抹讥讽的笑意："雅韵的新品发布会在三天后，怪不得这几天疯狂炒热度。"

"秦小姐这是要自揭伤疤？"宋铭有些吃惊，这就玩得有点大了啊。

秦漪成名后，她的家庭生活就成了不可触碰的雷区，但凡谁扒出了什么，就等着接她的律师函好了，那些擅长搅浑水的大V都被告得乖乖道歉，渐渐就没什么人敢爆她的隐私了。

这一次为了对付D.C.，秦漪竟然不惜主动炒作，还敢把三道集团拖下水，啧，真是让人刮目相看。

"很显然，卖惨。"贺东诚说出这几个字，话音顿了下，才继续说，"这几天秦漪绝对不会接受任何采访，如果我猜得没错的话，雅韵的压轴模特就是她。"

这样一来，发布会的热度就有了，为了第一手新闻，媒体肯定争前恐后地去。

一个高管忍不住说："前面抢先开店，这回又要抢先举行发布会，这不明摆着要跟我们作对吗？"

"他们还会有后手吗？"

"不会了，秦漪不敢牵扯别的进去。"贺东诚淡淡的目光扫过谢朝夕，见她面无表情，一瞬间似乎离他很远。他的眼角抽跳了两下，忽然有一种不好的预感，他叹了一口气继续道，"雅韵可以用这个陈年旧事炒作，我们也可以。一会儿宋铭跟公关留下来，商量一个方案出来。"

谢朝夕讥笑着说："要报仇雪恨找三道集团，怎么盯着我们这家小公司不放？"

两个高管深以为然，一个说："我们看起来很好欺负，还是她觉得前男友会让着她？"

另一个顿时阴谋论了："难道这才是周诚不肯澄清的原因？"

宋铭："……"

"我也很好奇。"

谢朝夕抬起无波无澜的眼眸，直直地看向贺东诚。

贺东诚恰好正在看她，两道目光在半空相遇，他的心顿时像被一只无形的手捏紧，呼吸也随之一窒。

只一眼，他就知道，她什么都知道了。

坏了。

贺东诚心里咯噔了下。

要是早一些，他可以慢慢解释，要是晚一些，他就主动坦白了，但——偏偏是现在这个最不恰当的时机。

谢朝夕的眼中没有惊喜，只有冰冷的距离，还有被欺骗的愤怒。

两个人好不容易改善的关系，似乎又要回到原点了。

"暂时不用，但我可以给你们打个定心剂。"贺东诚双手交握，用最淡然的语气，甩出了一个重磅炸弹，"我就是周诚。"

十分钟后，几人离开办公室。

两个高管眼中还残留着震惊之色，走路都有点飘，他们的想法很简单，有这么个太子爷罩着，他们还愁什么啊？

宋铭慢了一步出来，跟在谢朝夕身后，还想缓解一下僵硬到窒息的气氛。

于是，他开了一个很不合时宜的玩笑。

宋铭一脸推心置腹的表情说："夕姐，采访一下你现在是什么感想……啊啊啊啊痛！"

谢朝夕轻而易举地拧起他的手臂，反手把他往旁边一推，头也不回地走了。

宋铭顿时像个蔫了的鹌鹑，后悔地揉着手臂。

贺东诚站在门口居高临下，毫不同情他作死的行为，并且发出了冷冰冰的警告："宋特助，说话就说话，不要动手动脚，懂？"

宋铭："……"

要是再多管闲事，他就上！天！台！

当天下午，八卦报道被清空，热搜被撤。

三道集团的官博发布了一个申明，行文冷静官方，而且对这个八卦没有做出任何解释，大概意思只是让网友们不要随便听信谣言，就算有什么，那也是正常的商业行为，暗里又谴责了某些为了热度没有下限的公司。

网民哗然，有些人觉得三道集团小题大做，有些人又觉得他们做贼心虚……

只是，不管网民们怎么想，区区流言蜚语都影响不了三道集团什么，然而D.C却因此陷入了舆论压力中。

谢朝夕的眼皮子不停地跳，一种不好的预感袭上心头。

第二天，这种预感就应验了，维亚购物中心那边被雅韵横插一脚，抢走了旗舰店的位置。蒋成打电话过来道歉，她冷淡地回了几句就挂了电话。

没什么好说的，双方还在走合同流程里，不算违约，他们选择更"热门"的雅韵也无可厚非。

只是，谢朝夕的眼睛还是酸了，把脸埋进了手心里。

大多数人都会有这种经历，费尽心力的目标眼看就要达成了，突然却被当头一击，所有的努力都可能化为乌有……

她还做不到心如止水。

这时，有人推门进了茶水间。

周海蓝打着电话，毫不掩饰自己的愤怒："秦大小姐，请你不要拉着我哥炒作了行不行？动不动就摆出一副受害者的面孔，我哥早就不欠你了。你要是有脾气，就去找我爸的麻烦啊！你这样算什么？"

秦漪轻笑了一声，慢悠悠地说："呵呵，别一口一个你哥，你有什么身份说这些话？"

"你……"

周海蓝顿时被气得说不出话来。

周海蓝的身份有些尴尬，尽管她跟贺东诚是同一个父亲，然而她的母亲却是后来居上的小三，这也是当初贺东诚跟家里闹崩的原因之一，再加上后来秦漪家的那些事，他一怒之下跟周霆断绝关系，把名字也改了。

周海蓝年纪小，贺东诚对她没有恶感，但也不太耐烦就是了，偏偏周海蓝非常喜欢这个哥哥，总是乐颠颠地跟前跟后。

秦漪这一句话，完全戳中了周海蓝的痛处，她气急败坏地说："还好你们闹崩了，你这个女人就是性格有问题，谁要你谁倒霉！"

周海蓝吼完就挂了电话，砰地往桌上一摔，结果转过头就看见了角落里坐着的谢朝夕，她顿时就没了嚣张的气焰，蔫得像一个委屈的鹌鹑，期期艾艾地问道："夕姐姐，你都听见啦？"

谢朝夕"嗯"了一声。

周海蓝长吁短叹："秦漪她太过分了，唉，又拿这些陈年旧事做文章，呃……你都知道了吗？"她观察了一下谢朝夕的表情，这才继续怨念道，"我哥为她做得够多了，整个格瑞斯都赔给她了，还不够？"

谢朝夕微微一怔："格瑞斯？"

"要不是这样，我哥能故意签那种不可能完成的对赌，故意送了家公司给她家？"周海蓝见她神色不对，担心拖了哥哥的后腿，连忙补充说，"不过我也是猜的啦，你就随便听听好了。"

格瑞斯的理念风格和贺东诚的想法相背离，如果真的要做公司，为什么不把所有精力放在D.C上呢？

当时这件事闹得风风雨雨，周海蓝以为贺东诚真的要坐牢了，吓得跑回去找周霆帮忙，周霆抽着烟就是一通冷嘲热讽。她哭了一晚上，闹着离家出走，不仅跟父母吵了一架，还在朋友圈感慨了一通人情冷暖、世态炎凉，把家里人都气得够呛。

结果没过几天，贺东诚自己就把事情解决了。

周霆觉得周海蓝是白操心，自己的儿子他了解，有时候虽然成事不足败事有余，但还知道给自己留一条后路。不过，如果贺东诚真的走投无路了，周霆还是很乐意插手管一管，只要贺东诚老老实实地回家认个错就行了。

"真是财大气粗。"谢朝夕不知道说什么才好，语气里有些凉飕飕的。

"我哥就是有情有义，他现在走出来，我也不担心了，就是这姓秦的女人纠缠不清。"

"嗯……说得没错。"

谢朝夕兴致缺缺，过了几分钟就起身离开了，周海蓝拿着手机跟人噼里啪啦一顿吐槽，还意犹未尽，又打电话跟几个关系好的表哥表姐哭诉了一通……

谢朝夕的心情低落，但大多是因为公司，小部分才是因为贺东诚。她为这次新品发布耗费了所有心血，绝不允许它就这么夭折。

谢朝夕深吸了一口气，又给自己打打气，有了些干劲。

下班时间到了，贺东诚坐在皮椅上，把玩着手里的车钥匙，幽幽的目光落向窗外，看起来有些呆，跟平时雷厉风行的精英面貌截然相反。

谢朝夕好几天没有搭理他，工作上客客气气，工作外把他当空气，只要一提到八卦相关的事她就无视，一副油盐不进的态度，他完全不知道该拿她怎么办才好。

贺东诚思索了片刻，给她发了条短信。

刚发出去没几秒，门就被推开了，谢朝夕大步走进来，在他惊喜抬起的眼眸里，兴致勃勃地说道："我刚刚想到了一个好点子，或许可以帮我们扳回一局。"

贺东诚眼中的惊喜微微黯淡，两秒后，又轻轻一笑："嗯，一边走一边说吧。"

"好。"

两个人一起往外走，电梯下行，到了停车场。

成年人的理智就是，可以把工作和情感完全分开，两人谈论公事没有半点阻碍，只可惜没多久这个点子就交流结束了，尽管是在他有意拖延的情况下。

路口等红灯，宾利轿车停下，谢朝夕刚想要开门下车，门就咔的一声被锁上了。

谢朝夕问："做什么？"

"这里下车很危险。"贺东诚望着她，诚恳地说，"朝夕，我们谈谈。"

"不想谈，我想冷静一段时间。"

"不行！再让你冷静下去，我就要凉凉了。"贺东诚想也不想就拒绝，这方面他非常有自知之明，"我跟秦漪已经是过去式了，我虽然有些遗憾，但毫不留念，上一次在你面前就跟她划清了界限，态度明显。朝夕，你在别扭什么呢？"

"不是这个。"她说。

贺东诚猜到是什么了，果然是自己搬起石头砸自己的脚。

沉默少顷，他苦笑着说："我是周诚这件事，不是故意瞒着你的。一开始我们的关系不太好，我总不能一上来就说我就是你最欣赏的那个设计师吧？后来想告诉你，又没有找到恰当的时机，所以就……"

"不是这个。"谢朝夕摇摇头，低声说，"我只是觉得你和周诚……算了，我也不知道怎么说。"

这话说了半截，但贺东诚听得很明白，眸色渐渐冷凝。

贺东诚冷笑了一声："你觉得我们是截然不同的两个人，身为商人的贺东诚，不配是你心目中才华横溢的周诚？"

他大概知道周诚在她心中的地位，只是没想到，她可以把贺东诚看低到那种程度。心里犹如被什么狠狠重击，钝痛感阵阵袭来，有一瞬间，竟令他难以呼吸。

于是，他嘲讽的话也脱口而出："哦，让你产生了这种错觉和落差感，真是抱歉了，不过从头到尾我都是这样的人，是你脑补得太多。"

谢朝夕本来还有些愧疚，听了这话就跟被点燃的火药一样，怒道："是，我设想过周诚的任何样子，就是没想到他是一个私生活乱七八糟的花花公子，也没想到他是个为了灵感玩弄女人感情的渣男！"

"你就是这么看我的？"

"对啊，难道你不是吗？那什么代熏、秦漪，还有那些七七八八的女人，难道都是假的？"

贺东诚自诩好脾气，可每次都被谢朝夕气得胸口疼，这一点她真是天赋异禀。

他猛地把方向盘一打，在路边停下车，压抑着怒气指着车门："你不是要下车吗？现在走！"

"你以为我想跟你待在一起？我谢谢你，求之不得！"

谢朝夕立刻拿起包包下车，砰地甩上车门。

她气得上气不接下气，胸口起伏不定，宾利开走了一会儿，她才发现这条街道跟荒郊野外差不多，周围没什么车辆和行人，在灰暗的暮色下格外凄凉。

谢朝夕咒骂了一声，拿出手机打车，正在用车高峰期，十分钟过去都没有司机接单。

她暴躁地拿起手机就编辑短信骂贺东诚，眼角余光却瞥见一抹黑影，等她抬起头，就见宾利稳稳当当地停在一旁。贺东诚面无表情地下车，飞快地拽住她的手腕把她往车里一塞，扣上安全带，整个过程一气呵成，等谢朝夕反应过来时，他已经坐回驾驶座启动了汽车。

谢朝夕怒极反笑："你回来做什么？这么快就……"

"对不起。"

贺东诚目视前方，面无表情，仿佛刚刚说出这三个字的人不是他。

谢朝夕怀疑自己听错了，因为那声音又轻又虚，她愣了两三秒，迟疑着问："你刚刚说什么？"

"……"

贺东诚心里闷得慌，都道歉了她还嫌不够？

这是要把他的尊严踩在脚底下啊！

贺东诚的火气噌噌往上冒，抿了抿唇，见她还盯着自己，蓦地提高声音："对不起！"

谢朝夕："……"

这歉道得极其嚣张，如果只看表情，只听语气，还以为他要动粗了呢！

漫长的静默。

贺东诚从尴尬和气闷中重新找回了语言，冷淡地说道："我不该把你丢在那里，你一个人不安全也不好打车……我为这件事道歉。至于其他的，我们各自冷静了再来说吧。"

谢朝夕把没来得及发出去的信息删掉，默了会儿，她也承认了错误："我刚刚也有些口不择言。"

贺东诚斜睨了她一眼，神色稍霁。

接下来的路程，两个人没有再说话，都还在气头上。

到了停车场，一起乘坐电梯上楼，一个垂眸看手机，一个仰头看电子屏，互不搭理，身上同步散发着冷气。后面进电梯的两个妹子，本来聊得火热，一见这诡异冰冷的气氛，声音都不由自主地小了下去。

叮的一声，谢朝夕和贺东诚一前一后地出去。

两个妹子对视了一眼，舒了一口气。

谢朝夕握上门把，密码锁嘀嘀两声，没有反应，她抬头看了下门牌号，才发现自己走错了。短短几秒钟的时间，另一边的贺东诚已经风一样地打开了门，砰地甩上。

"……"

谢朝夕抬起眼睑，再次确认了下门牌号，唇角抽搐了一下。

"……"

贺东诚刚进门就呆滞了，有些无语地看着公寓里陌生而熟悉的摆设，抚了抚额头。谢朝夕在他身后打开门进来，换鞋，把外套挂在柜子里，其间贺东诚都像根桩子一样立在那里，直挺挺的。

谢朝夕说："房子租出去你还留密码，什么居心？"

贺东诚硬邦邦地说："也不见你改。"

他僵硬地转身要走，暖色的灯光落在他眼角的泪痣上，有一种说不出的落寞。

谢朝夕突然心软了，叫住他："吃个饭再走吧。"

贺东诚强调："我还在生气。"

"那你慢慢考虑。"

谢朝夕不管他了，在冰箱里翻找了一下，就拿着食材去厨房做饭，不一会儿，就传来了哗哗的水流声和抽油烟机的声音。

贺东诚紧绷的神色渐渐放松，目光缓慢地环顾四周。茶几上放着水壶和水杯，果盘里装着娇艳欲滴的水果、零食，远处的假人模特身上穿着绯红的礼服……

谢朝夕搬来没多久，这里就变样了，有了柔软的生活气息，跟一开始的冷硬样板房风格截然不同。

贺东诚默默换了男士拖鞋，这还是谢朝夕专门给他买的，想到这里，他紧抿的唇角又松了些，迟疑着走到厨房看她在做什么。

谢朝夕察觉他走进厨房，问道："番茄鸡蛋面吃吗？"

"凑合吧。"

贺东诚穿着衬衣西裤，单手插袋，抱臂斜靠在门框上，一副不食人间烟火的贵公子样子……不，是等饭的大爷，非常挑剔的那种。

谢朝夕突然有些后悔留他吃饭，手起刀落，咔地一下把番茄切成两半。

贺东诚几不可见地抖了一下，仿佛那把刀切的不是番茄而是他，他难以忍受地问："你跟这个番茄有仇？"

"你说呢？"

他打开冰箱看了看，里面还有几块牛肉、土豆什么的，他通通拿到厨房，说道："换个口味，改做番茄肉末拌面，再炒个薯条牛肉，怎么样？"

她顿住动作问："你做吗？"

"总不能让你在厨房继续发火吧？"贺东诚面无表情地打开水龙头，哗啦啦的水冲刷着番茄，这才有些幽怨地说，"男人遇到喜欢的女人，下限总是不断拉低，就算你态度这么恶劣，我也不想跟你计较那么多。"

"……"

谢朝夕放下菜刀，解开围裙往贺东诚手里一塞，出去了。

她打开电视，坐在沙发上发呆，突然想起他之前那个嚣张的道歉，嘴角往上扬了扬，很快又抿成了一条直线。

不能觉得好笑，他们的账还没算清呢！

"雅韵，中国风时装的领先者！"

"每一套时装都灵气十足，秦漪压轴出场，惊艳所有来宾！"

"雅韵惊艳在前，D.C大秀真的能完美收官？"

"默哀三秒！跟雅韵撞在一起，D.C是真的惨！"

一条条新闻通稿爆炸性地出现，精美绝伦的秀场照片、视频让网民们叹为观止，唱衰D.C。

秦漪在发布会后接受了采访，出人意料的是，所有关于周家的事情她都避而不谈，反而让人不要听信谣言。她也不承认周诚是前男友，只是表明前男友恰好是设计师，才让网友们产生了误会。

只是秦漪说着说着就红了眼睛，抹着眼泪，让人不由自主地就阴谋论了——这是被逼迫了吧？

紧跟着没过多久，就有曾经的校友出来爆料，秦漪前男友就是周诚无疑，网友们更坚信阴谋论，一时间对三道集团和D.C更加不满，无数人奔到周诚的微博下破口大骂。

大厦十八楼，会议室里鸦雀无声。

"什么？维亚跟雅韵签了！"吴耀光脸色非常难看，暴跳如雷地一拍桌子，"大秀被抢先，店址被夺走，工厂反悔，首席设计师还被爆出这种黑料来……"

糟糕的消息摩肩接踵而至，压得所有人喘不过气来。

吴耀光把一摞纸摔在桌上，上面是雅韵发布会的照片和新闻，他猛地拍了几下桌子，砰砰的震响回荡在会议室里，所有人的心都提起。

吴耀光额角青筋暴跳，怒目圆睁地说："东诚，你之前还信誓旦旦地说能碾压，看看雅韵的这些设计！很有灵气！他们没那么简单！"

贺东诚坐在首位上，修长的手指转动着钢笔，显得有些漫不经心，他的目光在照片上一触及离，微微缩了一下，但只是短短一瞬，让人看不出任何异样。

又默了两秒，他才淡淡应了一句："这些设计的确……嗯，出乎我的意料。"

宋铭灼灼的目光几乎要在纸页上烧出一个洞来，拳头紧握起来："他们简直就是无耻！"

贺东诚皱眉："宋铭！"

吴耀光直觉有些不对，看了看两个人，但宋铭一闭嘴，贺东诚也油盐不进，他根本得不到想要的正面答复。

吴耀光一直知道贺东诚有点背景，而且跟三道集团有关，这也是他一直坚信公司倒不了的原因，没想到周诚跟三道集团的关系还要更近。吴耀光希望周诚出面澄清，最好用三道集团的关系解决一下，谁知道这两个人都跟块臭石头一样油盐不进。

还有三道集团的那个申明，完全没有帮D.C的意思，吴耀光看了差点气得心肌梗死。

周诚真的是周霆的亲儿子吗？充话费送的吧！给亲儿子的公司搭把手，不是举手之劳的事情吗？至于这样划清界限吗？

吴耀光一开始想的就是搭个顺风车，舒舒服服地等分红，谁知道分红没等到被气得血都吐了不止三升。

"你们就说，该怎么办吧？"吴耀光砰砰拍着桌子说，"我们为了这个SHOW投了多少钱进去？啊？现在要打水漂了！"

宋铭咳嗽了一声："事情发展到这种情况，不是我们能控制的，谁知道雅韵这么狡诈啊。"

"是啊。"

"就是说嘛。"

其他人纷纷附和。

吴耀光死死地盯着贺东诚，仍然不死心："雅韵是你惹上的吧？"

雅韵背后是李氏，李氏对付过贺东诚。李氏又跟秦漪沾亲带故，秦漪跟周诚又有血海深仇……如果三道集团不打算插手，吴耀光越想越觉得前路无光。

"我也没想到李氏那么执着。"贺东诚幽幽地叹息，就是不表态。

"那三道……"

"周诚性格执拗，不可能向家里低头，要不以前D.C能那么半死不活的吗？秦漪就是知道这一点，才敢把三道集团拖进来炒作，既有热度也不怕被报复。至于我，我跟三道集团的关系也没那么近。"

吴耀光气得不行，偏偏贺东诚铁了心要打太极，把他的话一句句堵了回来。

"不过营销上面，我有些办法。"

"不就是说句软话嘛！你、你们——简直是任性妄为！"吴耀光大发雷霆，突然听到贺东诚这句话，把火快速咽了下去，问他，"怎么说？"

贺东诚似笑非笑，给出建议："就买点水军和营销号说点实话吧。"

"比如呢？"

"比如，'雅韵——中国风的领头羊，D.C：别做白日梦''D.C惨？那是你们鼠目寸光'，反正就这些之类的。"

办公室集体陷入沉默。

一秒、两秒、三秒……

过了两分钟，砰——！

在整栋楼都能听见的门的巨震声中，吴耀光一脚踹开门，再次负气出走。

散会后，会议室空了。

贺东诚坐在椅子上，点了一根烟，慢慢吸了一口后，仰头靠在椅背上闭目养神。那苍白的脸色似乎跟窗外冷清的天空融为一体，染上分分落寞。

不知道过了多久，他的目光才重新落在那堆纸页上，眸色晦暗不明。

宋铭去而复返，进来把门一关，声音里的愤怒压抑不住："我这辈子见过的最无耻的女人，非秦漪莫属！这些明明都是你早年的设计，她就这样堂而皇之地拿出来给雅韵用，说是他们的原创！她哪里来这么大的脸？！"

早年，贺东诚给秦漪设计了不少衣服，她也有一些喜欢的，就跟他约定——那些设计不对外公开，要当成她独有的珍藏。

如果不是无法预知后来的变故，宋铭几乎要以为秦漪从一开始就居心叵测。

"没关系。"贺东诚摇摇头，唇角动了动，轻微的笑意泛冷，"她用这些设计，就证明他们的设计师是真的拿不出手，没有信心赢过D.C，他们总不能一直投机取巧。"

宋铭一听他这么说，心里好受了些，见自家老板波澜不惊的样子，说道："你就真的不生气？"

"生气有用吗？"

贺东诚突然想起多年前的某个夜晚，他还在法国，骤然听说秦父跳楼的消息，连夜从法国赶了回来，一下飞机就给秦漪打电话。

她在电话里崩溃大哭，歇斯底里地哭喊："周诚，我恨你！为什么不能放过我们一家？你以为我会相信你不知情，你跟周霆一样唯利是图，我恨你！我恨你！！"

那怨恨的声音，犹如梦魇一般，在多少个午夜梦回缠绕着他，拽着他落入万丈深渊……惊醒后，他只能望着漆黑的夜空发呆，再难以入睡。

"好了，你也不要多想。"贺东诚回过神来，起身往外走，路过宋铭身边时，还安慰地拍了拍他的肩膀，"你要相信一点，多行不义必自毙。"

"说得好听。"宋铭翻白眼，不放心地叮嘱，"以后所有作品都要做版权登记！"

"好。"

宋铭平时被贺东诚怼太多，见他这么配合非常不习惯，不由得长长叹息了一声，在贺东诚身后又补充了一句："就算你们家欠她的，你做得已经够多了。"

贺东诚头也没回地往外走，只是抬手挥了挥，表示自己知道了。

D.C的户外花园，做成了三面透明设计，看起来敞亮清新，清风徐徐，夹杂着幽幽的花草清香钻入鼻尖，令人心旷神怡。

贺东诚在长椅上静静坐了一会儿，烦躁的心绪稍稍平息，他百无聊赖地翻看手机，专门点开谢朝夕的朋友圈，看到她半年前的一条心情："亲戚们说，只要我不结婚他们就要一直给我发压岁钱，有点感动。"

贺东诚立刻评论："他们不知道他们许下了多大的承诺，这是养老保险啊。"

刚发送出去，他自己就乐了，不知道谢朝夕看到会是什么表情，大概会生气吧。他又坐了一会儿，刚打算离开，远处就传来一阵急促的脚步声，越来越近。

每个人的脚步声都有独特的韵律，他能听出来这是谢朝夕的。

果然下一刻，她就出现在眼前，还有些气喘吁吁。

"回来了？"贺东诚眼中浮出淡淡笑意，故意挑了挑眉，拖长了声音问她，"这么急急忙忙，钱丢了，还是魂丢了？"

谢朝夕打量了他一下，确定他精神气还不错，就没好气地说："我还以为你大受打击，上天台自寻短见了。"

"唉，渣多了人，难免被渣。"

"你倒是有自知之明。"

这不正经的语气，确实不像受打击的样子。

谢朝夕放心了，又想起两人最近还在冷战，强调了一句："你不要多想，我也不是特意来找你的，就是有点工作上的事情。"

"我还以为我很重要呢，白高兴一场。"贺东诚抬了抬下巴，"好吧，你说。"

谢朝夕骑虎难下，强行找了点鸡毛蒜皮的小事出来说。贺东诚嘴角噙了一丝玩味的笑意，偏偏故意跟她作对一样，非要挑出几个不对的地方，然后等她来反驳。

她说数据，他就偏要讲情怀；她说要给旗舰店挪位置，他立刻表示要跟维亚死磕……

谢朝夕要是听不出他的找碴儿，这两年就白跟他互怼了。

她瞪了他一眼，豁然站起身，愠怒道："你还是自己待着吧。"

"喂……"

贺东诚正了正色，眸中敛了促狭，见她真的要走，他也没有再出声挽留，只是轻微地笑了一下。

他坐在树木旁，细细的枝叶在他眼角眉梢下阴影，些许模糊了他的脸庞，那本来就浅淡的瞳色似乎更加清冷疏离。

谢朝夕走了几步，鬼使神差地回头一瞥，跟他清冷的目光刚好撞上，脚步不由得顿了顿。但她很快收回了目光，那一瞬间有一点点心慌，就好像要把什么情绪牢牢掩饰下去一样，甚至加快了步伐往外走。

不过谢朝夕还没走几步，一阵急促的脚步声就追了上来，紧接着一股子大力勒住了她的腰，她整个人往后跌去，后背直接撞入了一个宽厚温暖的胸膛里。

贺东诚从背后环住她的腰，把她紧紧抱在怀里，男人清新的气息席卷而来，将她包裹得密不透风。

谢朝夕浑身的血液骤然往头顶涌去，脸颊滚烫得似乎要烧起来，就连呼吸也有些不畅。贺东诚察觉她的不自在，嘴角微微扬了下，垂下头贴近了她的耳畔，喊了一声："朝夕。"

谢朝夕耳朵发麻，身子不由自主地缩了下，她问："你做什么？"

"朝夕。"他像是上瘾了一样，又喊了她的名字，低声说，"其实我也不太好受。"

谢朝夕安静下来，没有挣扎。

谢朝夕的身材高挑，平时又喜欢穿高跟鞋，但此时倚靠在他怀里，却显得非常娇小。他温热的呼吸喷洒在她的脖子和耳郭，带来阵阵酥麻，她没有过这样的感觉，无所适从地将手指扣紧。

"那天秦漪找我拿钥匙，我没想过她会那么做。在我下决心往前看的时候，就没再去过那个地方，说真的，里面有什么东西我都忘了。"

谢朝夕不知道怎么安慰他，只能说："你不要难过了。"

"你可能不信，我不为这件事难过，只是有些惋惜。"

"嗯。"

谢朝夕明白这种感觉，不外乎，物是人非，美好的记忆全部变味。

接下来很长一段时间，贺东诚都没有再说话，只是静静地抱着她，把下巴搁在她的肩窝。她缩了缩肩膀，这小小的反应被贺东诚发现了，他的心情突然好起来，轻笑了一声。

谢朝夕的脸颊烧得更厉害，这才想起去推他。贺东诚不肯放手，低声在她耳边求："让我再抱一下。"

她咬牙："你放开，一会儿让别人看见了。"

他满不在乎："看见了又怎样，你就当提前答应我的追求了，我抱一下女朋友还错了吗？"

这人的自我感觉未免太好了，她有些无语，觉得有必要提醒他一下："鉴于我们最近的关系，还有你的累累前科，我很有可能拒绝。"

"不行，抱都抱了，我是个负责的男人。"

"我要动粗了。"

谢朝夕被他气笑了，反扣着他的手臂刚要用力，贺东诚已经松开手往后退了两步。他弯了弯眼睛，明净的目光里满载星辉，心情很好的样子。谢朝夕见他心情好起来，也觉得轻快了些，脸上却不显，面无表情地转身往外走。

贺东诚很自然地跟在她旁边，说道："往事已矣，这些不算什么，我能设计出最好的作品，何必回头跟那些没天赋的人计较？"

虽然从他嘴里说出来，她还是有些不适应，但……这才是她心目中意气风发的鬼才设计师啊。

谢朝夕终于没忍住，弯唇笑起来："那就好。"

贺东诚一直凝望着她，她的侧脸非常好看，白皙的肤色、秀挺的鼻梁、优美的唇形……都是他喜欢的样子，就是神色过于寡淡，看起来凉薄无情，再加上平时冷硬的脾气，难怪没什么追求者。

不过这样也好，没什么对手，贺东诚的心情又好了一些，目光落在她润泽的唇瓣上，喉结不由得动了动。

一直被人盯着看，谢朝夕很不自在，瞪了他一眼道："看什么？"

——找灵感啊，看着你，我就有灵感。

贺东诚很想这样说，但话语在嘴边滚了几圈，又咽了回去。他含笑靠近她，故意拖着腔调，一句一句地戏谑说："朝夕，没想到你这么纯情。"

轰！谢朝夕的脸顿时红透。

"刚刚你脸红，我都看见了。"

谢朝夕恼羞成怒，瞪着他，垂落在身侧的双手紧握起来，偏偏贺东诚还要继续作死，嫌不够地继续跟她叨叨。

"以你的身手，想挣开我应该很容易吧，不是散打冠军吗……

"你还真动手啊！！"

当天下午，谢朝夕约了A工厂的负责人。对方在即将投入生产时反悔，推脱说成本上涨，他们吃不下这个订单，必须要加钱。结果不言而喻，双方直接谈崩，负责人还企图赖掉违约金，最后在谢朝夕的强硬态度之下，他们才不情不愿地给了双倍违约金。

D.C的合作工厂当然不止这一个，鸡蛋不能放在一个篮子里的道理谁都懂，这种事情谢朝夕也不是没遇到过。但是，在发现A工厂第二天跟雅韵签了合同后，她还是有些意外。

意外雅韵和A工厂的鼠目寸光。

但凡竞争，旁门左道都成不了气候，最多就是当时的痛快。

雅韵耍这些手段，他们就拿不出办法了吗？

很多人都这样以为，有些媒体人公开发表了自己的见解，分析了周诚近五年来的设计，得出结论——

江郎才尽，不自量力。

偏偏这个时候，D.C就跟疯了一样地给自己造势，对碾压雅韵拥有着让人迷惑的自信，题目更是嚣张——

"好的总要留在最后，D.C值得所有人期待。"

"走着瞧。鬼才设计师的名号，不是什么nobody（无足轻重的人）能够超越的！"

要是通稿里有东西可以证明实力，人们可能没那么反感，偏偏就拿着以前的光辉不停地吹捧，顿时给D.C招了不少黑，只要一打开微博，铺天盖地都是对D.C的冷嘲热讽。

吴耀光知道他们擅作主张后，都快被气疯了，怒指着他们："简直是胡作非为！"

贺东诚表示："我已经很委婉了。"

"你是一点都不拿我的话当回事吧？"吴耀光暴怒，"你爱怎样怎样，这家公司我不管了！不，我要召开股东大会，开了你！"

贺东诚幽幽地说："吴叔你忘了，股东就我们俩，我手里的股份不多不少，比你多2%。"

"贺东诚！"

谢朝夕摸了摸鼻子，安静地坐在角落里降低存在感，她和宋铭两人目睹了吴耀光从暴怒，到试图讲道理，再回到暴怒的整个过程。

贺东诚懒洋洋地靠着椅背，把玩着钢笔："没什么好担心的，网上的造势还要继续，那些想看我们笑话的人，最后会成为一个笑话。"

宋铭露出一口白牙："那怎么招黑，就怎么弄。"

谢朝夕默默地合上笔记本，疏离客气地起身："没什么事的话，我先走了。"

贺东诚喊："朝夕……"

短暂的和好后，谢朝夕对他的冷暴力又升级了，其实他大概知道为什么，她本来就在生气，被他调侃后更加恼羞成怒了。

贺东诚的话到了嘴边，想了想又放弃了，扶着额头说："算了，没什么。"

冷静冷静也好。

秦漪看到这些通稿时，正在跟江烨吃饭，她把杂志往旁边一扔，忍不住笑出声来："他们这是疯了吗？"

江烨穿了一身黑色西装，打着暗色的领结，别了一个蓝钻领夹，低调又奢华。他这个人有些奇怪，有时候看起来相当随意，有时候又极其注重仪式感，就算只是敷衍一下，在着装上他也会一丝不苟。

江烨淡淡地笑了笑："可能吧，被你刺激的。"

秦漪微微一笑，眸光闪了闪，声音柔媚："送给我的东西，难道还能拿回去吗？这不是很正常的事情。"

江烨又笑了笑："没良心。"

"怎么没有了？我拿设计图的时候还专门去提醒过他，他没放在心上。"

"你怎么提醒的？"

秦漪抿了一口红酒，巧笑倩兮："我说，我要去那个旧宅拿东西，没有钥匙。怎么可能，他难道真信了我没有？"顿了顿她又说，"不过，你什么时候才能把谢朝夕追到手？她有点碍眼哪。"

江烨不置可否，只是一挑眉梢道："难道你想跟贺东诚重新开始？"

秦漪的笑容僵了僵，眼中的温度冷了下来。

几秒后，她露出更灿烂的微笑，把手肘支在桌上，微微倾身过去说出讥讽的话："怎么可能？我只是不希望他摆脱我而已。我不好过，他也别想好过。"

江烨不喜欢被人靠这么近，皱着眉避开她，声音凉凉地说："你离我远点。"

第十三章
乘风破浪

In order to be irreplaceable, one must always be different.

如果你想要无可取代，就必须时刻与众不同。

—— Coco Chanel

5月17日，D.C的发布会获得了众多关注，只是都不太正面。

有了雅韵的惊艳在前，原本媒体都不太想关注D.C，没想到他们来了一通奇特的操作，所有人都等着看他们出糗。

秀场忙成一团，台子提前两天搭建完毕，模特彩排后，工作人员正按照镜头反馈进行一些调整。公司几乎全员出动，一大早就把大秀时装运了过来，和配饰、高跟鞋分门别类摆放整齐，在上面贴着编号。

现场乐队已经到了，古琴、长笛、琵琶、大鼓等依次排开，工人们齐心协力抬着编钟。时不时传来"哎呀，轻一点""乐器都是很娇贵的，你们人糙手不要糙"的声音。

没过多久，模特们陆陆续续到了。谢朝夕环顾四周，没看到代熏的人影，叫住了兔子一样在后台乱窜的梨子，问道："代熏人呢？"

"代小姐说要晚点过来。"梨子有些窘迫地道。

"发布会是晚上八点，她觉得现在过来太早了？"谢朝夕一看梨子脸上的为难，就知道是怎么一回事，说道，"去催……算了，把号码给我。"

谢朝夕电话拨出去，占线，过了几分钟又拨，还是占线。代熏那个小气的脾气，谢朝夕不动脑子都知道是怎么回事，她嘲讽地勾了一下嘴角，示意梨子把手机给她。

梨子没理解她的意思，眨了眨眼睛问："要不过会儿打？"

"你的手机给我。"

梨子不明所以，乖乖掏出手机。

这次换了手机，谢朝夕一打就通，那边接起电话，传来了代熏有些不耐烦的声音："催什么催，不是告诉你晚点了吗？"

"是我。"

代熏那边静默两秒，暴躁地说："我不是说不跟你对接吗？"

谢朝夕似笑非笑："你不打算来了吗？"

代熏对着她就跟个火药桶似的，随时随地都能够被点燃，她提高声音说："没人告诉你吗？我说要晚一点。"

谢朝夕斩钉截铁："现在来，不然我们换人，你该不会以为我没有备选方案吧？一个小时，我要看到你出现在秀场。挂了。"

不等代熏回答，谢朝夕就挂断了，把手机还给了梨子。

梨子摸了摸胸口顺气，在旁边大气都不敢出一口。

谢朝夕到了D.C脾气好了很多，梨子已经很久没看到她发怒了，这一瞬间似乎回到了以前在禾田"冰雪女魔头"的时期，她的气势让人浑身紧绷。

电话打了后，梨子还是有些担心，代熏火了之后特别任性，镜头前后两副面孔，在谢朝夕前后也是两副面孔。

过了没多久，代熏就风风火火地来了，戴着口罩和鸭舌帽，迈着大长腿快步往里面走，浑身散发出逼人的冷气。化妆师提着东西跟在她背后，助理给她打着伞，看起来非常有排场，周围的人不由自主地往旁边让开。

代熏几乎是刻意地走到谢朝夕面前，抬起眼睛冷冷睨了她一眼。

谢朝夕瞥了一眼腕表的时间，微微颔首："代小姐很守时。"

代熏一听这话，火气登时腾腾而起："谢朝夕，你别嚣张！"

谢朝夕不为之所动，只是微微一笑，做了个请的手势："代小姐稍做休息，再去试装吧。"

代熏冷冷哼了一声，径直去了化妆间，然后双手抱臂往椅子上一坐，一脸生人勿近的表情，吓得那个年轻化妆师战战兢兢，拿着粉饼的手都哆嗦了下。

代熏一边化妆，一边从镜子里去看谢朝夕，心里憋了一股子火发不出来。

谢朝夕忙前忙后，半点都没闲着，直到中午才稍微停歇下来，又拿起了记事本——核对，梨子送去的盒饭被她放在一边，也顾不上吃。

过了几分钟，贺东诚走了进来。代熏眼睛一亮，连忙调整了一下坐姿，架起一双雪白的长腿，就期盼着贺东诚过来找她聊几句，结果贺东诚一进门就直奔谢朝夕那里，气得代熏扳弯了手里的刷子。再一看谢朝夕，贺东诚在旁边好声好气地陪着说话，她竟然连头也没抬，一副爱理不理的样子。

代熏心里气闷，谢朝夕这可恶的女人又在嘚瑟什么？哦，不对，那两人的关系本来就不好……不，等等，关系不好的话，贺东诚那么殷勤做什么？

一定是工作上的事情，代熏这样安慰自己。

贺东诚被甩了冷脸也不生气，殷勤地拧开矿泉水瓶盖，给她递过去。

咔嚓，又一根刷头断了。

代熏："……"

代熏忍着怒气，扭头不看了，拿出手机刷了会儿微博。过了会儿再抬头，贺东诚已经不见了踪影，谢朝夕还在后台走来走去，神色从容，在慌乱忙碌的后台里，她就像水一样悠然淡定，跟周围格格不入，偏偏又有一种难以形容的吸引力，让人忍不住一看再看。

代熏更憋气了，浑身血液似乎被一把火点燃，只想立刻发泄出来，刚好这时谢朝夕从她旁边路过，代熏立刻提高声音："谢朝夕，你能不能不要在我眼前晃荡？"

"工作需要，不好意思。"谢朝夕这才注意到代熏，有些好笑地看着她，"你看见我就心慌吗？"

"胡说八道！我看到你为什么要心慌？"

谢朝夕笑了笑没说话，代熏见她这副神情，更加火大。而且她坐着，谢朝夕站着，这居高临下的样子更让代熏不爽，她霍地站起身来，高傲地扬起下巴，仿佛这样才拥有了对峙的气势。

代熏说："你以为我还是以前那不懂事的小模特吗？"

"嗯？"

谢朝夕挑了挑眉，示意她继续说。

"你以为我轻重不分，任性赌气就不来吗？不，我比谁都珍惜机会，包括这一次，做了D.C的模特就是跟秦漪打擂台，我求之不得！"代熏紧握着拳，嗤笑出声，"你凭什么看不起我？是不是只要你不满意，你就看什么都不顺眼。"

代熏大概不知道自己现在就像一只张牙舞爪的猫，还自揭了老底。既然不会胡乱任性，之前又为什么提那些要求？

只是虚张声势一下吗？

"我的工作就是用挑剔的眼光，去看所有会影响销售数据的事情。"谢朝夕眸光清冷，淡淡地说，"如果你足够专业，就不会产生不受尊重的错觉。你没有好好想过是为什么，那是因为你没有底气来反驳我。顺便说一句，只有惧怕，才会让人避而不见，足够强大的人，无须躲开任何人。"

"我才不是……"

代熏的眼睛泛红，张了张嘴，完全反驳不了。

谢朝夕见她这样，反而有些忍俊不禁，微微笑了一下："只有自己看得起自己，别人才会看得起你。"

代熏深吸了一口气，似乎要重新提起气势，然而最后只是冷哼一声："谁要你来说教这些！你以为我不明白？别太把自己当回事了。"

代熏挺直了背脊，至少输人不输阵，当然这只是在她自己看来。

实际上，不管是底气还是说出的话，气势都虚了。

"既然你觉得自己现在专业了，晚上的大秀就证明给我看。"

谢朝夕说完这句，转身走了。

代熏瞪着她的背影，生气地把双手一环抱，往椅子上重重一坐，冲旁边战战兢兢的助理说："愣着做什么，去把助理设计师找过来。"

发作了一通，代熏发现有个年轻男人正在看她。

年轻男人长相清秀，却透着一种不好接近的冷漠气息，旁若无人的。他挂在脖子上的单反被拿在手里漫不经心地摆弄着。

代熏直觉是媒体记者，多看几眼又觉得气质不太像，可能是D.C请来的摄影师。

年轻男人倏地抬起眼睑，目光越过代熏，看向跟代熏同一个方向的谢朝夕。代熏这才发现自己误解了，这人根本不是在看她，心里一阵尴尬，气闷地收回视线。

这些人是不是抖M？

谢朝夕那种狗脾气都有人围着团团转！

另一边，谢朝夕忙完手里的事情，拿了矿泉水大灌了几口，就靠在椅子上闭目养神。

过了几分钟，一片阴影笼了下来，她长而浓密的睫毛动了动，掀起眼帘，首先入目的是男人胸膛前挂着的单反，往上只看见白皙修长的颈脖，弧度漂亮的下巴，还有漂亮的双眼。

年轻男人不过二十出头，挺拔得像一棵小白杨，白白净净，双眼清亮，只是那微微勾起的唇角显得有些倨傲。

他是国内知名摄影师，作品多次在国际获奖，在法国、美国、日本等地举办过多次美术馆级别的个人展。不过，他是拍地理风景出名，而非人像，所以这里的大多数人都不认识他。谢朝夕是无意间在网上看到他的山水作品，突发奇想请了他过来，两人聊了没几句，就一拍即合。

"舒先生。"谢朝夕立刻起身，微笑致意，"你怎么来了？"

"找找感觉。"

舒克拨弄着相机，想了想，示意她凑过来看，一张张翻看。

后台、秀场、漂亮的时装和高傲的模特……这些场景在他镜头下格外好看，就连混乱的后台也别有一番韵味。

他问："怎么样？"

"挺好的，你找到感觉了吗？"

"差不多吧，我大概知道应该怎么拍了。"舒克笑了笑，直视她的双眼，"不过需要你帮个忙。"

谢朝夕思索了下，刚好有空，就点了头。

舒克直接把她带到一个假人模特面前，指着上面的时装说："你穿这套，我来拍。"

她惊讶地睁大眼睛，愣住了，下意识要拒绝，却有声音从身后传来："我觉得可以。"

贺东诚暗自观察了两人一路，没忍住跟了过来，听到只是工作后，才放了心。而且，舒克这个提议简直绝妙，深得他心。

"不过拍风景的话，这套还不够出挑，我有个更好的建议。"

她好奇地问："是什么？"

贺东诚望着谢朝夕，眼底浮出些许笑意。

这份礼物，他准备很久了。

下午六点，媒体和来宾陆续入场，惊讶地看着眼前的场地，不由得流露出赞叹之色。

场地在郊外某个商业中心的湖泊旁，背靠郁郁葱葱的人工假山，晓风徐徐，吹起的粼粼波光中，白色石板桥从湖畔一直蔓延到湖中心的小岛上，一眼望去天蓝水碧，映衬着中间的重檐八角亭，古色古香，别有一番韵味。

悠扬的古琴铮铮，长笛相和，传统乐器乐队调试着琴音，他们穿着统一的国风服装，女性穿着优雅的旗袍，男性穿着潇洒的长衫。

古风秀台搭建在石板桥上，两侧和秀台终点就是来宾席，已经有一些人落了座，拿出手机拍摄周边美景。

那些等着看 D.C 笑话的媒体有些失落，场地布置得这么好，让他们怎么发挥？

他们黑着脸环顾四周，对着座位还很空的地方一阵猛拍，试图拍摄出无人问津的荒凉感。不过话说回来，又不是什么演唱会买票进入，本来时装发布会面对的就是媒体和时尚界，根本没几个普通观众。

这么一想，他们又觉得有些做作。

媒体、时尚评论人、明星、业内同行陆续到场，还有一些专门请来的网红，有些是做古风服装的，有些是做直播的，场内渐渐热闹起来。

模特开始换装，贺东诚和周海蓝等几个设计师都留在后台继续忙碌。谢朝夕没什么事就到前面来了，刚好看到了坐在一旁聊天的宋尧和吴婷婷，她笑着走过去打招呼。

吴婷婷今天穿了一身黑色小礼服，戴着珍珠项链，看起来温婉漂亮。她冲谢朝夕眨了眨眼，打趣说："朝夕，你紧张吗？抛弃我们公司的高薪到了这家小公司，成不成就看今晚了。"

"说实话，有一点点。"

"背靠大树好乘凉，太子爷应该不会亏待你吧？"

吴婷婷不知道这里面的曲折，谢朝夕只能开个玩笑绕过去，无奈地叹息："太子爷靠才华吃饭，不食人间烟火，我压力还是很大的。菲尔蓝有考虑过开辟中国风专柜吗？"

"我倒是想，但我说了不算啊。"

宋尧斜靠在椅背上，手指间夹了根烟没点，静静地听两位女士闲聊，唇角微微勾起，突然问道："你现在知道周诚是谁了吗？"

"呃，这……"谢朝夕的笑容一僵，卡壳了两秒。

宋尧挑眉："看来你受到了不小的惊吓。"

"算是吧。"

这时，几个年轻人走进了会场，女的青春靓丽，身上奢侈品环绕，男的意气风发，贵气十足，一看就是组团来的富豪团。白昕挽着香奈儿的手包，妆容精致，顾盼生辉。她还是老样子，浑身都透着一股子富二代的天真活泼，没什么烦恼的样子。

白昕目光环顾，找到谢朝夕后眼睛一亮，跟同伴说了一声就快步走来，不高兴地控诉谢朝夕的罪行："谢朝夕，你都好久不找我了。说好的帮我追男神呢？你跟男神一家公司，竟然还不让我近水楼台先得月！每次找你，你都说你忙，你太过分了！"

这劈头盖脸的一通抱怨，又透着一股子亲近劲。

谢朝夕有些头疼，正要开口，一道声音从旁边传来。

宋尧笑容玩味地问："男神指的是？"

白昕顺着声音转过头，就看见了一个英俊的男人。

宋尧神色淡漠，偏偏嘴角噙了一丝淡淡的笑意，有些漫不经心的雅痞感。白昕的心跳咚咚地重跳一拍，大概因为颜值够了，就算对方穿着她平时最嫌弃的刻板西装，她也觉得相得益彰。

"咳。"白昕清了清嗓子，态度来了个一百八十度的大转弯，"男神啊……不就是你吗？"

谢朝夕："……"

吴婷婷讶异地看了看三人，不由得抿唇一笑："虽然说是奔四的人了，boss还是这么有魅力。"

宋尧的嘴角一抽。

"没想到你已经是这样的长辈了，不好意思，我刚刚太轻浮了。"白昕显然被奔四两个字吓到了，整个人的表情都僵硬了一瞬，完全没藏住心里的想法，她一边催促谢朝夕带她走，一边又补充了一句，"不过你还是很帅的。"

等人走了，宋尧才斜睨了吴婷婷一眼，幽幽地说："我下个月才三十。"

谢朝夕无奈地带着傻孩子去后台。一路上，白昕又忍不住回了两次头，一副十分惋惜的样子："他保养得可真好，看起来也就二十出头。"

"你刚刚的表现，嗯，很像个女流氓。"

白昕的自我感觉非常良好，一听这话就不乐意了，反驳说："被我这样的花季少女恭维，应该是件很美妙的事情吧？你这样说我，我会生气的。"

谢朝夕不知道说她什么才好，只好随便"嗯"了几声。

到了后台，白昕立刻双眼放光，兴奋地各处看，不过跟她想象中相差有些远——太乱了。工作人员匆忙来去，换下的衣服直接扔在椅子上、地上，跟歪歪斜斜的高跟鞋散落一地。但是，当白昕的目光落在时装和饰品上，就再也挪不动眼睛了！

细致精美的时装、耳环、手镯、团扇和头饰……每一个都设计感十足，富有古意。

白昕惊艳不已，每一个小细节都不愿错过，连连说："这也太好看了吧！我还以为会很古怪呢。哇，平时穿出去一定能艳压群芳，还不怕撞衫。我现在就迫不及待想下单了！每一套我都要，还有饰品、鞋子，我都要！"

"喜欢这些风格的话，可以考虑下我们的小高定。"

模特换好衣服走出试衣间，捏着还有些松垮的腰部面料，设计师快步走上去，拿起别针和针线收腰。从旁边路过的白昕顿住脚步，看清那个设计师是谁后，脸色快速地阴沉了下来："哎呀，这不是周公主吗？"

周海蓝也看见了她，笑眯眯地打招呼："你也来走秀啊，暴发户。"

一个眼神，一个称呼，已经是噼里啪啦火花四溅。

"公主殿下在这里打工？"白昕阴阳怪气地说着，脸上酝酿着的怒意眼看就要爆发。

周海蓝立刻亲热地一挽谢朝夕的胳膊，声音甜美亲昵："夕姐姐，你怎么跟她在一起呢，容易拉低格调。"

谢朝夕问："你们认识？"

周海蓝说："也不算认识，就是知道有这么个人。"

白昕矜持地说："勉强算个点头交。"

谢朝夕忍不住想笑，这两人哪里是不熟，分明已经熟过头了，分分钟都能怼起来的架势。不过周海蓝今天工作在身，没两分钟就被匆匆叫走了，白昕空留一身技艺无法发挥。

不过周海蓝一走，白昕立刻把握住机会，开始说她坏话："这个周海蓝啊，也就是家世好一点，做人狼心狗肺，还傻不拉几的。"

"怎么说呢？"

白昕正要说，冷不防就看见了远处的某个人，发出一声冷嗤，她抬了抬下巴示意："就那个叶榆，心思可多着呢。周海蓝就为了这么个东西跟我绝交！你说她眼睛瞎不瞎？"

"嗯……还真不好说。"

白昕见得到了认同，立刻叽里呱啦吐槽了一通，要不是大秀快开始了，她能从三个人怎么相遇说到怎么撕到现在的。

"而且还有……"白昕说着说着就卡壳了，双眼瞪圆，盯着一个人不动了，紧跟着瞳眸中就冒出了一丝丝火光。

谢朝夕顺着她的目光望过去，只见一个清瘦的人影正坐在不远处的沙发上，助理设计师在旁边跟他说话，他却充耳不闻，偶尔只是"嗯"个一两声，神色局促又抗拒。

在助理设计师急得不行时，他才扬起手上的笔记本，上面写了一行交代的字。助理设计师看到了后眼睛一亮，双手合十，很快就快步离开了。他松了一口气，把鸭舌帽往下又压了压，似乎这样才有安全感。

"你看沈珈做什么？"谢朝夕随口问。

白昕就像一个炸弹，一点就着，就差气急败坏地咆哮："就是他！那个说我品位一钱不值的设计师！"

谢朝夕想起来了，是那一次Leya莱亚的酒会上。

但起因是某个人见色起意……

"你等等我，我要找他好好理论理论！"白昕气呼呼地就要冲过去，走到半路又顿住脚步，转过头来问谢朝夕，有些不自在地问道，"谢姐姐你看看我今天的穿搭呢？有没有什么问题？算了，还是结束后再去吧，我要好好想想我的话术……"

谢朝夕挑了挑眉，若有所思。

八点整，大秀正式开场。

场内陷入短暂的黑暗，随着一声如水的编钟声从音响里荡开，快速拨动的古筝犹如高山流水，从远方渐渐而起，LED大屏幕呈现着水的画面，这是第一个主题：水象星座。

柔和的灯光投射，身姿窈窕的模特配和着曲调中的韵律，缓步而来。渐变色的长裙像是水里漾开的涟漪，轻薄柔软在风中微微荡开，下摆用银线勾勒着苍白的茉莉花，外面又用一层如云如雾的轻纱笼罩，平添几分月下朦胧的柔媚。

水象星座的时装一共八套，风格浑然一体，每一件又做了不同的设计。有些是复古的交领，有些应用了旗袍的一些设计，有些又结合汉服做了外套……

底下的来宾根本挪不开眼睛，在这如诗如画的大秀中如痴如醉。

媒体在愣了两秒之后，举起镜头疯狂拍摄，每一套每一个角度都不肯错过，心情又是激动又是无奈，他们才吹了雅韵没多久，原本摩拳擦掌要踩D.C一顿，现在只觉得脸上火辣辣地疼。

一个杂志主编双眼闪动着光芒——为了销量，她把脸凑上去给人打都行！

白昕和几个年轻小朋友，已经完全按捺不住激动的心情，恨不得立刻发朋友圈，发微博，发Ins（照片墙）……炫耀眼前看到的所有美好。

灯光暗下，黑夜降临。

天边一轮圆月皎洁，洒落淡淡清辉。

铮的一声，古琴垫了一个底音，伴随着呼啸的风声，尺八吹奏出肃杀的乐曲，大屏幕画面一转，呈现出风中飘摇的淡紫色花朵，与模特身上的紫色系列时装相得益彰。贺东诚专门选了这个色系，来表达风象星座的神秘、雅致和不可捉摸。

惊艳！惊叹！

这都是什么神仙设计啊！

每一个主题的系列时装都摄人心魄，每一首配乐和灯光都相得益彰，在山与水的映衬之下，准确表达出四个主题中或是怅然，或是神秘，或是捉摸不透等情绪，又十分有意境。还有那些头饰、耳环、镯子、胸针……

天哪！D.C打算拓展新业务了吗？除了买买买，他们还有别的选择吗？

时间匆匆，不知不觉，四个主题的时装全部展现完毕。

咚的一声，大鼓敲击而下，明亮的灯光下，所有模特开始返场。代熏微微仰着下巴，脸上带着自信的笑容，气场全开。在她上场的刹那，似乎所有人都黯然失色，她成为万众瞩目的中心，镁光灯疯狂地闪现。

网红主播拿着手机，早就按捺不住激动的情绪，跟她同样心情的是正在观看直播的网友们，弹幕疯狂刷屏：

"我本来对中国风没有兴趣，结果我都看到了什么？！"

"吓我一跳，我还以为又是什么龙袍青花瓷，真该让那些老外看看真正的中国风！"

"妈妈问我为什么跪着看手机。"

"网址呢网址呢，我要下单，我要当购物狂！！"

"啊啊啊，配乐太美了，求下载！"

看着屏幕上的热烈反响，网红主播隐隐有些激动，预感这个牌子要火了。

又是咚的一声，全场掌声雷动。

网红主播预感到了什么，心跳剧烈，飞快地对着手机说："设计师要出来谢场了，你们知道是谁吗？曾经一夜成名，被称为鬼才设计师的'周诚'，他还从来没有公开露过面。先不播了，我一会儿要去找他合照了。"

"等等啊，亲，不要抛弃我们啊！！"

"嘤嘤嘤，我也想看。"

"别啊……"

后台，贺东诚锁着眉头环顾全场，终于找到了某个人，他三步并作两步走去拽了拽谢朝夕的胳膊，冲她抬抬下巴："你跟我来一下。"

"没兴趣，你自己去。"谢朝夕想也没想就拒绝，"或者你找代熏，她应该很乐意。"

"你要把我推给别人？"

"这是什么话，说得我们好像有什么亲密关系似的。"

"哦，是吗？"

贺东诚轻飘飘地说了一句，近乎控诉地盯着谢朝夕，把她看得头皮发麻，脚步不由得往后退了半步。她看了看腕表，看似镇定地催促他："还有五分钟，你快去准备。"

谢朝夕说完话就想走，贺东诚从后面扣住她的胳膊，在众目睽睽之下，用力地把她拽进旁边的试衣间里，谢朝夕一个踉跄，双手被压在墙壁上，她不高兴地皱眉，冷道："你做什么？"

"你不是说我们不够亲密吗？"

"我……"

仿佛预料到了什么似的，谢朝夕的心跳骤然脱轨一样不受控制，咚咚狂跳。

贺东诚突然垂下头来，一只手扣住她的下巴，灼热柔软的吻就落了下来，强烈的酥麻感从接触的唇上轰然蔓延到四肢百骸，谢朝夕瞪大了眼睛，有好几秒脑海中都是一片空白。

他贴着她的唇问："现在够亲密了吗？"

试衣间只是隔了一层帘子而已，中国风奏乐加上窃窃私语的声音无孔不入，似乎在这一刻被无限放大。

谢朝夕浑身绷紧，一直循规蹈矩的她哪里经历过这种……这种破格的事情？

"你发什么疯？外面都是人！"

谢朝夕推开他想走，又被贺东诚擒住手腕往后一压，高大的身材在这狭窄逼仄的空间格外有攻击性，他再次垂下头来吻她："还不够吗？"

谢朝夕别过脸去，用手背挡住他，灼热的吻又落在她的手背上，烫得她不由自主地缩起身体。他目光灼灼，明知道她不自在还目不转睛地望着她。

他低声说："朝夕，我只想和你一起谢场。"

"为什么？"

"我画的所有设计图，都是你给我的灵感。"

谢朝夕心里咯噔了一下，双眼微涩，蒙上了一层薄薄的雾气，竭力隐忍才能不让水雾凝结成泪水落下。

这些天谢朝夕一直回避他，就是因为她始终无法说服自己。

她担心他只是为了灵感才来亲近她，她也担心，他混淆了好感和灵感之间的区别，并不是真正地喜欢她这个人。

当有一天，他无法从她身上获取灵感，是否她就不被需要了呢？

"我不想解释，犯错和误会才需要解释。"贺东诚话锋一转，低笑了一声，"我想做的是坦白，听完你想走想留，我都不拦着。"

谢朝夕抿着唇，瞥开视线没有看他。

他看她没有反对的意思，就继续说："你应该听过很多小道消息，说我交往过很多所谓的'女伴'，虽然是事实，但我跟她们的关系都止步于朋友。我希望能找到我的灵感缪斯，但只有你，能让我感受到喷薄而出的灵感。"

谢朝夕微微蹙眉，这不就跟秦漪说的一样吗？

"很长一段时间里，我们的关系恶劣，你看不惯我，其实我也看你很不顺眼……我很厌恶这种感受，为什么我要从一个讨厌的人身上得到灵感呢？"他想起以前，就感到无奈。

大概她永远都不会知道，他有多么渴望看见她，所以才有那么多次偶遇。但在同时，他又抗拒这种被吸引的感觉，让他失控，让他毫无尊严。

偏偏这种感觉像是罂粟，他一边沉醉，一边厌恶又难以抵抗，简直爱恨交织。

直到那一次他在Midnight喝醉了，做了一件平时不可能做的幼稚事情。

他故意打电话给宋尧，通过宋尧来逼她见面。本来只是戏耍她一通，谁知道她竟然老老实实地把他带回了家。

后面看到听到的一切，他放在了心上，然后……再也放不下。

"这场秀和你，都对我很重要。"

谢朝夕脑海中千思百转，唇角动了动。

贺东诚用拇指擦去她嘴角弄花的口红，然后道："我没你想象中那么无耻，尽管我没在别的人身上找到灵感，但我分得清灵感缪斯和喜欢的女人之间的差别，我也很高兴……这些都是你。"

暗淡的灯影下，贺东诚凝望着她的眼眸深邃迷人，她能在里面看到自己的倒影，那样专注无法自拔的神情，仿佛全世界只能看到她一个人，永远只有她一人。

谢朝夕的眸光微动，心跳一发不可收拾，狂跳起来。

"我曾用名周诚，现在叫贺东诚，水长东的东，至诚无息的诚。"贺东诚深深地望着她，漂亮的双眼里似乎盛满万千繁星，又温柔得能滴出水来，"我们重新认识一次，以前的事情就让它过去，好不好？"

狭小的试衣间里，陷入沉默，也许只有一两秒，但对贺东诚来说格外漫长，就在他以为她不会回答的时候。

她轻声说："谢朝夕，朝闻道夕可死矣的朝夕。"

咚！大鼓声富有韵律，响彻湖畔，令人感觉天地浩瀚，豪情万丈。

秀台尽头，华美的灯光掩映下，洒落下漫天的花瓣，男人背光而立，面容被交织的光影模糊。

他的身材修长挺拔，穿的依然是中国风设计，简单的长裤，上身却做了简单的汉服外套设计，松松地系着腰带，不经意间透露出一种落拓不羁的风流。

所有人都屏住了呼吸，无数镜头对准秀台，等着在第一时间拍下周诚的真面目。

白昕紧紧握着拳头，激动之情溢于言表："出来了！出来了！"

"呵，激动什么，没见过世面。"

谁这么扫兴？白昕转头一看，周海蓝抱着手臂站在旁边，一脸高冷。

白昕轻蔑道："关你什么事？我宣布，以后我就是男神的铁杆粉丝，只要是他的设计我全买回去！"

周海蓝冷哼："少肖想我哥，我代表他把你开出粉籍。"

白昕："你……"

等等，她哥？

铮，古琴声起，在所有人的翘首以盼中，周诚对旁边伸出了手。

还有什么人要出来吗？

一般情况下，可能就是压轴模特，代熏已经先出来了，那就可能是品牌相关的人物了。

一只白皙如玉的手搭在周诚的手上，高挑的女人走上了秀台，与周诚并肩而站。她穿着的长裙跟周诚是同系列，肩头用水墨晕染开一只展翅欲飞的雄鹰，布料柔软地贴合着女人曼妙的身段，如水流泻而下，轻纱做的罩衫好似烟云朦胧。

没想到就连谢场的时装，都这么惊艳！

又一声咚，热烈的掌声中，两人携手从光幕中走了出来，迎接闪动的镁光灯。

众人呆滞了片刻，看清楚是谁后，不免有些失望。

不是期望中的周诚，而是他们的老朋友，网红总裁贺东诚，还有之前被全网黑的时尚买手谢朝夕。

接下来应该就是简短的谢场和采访了。

一些人已兴致缺缺，侧头跟旁边的人交谈起来，一些人低头摆弄起了单反……周海蓝心中憋着一股子闷气，霍地站起身来，啪啪拼命鼓掌。白昕看了她一眼，跟朋友也站起身来鼓掌，宋尧和吴婷婷也站了起来，更多人站了起来……

掌声再次热烈。

贺东诚接过话筒，目光淡淡地环顾全场道："首先，很感谢各位来到D.C国风的首季发布会，不管是作为设计师周诚，还是作为总裁贺东诚，我都感到非常荣幸；其次就是……"

什么？

众人还以为自己出现幻听了，面面相觑，议论声响起。

有记者等他说完后，高声问道："贺总，你刚刚的意思是，你、你就是周诚？"因为不敢置信，这句话他中间还停顿了两次。

记者问出了所有人的心声，每一个人都屏住呼吸等着答案。

谢朝夕同样意外，微微睁大了眼睛，困惑地看向贺东诚。

他……他就这样公布自己的身份了？他之前不是很避讳吗？公司里流言蜚语不断，吴耀光还为此跟他大吵了两回，他都没有退步，怎么突然就要公开了？

贺东诚没有立刻回答，他微微侧头，跟谢朝夕对视了一眼，唇角慢慢扬起，他用力握着她的手，这才拿起话筒回答说："你们听得没错。我就是周诚。"

霎时，场面如同到了临界点的水一样，顿时沸腾起来。

"……时装是历史的一面镜子，我们的产品属性是中国的文化、传统和艺术，同样也有时间的沉淀和厚重，这一点全世界只有我们能够做到……

"……最后我要特别感谢一个人，没有她就没有今天的SHOW，我的缪斯——

"谢朝夕！"

"你们听得没错。我就是周诚。"

屏幕上正投放着D.C发布会的直播，洒脱风流的男人唇边带着笑意，双眸清亮。

秦漪手指夹了根香烟，冷冷看着屏幕，在看到贺东诚侧头温柔地看向旁边的女人时，她终于忍不住，猛地把手里的酒瓶砸向屏幕。砰的一声，屏幕碎裂，画面依然在继续播放，贺东诚的声音传来："……我的缪斯——谢朝夕！"

秦漪操起圆凳用力砸过去。

轰的一声，屏幕蛛网般龟裂，整个客厅陷入黑暗。

猩红一点在黑暗中闪烁，秦漪抖着手吸了一口烟，好一会儿，冷笑了一声："想得挺美。"

静默。

不知道过了多久，别墅大门传来轻响，然后有人打开了客厅的灯。

柔和明亮的灯光照亮，映入眼帘的是一片狼藉，满地的碎片，东倒西歪的酒瓶，烟灰缸里积满烟头……

"囡囡！"秦母惊呼出声，脸色苍白，随后才看到窝在沙发里的女儿。秦漪懒洋洋地靠在那里抽烟，唇边带着笑却不达眼底，森冷的表情在映入眼帘的一刹那让秦母有些不适。

秦母在她旁边坐下，替她把散落的头发拨到耳后，柔声问："囡囡，你怎么了？"

"我……"秦漪笑了一声，才发现嗓子干哑得快冒烟了，她喝了一口红酒润润喉，这才说，"没怎么，看了个节目……心情不太好。"

秦母一听就知道她在说谁，手臂环过女儿的肩膀，把她抱到怀里，温柔地拍着她的背部："那些不开心的事情全部抛掉吧，不要想了，知道吗？"

"我不想让他好过。"

秦母不由得想起以前经常到家里来的那个年轻人，他意气风发，却又过于傲慢，但是在面对秦漪和父母的时候，总是笑意盈盈，没有半分轻浮，教养非常好。

秦母轻轻叹息："你爸爸的死其实跟他没关系，事情都过去这么久了，囡囡，妈妈唯一的希望就是你过得开心。"

秦漪始终带着笑容，面上完全看不出她在想什么，听到这些话，她只是亲昵地抱了抱秦母："妈妈，我现在也过得很好啊，你不要担心我。只是我们投资的公司又跟他撞上，我有点不高兴。"

秦母不懂公司的事情，将信将疑地问她："只是这样吗？"

秦漪耸耸肩："跟谁撞上不好，偏偏又是姓周的。妈妈你说，他们是不是故意跟我们秦家、李家都过不去啊？"

秦母观察她的表情，见她的确不像为情所伤，放心下来："这些我不懂，你要是不乐意，让你舅舅出面就行，别管了。"

秦母的性格跟秦漪完全不像，遇到事情只想要绕过去，缩在一方小天地里过日子。秦漪有时候想，还好她是这种强势性格，不然怎么保护妈妈呢？

秦漪咽下了一些话没说，只是笑道："算了不说这个，妈妈你放心，我会好好调整心态的，反正我们很快就能扳回一局。"

而在另一边，海边的某栋别墅内，一个年轻男人慵懒地靠在沙发里，暖黄的光微微勾勒出他俊逸的身影，脸庞却被模糊在阴影中。

屏幕里，同样播放着D.C国风的大秀。

他的目光从那些美轮美奂的时装，还有反应热烈的人群中滑过，最后落到谢朝夕微笑的脸庞上，久久凝视。

这……就是她要的吗？

"D.C国风——这才是中国风的正确打开方式！"

"'鬼才设计师'再出江湖，周诚用事实告诉我们，江郎才尽不存在！"

"惊爆！不好好创业就要回去继承亿万家产系列之最。"

"周诚就是贺东诚！"

几乎在发布会一结束，网上就激烈地讨论了起来，之前不看好D.C的人纷纷被打脸，网民自发成为水军给D.C转发、推荐、科普，在微博、论坛等地方疯狂评价赞美。以前D.C的老粉丝们激动得热泪盈眶。

"我以为曾经的D.C就是周……哦不，贺东诚的巅峰了，没想到他还能给我们更好的！"

"事实证明，瓶颈期一过就是涅槃重生！"

"之前谁嘲讽说D.C能成功就要叫爸爸的？还有个要直播吃键盘的，人呢？"

"我已经按捺不住内心的饥渴了，准备剁手！"

"……"

什么叫"一夜成名"，D.C国风就是最好的写照！

网上铺天盖地都是D.C的相关消息，连带着贺东诚、谢朝夕也再次出名，还有网友嗑了这对"东西"CP。

网友们迫不及待地想要下单，下班就奔到实体店，结果发现D.C卖的不是发布会产品，而是平价、生活化的简单中国风服装。再一了解，原来是雅韵横插一脚，抢走了原本属于D.C国风的旗舰店，网民们买不到东西，阴阳怪气地嘲讽雅韵不配跟D.C国风争。

而秦漪之前炒作的黑料，就这样被淹没在了众口铄金里，等有人回想起来再去翻一下，黑料已经被删得干干净净，留下的全是正面报道，以及三道集团的官方嘲讽。

至于贺东诚，发布会的采访上他还回应过这件事，语气冷淡客观得仿佛他不是当事人：

"曾经的关系我不反驳，但那只是曾经。

"两家企业之间的竞争，正规合法，所以如果没有真凭实据就来恶意造谣的话……

"不管是我，还是三道集团，都将采用法律手段追究到底。"

第二天，秦漪看到这篇报道的时候，气得掐断了手指甲，压抑着怒气给贺东诚打了个电话过去，冷冷地说："我还以为你要永远跟三道集团划清界限呢。"

贺东诚明净的声音从听筒里传来，没有一丁点阴霾，但又冷淡疏离得像个陌生人："不管我认不认，事实就是这样。"

贺东诚没有那种要靠自己走出一条路的天真想法，如果能借助家世走得更高，何乐而不为？再说了，他不让D.C跟三道集团有牵扯，大多是因为理念不合。

"还以为你多有骨气呢。"

贺东诚轻笑了一声："你把我的尊严傲骨都践踏了一遍，现在来问我这个问题？秦漪，听我一句劝，多朝前看。"

秦漪没来得及嘲讽，嘟嘟声就传来，电话已经断了。

不管李氏和雅韵怎么想，怎么不甘，D.C国风都一炮而红了。消费者热情高涨，因为暂时买不到主牌，全部一窝蜂冲着副线产品去了，他们的销量几乎是直线飙升。

成天盯着数据看的买手部，还有销售部的人，每天都红光满面的，跟吃了人参一样精神抖擞。

整个D.C公司，大概只有一个人情绪不大对劲——吴耀光。

他简直是爱恨交织啊，公司落入低谷的时候，他恨不得立刻出手卖掉股份，现在公司情况好了，他又开始后悔了。不怪吴耀光鼠目寸光啊，哪家公司刚一上线，就是要么全网黑要么全网红这种大起大落啊？

他的小心脏啊，承受不住啊！

但不得不承认，贺东诚对营销很有一手，之前故意拉了那么多仇恨，现在全部转变成了购买力。

吴耀光看着手里的合同，长长叹息。

隔壁办公室，飘散着醇厚的咖啡香。

半个小时前，谢朝夕送走了觍着脸上门求订单的A工厂，又先后见了请他们入驻的商场负责人，还有殷勤的面料商。谢朝夕没有想到维亚购物中心的蒋成会来，他这是自己打自己的脸，但看蒋成的样子，他半点都没觉得不好意思，非常坦然。

可能从商的人都这样，只要有利益在，脸皮不算什么。

谢朝夕一边请蒋成喝茶，一边笑着开玩笑："不是我不愿意，说实在的，我最中意的就是维亚，前段时间被雅韵横刀夺爱，我好几天都没睡好呢。"

蒋成说："要真是这样就太好了，现在我们这边呢，可以给你们最好的位置，不强迫你们参加活动，抽成点可以降低一些，并且不要求最低销售额。"

谢朝夕的眼角抽了一下，就凭D.C现在的势头，销售额完全不用操心，蒋成也好意思说出口。

"我也十分愿意呢，只不过……"谢朝夕说，"我们的旗舰店已经敲定了，如果要继续跟维亚合作的话，就只能是普通店了。"

蒋成的心在滴血，旗舰店是整个品牌的形象，普通店跟它差的不是一星半点。他也知道这是最好的结果了，毕竟是他们违约在先。

蒋成没有纠结多久，笑着伸出手道："那么合作愉快。"

走出大厦，蒋成才想起忘记问他们的旗舰店位置在哪儿，企业的宝贵时间是经不住拖延的，如果不尽快转化购买力的话，热度迟早都得下去。等下一次再造势，就不一定能超越这一次了。

只过了一天，蒋成就发现自己白担心了，D.C国风宣布旗舰店正式开业剪彩！

蒋成看到这个消息的时候，风中凌乱了一下。

不是被抢走了位置吗？这才短短几天，他们就能直接跳过装修开业了？

所有人都一脸蒙，看了内容才知道，D.C国风在秦市原本就定了两个位置，维亚购物中心那边黄了后，他们直接就把另一个商区的店改成了旗舰店。

这个商区叫"清风里"，主打开放式、低密度的街区形态购物中心，跟其他商场的气势恢宏比起来，清风里格外与众不同——没有高楼大厦，没有密密麻麻的店铺，放眼望去是一片古韵十足的建筑群，青瓦坡屋顶、落地玻璃墙，将传统和现代建筑完美结合，围绕中心历史悠久的古刹往四周蔓延。

当寺庙撞钟时，悠扬深远，宁静中自有禅意。

D.C国风的旗舰店，刚好就在古刹旁边的独栋里，优雅的中国风装潢，与街区和古刹相得益彰。旁边是GUCCI（古驰）、CHANEL（香奈儿）、HERMES（爱马仕）这些经典奢侈品，D.C国风在这片奢侈品的聚集区，成了一道独特的风景线。

几乎可以预见，这个地方即将爆发出巨大流量。

蒋成一看到旗舰店的样子，顿时一口老血哽在心头，作为替补上位的门店，这个装潢也太豪华了吧？比之前维亚购物中心里的设计图不知道好了多少倍！

蒋成突然有些怀疑人生，难道从一开始，他们维亚就是个挡枪眼的备胎？

他想起谢朝夕那诚挚的眼神，心情有些复杂。

太狡猾了！没想到他也有看走眼的时候。

其实蒋成想多了，谢朝夕跟他的心情一样复杂，她什么都不知道。

前段时间店址被抢，谢朝夕暴躁又焦虑，结果转过头贺东诚就告诉她"不要担心，我料事如神，早就搞定了"。

这句话没什么问题，关键是贺东诚是在开业前两天才说，还一副理所当然的样子，气得她想暴打他一顿。

　　"你那段时间全国飞，就没来得及告诉你，我只是有所预感，就让他们把设计图换了下。"贺东诚不以为意，淡淡地说，"知道的也没几个，公司有内鬼，我也不敢多透露。"

　　谢朝冷静下来问："内鬼？"

　　"当然，不然怎么每次雅韵都抢先一步？没那么多巧合。"

　　"找出是谁了？"

　　贺东诚没说话，眸中晦暗不明，目光透过玻璃墙落在了某个人的身上。谢朝夕顺着他的目光望去，看到那个人时有些惊讶。

　　周海蓝哼着歌，悠游自在地转动着办公椅，向旁边的同事靠了过去说："你画得怎么样了？看了发布会后，我的灵感源源不断，我连下下个季度的图都一口气画出来了哈哈！"

　　那人静静画着图，微微笑着说："还不错呢。"

　　谢朝夕转过头问："是这人？"

　　贺东诚不置可否，只是嘲讽一笑："太蠢了，总被人耍得团团转。"

　　谢朝夕眉头越拧越紧，心里的火气腾腾直冒，一个品牌的开端非常重要，干下这些阴损的事情，是想要毁了D.C啊。

　　"我去查一下监控，看看她还有没有做什么别的，把证据收集齐了我让她好看！"

　　"别了。"贺东诚拉住她的手，唇边噙着的笑意意味深长，"我们守株待兔就行。"

　　"要继续等？你就不怕翻车吗？D.C是我们的心血，半点风险都不能冒。"

　　"跟稳步前进相比，我更热爱冒险。"

　　"比如你那两个对赌吗？"

　　这个反驳让贺东诚有些尴尬，他摸了摸鼻子，讪讪地说："证据我有，但现在起诉没办法扩大影响，你就这么不信任你的男朋友吗？"

　　"什么男朋友？公司不准办公室恋情，你忘了？"

　　"规定是死的，人是活的，不过你要是不愿意，地下情我也可以。"

　　"……"

　　谢朝夕无语了一阵子，瞪了贺东诚一眼，她就没见过比这货更厚颜无耻的人。

　　贺东诚亦步亦趋地跟在她身后，脸上的笑容戏谑，拖腔带调地说："你总不能白占我便宜，给个名分？不过也好，我可以把试衣间里的事情昭告全公司，免得大家吐槽你'冰雪女魔头'，女流氓更接地气呢。"

一员工从旁边路过，看向谢朝夕的目光十分震惊。

谢朝夕："……"

"你就是这样颠倒黑白的？"

贺东诚还真的很喜欢这样彰显主权，比如说，他就用这招成功击退了一个潜在情敌沈珈。沈珈本来就不太擅长表达，发现他们的关系后神色落寞离开的样子，还让谢朝夕内疚了半小时。

"我人就在这儿，你随时都能找回场子。"贺东诚配合地弯下腰，指了指自己的唇，故意压低的声音蛊惑意味十足，"要不晚上回去，随便你怎么踩、躏。"

他十分暧昧地强调了最后两个字。

"……"

谢朝夕的脸唰地就红了，她忍无可忍，瞪他："贺东诚！"

自从谢朝夕半似默许两人的关系后，贺东诚说话的尺度就越来越大了，不仅不要脸，而且非常擅长打蛇随棍上，只要她态度有一点点松动，他立刻得寸进尺。

而贺东诚呢，偏偏最喜欢看她恼羞成怒的样子，看着她脸颊耳根一点点染上绯红……冷漠的人害羞起来，十分动人，真是让人看不够啊。

谢朝夕转身走了，他追上去，看着她白皙如玉的侧脸，轻笑了一声："我觉得有必要澄清一下，对赌是我故意签的，债还完了，下次就不会手下留情了。所以，不用担心太多，我有分寸。"

贺东诚想起了一件事，笑着说："对了，还有一个提醒你要不要听？"

"有什么直说吧，卖什么关子？"

"我预测，雅韵可能会找人跟着你买货，你留意一下数据，该下手的就要趁早，不然货被他们故意买空怎么办？"

谢朝夕遇到过这种情况，有些设计师出货可能只有一些，晚到一步的人可能就没了。

不过雅韵如果要在这方面跟她玩小心思的话，她也不介意以其人之道还治其人之身。

比如把预测能卖1000件的货，改成100，但把预测只能卖100件的货，改成500。呵呵，数据嘛，只要他们想偷看，就别怪她动手脚了。

想到这里，谢朝夕微微一笑，胸有成竹地说："知道，这个我也有分寸。"

"学我说话？"

他眼中浮出笑意，刮了她的鼻梁一下。

谢朝夕不太自在地看了他一眼，冷漠地转身："说事就说事，不要动手动脚。"

"哦，那下次不说正事的时候，我再动，没问题了吧？"

"……"

D.C国风正式开业后，官网的流量几乎爆炸，程序员接连加了几天的班，就连回家了都战战兢兢地害怕服务器突然崩溃。销量呈直线上升，除了主打的款式，从外面购回的款式存销比也非常好看，不过短短一周时间，销售部就拿了表格过来要求补货。

谢朝夕摇头拒绝："主打款通通不补货，宁愿让消费者饿着也不能补，我们主牌要摆出高调性、高姿态，不能让消费者把我们跟别的牌子混为一谈，以为会等到打折，或者永远不愁买不到。"

销售部的负责人心痛不已，就差捶胸顿足了："这些都是钱啊，为什么要跟钱过不去？"

"上补充款就行了，下次消费者就会知道，要买趁早。"

"等等，这个灰色标记的数字是什么？"负责人看见了希望的曙光，"这个也是库存吗？那还有不少呢。"

"灰色标记全部要拿出去做快闪。"

"快闪？这多没格调啊。"负责人十分嫌弃地说，他印象中的快闪店，全部设立在商场里的打折区域，卖完一批货立刻撤走，负责人强烈要求，"还是拿去补货吧，夕姐。"

"不是你想的那种。"谢朝夕神秘一笑，跟他简单解释了一番，又说，"目前除了我们是做服装的，其他的都是特色艺术品，乐器、瓷器什么的，格调不低，还很有意义。"

"呃……要是反响不好呢？"

"没关系，我们的目的也不是卖衣服。"

负责人依依不舍地看着她走远的背影，感觉心在滴血，钱送到眼前不能拿的滋味太难受了，他苦着脸回到销售部，从喉咙深处爆发出一声怒吼："赶紧把补充款上了！下个季度我们争取把销售预算翻倍！"

一个月过去，D.C国风势头不减，连带着本来有些冷清的清风里，都获得了一大批关注。那些等着D.C热度降低的人，期望再次落空。

旗舰店自开业以来，每天的生意都如火如荼，人流络绎不绝。

一走进店里，气势逼人的游龙迎面而来，在恰到好处的灯光下，栩栩如生。古色古香的装潢，墙壁上笔走龙蛇的字画，玻璃地板下的流水潺潺，耳边流淌而过的国风音乐一瞬间让人坠入古韵的世界里。

就算不提D.C国风的设计，光是这些独特精美的装潢，就足够吸引人了。街道上来往的行人纷纷朝这边投来目光，很多人看了第一眼后，立刻改道进了店。

两个年轻女孩进了旗舰店，看起来有一些怯生生的，导购微笑着问道："两位想买什么呢？我可以给你们推荐一些不错的新品。"

"不用了。"年轻女孩摇摇头，"我们先自己看看。"

事实上，在她们无意间扫过吊牌上的数字时，已经被吓坏了，定价全在3000以上，不是她们能负担得起的价格。年轻女孩见导购没有走，目光不由得闪烁起来，她们担心导购露出鄙夷的神情，就好似她们曾经逛过的某些大牌产品。

导购笑容温和："那有需要的话，再叫我就好了。"

年轻女孩松了一口气，期期艾艾地问道："店里太好看了，我们可以拍照吗？"

"只要不打搅到其他顾客，您可以随意。"

十五分钟后，两个年轻女孩走出了旗舰店，她们对视了一眼，从对方眼中看出了兴奋。当天，论坛和微博上就出现了这样的帖子：

"就算买不起，云吸一下也是好的，这是什么神仙旗舰店呀！"

帖子里附上了拍摄的照片，每一张都非常精致，别有一番意境。

博主还得意地表示："图片都是随便拍的，我的技术其实不怎么样，实在是这家店不管怎么拍都好看！还有店里挂着的那些裙子，博主我负责任地说，每一条都好看！画重点，每一条！而且导购姐姐好温柔，没有那种看不起人的感觉，第一印象不能再赞了！"

博主发誓一定要努力赚钱，争取有一天能穿上这个D.C国风的衣服！

帖子底下一堆留言，还有别的网友晒出了自己拍的照片，还有在清风里的街拍，其中最夺人眼球的是一名叫舒克的摄影师拍摄的，构图、取景，每一个细节都无可挑剔，关键是模特有气质又漂亮，这个模特简直就是行走的衣架子，每一套衣服穿在她身上都惊艳得很！

"这个小姐姐真是仙气飘飘，还有清风里那种古韵的味道，真的好适合街拍啊！"

"真的没人认出这个小姐姐是谁吗？她是贺东诚在发布会当场表白的谢朝夕啊！"

"我也要表白她！比心比心，真的太美了。"

"啊啊啊，我不行了，我也要去这里街拍打卡！"

"D.C国风的衣服加清风里的街拍，完美！"

"偷偷说一句，买不起D.C国风，买他们的副线解解馋也行啊！"

"对呀对呀，D.C的价格多么亲民啊，感动得泪流满面。"

从这一天起，无数人跑去D.C国风里打卡，清风里的街拍也多了起来，有的网友把图片上传到了Facebook（脸书）和Ins，引来了无数外国朋友的围观。

外国友人们惊艳不已，不由得竖起了大拇指。

"太漂亮了！这是中国风的新打开方式？总算没有那种奇奇怪怪的龙和青花了。"

"我还以为中国没有时尚呢！这些街拍不是挺好的吗？啊，这些漂亮姑娘点亮了城市。"

热度噌噌上去，没多久就千万点击，微博上热度更是过亿。

渐渐地，清风里的人流量逐步增加，人们就好像突然发现了宝藏商区一样，他们本来以为清风里曲高和寡，里面的品牌大多人都买不起，去了才发现清风里是分为地上地下两层的，上面的是独栋建筑给了知名大牌，底下的则是较为普通的品牌，普通人都消费得起，而且比普通的百货商场更有格调，服务和环境都不错。

清风里那种高不可攀的感觉逐渐消散，人流量大了起来。而且只要来了清风里，好像不去D.C国风打个卡，就白去了一样。

清风集团的高层激动不已，但心情也有一些复杂，要知道在之前，他们差点就拒绝了D.C国风的入驻，毕竟这个品牌的知名度跟其他奢侈品牌一比，就被碾压成了渣渣。

现在的结果，完全出人意料。

D.C国风以一己之力带动了整片商区的人流量，这样的奇迹就在他们眼前发生了！

公司聚餐，清风里总裁无比亢奋地在酒桌上豪饮三大杯之后说："之前是谁力排众议签下D.C国风的，我要给他涨工资！

"他们不是还想到我们的负一层开副线吗？赶紧去把合同签了！条件可以适当让步。

"不不不，只要他们愿意来，要怎样都答应下来！还有，我们在首都的商区，也给D.C留一个位置，你们尽快去找那边谈一下。"

第十四章
欲戴王冠

华丽的反面不是贫穷，而是庸俗。

—— Coco Chanel

所有的事情都在往好的方面发展，D.C公司的员工喜气洋洋，发布会后他们每个人都得了一笔不小的红包，每天都充满了干劲，铆足了力气去准备第二个季度的新品。

这天晚上，迎来了姗姗来迟的庆功宴，公司阔气地在秦市最贵的餐厅"海上明月"包了场。

贺东诚在讲话的时候，梨子挤在谢朝夕旁边，小声说道："夕姐，你有没有发现，贺总其实有种很正经的气质，虽然他总是笑着，但还是挺有距离感的。"

"是吗？"谢朝夕思索了片刻，说，"正经没感觉到，特别的气质是有的。"

"什么特别的气质？"

"特别幼稚。"

"不是吧？不过问你也白问，你看问题的角度跟我们不一样。"梨子扑哧一声笑出声来，揶揄地对她挤了挤眼睛，又说，"反正我们很多人都这样觉得，而且夕姐你发现了没有？自从大家知道贺总就是周诚后，他的爱慕者就少了一大半。"

"因为傲慢吗？"

"对啊，大家完全不能接受啊，虽然大设计师很有才华，可才华不能当饭吃啊，他那个脾气哼哼……反正比沈珈还变态……"说到这里，梨子连忙噤声，小心翼翼地看了看周围，压低声音说，"沈珈没来对吧？"

"没有。"

梨子放下心来，又没忍住一张叨叨的嘴，捶胸顿足式地惋惜："想想平时贺总多么和蔼可亲啊，谁知道内心竟然是个敏感傲慢的设计师……真是暴殄天物啊，就算他英俊潇洒、慷慨多金，也只适合远远欣赏，不然消受不起。"

谢朝夕深以为然地附和："不错。"

她刚开始知道的时候，也很幻灭，邮件里的"周诚"那叫一个颐指气使，但回想起来他那些举动下的意思，更觉得幼稚别扭。

"可是夕姐你……"梨子不赞同地摇摇头，"只能说你也不是个普通人。"

其实，只作为总裁的时候，贺东诚也不见得多平易近人，他的笑容只是出于礼貌，如果把它误以为是对自己的好感，那就大错特错了。长时间接触下来，谢朝夕早打消以前的偏见看法了，像贺东诚这样随时跟人保持距离的人，怎么可能有传闻里所说的混乱生活？

还有秦漪，她说的那些话确实对她造成了影响，后来谢朝夕想明白了，不管贺东诚是喜欢她这个人，还是享受她带来的创造力……不都是她吗？

他又不是不知道她是什么性格。

所有的烦恼，都是庸人自扰。

"说起来，其实夕姐跟贺总有些像呢，都只适合远观。"

谢朝夕的嘴角微扯："是吗？"

梨子早就发现谢朝夕外冷内热了，完全没有心理负担，嘴巴跟倒豆子一样地说："不过比以前在禾田的时候好多了，那时候大家都怕你，觉得你很多找碴儿都是强人所难，是根本不可能做到的事情……"

"那现在呢？"

梨子双眼亮晶晶地说："事实证明，我们能有现在的成绩，全靠吹毛求疵。"

谢朝夕微微一笑。

她一直认为，公司内部找碴儿，总比消费者和百货公司找碴儿来得好，数据虽然冷冰冰的，但永远都不会辜负他们做的每一分努力。每一个数字上涨，都是他们拼尽全力的成果，同比环比的高昂曲线，是在为他们欢呼喝彩。

主位上，贺东诚结束了简短的讲话，微微一笑："顺便告诉大家一个好消息。昨天,我们D.C收到了一份邀请,有机会为明年的世博会设计服装,包括志愿者和馆内工作人员的服装。"

听到这个消息,大家都亢奋了。

世博会,这是给品牌长脸,走出国门的机会。就算一分钱没有,想要这个机会的人都前赴后继。

"但不只是我们,世博会邀请了好几个中国风品牌,包括雅韵在内。至于能不能得到这个机会,我们要设计制作样衣送过去参选。"

贺东诚的话还没说完,底下就一片起哄。

"贺总,有你在,我们有绝对的信心!"

"雅韵的存在,那就是垫脚石啊,为了衬托我们光辉的存在。"

"是啊哈哈哈。"

"……"

要是换了别的品牌,可能大家还没这么毒舌,谁让雅韵几次三番跟他们过不去呢,还使阴招,十分让人唾弃。员工们你一言我一语地讨论着,聚餐在热烈的气氛中结束,一堆人又直奔旁边的KTV,打算嗨到天亮。

谢朝夕对这些活动不太感兴趣,找借口准备离开,不过目光环顾四周,没找到贺东诚的人影。她淡淡一笑,提着包往外走,果然在大门口发现了贺东诚。

贺东诚静静伫立着,挺拔的身影修长,手指间夹了一根烟,猩红色在微风中明明灭灭。

谢朝夕停住脚步,他动作一顿,顺手灭了烟扔进垃圾桶。

"不再玩玩?"

"那你再等等?"

贺东诚弯了弯眼睛,那极淡的眼珠在灯光下染了些暖意,像是渐渐晕染开的温柔。谢朝夕笑了起来,两人心照不宣地往停车场走去。

贺东诚把玩着车钥匙,轻笑说:"我去了怕他们放不开。"

谢朝夕说:"我也是。"

两个都不是喜欢这种场合的人,干脆驱车回家。

两人的心情都不错,其实今天的好消息还有两个。一个是美国的知名杂志主动联系过来,要给他们做一个专题,主编还表示可以做他们的推荐人,推荐他们上纽约时装周。

但还需要他们给CFDA(美国时装设计师协会)提交过去3季的Lookbook(街拍宣传册)和Stocklist(存货单)。虽说D.C国风目前刚起步,上这个还早了一些,但可以拿一些小高定来做补充。至于其他的,美国毕竟是一个商业社会,只要砸钱什么都好说。

这个钱，花得会很值得。

只要上一次时装周，他们就可以在最短的时间内获得极大的曝光和关注，提升品牌认知度，国内首屈一指的地位就打下了。

第二个好消息是关于谢朝夕的，当初被迫中断的学业，她在国内自考拿到了文凭，现在准备继续考硕士。

谢朝夕心里踏实了，有时候回想起来，都不明白为什么当初那一瞬间就鬼迷心窍了呢？

电梯上行，到达楼层。

谢朝夕和贺东诚一前一后走出去，楼道里响起的脚步声既有韵律又和谐。

"我当时还在猜，你为什么不请我到家里做客。"

"你以为呢？"

谢朝夕耸了耸肩道："单身男人的家里，难以入目。"

贺东诚露出嫌弃之色："我好歹是个处女座。"

一墙之隔，两个住宅的装潢一模一样，如果不是那些富有主人特色的摆件，谢朝夕都快分不清楚自己到底在哪里。

画室里，各种画具摆放得整整齐齐，画板上是胡乱涂鸦的东西，看不出是什么。墙角堆积着一些画框，墙壁上挂着一些色彩缤纷的设计图，还有一些没有公开的图。

谢朝夕微微仰着头，唇角带着浅浅的笑意，如水温柔的目光落在画上，一幅幅仔细看过去，生怕错过了什么。

谢朝夕在看画的时候，贺东诚就在旁边看着她，她大概不知道她此刻的专注有多迷人。他没有打扰，静静注视，不知不觉也出了神。

谢朝夕也没注意他，不经意往后退了一步，就撞到了一堵人墙。贺东诚顺势环住她的腰，笑着垂下头贴着她的耳边说："看得这么入迷？我会飘的。"

谢朝夕的耳根瞬间酥麻一片，连忙推开他，顾左右而言他："刚刚不是说喝点红酒吗？"

她还不太适应两人的关系。

"承认男朋友的才华，是一件很难的事情吗？"贺东诚无奈地说，"我之前不是给过你建议吗？好好看看我的微博。"

"什么？"

"我每发一条微博，底下就有无数人喊我男神、老公，夸我棒棒哒，盛世美颜什么的。"

谢朝夕的眼角抽了一下："你最近可能没上吧？画风早就变了。"

"是什么？"

"现在底下的人都在哭诉，为什么你要公开周诚这个身份，网友们无法接受大设计师是个网红还有点傻的总裁。"

贺东诚的两个微博是分开的，周诚那边的画风高贵冷艳，贺东诚这边……谢朝夕第一次看到的时候，深深怀疑他立志当一个段子手。

"我傻？"

"那蠢萌？"

贺东诚凉凉地瞥了她一眼，转身出了画室，身影特别落寞。谢朝夕跟在他后面，拿出手机咔嚓拍了一张。

他听到声音愣了愣，问："你做什么？"

"欣赏你的盛世美颜。"

"那你为什么不拍正脸？来，我可以配合你。"

"因为你不要脸。"

贺东诚愣了两秒，气笑了。

谢朝夕心情不错，弯了弯眼睛。

落地玻璃窗外，霓虹灯彩温暖了寂寂如水的夜空，微醺的红酒香味蔓延在客厅里。暗红晶莹的液体在高脚酒杯里微微晃动，她坐在沙发上，伸手要拿杯子，被他毫不留情地打了下手背。

"就你那酒量，少喝点吧。"贺东诚重新拿了个杯子，只给她倒了浅浅的一点。

谢朝夕露出些不明所以的迷茫，强调说："这个自制力我有。"

"哦？是吗？"

贺东诚略一挑眉，又多倒了一些，这才把酒杯给她。她大概不知道，她喝醉了酒是什么样吧？算了，反正两个人关系已经确定了，她要是发疯，他这个二十四孝男朋友就忍吧，也不是什么大不了的事情。

贺东诚隐隐还有一些期待。

没有人喜欢醉酒的感觉，谢朝夕只是打算喝一点助眠而已，大概今天折腾得太累，她喝了几口就有些昏昏欲睡，贺东诚跟她说话她也只是偶尔答几句，眼皮越来越往下沉，她懒懒地说："我眯一会儿就回家。"

他垂眸低笑："其实你不回也没什么。"

她眼眸半合，纤长浓密的睫毛在眼底落下一弯浅浅的黑影，微微颤动时，竟有些脆弱柔美。他望着她出神，脑海里浮浮沉沉的全是她平时的各种样子，他幻想着她穿上他设计的所有时装，心里似乎有什么情绪满溢出来。

"喂？这么快就睡着了？"

贺东诚见她没反应，拿了块枕头给她垫着，把她脑袋轻轻放平，又去画室拿了笔和纸，坐在旁边快速勾画，不一会儿一个人影跃然而出。精细的线条和彩色的涂抹，简洁利落的笔触却极有艺术感。

贺东诚微微一笑，目光再次落在她身上，她这次喝酒倒挺安静的，也许上次真的是意外。

过了几分钟，谢朝夕睁开眼睛，迷迷糊糊看了他一眼，就要爬起来。

"我要走了。"

"你还真有时间观念。"

"当然，时间、数据就是我生活里的一切，现在还多了一个。"

贺东诚忍不住失笑，问她："多了个什么？"

"多了个……"

谢朝夕摇晃了一下，贺东诚连忙从身后扶住她问："你真的没醉吗？"

"没有。"她摸了摸身上，又坐了下来，目光落在不远处的手机、包包上面。

"你等我一下。"

贺东诚把她的东西收了起来，这才扶着她的肩膀把她送到隔壁去，看着她弯腰换鞋子，眼角又抽了一下，他蹲下来帮她脱鞋，不放心地抬头看着她说："你真的没醉？但不至于吧，也就半杯酒……"

他抬起眼，她恰好垂眸看下来。

谢朝夕的眼睛很漂亮，不是那种主流审美的圆圆大眼睛，而是那种细长清冷的眼睛，像是古代仕女一样，很有韵味，也是他最喜欢的那种。

她正望着他，眼底蒙了一层薄薄的烟雾。

"可能醉了吧。所以就算我做了什么，都跟正常的我没关系……"

"什么？"

贺东诚愣了一下，她的双手已经搂了上来，柔软的唇贴了上来，在张合之间带了一丝丝诱人的甜蜜酒香。他往后退了一步，后背抵在墙壁上，一只手扶着她纤细的腰肢。

平时看着冷冷清清的人，却有着最柔软甜美的唇，他半合着眼睛，极尽温柔地回吻她，心里无法自拔地塌陷下去。

不知道她第二天清醒了，会不会死不认账，也许他应该录下来……

他似笑非笑地伸手去裤袋里拿手机。

谢朝夕突然离开他的唇，双手捧着他的脸看了看，平时清冷的双眼有些迷离。

"贺东诚。"

他轻轻"嗯"了一声。

她点评："秀色可餐。"

"嗯，录下来了。"

贺东诚闷笑出声，还要说什么，谢朝夕突然放开他，转身回房间了，那冷漠走开的背影就好像一个玩弄感情的渣男。

贺东诚摸了摸唇角，不放心地跟上去看了一眼，见她很正常地在洗手间里洗漱，这才退出来在外面等着，又担心她不小心磕了碰了。

如果不是熟悉谢朝夕的人，大概都不太会察觉到她喝多了，行为言语竟然还有理有据的。

贺东诚翻到了那段录音，听筒贴在耳边，她沙哑慵懒的声音传来，他的耳郭顿时酥麻了一片。眼角余光瞥见了一抹人影，他慌忙收起手机，谢朝夕穿着长款睡袍走出来，头发湿漉漉地散落下来，双眼里也染了层湿润的水雾。

谢朝夕的神色倒是正常，清清冷冷，就是看着他的眼神有点奇怪，似乎在考虑什么。

贺东诚问："清醒了没？"

谢朝夕拿了吹风机吹头发，嗡嗡的声音响起，他耐心好，安静等了几分钟，就见她下定了决心一样，直直看着他道："你今晚留下来。"

贺东诚以为自己幻听了，唇角一抽："你说什么？"

谢朝夕去翻找了一下柜子，从里面拿出毛巾和牙刷，放在桌上，又把刚刚的话重复了一遍："你今晚留下来陪我。"

"这不好吧？"

"迟早都是我的，先适应一下。你就睡客房吧。"

贺东诚憋笑，在她自以为逼迫的眼神下，点了点头，勉强道："那好吧。"

他期待她清醒后的反应。

贺东诚就这么想着，结果整晚翻来覆去，到了天明才睡着。生物钟叫醒他的时候，外面已经传来一些生活的声响，他洗了澡出去，谢朝夕刚好端着两份早餐出来。

看到贺东诚出现，谢朝夕有着一瞬的慌乱，很快就掩饰了过去，镇定自若地问他："昨晚睡得还好吗？"

贺东诚十分惋惜地说："孤枕难眠，换一间房可能会好些。"

谢朝夕："……"

贺东诚坐到她旁边，很自然地拿了个三明治，一边咬了一口，一边观察她的表情，唇角不由得往上弯了弯，然后才状似不经意地提起："我录音了。"

谢朝夕的动作顿了顿："你还有这爱好？"

他意味深长道："生活怎么能没点情趣？"

"……"

谢朝夕沉默两秒，说："赶紧删了。"

音响里的爵士钢琴流淌而出，欢快明媚的音符最适合阳光洒落的清晨，两人静静地吃早餐，舒适自然地相处，好像这样一起生活了很久。

但一个电话，骤然打破了这片淡然与温馨。

半个小时后，两人快步走进大厦。

公司里气氛肃杀，宋铭站在落地窗前打电话，语速急躁，挂了电话转过身，他看到贺东诚和谢朝夕两人，连忙跟进了办公室。

宋铭说："雅韵告我们抄袭，现在网上都传开了。"

"抄袭？"谢朝夕不可置信地睁大眼睛，嗤笑了一声，"有没有搞错，我们抄袭雅韵？他们之前的发布会用的是谁的作品，他们心里没点数吗？"

"是这样，但是……我们没有证据。"

"难道他们就有了？"

宋铭一脸沉重，几乎是艰难地点头："他们有。雅韵告我们的副线产品D.C，抄袭了他们的发布会产品，我给你们看他们公布的对比图片。"

"不是吧？"

谢朝夕被这个消息给镇住了，好几秒都没找到语言，她没见过这么无耻下作的品牌。她深吸了一口气，理了理思绪，那边宋铭已经把图片投射到屏幕上了，一张张对比播放出来。

没想到，还真的挺像的。

副线在市场站住脚步后，谢朝夕的主要精力就放在D.C国风上，梨子和索索送上来的设计图，她只是粗略扫了一眼，没发现什么大问题就让投入制作了。

她太熟悉贺东诚的风格了，只是没想到，也因为这种熟悉，让她无意间忽视了一些小细节，比如说——跟雅韵刻意模仿的新款相似。

贺东诚单手插袋，清清冷冷的神色，仿佛没有任何起伏波澜的湖面。错落有致的光影，让他半张脸笼在沉郁的阴影里，看不真切。

打火机叮的一声，氤氲的烟雾散开，贺东诚仰头吸了一口烟，淡淡地说："不要自责了，就算你发现了，也很难在意。"

他开口的一瞬间，谢朝夕的眼眶就红了，愧疚潮水般袭上心头，让她喘息不过来。

反而是他先来安慰她。

"本来就不是你的错，也许就算你发现了，也不会觉得有什么。"

毕竟她从心底就认定雅韵是抄袭者，谁又能想到抄袭者会反咬一口呢？

谢朝夕直直地站在那里，垂着眼睑，纤长的睫毛微微颤动，看起来竟有些脆弱。

"好了，别难过了。"

贺东诚本来有些心烦，见她情绪低落，反而没空去伤感了，满满都是对她的牵挂。他灭了烟走到她旁边，抬起手虚环了下她单薄的肩膀："不会还哭了吧？"

谢朝夕往后退了一步，瞪了他一眼。

这人就不能正经点，想想办法？

贺东诚似笑非笑："好吧，没哭……不过也快哭了，多大的人了，可别当小花猫了，嗯？"

宋铭眼观鼻鼻观心，心里酸溜溜的，这恋爱的酸味啊……就算他们不公开，他也受够了！

"前段时间，我们有多少赞美，现在就有多少诋毁，我们总要给消费者一个交代。总不能要我们向雅韵道歉吧？"谢朝夕咽不下这口气，忽地想到了什么，双眼亮起来，"对了，我们上次发现的那个人……"

"应该就是她，宋铭那里应该把证据整理得差不多了，现在我们要做的是从源头上去推翻雅韵的说辞，让他们失去立足点。"

"你的意思是，你有办法可以证明……"

门砰的一声被推开，梨子焦急地说道："完了完了，世博会那边打电话来了，说对我们很失望，要取消我们的参选资格。"

谢朝夕心里猛地下沉。

真是祸不单行。

D.C陷入了前所未有的公关危机。

近些年来，国内越来越注重原创，提高了版权意识，只要是涉及抄袭的都会惹来铺天盖地的嘲讽。只可惜目前国内惩罚力度不够大，或者说，惩罚力度少于抄袭后的得益，故而仍然有不少人愿意去冒这个风险。

反正名利都有了，后面被发现抄袭又怎样？道个歉赔点钱，就完了，还有了免费送来的热度。

　　一些消费者感觉受到了欺骗，在网上义愤填膺地指责D.C；也有一些消费者安静看八卦，表示不在意。

　　"只要衣服好看就行了，时装界不都是抄来抄去的吗？每年的流行款，大多数品牌都会出一些差不多的，早就见怪不怪了。"

　　"比如某些麦时尚，国外的大牌发布会，坐在第一排的就是他们的设计师，直接抄了流行元素回去，比那些大牌还早上市。最后被大牌告一通，给一笔巨额赔款，他们也不在意……因为他们赚得更多。"

　　"抄袭狗原地爆炸吧！坚决抵制D.C！"

　　"就是因为你们这些纵容抄袭的，原创才寸步难行！"

　　"呵呵，我本来很期待D.C，谁知道他们私底下竟然干出这种事情，真是太让我失望了，还好意思主打原创，现在被揭穿了，脸不痛吗？"

　　也有一些D.C的老粉丝持着怀疑态度，理性地进行了一些分析。

　　"D.C前几年惨淡了那么久，都没有起过歪心思，现在他们火了，反而开始抄袭？不好意思，我不信。"

　　"弱弱地问一句，你们不觉得，雅韵的某些衣服……跟周诚早期的设计很相似吗？"

　　"理性一点好不好？你们去看看雅韵出的设计，像个大杂烩，完全没有统一的风格。反而是他们起诉抄袭的那一套设计，跟D.C一贯的风格很相似，你们不觉得奇怪吗？"

　　几条微弱的声援，很快被淹没在一大片指责声中，没有引起什么波澜。

　　D.C正在风口浪尖上，每天都被骂得体无完肤，跟他们的门可罗雀相比，雅韵那边一片红火，销量和热度都节节攀升，一些网友为了挺被委屈的原创，自发去购买了雅韵的服装作为支持。

　　雅韵办公室里，几个人坐在那里喝茶，听着秘书的汇报，纷纷露出了惬意的笑容。

　　中年男人独自坐在一张沙发上，瘦瘦黑黑的，一双鹰眼却闪着精光，他笑了笑："其实这么多年过去了，没那么多血海深仇，我就是想赚钱而已。贺东诚这小子太可恶了，上次就摆了我一道，这次也算以其人之道还治其人之身了。"

　　"李总说得是，就该给个教训。"一个人冷哼了一声，"之前新闻吹得那么神乎其神，还不是抄了我们的创意？"

　　这个人口里的李总，正是李氏的掌舵人、秦漪的舅舅李幸。

　　李幸的眼睛眯了眯，端着茶杯的手缓缓摩挲，别人不知道是怎么回事，他心里很清楚。贺东诚这人什么都好，就是太重感情了，所以他一定会输，就像上次输掉格瑞斯一样，他这次会把D.C也带进深渊。

他李幸最擅长的，就是抓住对方的弱点，一网打尽。

就像格瑞斯的事情，他看起来被摆了一道，但实际的好处他已经拿到手了，其他的根本不重要。

生意场上，还是不要那么儿女情长。

李幸慢慢喝了一口茶，也不知道怎么的，眼皮子就接连跳了两下。

手机振动，屏幕上跳动着"江烨"两个字。

李幸笑着接了起来："江总，刚还想联系你，这几天的新闻你应该也看到了，D.C已经不足为惧了。这次发布会请你务必出席，我们……"

李幸的话还没说完，就被江烨打断了。

"我今天打电话来，有别的事情。"

李幸愣了愣，眼角又跳了两下，一种不好的预感浮上心头，他问："江总想说什么？"

江烨冷冰冰地说："就跟你说一声，我要撤资，以后雅韵怎样都跟我没关系，你们也不要因为任何事情来找我。"

"江总你怎么这么突然……雅韵现在形势一片大好。"

"大好？"江烨嗤笑了一声，"行，你就当我有眼无珠吧。商场上的手段我见多了，你们是抄袭也好，利用舆论压制也好，我都不觉得有什么，但我也有底线。你们这次做得太难看了。"

李幸面色沉郁，看了看办公室里还等着的几个人，他起身走到窗边，略略压低声音说："难道他们抄袭，我们还不能告了？"

"他们真的抄袭了？对我也这套说辞，就没意思了。"

江烨笑了一声，把电话挂了。

李幸听着听筒里传来的嘟嘟声，额角青筋直跳，他思索了片刻，又给秦漪打了个电话过去："小漪，贺东诚那边应该没问题吧？"

秦漪迟疑了两秒，笑着说："原稿都拿过来了，还能有什么问题？"

李幸想想也是，心里轻松了一些："舅舅知道了，你去忙吧，好好准备下周的发布会，这几天你再找个时间，把世博会的参选设计拍出来。"

听筒那边一片沉默，李幸察觉她情绪不对，问她："你怎么了？"

"我们能拿下世博会吗？"秦漪嗤笑了一声，言语间的轻蔑毫不掩饰，"就慕青青那拙劣的设计？她又要去抄谁的作品？"

"小漪，你就对雅韵这么没信心吗？还有青青，你跟她的关系不是一直很好吗？"

"我跟谁的关系不好？"

秦漪今天说话的语气很冲，沉默两秒，她道了歉："抱歉舅舅，我今天心情不太好，拍照我会抽空过去的，不过设计那边舅舅你也……也不能全部交给慕青青。"

"舅舅知道。"

李幸嘴里答应下来，心里却不以为意，他跟大多数人的看法一样。

每年的流行款式，各个品牌都会出一些大同小异的设计，这也是圈子里的潜规则了，这里抄点那里抄点，其实谁当回事呢？比如某些品牌，尽管每年都在赔钱，但他们抄去的款式也给那些大牌扩大了知名度。消费者买了低配款，有钱了就会去买高配。

某些意义上说，这难道不是双赢吗？

这时秘书推门进来，说道："李总，前台打电话过来，有个姓叶的小姐想见您。"

李幸正在琢磨事情，不耐烦地挥了下手："不见，就说我有事。"

"可是她说……您不见她的话，她会把什么事情说出去，还有什么聊天记录。"

李幸想起是谁了，脸色沉了下去，这女人是要来威胁他吗？也不掂量下自己几斤几两，他还真没把她放在眼里。

李幸冷冷地说："让她滚。"

D.C这边一片乱麻，旗舰店地上放着几个箱子，吱啦一声全部划开塑封，里面装着的是秋季新款，谢朝夕蹲在地上，对照着每一种参数去确定所用的布料。

自从吃了禾田质检问题的亏后，谢朝夕在这方便特别留意，结果这次上补充款，她去店里巡视的时候，无意间发现了问题，一条本该轻盈的裙子，摸起来手感不对，似乎比预料中粗硬了一点点。

谢朝夕没有犹豫，立刻让人把库存全部搬出来做检查，结果一查不得了，有三四个款式的布料和部件都不大对。周海蓝和叶榆也过来帮忙检查了，蹲在地上挨个检查。

周海蓝说："夕姐，这里有我就行了，你去忙吧。"

她们是设计师，没有人比她们更了解面料。

谢朝夕面沉如水，没有注意听两人的话，过了十几分钟，她做完了记录站起身来，说道："A0021本该用高支高密的面料，现在这个低了点。B0037是人造丝，还有D6601和C6602的拉链是次品。你们核对一下呢？"

周海蓝惊讶地睁大眼睛，没想到谢朝夕对面料这么熟悉，点点头："没错，我们这边核对结果也是这样，现在怎么办呢？这些款式已经卖出一些了。"

"卖出得不多。"谢朝夕看了下后台的数据，松了一口气，"今明两天，加班加点，把标签换了，用的是什么材质如实标明。尤其是人造丝，消费者在购买的时候就要提醒他们。除了这些之外，向那些已经购买的客户给予补偿，官博也要公布致歉申明，如实说明同时做降价处理。"

"标签可以用贴纸覆盖。"梨子记下她提到的，"我现在就去弄。"

"好，这两天大家就辛苦一下。"

为什么会出这样的纰漏？又是在这种岌岌可危的关头。谢朝夕不敢多想，他们的质检严格，唯一的可能就是有人刻意做手脚，要陷害他们。

正是清晨，清风里还没多少行人，十分安静，偶尔有路过的人朝闭店的D.C国风看来。

有人背着单反在街道上专注拍摄，镜头从远拉到近，从斜斜的屋顶再到远处跳动的喷泉，一道彩虹悠悠地架在水花上，五光十色。

镜头移动，落在了D.C国风旗舰店上，这个地方和旁边的古刹，绝对是清风里最值得拍摄的地方，不管怎么构图取景都非常有韵味。

这时，旗舰店的玻璃门被推开了，一个身材高挑的女人走了出来，她穿着一条黑金撞色的长裙，松松地拢了一件外套，底下露出白皙纤细的脚踝，踩着黑色的细高跟，每走一步都透着难以言传的韵味，既有古意，也有时尚感。

摄影师看得呆了，好一会儿才想起按下快门，紧接着又咔嚓咔嚓连拍了起来。

他的心怦怦直跳，突然感受到了中国风设计的魅力。

谢朝夕一边打着电话，一边拦着出租车，根本没注意到有个镜头追着她拍了很久。

回到公司，谢朝夕直奔贺东诚的办公室，他正站在窗边打电话，见她来了微微颔首。谢朝夕刚好趁这个时间歇口气，坐在沙发上泡茶，她学着贺东诚把品杯都用开水烫了一遍，刚要用茶匙舀茶叶，手上一抖就给洒了。

贺东诚走过来，从她手里把东西接过来。

不一会儿，茶香四溢，淡金色的茶汤在品杯里晃动，在杯缘浮出浅浅一弯金圈，入口回味无穷。

"事情已经查清楚了，更换面料是吴耀光私下授意的，工厂那边以为是公司的意思。"

"他疯了吗？"谢朝夕几乎是震惊地脱口而出，因为愤怒胸腔起伏不定，"他这简直是给公司来了一招釜底抽薪，他真的不是雅韵派来的卧底？鼠目寸光！"

贺东诚拍了拍她的背顺气，递上茶杯，柔声说："好了，解决了就行了，其他的有我。"

"工厂未必没有私心。"

"是啊。"贺东诚叹息了一声，"以前我放弃D.C，几经波折被吴耀光接手，其实我心里很感激他愿意为中国风出一份力。可惜我们的想法不一样，我想做的是时尚潮流的引领者，甚至创造者，他只想做跟随者。"

"道不同不相为谋。"

不管吴耀光的目的是赚钱还是什么，他有一颗做大中国风的心，这一点谢朝夕也能看出来。只可惜，有时候相同的目的，过程里的做法却让人不敢苟同。

十分钟后，吴耀光进了办公室，得知他们的发现后，他的表情只是僵了一瞬，随后笑呵呵地说："那真丝和人造丝，相差得不大吧？还有那个支数的面料、拉链，外表看起来几乎一模一样，价格还能便宜好几倍，我发现了后就让工厂用，为公司节省点成本，有什么不对的啊？"

吴耀光根本不以为意："我还以为什么事呢。我也没找工厂拿回扣，省下来的钱也没进我的口袋，我都是为了公司着想啊！等等，你们这是什么眼神？"

谢朝夕冷着脸说："这是欺骗消费者。我们D.C国风走的是高端路线，质量上不能有一丁点差错。"

吴耀光冷哼了一声，见贺东诚神色如常，想着他以前在格瑞斯的作风，心里踏实了一些，就以为只是谢朝夕跑来打小报告，不满地抱怨起来："东诚，你看看，不就一点小事，至于这样吗？谢朝夕什么都是为了公司，我难道不是？"

"吴总别急，先喝杯茶。"贺东诚把品杯推到他面前，这才开口说，"这件事现在已经解决了，不用争辩，我今天找吴总来有另外一件事，你先看看。"

贺东诚拿出两份合同，钢笔也递了过去。

吴耀光以为贺东诚在帮他说话，笑呵呵地接过合同，才看了一眼，他就瞪大眼睛，额角青筋直跳，压抑的怒气即将喷发："你这是什么意思？"

贺东诚靠在沙发上，浅淡色的眼珠透着疏离，他双手交握，好整以暇地道："没问题的话，吴总就把这个合同签了，以后安心等分红。至于公司的相关事务，就不劳你操心了。"

吴耀光脸色黑如锅底，几乎是勃然大怒，猛地一拍桌就要站起身来质问。

"不只是以次充好，还有授意设计师抄袭，这些不需要我多说了吧？合同你看着签吧，股份卖给我也行。你应该明白，我看在曾经的情面上，已经留一些余地了。"

"你——"

吴耀光对上了贺东诚的眼睛，话音被堵在喉咙里，贺东诚怎么知道的？可是时装界抄来抄去，本来就是常态啊，他心里憋着一股火气，要不是雅韵耍手段告他们，这就是个小而化无的事。

贺东诚唇角噙着笑，眼里却没有什么温度："吴总还是尽早签吧，真闹到法庭上，你一分钱都拿不到，还得赔上自己的身家，何必呢？"

吴耀光突然想起一年前，贺东诚来找他买回D.C时。那时候贺东诚的目光诚恳而感激，他不明白那是什么，直到他身为设计师的第二重身份曝光后他才懂。

现在，这双眼睛里的感激没有了，取而代之的是冰冷和拒绝。

"消费者很聪明，眼睛也毒，我从来不试图去欺瞒他们什么。因为我很清楚，在消费者面前，我们才是最脆弱的存在，一丁点差错和谣言都会让我们跌入谷底。其实我们要做的不多，以诚为本就够了，至于别的，都留给消费者来判断。"

"……"

"吴总，你认为呢？"

吴耀光说不出话，拿着钢笔的手颤抖着，沉默良久，签下了名字。

第十五章
光芒万丈

平静的心灵，才是真正的奢侈品。

——白岩松

过了几天，网上就出现了消费者愤怒的声音。

一个名为佳佳的网友在微博发帖，她在购买了D.C国风后无意间发现了质量问题，说好的内衬是真丝，结果一摸手感不对劲。怀疑之下，她做了一个真丝和人造丝的视频对比，果然不出所料。

底下的网友也很愤怒，D.C国风卖得那么贵，竟然还弄假货出来？他们再一次联想到了谢朝夕身上的那件丑闻，质疑声不断。

有的网友摩拳擦掌，正要跑去D.C官博下怒骂，结果发现……

几分钟后，有网友给佳佳发了链接，还有个脸红的表情："啊，原来在几天前，D.C国风就致歉了，说工厂不小心搞错了面料……那几个款式全部做降价处理。他们还坦荡地表示，那些已经购买的消费者，可以凭小票去旗舰店领取同价值的服装一件。"

刚才还义愤填膺的网友，有些尴尬，但这个尴尬中又透出喜悦来。

"先不提抄不抄袭，关键就是他们这态度，很拉好感啊！"

"有人想去买吗？我刚刚去官网看了下，那几个降价的款式，三折！三折啊！这跟白送有什么区别？不管了，反正我要去剁手了。"

"平时买不起，现在我觉得可以。"

"你们能不能有点节操？抄袭的事情忘记了吗？"

"就是因为你们这种墙头草，抄袭的人才那么猖狂！"

众说纷纭，网络上永远热闹，瞬间又吵了起来。

……

争吵声中，D.C国风的销量又有了回升。

时间匆匆，转眼到了雅韵秋季发布会的前一天，上次他们被D.C抢占了风头，这次铆足了劲儿要找回场子，不仅邀请了许多媒体、时尚人士，还有当红明星，网上也预热了很久，还上了一档很热门的网络访谈节目。

这天下午，访谈节目播了，李幸带着首席设计师慕青青，侃侃而谈。

慕青青打开电视，舒舒服服地窝在沙发里，满意地看着屏幕中的自己。最近一年，她一直都很火，国内最有才华的设计师是谁不好说，但最火的一定是她慕青青。

有时候她都想，何必弄得那么累呢？

现在她的心态不一样了，甚至有些后悔当时跟谢朝夕置气，倒不是因为那件事本身，就是觉得那些事又烦琐，还浪费时间。她只需要营销好自己就行了，设计可以请枪手，谢朝夕爱怎么折腾就怎么折腾。

屏幕里，主持人问到了D.C抄袭的事情，李幸笑着说："其实我们都没当回事，这是做大中国风必定要经历的阶段，但市场需要的是良性竞争，而不是不思进取的模仿。"

主持人道："是呢，我们需要的是创新，不是一味跟风模仿。上一季度雅韵大爆的款式，都是青青的设计吗？"

慕青青妆容精致，沉吟片刻，笑着说："这都是我们设计师团队齐心协力的结果。"

"那总有一个主导人吧？是青青你吗？"

"算是吧。"

简单聊了一会儿，主持人说到了雅韵的秋季新品，转头笑道："关于秋季的新品设计，青青有什么可以给我们分享的吗？"

慕青青妆容精致，红唇勾起的弧度恰到好处："我可以简单讲解一下灵感来源……"

嗡嗡！

慕青青笑意盈盈地看着屏幕，茶几上的手机突然振动起来，她懒洋洋地接起电话，就听那边秦漪冷冰冰的声音说：“你完了，慕青青，访谈节目已经播出了是吧？”

慕青青道：“我正在看呢，你刚刚说什么？”

“所以我说你完了。”秦漪嗤笑了一声，“D.C提起反诉了，就抄袭那件事，他们有证据。”

秦漪的声音慢悠悠的，好像根本不着急，甚至夹带了一些奇异的幸灾乐祸。

“你说什么？”慕青青脑海中空白了一两秒，没有反应过来。

“我之前说过什么，让你不要乱承认那批设计是你的，对吧？我刚刚也看了访谈，你好像根本没把我的提醒放在眼里。”

慕青青的胸口仿佛被什么东西重重一击，痛得她眼前一黑，她在后怕中猛地坐直身体：“你说什么？原稿都在你手里，你不是说他没做过版权登记吗？”

“那批设计都没有登记过，但我也没想到……他曾经把所有设计都印刷成了画册，这个画册的出版时间，就是最好的证明。”

“不是吧……”

“如果你不承认跟你有关，我还能圆过去，现在的话……慕青青，有时候太贪婪是要遭报应的。”

慕青青如遭重击，张着唇大口大口地喘息着，握着手机的手不断颤抖，几乎抓握不住。她听着听筒里传来的轻笑声，猛地提高声音：“秦漪，出事的不仅是我，还是雅韵，还有你舅舅，你这么幸灾乐祸是为什么？你在高兴什么？！”

秦漪收起了轻笑，声音骤然凝结成冰，冷冷地说：“没什么。”

“你是不是疯了？”

嘟嘟嘟，电话挂断了。

慕青青脸色颓败，抖着手点开了手机，她的微博留言、私信里一片狼藉。

她的眼前阵阵模糊，有一瞬间还以为自己在做梦，但用力掐自己的大腿，疼痛又把她拽回现实。

嗡嗡。手机再次振动，她吓了一跳，一不小心就按了接通，那边劈头盖脸就问：“慕小姐，请问你对D.C反诉是什么想法？根据他们拿出的证据，应该是你们抄袭才对，但你在访谈里……”

慕青青手忙脚乱地挂了电话。

“不！这不是真的！不是真的！！”

嗡嗡，嗡嗡，手机不停地振动，她浑身抑制不住地发抖，猛地把手机砸向地面。

一片死寂。

269

网民们很尬，之前有多么义愤填膺，现在脸就有多疼，他们为了原创自发帮雅韵冲的销量，成了一个天大的笑话。

从贺东诚反诉之后，雅韵天天都被架在火上烤，官博销声匿迹，在愤怒的网民面前抬不起头。

之前那些声援D.C的网友亢奋了，觉得自己简直是当代福尔摩斯，他们摩拳擦掌地把雅韵深扒了一遍。

谁知，不扒不知道，一扒吓坏众人。

除了照搬贺东诚设计的那一套，雅韵的其他作品，几乎都能看到一些国际知名设计师手里的中国风设计的影子，尽管经过变换和拆分，但总览全部，分明就是赤裸裸的抄袭啊！

网友们大惊，有人又把慕青青往年的设计扒了出来，不出所料，几乎都是把当年的流行元素拆分、重组而来的，当年流行什么她就做什么，设计里面几乎看不到她自己的想法。

网友们嘲讽、感慨、怒其不争，说什么的都有。

"之前不是还嘲讽人家别的设计师们抄吗？慕青青走的也是这路线，不过要抄你坦荡点啊，还不要脸吹自己是原创。呵呵。"

"其实慕青青刚成名时，一些设计还挺有亮点的，后来怎么就走偏了呢？"

"太可惜了，做个有个性的独立设计师多好，偏偏要堕落。"

"我听说，谢朝夕以前跟慕青青撕过，好像就是撕她的设计东拼西凑，然后谢朝夕就被炒鱿鱼了，嗯……我是不是无意间发现了什么？"

就在雅韵陷入舆论压力中时，D.C的快闪活动，以另一种形式进入了国民的视线里。

D.C的快闪店，受到了热烈反响。

他们的快闪店，跟随大部队开在了"一带一路"的沿线国家。除了D.C是做服装的，其他的都是特色艺术品，乐器、瓷器什么的，格调高大上，推动了中外交流，非常具有意义。

网民们感慨万千，雅韵忙着给对手找麻烦，结果对手十分低调地响应国家号召，到外面交流文化去了。

这眼界就不一样，对比之下高下立见啊！

慕青青从受人追捧的美女设计师，成了每个人都要嘲讽一句的过街老鼠。

也就在同一天，雅韵宣布解雇慕青青，李幸作为雅韵的发言人，痛心疾首地表示要追究到底，对于之前抄袭的事情他毫不知情，他错就错在太过相信慕青青，以至给雅韵造成了毁灭性的打击。

李幸恳请消费者，再给无辜的雅韵一次机会。

慕青青没想到这人过河拆桥，一怒之下打电话过去质问："李幸你什么意思？还想让我赔雅韵的损失？呵呵，我告诉你，惹急了我，我就把聊天记录和录音公布出来，能拉一个下水是一个，让大家看看你们这些人是什么丑陋嘴脸！"

李幸被这几天的事情弄得手忙脚乱，一听她留了证据，顿时放软了语气："唉，这也是权宜之计啊，我哪能那么做呢？解雇也只是说说而已，给消费者一个交代。你依然是我们雅韵的设计师，只是以后要待在幕后，或者你换个名字。青青，你可要明白我的苦心啊！我是绝对不会亏待你的。"

"如果没有聊天记录和录音，我可能都等不到你的'苦心'了。"

"青青，你怎么能这样想呢？我们合作得还是很愉快的，录音……你也太不信任我了吧？"

慕青青冷笑着说："你以为我是叶榆那种傻瓜吗？"

没想到这件事她都知道……

李幸心里一个咯噔，看来还真甩不开慕青青了。李幸又说了几句好话，哄得慕青青答应了下来，这才挂了电话。

只是一挂电话，李幸的脸就沉了下来，猛地一砸桌子："该死！"

李幸思索了很久，只能给秦漪打了电话过去："小漪啊，你去跟贺东诚说说，这件事我们私了行不行？你看那些设计本来就是他送给你的，你当然有使用权，这也不算我们雅韵抄袭啊。"

秦漪沉默着，没有说话。

贺东诚对秦漪还有没有感情，李幸不敢多奢求，但肯定是心怀愧疚的。如果贺东诚要告，在他们第一次发布会的时候就告了，用得着等到现在吗？

可能只要一个台阶，贺东诚就会给面子。

"小漪，你不要任性了，好好去跟贺东诚求求情，就当舅舅求你了，我们亏不起啊。"

复式公寓里，秦漪坐在落地窗前的椅子上，手指间夹了一根烟，幽幽地看着满城夜色。听着李幸说了很久，她才轻声回绝："舅舅，我不会向他低头。"

李幸提高声音，怒道："那雅韵怎么办？"

秦漪轻轻笑了一声，幽幽地说："明天我去发一个声明，讲清楚这些设计的来龙去脉，慕青青在那里混淆视听是她的事，她自己太贪心，非要挂个名头上去，栽了不怪我们。"

秦漪也想知道贺东诚会怎么做，但是低头，绝不可能。

"真是可悲，占着上风的时候不可一世，对对手穷追猛打；落到低谷时，什么骨气都没有了，就像一只摇尾乞怜的狗。"

谢朝夕斜斜倚靠在驾驶座，看着手里的iPad，旁听完贺东诚打的电话，慢悠悠地做了个总结。

时尚圈光鲜亮丽，似乎早就远离了普罗大众，其实也都是人世百态，哪个圈子都一样。

"也不能这么说。"贺东诚挂了电话，音响里重新流淌出优美的交响，修长白皙的手指敲了敲方向盘，他漫不经心地说，"狗是人类忠实的朋友，能不能不要侮辱它？"

"哦，好吧。"谢朝夕忍俊不禁。

淡金阳光洒落进车里，落在贺东诚的眼角眉梢，他专注开车的样子像是凝结在了一幅淡然恒久的画卷中，静谧美好得不可思议。

贺东诚冷不丁地开口："我现在才发现，你挺厉害的。"

他突然冒出了这么一句，听得谢朝夕一愣，下意识地问："怎么说？"

他幽幽地说："你明明那么喜欢我的脸，还能按捺住躁动的内心，对我说一些很恶劣的话，真是辛苦了呢。"

"你怎么不换种说法？我这么喜欢你的脸，还能不加滤镜地看到你恶劣的性格，真是不容易。"

"这么说，你承认喜欢我的脸了？"

"……"

谢朝夕意识到自己掉坑里了，不置可否。

"做什么回避我的目光？想看就看，大胆地看。"贺东诚神色十分惬意地说，"我很享受你的目光。"

"能更不要脸一点？"

"你再看我一眼，我就……献个身？"

"……"

谢朝夕的嘴角抽搐了一下，他确实还能更不要脸。

到了大厦，两人就收起了玩闹的神色，又是一副标准的业界精英面孔。男的英俊逼人，女的清丽冷淡，时尚界人士就算穿工作装，气场也跟普通人不一样，他们还都是同性里的高个子，只是静静地站在那里等着，就十分夺人目光。

前台小姐忍不住多看了几眼，打过电话后，立刻微笑着带他们去了办公室。

"你们来得刚好，周主任刚好空下来，早点或者晚点都不行。"

周主任是世博会的负责人之一，负责为会馆挑选服装设计，一开始选了两个品牌和几个独立设计师，D.C也是其中之一，只是因为流传的"抄袭"事件，D.C被取消了资格。

贺东诚后来联系了周主任多次，说明情况后，周主任才愿意再见他们一次。

"我本来对你们报了很大期待，结果怎么弄出这样的事情？领导也很不高兴。"周主任摇摇头，"我们场馆的服装虽然不是什么大的项目，但至少要设计师清清白白，不能带来一丁点负面影响。"

谢朝夕好言好语："我们明白，现在这件事已经澄清了，虽然过程较为波折，但所有负面影响都转为了正面。周主任，这个是我们拍摄的样衣，您看看？"

周主任接过平板翻看，上面是一系列旗袍设计。

旗袍作为华人传统服饰，被誉为中国国粹和女性国服，可惜这些年来没落得不成样子，早没了20世纪前半叶的辉煌。有很长一段时间里甚至被视为封建糟粕，而现在一提到旗袍，很多人脑海中条件反射的画面就是迎宾小姐，影视剧里的十里洋场，就算无数政治女性穿上旗袍，也没将这种印象拉回来多少。

这次交来的设计里，只有三份是旗袍，其他的都另辟蹊径，做了别的中国风设计。

周主任等负责人心目中，还是更倾向于旗袍，毕竟是华人的传统文化。

贺东诚微微一笑："要么风尘、性感，要么刻板、无趣，这是旗袍现在带来的两种印象，我们做的设计不敢说要彻底打开人们的这种心结，但我们会让人们知道，旗袍还有另一种美法。"

他简单讲了一下自己的设计理念，周主任认同地点点头。

这系列旗袍设计，用的都是淡雅、清新的色调，明度高，色相轻，给人一种缥缈轻柔的感觉。没有繁复的花样，简单纯净，只在一些细节处，用富有东方特色的图案，比如莲花、祥云、福纹、蛟龙，还有草书作为点缀。

"这……是不是太单调了啊？"

周主任神色迟疑，这系列设计好看是好看，但总觉得缺少了一些东西，跟常见的旗袍不太一样。

他抽屉里还有一套旗袍设计，跟贺东诚的设计截然相反，繁复的纹绣，华丽的色彩，看起来雍容华贵。不过，最后选哪一套不是他一个人说了算的，还要拿过去开会讨论。

"会馆的展览品各式各样，服装就更要简雅，这样才能相得益彰。"贺东诚简单解释了一句。

周主任点点头："明天开会我一起拿过去，领导们也要把关。"

"麻烦您了。"

"不用客气，都是为了咱们的会馆。"

十分钟后，两人走出了大厦。

明媚的阳光洒落下来，在大厦的玻璃幕墙上折射出耀眼的光芒，风打着旋儿吹过，卷着些许树叶飘过他们的眼前。

谢朝夕有些担忧地问："你觉得我们能选中吗？"

"我对设计有绝对的信心，但是符合不符合评审们的口味，就不知道了。"贺东诚含笑说，"就算选不上，也不代表什么。"

"说起来，雅韵的那套设计是真的可惜了。"

谢朝夕有些唏嘘。

她想起刚刚在办公室看到的设计，慕青青难得没有东拼西凑，用心出了一套属于她自己的作品，周主任也很看好，只是可惜，那场抄袭风波直接让慕青青出了局。

古人早就告诫过世人，多行不义必自毙。

只可惜很多人没当回事。

"这不是很正常吗？"贺东诚不以为意，"做什么就专注什么，歪门邪道成不了大气候，慕青青现在的下场我一点都不意外。"

"说起来，慕青青还是你的仰慕者，她当时以为沈珈是你，非常热情地递了名片过去。"

"仰慕者太多了数不过来。"贺东诚似笑非笑，斜斜睨了她一眼，"优质的有你就够了。"

"咳，对了，舒克那边……"

谢朝夕的脸颊发烫，故作淡定地转移了话题。

"放心，舒克那里很顺利。"贺东诚从善如流，也不揭穿她。

他早就看穿谢朝夕了，她在感情上是一张白纸，只要稍微有些暧昧，她就招架不住。他每次要按捺住逗弄她的心思，给她留一点面子，不然她就要抓狂了。

过了半个月，D.C告别老旧的办公楼，搬到了CBD中心最雄伟的大厦里面，没过多久，位于维亚购物中心的D.C国风第二家分店正式开业，当天热情的消费者将维亚购物中心挤得人山人海，就连旁边的一些餐饮排队都到了百号之外。

有了D.C就有了一大波客流量——这一点已是公认，国内还因此掀起了一股复古热潮，朋友圈、微博、论坛总是能看到漂亮的中国风街拍。

D.C自然而然成了香饽饽，不管是主牌还是副线，都受到了无数购物中心的驻店邀请，开出的条件非常优厚。

与他们的光鲜亮丽相比，雅韵的表现十分黯淡。

他们顶着抄袭风波，举行了秋季发布会，虽然场面并不冷清，但也没有受到赞美。来宾们冷眼旁观地看着台子，带着客气却疏离的场面笑容——对，他们并不关心雅韵的时装怎样，他们要的是新闻。

直到秦漪从秀台走出，气氛才稍稍热烈起来。

黑发红唇，精美妆容，秦漪这个女人看起来永远艳光四射，扑面而来的强烈气场，有一种咄咄逼人的美丽。

但……还是有人注意她的不对劲。

秦漪的目光似乎在搜寻着什么，轻飘飘地往四周的座位看去，如果有熟悉她心事的人就会知道她在找谁。只是秦漪从来不会让人知道她内心的真实想法。

秀场的第一排位置满座，没有一张她想看到的脸，也没有单独空出的座位。

一滴泪，在她定点转身时，坠落下来。

短短几秒时间，秦漪也不清楚自己在想什么，有一瞬间，她的思绪回到了七年前，别墅区繁花如锦的花园里，相貌冷峻的年轻男人站着，单手插袋，在抬头看到她的一瞬间，眼中慢慢漾出浅浅笑意。

秦漪的心猛地一抽，脚下不知怎么的，突地一个趔趄，然后她犯了模特生涯中最不该犯的低级错误，在众人的惊呼中跌倒在了台上。

旁边冲来几个人，七手八脚地想要扶起她。

一声哭泣在嘈杂中响起，秦漪突然失去了所有情绪控制，跪在地上，捂着脸崩溃大哭出声……

混乱中，镁光灯噼里啪啦地闪动，媒体兴奋地抬起长枪短炮。

第二天的头条，妥了。

与此同时，D.C的设计部里，叶榆默默地收拾着自己的所有物，在所有人谴责奚落的目光里，竭力隐忍着眸中的眼泪，鼻头通红。

"呼呼……"周海蓝猛地冲进来，扶着桌子喘着气，她看着叶榆的样子就气不打一处来，几乎是崩溃地质问，"你为什么要听吴耀光的？你怕他吗？你为什么不问问我？"

劈头盖脸的一通质问，叶榆的眼泪簌簌而下，只是摇着头什么都不肯回答。

"你怎么能这样鼠目寸光？这些事情是一个设计师的底线！你怎么就不明白呢？"周海蓝十分崩溃，怎么都想不明白叶榆的脑回路，痛苦地抓着自己的脑袋。

旁边有同事说："不只呢，她没脸说的。"

"还有什么？"

叶榆猛地抬起眼睛，瞪那个出声的人："你给我闭嘴！"

那人冷冰冰地说："她何止听了吴总的暗示，她还给雅韵当间谍，抄袭什么的……就算吴总不说她也会做的，不然雅韵怎么有机会起诉呢？呵呵，说起来，吴总还不知道呢。"

"什么？！"周海蓝震惊地瞪大了眼睛，好一会儿，慢半拍的思绪才接上轨，她艰难地看向叶榆问，"你……你竟然……你怎么可以这样做？"

一番质问，叶榆泪水滚滚而下，羞窘得满脸通红，身体里紧绷的那根线终于断裂，她近乎是歇斯底里地反问："你为什么要质问我？你有什么资格质问我？我想赚点钱有错吗？你这个大小姐又懂什么？"

"……"

"你既然是三道集团的大小姐，为什么从来不告诉我？你还说我们是姐妹，你就是这样对我的吗？你就眼睁睁地看着我省着生活费，苦巴巴地过日子，你优越感很足吧？"

"不，我不是……"

叶榆抹了一把眼泪，抱起自己的东西，撞开了门口的一个人，冲了出去。

周海蓝还想要追，被谢朝夕拦了下来。

谢朝夕看着周海蓝眼里的泪花，一边揽了她的肩膀往花园走，一边说："没关系的，交朋友就是大浪淘沙的过程，其实你应该庆幸，发现得还算早，不是吗？"

"是……我只是……"周海蓝擦了擦眼睛，"有点难过。"

其实，早就有人告诫过她了，她怎么没听进去呢，还义无反顾地站在了叶榆这边？

"名模真的名副其实？秦漪曾夸下海口，摔倒就要退休！"

"业务能力不合格，某国际大牌回应：辞退秦漪。"

不管是抄袭风波，还是秦漪的头条，雅韵都受到了网民和媒体的冷嘲热讽，一片唱衰。

雅韵的新款默默上市后乏人问津，大量的库存卖不掉，只能打折促销来回款。大概是霉运当头，后面要上的补充款、新款，要么是临到出货缺乏面料，要么是工厂耽搁了货期，这么一来商品又滞销了，只能再次打折。

这么一来，雅韵就陷入了一种恶性循环，本来定位就不够高大上，现在企业形象又跌了几分。再加上逐渐扩大的亏损，雅韵不得不在质量上做一些妥协，用料也比不上先前。

随着时间过去，提起雅韵大众的第一印象就是，设计一般，质量一般，还有点小贵，实在喜欢的话，就等打折的时候随便买买。

夕阳西下，天边泛红，暗淡的光影照入落地窗内，留下一片冷寂。

李幸独自坐在办公室里，看着桌上的报表，陷入了沉思。

雅韵现在简直进退维谷，甚至连代言人都找不到，稍微红一点的明星都不愿意替一个形象有损的企业代言，就连秦漪也受到了牵连。

之前秦漪一意孤行，开了个记者会为雅韵澄清，说明了那批设计的来龙去脉，结果大众根本不买账，还呵呵秦漪厚颜无耻，微博底下骂声不断。秦漪的公司气得发疯，拿着合约强制要求她跟雅韵划清界限，不要再沾染雅韵的事情。

他们到底哪里错了呢？

李幸不断反思。

大概不应该告贺东诚抄袭，也不应该任由慕青青胡闹，企图把那些设计据为己有……吧？

可是，凭什么那些亏欠他妹妹，害得她家破人亡的人，就该春风得意？

凭什么！

总监推门而入，在李幸阴沉的脸色中，鼓起勇气说道："这次的货我们又……又滞销了。"

"不可能，不是让你们找人去盯着谢朝夕吗？Showroom机会那么多，总有机会看到她的数据，她买什么，我们就跟着买什么。"

总监战战兢兢地说："是这样没错，但是……"

东西是对的，但数量不对。

他怀疑谢朝夕早就发现他们的小心思了，后来发现，一些滞销产品，她写了很大的数字，而那些畅销的产品，她反而只写少量……他们栽了。

"不好了，李总。"秘书急急忙忙走进办公室，"B市的维亚购物中心不肯让我们入驻，说他们邀请了D.C，同风格的我们没有竞争力。"

"知道了。"李幸不耐烦地摆摆手，"你出去吧。"

秘书咽了咽口水，继续说："三道广场毁约了，让我们撤店。"

"知道了。"李幸紧紧皱眉。

"还有……"

"还有？"李幸听这些倒霉消息听够了，一听还有，几乎暴怒地拍桌而起，

"你一句话说完，还有什么？别吞吞吐吐！"

"三道集团的周总说，全国所有的三道广场，都不会和……和……"秘书忐忑不已，深吸了一口气才把后面的话说完，"都不会和我们合作。"

如遭雷殛！

"你说什么？！"李幸猛地站起身来，不可置信地瞪大了眼睛，有一瞬间他以为自己幻听了，直到秘书轻轻合上门离开，他才回过神来。浑身的力气被抽空，他脚下一个踉跄，狼狈地跌坐回了椅子上。

开什么玩笑？全国将近三百个三道广场，都要拒绝他们入驻？

李幸的手几乎无力抓握手机，颤抖着拨打了一个号码过去，接连打了两次，那边的周文瑞才接了电话。

李幸不死心地开口："周总，我刚刚听说……你不是在开玩笑吧？"

周文瑞轻轻笑了一声："李幸，东诚好歹是我们周家的人，你以为周董会任由外人欺压他吗？"

周霆的原话就是"儿子不听话是他不懂事，我这个做老子的还能真不闻不问吗？"。

"这……这些都是商业上的竞争，怎么能扯上私人关系呢？"

"我不知道你竟这么天真。"周文瑞笑着讥讽了一句，"周董跟东诚就算关系再僵，那也是亲父子，轮不到外人说三道四。你不要以为他不知道你们做的那些事情，之前是还没到他出手的那一步，李氏现在还能苟延残喘已经是看在过去的情面上了。"

"这，这……"

李幸大口大口地喘着气，眼前阵阵发黑。

"秦家的事情也没什么好说的，东诚听不进去，我心里却一清二楚。秦氏破产是他们自作孽，触碰了违规的事情，叔叔顶多就算冷眼旁观，别以为你们死了一个人，全世界都对不起你们。"

周文瑞冷笑着说完，啪地挂了电话。

"啊！！"

李幸从喉咙深处爆发出一声怒吼，几乎穿破墙壁。

空旷的办公室，投影仪光芒投射，幻灯片一个个轮换播放。

会议长桌，坐着几个世博会的负责人，周主任简单讲解了一下这些设计图，大家开会讨论了一下，最后在华丽和简雅两种风格的旗袍设计里犹豫了很久。

"这样吧，为了稳妥就按照常规的来吧，往年也都是这种风格。"张部长敲了敲桌子道，"雍容华贵一点，也彰显我大国情怀啊。"

其他人纷纷点头，周主任让助手做下记录，收拾桌上的东西，心里还是有些惋惜。不过，也仅是惋惜。

优秀的作品那么多，但最合适的只能有一个，这就是残酷的社会法则。

幻灯片停留在最后那套设计上，月白色的旗袍没有多余的修饰，偏就因为一点点轻纱的巧妙应用，添了几分朦胧仙气，流传着说不出的韵味，乍一看觉得没有华丽款式带来的视觉冲击感，但看了一眼后让人又忍不住再看第二眼、第三眼。

出了办公室，张部长往外走，路过前台的时候，目光不经意间瞥见了前台小姐翻看的杂志。

张部长顿住脚步，又看了一眼。

前台小姐连忙起身问候："张部长。"

"这个杂志我看看。"

"哦，这个是一个获奖的摄影作品，很漂亮呢。"前台小姐笑着把杂志递过去说，"还有模特的裙子，看起来很简单可是很有韵味，我也不知道该怎么说。"

张部长的目光落在杂志彩页上，眼睛微微眯起，紧跟着就是一亮。

他突然明白D.C那套旗袍的巧妙地方了。

"部长？"见他发呆，秘书小声提醒道，"我们接下来还要去……"

"快去告诉小周。"张部长猛地回过神来，劈头盖脸就对秘书吩咐说，"把刚刚那套设计换下来，换D.C的方案！！"

一个品牌的没落，往往悄无声息，也许要等他们黯然退场很久，才会在某个不经意的瞬间被人们想起。

雅韵虽然没有消失，却沦为了一个平庸的品牌，再也见不到刚开始那大张旗鼓地开拓市场的强势姿态。

D.C的发展良好，品牌规模不断扩张，就在一周前，一张名为"山水之间"的照片，获得了奥卡国际摄影大奖，摄影者是一个并不陌生的名字——舒克，在网络新闻上不断被刷屏报道。奥卡摄影大奖的含金量很高，每年多家摄影师参与其中，就为了来争夺这个最高荣誉。

十年来，这还是第一次有国内的设计师拿奖，网民们陷入一场狂欢，纷纷引以为豪。

照片中，冷色调的山峦、湖泊，还有古色古香的小船，一个女人穿着简雅的黑色长裙，从船上微微探出身，眺望着山间的秀丽景色。

而且这张摄影非常有中式特色，山水、模特、浑然一体，一点都不会让人感到突兀。渐渐地，网民们留意到了长裙的设计，暗暗赞叹，这条长裙做了一些巧妙的复古设计，没有现代感那种格格不入的感觉，也没有故意做旧的老照片感。

现代、时尚，偏偏又是复古设计。

众人发现，这中国风长裙简直就是点睛之笔啊！

就在这个时候，摄影师舒克在他的博客里，公布了"山水之间"的其他系列，各种漂亮的山水美景、园林、宫殿与中国风时装的结合，模特也都是同一个人。

有时候模特露了脸，有时候只是一个模糊的侧影，但模特跟风景都相得益彰，两两加分……而且，这个模特选得也太好了吧！

不是那种通俗的漂亮，她的五官有种古典的味道，还特别有气质，每一种中国风款式都被她穿得很好看。

CBD某座大厦里，梨子开心地抱着一大摞杂志，给每个人都发了一本。

"呀，夕姐又出名了，我等这本杂志很久了！"

"明明可以靠脸吃饭，偏偏要靠实力。"

梨子笑着点点头："夕姐完全可以做咱们公司的代言人啊，走秀也可以上，网店的照片拍摄也可以……"

"想什么呢？"谢朝夕忍俊不禁，"拿一份工资，还想我干三个人的活？"

贺东诚拿了本杂志在那里看，看到她往外走，立刻跟了上去，在她身后说道："我们夫妻一体，你愿意的话，也是给咱们家省钱啊。"

"谁跟你夫妻一体？"

贺东诚惊讶："这不是迟早的事情吗？你对我都这样那样了……难道你想不负责？"

谢朝夕的脸轰地就红了，她左右看了看，同事们连忙回避目光，各做各的事情，其实是在憋笑。

"我对你怎么了？在公司你能不能正经点？"谢朝夕恨不得去捂他的嘴，偏偏这人没脸没皮，不知道什么叫作适可而止，就连在下属面前都忍不住秀恩爱，生怕别人不知道他已经有女朋友了。

有一次，贺东诚去外面见宋尧等人，商量两家公司的合作，快结束时，他接了谢朝夕的电话后，状似无意其实非常刻意地说了一句话："唉，女朋友在等我吃饭，我是真的抽不开身，不陪她她又要生气。"

"……"

"女朋友嘛，当然要宠着一点。"

"……"

吴婷婷实在没忍住，跟谢朝夕发微信吐槽了一通：快点管管你男朋友，大家都是有家室的人，他哪里来的优越感啊？我听着很尬，真的。

谢朝夕看着眼前的贺东诚，忍不住说："其实我很想知道你的下限在哪里。"

贺东诚眨了下眼睛，长而浓密的眼睫微颤，浅茶色的瞳仁透着温柔的光，含笑否定了："我没有不正经，我上次很认真地问过你，要不要办公室地下情，你觉得我在逗你。既然不要，那就是可以随便公开，我理解得有什么不对？"

"你在强词夺理。"

要论歪理，谢朝夕说不过他，她本来就是一个很正经的人。

"要说下限……"贺东诚单手插袋跟在她身后，一路跟到了露天的小花园，他的话音转了两圈，才闲闲落在她的耳畔，"对你的容忍度没有下限，对你的宠爱没有上限。"

谢朝夕的心跳一下子加快，像是有什么轻柔的东西挠在心底，痒痒的。

她挑了挑眉，故意为难他："我不信。现实生活不是小说，烦琐的事情多了去了，说一句很没趣的话，十年后，二十年后，你还能维持初心吗？"

他突然说："我无意间看到了一段朴实动人的话。"

"什么？"

"感情就像你到了一个山清水秀的地方，你决定留在那里，但房子不是凭空就存在的，你需要慢慢去修建它，然后住一辈子。如果家里有什么东西坏了，试着去修好它，而不是轻易扔掉它。"

他的声音暖融融的，像是慢慢涌上来的泉水，将她一颗孤独已久的心包裹了起来。不，没有遇到他时，她无欲无求，一度以为自己会成为一个潇洒的不婚族。遇到他后，她的心突然空了，直到他补上了这块空缺。

谢朝夕心里微微发烫，这才是她理想中的感情。

贺东诚含笑望着她："我……"

远处的办公室里突然爆发出了一阵喜悦的欢呼声，周海蓝兴奋地从长廊的另一头朝花园跑来，双眼被狂喜点亮，大声喊道："我们中啦！哥，我们被选中啦！世博会的所有服装设计都归我们了！纽约时装周也向我们发来邀请函啦！我们D.C可以上纽约时装周了！！！"

"太棒了，真的！我们的目标正在一个一个实现，走出国门，再走向世界。"

谢朝夕的双眼骤然被狂喜点亮，飞快转过头来看他，激动地给了他一个大大的拥抱。贺东诚微微弯腰回抱她，手指顺着她的指缝慢慢滑下，与她十指交握。

"嗯，我们一起。"

"一起。"

她弯起眼睛，点点头。

阳光正好，洒落在他们的身上，淡淡地勾勒出他们的剪影来。楼底下的音乐喷泉雀跃地跳动着，和着淡淡流淌的音乐，动听的女声轻声歌唱：

> 握着你的手，走过快乐和难过
> 黑夜白昼，每个人都会拥有
> 人生是没有定律的一种节奏
> 不如用心去感受
> ……

END

图书在版编目（CIP）数据

恋爱限定 / 季无云著 . -- 南京：江苏凤凰文艺出
版社 , 2019.11
ISBN 978-7-5594-4088-4

Ⅰ . ①恋… Ⅱ . ①季… Ⅲ . ①长篇小说 – 中国 – 当代
Ⅳ . ① I247.5

中国版本图书馆 CIP 数据核字 (2019) 第 225606 号

恋爱限定

季无云 著

选题策划	北京记忆坊文化
责任编辑	白　涵　刘洲原
特约策划	绪　花
特约编辑	诗　杰　绪　花
营销编辑	杨　迎
封面绘图	哈　鲁
封面设计	80 零·小贾
版式设计	天　绷
出版发行	江苏凤凰文艺出版社
	南京市中央路 165 号，邮编：210009
网　　址	http://www.jswenyi.com
印　　刷	环球东方（北京）印务有限公司
开　　本	670 毫米 ×970 毫米 1/16
印　　张	18
字　　数	390 千字
版　　次	2019 年 11 月第 1 版　2019 年 11 月第 1 次印刷
书　　号	ISBN 978-7-5594-4088-4
定　　价	42.00 元

江苏凤凰文艺版图书凡印刷、装订错误可随时向承印厂调换